古典詩歌研究彙刊

第十一輯

龔鵬程 主編

第13冊

晏幾道《小山詞》接受史

柯瑋郁 著

國家圖書館出版品預行編目資料

晏幾道《小山詞》接受史／柯瑋郁 著 — 初版 — 新北市：花
木蘭文化出版社，2012〔民 101〕

目 6+314 面：17×24 公分

（古典詩歌研究彙刊 第十一輯：第 13 冊）

ISBN 978-986-254-731-1（精裝）

1.（宋）晏幾道 2.宋詞 3.詞論

820.91 101001393

ISBN-978-986-254-731-1

古典詩歌研究彙刊
第十一輯 第十三冊
ISBN：978-986-254-731-1

晏幾道《小山詞》接受史

作 者 柯瑋郁
主 編 龔鵬程
總 編 輯 杜潔祥
出 版 花木蘭文化出版社
發 行 所 花木蘭文化出版社
發 行 人 高小娟
聯 絡 地 址 新北市永和區中正路五九五號七樓
　　　　　　電話：02-2923-1455／傳眞：02-2923-1452
網 址 http://www.huamulan.tw 信箱 sut81518@gmail.com
印 刷 普羅文化出版廣告事業
初 版 2012 年 3 月
定 價 第十一輯 30 冊（精裝）新台幣 42,000 元

晏幾道《小山詞》接受史

柯瑋郁　著

作者簡介

柯瑋郁,畢業於國立成功大學中國文學系碩士班。在碩士班埋頭研究的日子裡,台南古色古香的建築,吸引我暫時駐足,稍作休憩;成大校園內清新自然的空氣與高雅的人文風尚,提供我呼吸茁壯的養分,並陶冶我的性情。《晏幾道《小山詞》接受史》一書的完成,除了依賴成大的資源,尚須感謝學富五車的指導教授與一起切磋琢磨的前輩、同儕。此書的出版,是我用心的結晶,是大家努力的成果,希望能帶給讀者新的閱讀風景。

提　　要

　　本論文以晏幾道《小山詞》為研究對象,且以「史」為脈絡,分述晏幾道《小山詞》於各代之發展概況;藉細部析論而展現每一朝代對晏幾道《小山詞》接受程度之不同。無論讚揚或貶抑,悉為成就晏幾道《小山詞》接受史之環節。

　　經由整理詞話、詩話、筆記、詞籍(集)序跋與評點等資料,可呈現各代對晏幾道《小山詞》之審美取向;透過詞選、詞譜之計量分析,歸納各代偏好之作品,藉以瞭解各代對晏幾道《小山詞》之接受情形。而審美取向與接受情形互有關聯,對晏幾道《小山詞》之「傳播」各有助益;彼此交融、影響之餘,「創作」活動成為閱讀晏幾道《小山詞》後,接受並推崇晏幾道《小山詞》之有力實踐。

　　而通過以朝代為序之闡釋過程,能清晰窺見每一朝代之承繼性與開拓性,亦可得知各代側重晏幾道《小山詞》之面向。統合各代讀者對晏幾道《小山詞》之接受,要可分為三端:一曰批評,二曰傳播,三曰創作。宋代對晏幾道《小山詞》之接受,以「批評」接受最顯著。而支撐整個明代晏幾道《小山詞》之接受史,則為「傳播」接受。至若清代對晏幾道《小山詞》之接受最為全面,成果亦最豐碩。

　　要之,批評、傳播、創作此三大面向構成歷代對晏幾道《小山詞》之接受史。

誌　謝

　　火紅的鳳凰花開滿成大校園，催促我盡快完成論文，讓我無暇欣賞它的熱情與美艷。而活蹦亂跳的松鼠以輕盈又快速的步伐穿梭樹木與草地，向我炫耀牠們優游自在的生活。知了與鳥兒則在一旁引吭高歌，似在附和松鼠的舉動，讓我嫉妒不已。鳳凰花與動物們成為驅策我完成論文的對象，令我好生感謝！

　　而金黃的阿勃勒綻放於沿途，耀眼而溫柔，舒緩我疲憊又緊張的身心。翁鬱的不知名大樹則形成濃蔭，使我不必一直曝曬在熾熱的陽光下，得以稍作休息。至於最常去的圖書館，其舒適的環境與便利的借書制度成為寫作論文的助力，且其豐富的藏書量亦減去不少收購資料的困難度。謝謝美麗的成大！

　　萬分感謝的是佛手善心的偉勇老師，辛苦從台北扛著厚重的書籍到成大，讓我不用「哭倒在露涇臺階」，而能順利查閱資料，撰寫論文。老師的教導與照顧，既豐富我的專業知識，亦讓我深刻瞭解到「身教」的重要性。「沉默寡言」、「剛毅木訥」的特質能成為一名優良教師，並且受到學生景仰、愛戴，這是值得我學習的第一件事。在身兼教學與行政工作的壓力下，不抱怨，不暴躁，依舊笑口常開，健步如飛；恪守本分，將事情處理得井然有序，此「溫柔敦厚」與盡忠職守的精神是值得我學習的第二件事。此外，在繁忙的日子裡，老師不忘

關懷學生的課業與生活，並且清楚記住每位學生的姓名與出生地，讓我感受到老師的真誠相待。還有許許多多難以言說的溫馨事情，只有師徒才能明瞭。這三年來的種種，在在都是我往後教學生涯的典範，實在是感激不盡。

再來要感謝黃文吉老師與高美華老師撥冗審查論文。兩位老師在口試時的指正，讓我有豁然開朗、醍醐灌頂的歡欣，亦有對於學海無涯而自己仍須努力的省思，更體會到老師們對學生的重視與用心。很高興能邀請到兩位老師來擔任論文審查委員。

接著要感謝的是吳榮富老師。老師上課自有其魅力，且能在課堂上接觸到許多有趣的事，所以總是期待上老師的課。對於能在古典詩詞吟唱課旁聽，著實感到開心。

而學長福勇與宏達，學姐淑華、淑惠、乃文、文郁等人的鼓勵與切磋，還有學妹玉鳳、婉玲與宥伶的幫忙，亦讓我心懷感激；深深為身為王門一分子的自己感到驕傲。

此外，謝謝「183」的大家，為我研究所生活增添不少歡樂；能在成大與大家成為同學，是一件高興的事。而翔哥、和君、昭君、怡嘉與昕瑤，由於你們想要準時畢業的心情激勵了我，讓我得以在彼此扶持，賣力撰寫論文的氛圍中與大家一起畢業，真是感謝你們。

最後，由衷感謝親愛的家人，在我求學過程悉心照料，關懷備至，你們的不吝付出為我帶來勇氣與力量，讓我茁壯而堅強。感激之情真的難以言喻！

謹將此論文獻給幫助過我的大家

目

次

第一章　緒　論

第一節　研究動機與目的

一、研究動機

　　晏幾道，字叔原，號小山。因史傳未載，生卒年不詳，大抵生年至早於宋仁宗慶曆（1041～1048）末年，卒年至早於宋徽宗政和（1111～1118）初年。〔註1〕有《小山詞》傳世；與其父晏殊並稱「二晏」。

〔註1〕　鄭騫：《景午叢編·晏叔原繫年新考》（台北：台灣中華書局，1972年1月），下編，頁200～209。按：鄭騫依據夏承燾〈二晏年譜〉一文補正晏幾道之生卒年。而涂水木於1997年發表〈關於晏幾道的生卒年和排行〉一文，據《東南晏氏重修宗譜·臨川沙合世系》將晏幾道之生卒年明確定爲1038～1110年。2005年，覃媛元發表〈晏幾道年譜〉一文，係以涂水木之說爲基礎而編年。2008年，鄭亮、唐紅衛於〈晏幾道生卒年之質疑〉一文提出《東南晏氏重修宗譜》記載晏幾道生卒年之錯誤處頗多，故晏幾道之生卒年有待考察。2008年，張草紉《二晏詞箋注》一書附有晏幾道年譜，並替少數作品編年；係依據涂水木〈關於晏幾道的生卒年和排行〉，參酌鄭騫〈晏叔原繫年新考〉而編成。本論文姑且遵從鄭騫〈晏叔原繫年新考〉之說。見涂水木：〈關於晏幾道的生卒年和排行年譜〉，《文學遺產》（1997年1月），第1期，頁107～108；覃媛元：〈晏幾道年譜〉，《廣西教育學院學報》（2005年5月），第5期，頁82～86；鄭亮、唐紅衛：〈晏幾道生卒年之質疑〉，《海南大學學報人文社會科學版》（2008年

宋人陳振孫稱《小山詞》「在諸名勝中，獨可追逼《花間》，高處或過之。」〔註2〕明人毛晉云：「獨《小山集》直逼《花間》，字字娉娉嫋嫋，如攬嬙施之袂，恨不能起蓮、鴻、蘋、雲，按紅牙板唱和一過。晏氏父子，具足追配李氏父子。」〔註3〕清人馮煦言：「淮海、小山，眞古之傷心人也。其淡語皆有味，淺語皆有致，求之兩宋詞人，實罕其匹。子晉欲以晏氏父子追配李氏父子，誠爲知言。」〔註4〕而民國葉嘉瑩稱《小山詞》爲《花間集》之回流嗣響，於回流嗣響中，爲詞壇描繪綺豔題材之作品開闢新天地。〔註5〕黃文吉亦贊同晏幾道《小山詞》爲「直逼《花間》的回流嗣響」。〔註6〕自宋至民國，每一朝代悉有《小山詞》追逼《花間集》之論說，而《花間集》爲「倚聲填詞之祖」，〔註7〕《小山詞》有何豐富內蘊與藝術魅力使後人如此推崇，並將之與《花間集》並駕而論，此爲研究動機之一。

爲何歷代皆對《小山詞》有所評述，且多出自大家之語？歷代文人之思想觀念與喜好取向是否有直承關係，此爲研究動機之二。

若以歷代悉有關於《小山詞》之評論而言，推知歷代應有傳播《小

8月），第26卷4期，頁478～480；張草紉：《二晏詞箋注》（上海：上海古籍出版社，2009年4月）。

〔註2〕〔宋〕陳振孫：《直齋書錄解題》。見《景印文淵閣四庫全書》（台北：台灣商務印書館，1983年6月），冊674，卷21，頁888。本論文所引《景印文淵閣四庫全書》皆依據此版本。

〔註3〕〔明〕毛晉：〈小山詞跋〉。見〔明〕毛晉：《宋名家詞》（中國人民大學圖書館藏明崇禎毛氏汲古閣刻本），《四庫全書存目叢書》（台南：莊嚴文化事業有限公司，1997年6月），冊423，頁139。本論文所引《四庫全書存目叢書》皆依據此版本。

〔註4〕〔清〕馮煦：《蒿庵論詞》。見唐圭璋編：《詞話叢編》（北京：中華書局，2005年10月），冊4，頁3587。本論文所引《詞話叢編》皆依據此版本。

〔註5〕葉嘉瑩：〈論晏幾道詞在詞史中之地位〉。見葉嘉瑩：《唐宋詞名家論稿》（石家莊：河北教育出版社，1997年7月），頁103～104。

〔註6〕黃文吉：〈直逼《花間》的回流嗣響──晏幾道〉。見黃文吉：《北宋十大詞家研究》（台北：文史哲出版社，1996年3月），頁69～97。

〔註7〕〔宋〕陳振孫：《直齋書錄解題》。見《景印文淵閣四庫全書》，冊674，卷21，頁886。

山詞》之情形,而《小山詞》之傳播情形如何,是否爲歷代普遍接受?
此爲研究動機之三。

　　此外,綜觀近人研究晏幾道《小山詞》之相關論文,所引文獻大
致相同,不出詞話或野史、筆記。而追隨王師偉勇作研究之餘,發現
許多相關資料未被學界提及或重視,如詞選、詞譜、論詞長短句、論
詞絕句、仿擬、和韻與集句作品等,少爲學界所援用。而蒐羅諸般資
料是否爲晏幾道《小山詞》之研究帶來不同視角或成果,此亦爲研究
動機。

二、研究目的

　　王兆鵬《詞學研究方法十講》言詞之「接受」研究包含三層面:
一爲消費型之大眾接受,二爲批評型之專家接受,三爲創作型之作家
接受。〔註8〕而本論文運用接受美學理論,採取王兆鵬所言之概念,
並依據上述研究動機,對文獻爬羅剔抉後,目的蓋有三端:

　　其一、瞭解晏幾道《小山詞》之共時性接受。藉歸納、分析各代
之文獻資料,以明各朝之時代背景、批評範疇與傳播效果。晏幾道《小
山詞》之傳播接受,可從選本收錄《小山詞》之概況、選本自身價值
與風行程度而得見。入選率愈高之詞作,表示其受歡迎之程度愈高,
對讀者之影響力因而愈大。〔註9〕而選本之良莠會影響其傳播時效與
範圍;廣爲大眾所接受之選本,再版率愈高,亦因再版,更能促進作
品傳播。再者,傳播接受之下隱含讀者對選本編纂者主觀意志之接
受,而編纂者之意志受文學潮流或時代環境影響,故透過傳播接受可
窺見當代之期待視野與審美經驗。此外,選本編纂者之主觀意志爲批
評接受之一環,而批評之相關論著,如詞話、詩話等,更是研究《小
山詞》批評接受之重要來源。最後,在傳播接受與批評接受交互作用

〔註8〕　王兆鵬:《詞學研究方法十講》(北京:北京大學出版社,2008 年 6
　　　　月),頁35。

〔註9〕　王兆鵬:《詞學史料學》(北京:中華書局,2009 年 2 月),頁302。
　　　　本論文所引《詞學史料學》皆依據此版本。

下，影響創作接受。閱讀《小山詞》或選本後，作家擇其所好，對晏幾道詞之體製、風格、用韻進行模仿，再創造，是以藉由創作接受亦可知悉各代對《小山詞》之接受概況。

其二、知曉晏幾道《小山詞》之歷時性接受。任何學術思潮或文學體裁難以憑空創造，必有其脈絡可依循。而「任何閱讀活動都離不開時間，離不開歷史與未來之間的調節，離不開視野的改變和對文學事件的重新解釋。」〔註10〕藉釐清各代對《小山詞》之接受情況，探析每個朝代之異同處，最後以宏觀角度看待晏幾道《小山詞》接受史。

其三、希冀透過接受美學理論與新文獻資料之注入，打破傳統研究之窠臼，開拓研究晏幾道《小山詞》之新視野。

第二節　前人研究成果概況

此節就台灣與中國大陸地區期刊論文、學位論文，回顧晏幾道《小山詞》相關研究文獻。茲分類概述如次：

一、期刊論文

研究晏幾道其人其詞或與他人合論之期刊論文，堪謂數量驚人，要可分為生平資料、別集與選集資料、總論其人、兼論其人及其詞、總論其詞五大部分。〔註11〕

最早發表晏幾道相關論文者，可溯至 1927 年大陸地區胡肇椿〈評晏叔原（幾道）詞〉，〔註12〕迄 1979 年，合計台灣、大陸地區研究晏幾道相關之期刊論文約 30 篇。1980 年後，論文數量急遽成長；逮 2000

〔註10〕〔聯邦德國〕H.R.姚斯、〔美〕R.C.霍拉勃著，周寧、金元浦譯：《接受美學與接受理論·譯者前言》（瀋陽：遼寧人民出版社，1987 年 9 月），頁 10。本論文所引《接受美學與接受理論》皆依據此版本。

〔註11〕參林玫儀主編：《詞學論著總目（1901～1992）》（台北：中研院中國文哲研究所籌備處，1995 年），冊 2。

〔註12〕胡肇椿：〈評晏叔原（幾道）詞〉，《燕大月刊》（1927 年 12 月），第 1 卷 3 期，頁 75～78。

～2009 年，大陸地區論文近 100 篇，台灣地區計 13 篇〔註13〕。

綜觀研究晏幾道之相關論題，多為苦情詞、戀情詞、夢詞等形式技巧與意境分析；或與晏殊、柳永、黃庭堅、秦觀、姜夔、吳文英、納蘭性德等人合論；或綜述《小山詞》整體風格；近幾年則多析論《小山詞》「以詩為詞」成就之論文。而目前未見以「接受」為論題之期刊論文。

二、學位論文

茲分列台灣與大陸地區之學位論文如下：

（一）台　灣

1、詹俊喜：《小山詞箋註》（台北：政治大學碩士論文，1967年）

2、黃瓊誼：《二晏詞研究》（台北：政治大學碩士論文，1989年）

〔註13〕黃雅莉：〈論晏幾道令詞的開拓表現與藝術特色〉，《中國學術年刊》（2000 年 3 月），頁 363～388；李若鶯：〈晏幾道〈鷓鴣天〉修辭試探〉，《高雄師大學報》（2000 年 4 月），頁 1～14；〈晏幾道雅好藏書〉，《國文天地》（2000 年 9 月），頁 14；林順夫：〈我思故我夢──試論晏幾道、蘇軾及吳文英詞裡的夢〉，《中外文學》（2001 年 6 月），頁 146～181；陳滿銘：〈唐宋詞拾玉（30）晏幾道的〈臨江仙〉〉，《國文天地》（2002 年 10 月），頁 41～43；賴溫如：〈紅與綠在《小山詞》中之作用〉，《國文天地》（2002 年 11 月），頁 81～84；黃端陽：〈晏幾道〈臨江仙〉〈夢後樓臺高鎖試析〉〉，《中國語文》（2003 年 6 月），頁 38～44；陳滿銘：〈唐宋詞拾玉（31）晏幾道的〈鷓鴣天〉〉《國文天地》（2003年 8 月），頁 49～51；陳嘉琳：《《花間》回流──晏幾道與秦觀詞作風格關聯性之探討》，《華醫學報》（2003 年 11 月），頁 171～187；張靜尹：〈試析晏幾道詞之「貴異」〉，《大仁學報》（2006 年 3 月），頁 147～158；卓清芬：〈「奪胎換骨」的新變──晏幾道《小山詞》「詩人句法」之借鑑詩句探析〉，《國立中央大學人文學報》（2007 年 7 月），頁65～119；卓清芬：〈「以詩為詞」的實踐：談晏幾道《小山詞》的「詩人句法」〉，《中國文化研究所學報》（2008 年），頁 315～342；卓清芬：〈晏幾道《小山詞》「清壯頓挫」之意義探析〉《成大中文學報》（2008年 10 月），頁 61～94。據國家圖書館台灣期刊論文索引系統。

3、曾秀華：《北宋前期小令詞人研究》（台北：東吳大學碩士
論文，1996 年）

4、洪若蘭：《從傳統小令的發展演變看晏幾道《小山詞》》（新
竹：清華大學碩士論文，1996 年）

5、黃玫娟：《晏幾道與秦觀詞之比較研究》（彰化：彰化師範
大學碩士論文，1998 年）

6、許婷：《晏幾道離別詞研究》（台北：台灣師範大學碩士論
文，2002 年）

7、劉嘉熙：《晏幾道《小山詞》研究》（台中：中興大學碩士
論文，2008 年）

（二）大　陸

1、李新宇：《二晏詞異同論》（呼和浩特：內蒙古師範大學碩
士論文，2002 年）

2、葉歡江：《論晏幾道和他的《小山詞》》（蘭州：西北師範大
學碩士論文，2002 年）

3、王慧剛：《朝落暮開空自許　竟無人解知心苦——晏幾道苦
情詞研究》（長春：東北師範大學碩士論文，2005 年）

4、史常力：《晏幾道與秦觀戀情詞的對比研究》（長春：東北
師範大學碩士論文，2005 年）

5、呂菲：《癡情兩公子　風華二詞人——晏幾道與納蘭性德詞
之比較》（合肥：安徽大學碩士論文，2005 年）

6、王卿敏：《《小山詞》的接受史》（上海：華東師範大學碩士
論文，2006 年）

7、吳南瑛：《欲將沉醉換悲涼——晏幾道人格特徵新論》（長
春：吉林大學碩士論文，2006 年）

8、黎蓉：《二晏詞接受史論》（武漢：湖北大學碩士論文，2007
年）

9、鄧永奇：《論晏幾道的悲劇人生與獨特詞風》（南昌：南昌
　　大學碩士論文，2007 年）

10、李丹：《晏幾道研究之諸問題考》（北京：北京語言大學碩士
　　論文，2008 年）

11、李曄坤：《李煜、晏幾道、納蘭性德夢詞對比研究》（北京：
　　北京語言大學碩士論文，2008 年）

12、曾馳宇：《二晏詞比較研究》（貴陽：貴州大學碩士論文，2008
　　年）

　　要之，研究晏幾道《小山詞》之相關學位論文僅有「碩士」論文，
未見「博士」論文。

　　台灣地區碩士論文自 1996 年後，呈現二、四、六年發表一本之
現象。而受限於大陸地區碩士論文檢索系統之檢索範圍自 1999 年
起，故 1998 年以前之碩士論文發表情形不甚清楚；然由上述資料可
知大陸碩士論文對晏幾道詞之研究主要集中於 2005 年以後。

　　上述學位論文之論題與研究方法大抵相近，或從意境、結構著
手，而歸納晏幾道《小山詞》之內容與風格；或從比較秦觀、納蘭性
德與晏幾道之關係而探討彼此身世、辭情之異同。唯較具特色者，乃
以「接受史」角度著手研究晏幾道《小山詞》。

　　大陸地區學位論文對於詞學之「接受」研究成果較多，且起步甚
早，自 1999 年董希平《秦觀詞傳播接受研究》〔註14〕發表後，相關碩、
博士論文陸續出現〔註15〕，每年皆有成品，可謂產量豐碩。台灣地區

〔註14〕董希平：《秦觀詞傳播接受研究》（武漢：湖北大學碩士論文，1999
　　　年）。

〔註15〕康曉娟：《兩宋詞學對蘇軾「以詩為詞」之接受》（武漢：湖北大學
　　　碩士論文，1999 年）；吳思增：《清真詞在兩宋接受視野的歷史嬗變》
　　　（長春：東北師範大學碩士論文，2002 年 1 月）；陳穎：《周邦彥詞
　　　的接受過程研究》（北京：首都師範大學碩士論文 2002 年 5 月）；張
　　　春媚：《溫庭筠詞傳播接受研究》（武漢：湖北大學碩士論文，2002
　　　年 5 月）；張殿方：《蘇軾詞接受史研究——宋中葉至清代》（濟南：
　　　山東師範大學碩士論文，2003 年 4 月）；仲冬梅：《蘇詞接受史研究》

之詞學「接受」研究論著相對稀少,僅有 1999 年陳松宜《秦觀詞傳播接受研究》〔註16〕,2007 年葉祝滿《性別與認同——李清照其人其詞的創作與接受研究》〔註17〕,2008 年邱全成《蘇軾詞的接受與影響——從期待視野的角度觀之》〔註18〕,2009 年薛乃文《馮延巳詞接受史》〔註19〕、顏文郁《韋莊詞之接受史》〔註20〕等五本碩士論文。

（上海:華東師範大學博士論文,2003 年 4 月);范松義《《花間集》接受論》(開封:河南大學碩士論文,2003 年 5 月);鄧健:《柳永詞傳播接受研究》(武漢:湖北大學碩士論文,2003 年 6 月);白靜:《花間集》傳播接受研究》(武漢:湖北大學碩士論文,2003 年 6 月);李冬紅:《花間集接受史論稿》(上海:華東師範大學博士論文,2004 年 4 月);陳福升:《柳永、周邦彥詞接受史研究》(上海:華東師範大學博士論文,2004 年 4 月);楊蓓:《論東坡詞在宋金元的傳播與接受》(福州:福建師範大學碩士論文,2004 年 4 月);洪豆豆:《清代李清照詞傳播接受研究》(武漢:湖北大學碩士論文,2006 年 5 月);王卿敏:《《小山詞》的接受史》(上海:華東師範大學博士論文,2006 年 5 月);蘭玲:《秦觀詞的宋代接受概論》(北京:北京師範大學碩士論文,2006 年 5 月);尹禧:《宋詞在韓國傳播與接受》(北京:北京師範大學碩士論文,2006 年 5 月);張航:《姜夔詞傳播與接受研究》(福州:福建師範大學碩士論文,2006 年 9 月);李春英:《宋元時期稼軒詞接受研究》(濟南:山東大學博士論文,2007 年 3 月);王麗琴:《歐陽脩詞在宋代的傳播接受研究》(武漢:湖北大學碩士論文,2007 年 5 月);黎蓉:《二晏詞接受史論》(武漢:湖北大學碩士論文,2007 年 5 月);王楟先:《蘇軾詞在北宋元祐時期的接受》(甘肅:西北師範大學碩士論文,2007 年 6 月);周亭松:《姜夔其人其詞對道家精神的接受與表現》(濟南:山東大學碩士論文,2008 年);趙晶晶:《王國維《人間詞話》接受史》(福州:福建師範大學碩士論文,2009 年);吳鵬:《馮延巳接受史研究》(湘潭:湘潭大學碩士論文,2009 年)。

〔註16〕陳松宜:《秦觀詞傳播接受研究》(台北:國立中央大學中國文學研究所碩士論文,1999 年)。

〔註17〕葉祝滿:《性別與認同——李清照其人其詞的創作與接受研究》(台北:國立政治大學國文教學碩士學分班碩士論文,2007 年)。

〔註18〕邱全成:《蘇軾詞的接受與影響——從期待視野的角度觀之》(彰化:彰化師範大學碩士論文,2008 年)。

〔註19〕薛乃文:《馮延巳詞接受史》(台南:國立成功大學中國文學研究所碩士論文,2009 年)。

〔註20〕顏文郁:《韋莊詞之接受史》(台南:國立成功大學中國文學研究所

　　而大陸地區黎蓉《二晏詞接受史論》與王卿敏《〈小山詞〉的接受史》二書，雖以「接受史」角度研究晏幾道《小山詞》，然《二晏詞接受史論》全文 55 頁，於簡短篇幅綜合論述宋至清朝對晏氏父子之接受情況，實難能詳細闡發；更且晏氏父子於宋、金、元、明、清代之文獻記載繁簡不一，故以「二晏」合論其接受史，誠難以瞭解個體之成就。此外，《〈小山詞〉的接受史》全文 64 頁，雖以「《小山詞》」為析論對象，然研究時代由宋代以迄「現代」（1978 年），且資料多從唐圭璋編《詞話叢編》與張惠民編《宋代詞學資料匯編》出，故囿於篇幅與有限資料，實難以全面探究《小山詞》之接受史。

　　至於台灣地區未出現以「接受史」此一論點研究晏幾道《小山詞》之相關學位論文，而筆者借鏡「接受美學理論」，運用豐富文獻，將歷代讀者對晏幾道《小山詞》之接受情形作一詳細梳理，以探討晏幾道《小山詞》於歷代之發展與接受情況。

第三節　研究方法

一、理論方法

　　本論文係以「接受美學理論」（aesthetics of reception） 〔註21〕 為研究基礎，援用其「以讀者為中心」之概念探討晏幾道《小山詞》之價值。

　　文學作品與讀者之關係，包含共時與歷時交疊之「期待視野」、「審美經驗」與「閱讀活動」。「期待視野」係指閱讀一部作品時，由讀者之文學閱讀經驗所構成之思維定向或先在結構。當代之環境、前代之思潮影響讀者自身對於作品之理解；透過否定已知經驗，加入己身之生活實踐與想法，而產生不同於別人之「審美經驗」。是以讀者之期

〔註21〕 　碩士論文，2009 年）。
參〔聯邦德國〕H.R.姚斯、〔美〕R.C.霍拉勃著，周寧、金元浦譯：《接受美學與接受理論》。金元浦：《接受反應文論》（濟南：山東教育出版社，1998 年 10 月）。

待視野囿於文學傳統之流派、風格或形式,又因受所處環境之新意識、新理論衝擊,而產生新期待視野。讀者於新舊視野普遍交融後,具備改變審美標準之力量。

審美經驗於歷代讀者之閱讀理解過程中不斷展演,而通過對文學作品之重新閱讀,「前人遺留下來的問題,爲後繼闡釋者創造了機會。後來的闡釋者不能完全抹殺前人在本文中找到的對他的問題的回答。」〔註22〕更且「閱讀經驗是一種形象創造活動,不同讀者的閱讀,同一讀者不同時間的閱讀,創造出的形象也是不同的,無所謂準確或誤差。」〔註23〕

文學作品之內容蘊涵與形式技巧難以在其問世後隨即被察覺,經由讀者不斷闡釋、想像與再創造,填補其空白處,遂使其意義層次與藝術美感得以再現,從而完整作品之精彩性;且此作品之成就非作者個人可獨占,當由作者與讀者共同獲得。

本文除借鑑「接受美學理論」外,亦使用計量分析之方法進行資料整理與歸納。

由數據之統計、分析,可得見歷代讀者對作品喜好面向之異同,亦能從作品喜好之面向窺視歷代讀者之接受程度。

二、研究材料

此以《小山詞》流傳之版本爲研究材料外,另以王師偉勇提出之十項接受史研究材料爲主要範疇,即和韻、仿擬、詩話、筆記、詞籍(集)序跋、詞話、論詞長短句、論詞絕句、評點資料與詞選。〔註24〕

〔註22〕〔聯邦德國〕H.R.姚斯、〔美〕R.C.霍拉勃著,周寧、金元浦譯:《接受美學與接受理論》,頁229。

〔註23〕〔聯邦德國〕H.R.姚斯、〔美〕R.C.霍拉勃著,周寧、金元浦譯:《接受美學與接受理論·譯者前言》,頁10。

〔註24〕王師偉勇指出詞學「接受史」研究資料,可自十方面取得:「一曰他人和韻之作,二曰他人仿擬之作,三曰詩話,四曰筆記,五曰詞籍(集)序跋,六曰詞話,七曰論詞長短句,八曰論詞絕句,九曰評點資料,十曰詞選。」見王偉勇:〈清代論詞絕句之整理、研究及價

茲分類敘述如次：

（一）版　本

歷來《小山詞》版本眾多，茲以時代先後條述《小山詞》版本情形：〔註25〕

1、邵博《聞見後錄》載：「監潁昌府許田鎮，手寫自作長短句，上府帥韓少師。」〔註26〕此《小山詞》為晏幾道自編。

2、《小山詞·自序》云：「七月己巳，為高平公綴輯成編。」〔註27〕是知高平公范純仁編輯晏幾道諸詞而成《小山詞》。此為《小山詞》第二次成編。

3、《直齋書錄解題》載錄南宋長沙劉氏書坊輯刻《百家詞》之《小山詞》一卷。

4、今傳《小山詞》為晏幾道手定，抑或後人輯錄，無從得知。而主要版本為：

（1）趙氏星鳳閣原藏明鈔本（今藏南京圖書館）

（2）明代吳訥《唐宋元明百家詞》本

（3）明鈔《宋二十家詞》本

（4）明代毛晉汲古閣《宋名家詞》本

（5）清代《四庫全書》本

（6）清代何焯校明鈔本（今藏浙江大學圖書館）

（7）清文宗咸豐二年（1852）晏端書輯《小山詞鈔》一卷，

值〉，《兩岸韻文學術研討會論文集》（台北：世新大學出版，2009年5月），頁1。

〔註25〕參鄭騫：《景午叢編·晏叔原繫年新考》（台北：台灣中華書局，1972年1月），下編，頁200～209。王兆鵬：《詞學史料學》（北京：中華書局，2009年2月），頁170。本論文所引《景午叢編》皆依據此版本。

〔註26〕〔宋〕邵博：《聞見後錄》。見《景印文淵閣四庫全書》，冊1039，卷19，頁308。

〔註27〕〔宋〕晏幾道：《小山詞·自序》。見朱祖謀校輯：《彊村叢書》（台北：廣文書局，1970年3月），冊2，頁491。本論文所引《彊村叢書》皆依據此版本。

補鈔一卷

（8）清代四寶齋鈔本（今藏上海圖書館）

（9）知聖道齋原藏《南詞》本

（10）清代抱經齋鈔《大小晏詞》本《晏叔原小山詞》一卷，
　　拾遺一卷（今藏中國國家圖書館）

（11）朱祖謀校清鈔本（今藏浙江圖書館）

（12）朱祖謀《彊村叢書》本

（13）唐圭璋《全宋詞》本

（14）林大椿《小山詞》（上海：上海商務印書館，1930 年）

（15）王煥猷《小山詞箋》（上海：上海商務印書館，1947
　　年）

（16）王雲五編《二晏詞選注》（台北：台灣商務印書館，
　　1965 年）

（17）夏敬觀《二晏詞選註》（台北：台灣商務印書館，1965
　　年）

（18）李明娜《小山詞校箋注》（台北：文津出版社，1981
　　年 6 月）

（19）王根林校點《小山詞》（上海：上海古籍出版社，1988
　　年）

（20）吳林抒校箋《小山詞》（台北：文津出版社，1988 年）

（21）陳寂《二晏詞選》（廣州：廣東高等教育出版社，1988
　　年）

（22）鄧紹基、李玫選注《晏殊晏幾道歐陽脩詩詞精選 180
　　首》（太原：山西古籍出版社，1995 年）

（23）陳永正：《晏殊晏幾道詞選》（台北：遠流出版事業
　　有限公司，2005 年 7 月）

（24）王雙啓：《晏幾道詞新釋輯評》（北京：中國書店，
　　2007 年 1 月）

（25）張草紉：《二晏詞箋注》（上海：上海古籍出版社，
　　　2009 年 4 月）

唐圭璋編《全宋詞》本《小山詞》，係依朱祖謀《彊村叢書》本
《小山詞》為底本而多輯補 4 闋，凡 260 闋。因版本較完善，故本論
文採用之《小山詞》版本為唐圭璋編《全宋詞》〔註28〕本。

（二）批評資料

此包含詞話、詩話、筆記、詞籍（集）序跋、評點資料、論詞絕
句與論詞長短句七項。茲說明如下：

1、詞話、詩話

以唐圭璋編《詞話叢編》為主，輔以其他《詞話叢編》未收之書，
如徐釚《詞苑叢談》、張宗橚《詞林紀事》、郭紹虞輯《宋詩話輯佚》、
吳文治主編《宋詩話全編》與吳熊和主編《唐宋詞匯評・兩宋卷》等。

2、筆　記

參考施蟄存、陳如江等《宋元詞話》、張惠民編《宋代詞學資料
匯編》與《清代學術筆記叢刊》，並竭力蒐羅歷代野史、筆記中論詞
之相關資料。

3、詞籍（集）序跋

參考施蟄存主編《詞籍序跋萃編》與張惠民編《宋代詞學資料匯
編》，而多方收集兩書未見之資料。

4、評點資料

散見於詞選、詞譜之箋注與眉批。

5、論詞絕句、論詞長短句

依據王師偉勇輯得之 133 家作品，凡 1067 闋，並覽觀《全宋詞》、
《全金元詞》、《全明詞》（含補編）、《全清詞・順康卷》（含補編）、《清
詞別集》等叢書而得。

〔註28〕唐圭璋編纂，王仲聞參訂，孔凡禮補輯：《全宋詞》（北京：中華書
　　　局，2005 年 1 月）。

（三）選　本

據王兆鵬《詞學史料學》羅列之書目而分爲詞選與詞譜兩類，復參詞集叢書。

（四）創　作

此含仿擬、和韻與集句作品。藉蒐索《全宋詞》、《全金元詞》、《全明詞》（含補編）、《全清詞·順康卷》（含補編）、《清詞別集》等詞題或詞序之下明確標示「仿」、「擬」、「效」、「法」、「用」、「改」等字〔註29〕而得仿擬作品；題寫「和」、「次」、「依」、「步」等字而得和韻作品；指出集「晏幾道」、「晏叔原」、「小山」詞句而得集句作品。

（五）其　他

如史部之書、日記等。

三、研究範圍

本論文之研究時代爲宋至清朝，故上述研究材料僅收羅至「清」代，民國以後之作者創作僅爲輔助論述之用。而生卒年代橫跨清代與民國之人，以其「卒年」爲斷限。

至若「清季四大詞宗」：王鵬運（1848～1904）、朱祖謀（1857～1931）、鄭文焯（1856～1918）與況周頤（1859～1926）四人對晚清詞壇貢獻卓著，其成就爲後人所認可，故對研究晏幾道《小山詞》接受史而言，此四人之著作悉具參考價值。是以本論文亦將朱祖謀、鄭文焯、況周頤之作品列入清代而加以析論。

按：朱祖謀《彊村叢書》與《宋詞三百首》付梓年代分別爲民國6年、13年，是以與兩書相關之詞學資料僅作參酌之用。

〔註29〕王偉勇：〈兩宋詞人仿蘇辛體析論〉，《宋代文學研究叢刊》（高雄：麗文文化事業公司，2007年6月），第14期，頁121。

第二章　宋代對《小山詞》之接受

　　王國維《宋元戲曲史・自序》云：「凡一代有一代之文學：楚之
騷，漢之賦，六代之駢語，唐之詩，宋之詞，元之曲，皆所謂一代之
文學，而後世莫能繼焉者也。」〔註1〕由此可知，時代變遷，文學潮
流亦隨之更迭。

　　「詞」為宋代極具特色且創作成果甚是輝煌之文體，詞史上，晏
幾道《小山詞》具舉足輕重之地位。然而為後世所褒揚之文學作品不一
定見稱於當代，故本章針對宋代有關《小山詞》之資料進行析論，期能
窺知《小山詞》於宋代之價值，以及瞭解宋代對《小山詞》之接受成果。

第一節　期待視野：時代背景與詞學潮流

　　「期待視野」係指閱讀一部作品時，由讀者之文學閱讀經驗所構
成之思維定向或先在結構，包含思想觀念、道德情操、審美趣味與接
受標準等。〔註2〕而每個朝代有其政治考量與文化環境，故不可將每
個朝代之「期待視野」同等而觀。

<hr>

〔註1〕　王國維：《宋元戲曲史・自序》（台北：台灣古籍出版有限公司，2003
　　　　年6月），頁1。
〔註2〕　〔聯邦德國〕H.R.姚斯、〔美〕R.C.霍拉勃著，周寧、金元浦譯：《接
　　　　受美學與接受理論・譯者前言》，頁6～8。

本節由宋朝之時代背景與詞學潮流綜述其「期待視野」。

一、時代背景

政局昇平與否，執政者之愛好與文人之才思，於文學發展方面，占有莫大分量。而政策之實施與制度之建立，亦影響文學發展之走向，茲以「君王提倡」、「文化教育」、「歌妓制度」三項概述時代背景對宋詞之影響：

（一）君王提倡

社會經濟繁榮，使文化教育事業傳播甚爲迅速，無論地位崇高或身分卑微，皆因之沾漑。由於歌妓制度發達，使與音樂結合之「詞」體受到推動，成爲流行，而帝王權貴之提倡，亦是詞體普遍發展之另一要素。

王易《詞曲史·衍流第四》云：

> 有宋詞流之盛，多由於君上之提倡。北宋則太宗爲詞曲第一作家；眞，仁，神三宗具曉聲律；徽宗之詞尤擅勝場，即所傳十餘篇，固已無愧作者。……宋祁以繁臺街〈鷓鴣天〉一詞，而蓬山不遠，遂拜內人之賜；……蘇軾以〈水調歌頭〉一詞而獲愛君之嘆；至周邦彥以〈蘭陵王〉一詞，而追回爲徽猷閣待制，則是所或有也。……南渡之後，流風未泯。高宗能詞，有〈舞楊花〉自製曲……；又復刻意提倡，獎掖詞才，康與之，張掄，吳琚之倫，皆以詞受知，賞賚甚厚；……孝，光，寧三宗雖鮮流傳，而歌舞湖山，其遊賞進御各詞，至今猶有清響。則兩宋詞流之眾，非啻一時風會已也。〔註3〕

帝王塡詞製曲，參與創作，且「宋初大臣之爲詞者，寇萊公、晏元獻、宋景文、范蜀公，與歐陽文忠並有聲藝林。」〔註4〕上行下效，競趨

〔註3〕 王易：《詞曲史·衍流第四》（北京：團結出版社，2006年3月），頁107～108。本論文所引《詞曲史》皆依據此版本。

〔註4〕 〔清〕馮煦：《蒿庵論詞》。見唐圭璋編：《詞話叢編》，冊4，頁3585。

風尚；或以詞干謁，或用以娛賓遣興，佳作代出，詞林巨擘應運而生。

（二）文化教育

宋太祖有鑑於五代紛亂，民不安枕，是以「選儒臣幹事者百餘，分治天下」，〔註5〕又立有誓碑，明言「不得殺士大夫及上書言事人，……子孫有渝此誓者，天必殛之」。〔註6〕歷任皇帝力行文治，「迄於終祚，國步艱難，軍旅之事，日不暇給，而君臣上下未嘗頃刻不以文學為務。大而朝廷，微而草野，其所製作、講說、紀述、賦詠，動成卷帙，累而數之，有非前代之所及也。」〔註7〕

除文官飽讀詩書外，武官亦遍覽經籍，「欲其知為治之道也」。〔註8〕著名武將如狄青，「折節讀書，悉通秦、漢以來將帥兵法，由是益知名」；〔註9〕岳飛「家貧力學，尤好左氏春秋、孫吳兵法」，〔註11〕其「武」之功績，自不待言，而其「文」如〈滿江紅〉（怒髮衝冠）〔註11〕一詞，氣勢磅礡，傳誦千古，無怪乎《宋史·岳飛傳》論曰：「求其文武全器、仁智並施如宋岳飛者，一代豈多見哉。」〔註12〕

〔註5〕　〔宋〕李燾：《續資治通鑑長編》。見《景印文淵閣四庫全書》，冊314，卷13，頁208。

〔註6〕　〔清〕潘永因：《宋稗類鈔》。見《景印文淵閣四庫全書》，冊1034，卷1，頁216。

〔註7〕　〔元〕托克托等：《宋史·藝文志》。見《景印文淵閣四庫全書》，冊283，卷202，頁691。

〔註8〕　〔宋〕江少虞：《事實類苑》。見《景印文淵閣四庫全書》，冊874，卷1，頁5。

〔註9〕　〔元〕托克托等：《宋史·狄青傳》。見《景印文淵閣四庫全書》，冊285，卷290，頁627。

〔註11〕　〔元〕托克托等：《宋史·岳飛傳》。見《景印文淵閣四庫全書》，冊287，卷365，頁1。

〔註11〕　〔宋〕岳飛：〈滿江紅〉（怒髮衝冠）。見唐圭璋編纂，王仲聞參訂，孔凡禮補輯：《全宋詞》（北京：中華書局，2005年1月），冊2，頁1615。本論文所引宋詞皆依據此書，逕將冊數與頁碼標於引詞之後，不再一一附注。

〔註12〕　〔元〕托克托等：《宋史·岳飛傳》。見《景印文淵閣四庫全書》，冊

　　文教之風大開，時有二詩：「天子重英豪，文章教爾曹；萬般皆下品，唯有讀書高。」「少小須勤學，文章可立身。滿朝朱紫貴，盡是讀書人。」〔註13〕盛傳巷里。於此氛圍中，自當涵養許多知書達禮，才氣縱橫之士。宋詞之發展與文化教育關係密切。

（三）歌妓制度

　　隋唐設有教坊，宋代承之，據《宋史‧樂志》記載：

　　　宋初置教坊，得江南樂，已汰其坐部不用。自後因舊曲創
　　　新聲，轉加流麗。政和間，詔以大晟雅樂施於燕饗，御殿
　　　按試，補徵、角二調，播之教坊，頒之天下。〔註14〕

唐代教坊規模龐大，樂工歌妓之成就不凡，反觀宋代，教坊妓不如各地州府之官妓活躍；教坊至南宋而廢，教坊妓沒有固定之活動處所，地方官妓則依附於各級官府，擁有相對固定之表演場地。再者，地方官妓色藝俱佳，且官府活動頻繁，每有宴席聚會，官妓或佐酒於側，或歌舞獻藝，於推動音樂文化方面，有一定助力。〔註15〕

　　宋代歌妓可分三類：官妓、家妓與私妓。官妓包含教坊、軍中與地方歌妓；家妓多為上層社會者所蓄養；私妓則指市井歌妓。「家妓與官妓相比，他們的活動環境和社會角色雖然不盡相同，但對士大夫的娛樂或社交活動來說，都是不可或缺的娛樂伙伴和中介。」〔註16〕自宋太祖曰：「人生駒過隙爾，不如多積金帛、田宅以遺子孫，歌兒舞女以終天年。君臣之間無所猜嫌，不亦善乎。」〔註17〕乃至「兩府

　　　287，卷365，頁15。

〔註13〕〔宋〕汪洙：〈神童詩〉其一、其二。見尚聖德主編：《中華經典蒙書集注》（北京：華文出版社，2002年1月），卷3，頁245。

〔註14〕〔元〕托克托等：《宋史‧樂志》。見《景印文淵閣四庫全書》，冊282，卷142，頁554。

〔註15〕李劍亮：《唐宋詞與唐宋歌妓制度》（杭州：浙江大學出版社，2006年10月），頁25～29。

〔註16〕沈松勤：《唐宋詞社會文化學研究》（杭州：浙江大學出版社，2007年9月），頁42。

〔註17〕〔元〕托克托等：《宋史‧石守信傳》。見《景印文淵閣四庫全書》，

兩制家中各有歌舞，官職稍如意，往往增置不已。」〔註18〕以迄晏殊
「喜賓客，未嘗一日不燕飲，而盤饌皆不預辦，客至旋營之。……既
命酒，果實蔬茹漸至，亦必以歌樂相佐，談笑雜出。」〔註19〕而「秦
少游在揚州，劉太尉家出姬侑觴。中有一姝，善擘箜篌。……少游因
作〈御街行〉以道一時之景。」〔註20〕洎「稼軒以詞名。每燕，必命
侍妓歌其所作。」〔註21〕此等事蹟，因上有朝廷支持，下有厚實之經
濟實力，蓄養家妓之風蔚然。

至若私妓，隨著天下昇平，經濟繁榮，民間酒樓林立，妓業發達，
加以文化水準提高，北宋汴京「金翠耀目，羅綺飄香。新聲巧笑於柳陌
花衢，按管調絃於茶坊酒肆」；〔註22〕南宋則有「山外青山樓外樓，西
湖歌舞幾時休。暖風薰得遊人醉，直把杭州作汴州。」〔註23〕之盛況。

如此「舉目則青樓畫閣，繡戶珠簾，雕車競住於天街，寶馬爭馳
於御路」〔註24〕之景象，或是「是處樓臺，朱門院落，弦管新聲騰沸」
（柳永〈長壽樂〉，《全宋詞》，冊1，頁63）之情形，皆大大促進詞
之發展。

而歌妓制度與詞人創作之間具有密切關聯性，如次：

其一、歌妓之表演能引起詞人賞慕之情，進而將所見所感填入詞

冊285，卷250，頁82。
〔註18〕 〔宋〕朱弁：《曲洧舊聞》。見《景印文淵閣四庫全書》，冊863，卷
1，頁289。
〔註19〕 〔宋〕葉夢得：《避暑錄話》。見《景印文淵閣四庫全書》，冊863，
卷上，頁660。
〔註20〕 〔宋〕楊湜：《古今詞話》。見唐圭璋編：《詞話叢編》（北京：中華
書局，2005年10月），冊1，頁33。
〔註21〕 〔宋〕岳珂：《桯史》。見《景印文淵閣四庫全書》，冊1039，卷3，
頁430。
〔註22〕 〔宋〕孟元老：《東京夢華錄・序》。見《景印文淵閣四庫全書》，冊
589，頁126。
〔註23〕 〔宋〕林升：〈題臨安邸〉。見北京大學古文獻研究所編：《全宋詩》
（北京：北京大學出版社，1998年12月），冊50，卷2676，頁31452。
〔註24〕 〔宋〕孟元老：《東京夢華錄・序》。見《景印文淵閣四庫全書》，冊
589，頁126。

中。如晏幾道〈菩薩蠻〉：

> 哀箏一弄湘江曲。聲聲寫盡湘波綠。纖指十三弦。細將幽恨傳。　　當筵秋水慢。玉柱斜飛雁。彈到斷腸時。春山眉黛低。（《全宋詞》，冊 1，頁 304）

將歌妓聲情與歌唱技術描寫得歷歷如繪，意致悽惋，極富感染力。

其二、無論歌妓向詞人乞詞，或是詞人寫詞贈妓，於歌妓與詞人互動中，增加詞之產量。如柳永「爲舉子時，多游狹邪，善爲歌辭，教坊樂工每得新腔，必求永爲辭，使行于世，于是聲傳一時。」〔註25〕或晏幾道〈清平樂〉：「紅燭淚前低語，綠箋花裏新詞。」（《全宋詞》，冊 1，頁 298）此類「新腔」、「新詞」，俱使詞人揮灑筆墨，潛心創作。

其三、透過歌妓傳唱，詞人之創作得以廣泛流傳，爲人所曉。如《小山詞·自序》：

> 始時沈十二廉叔，陳十君龍家，有蓮、鴻、蘋、雲，品清謳娛客。每得一解，即以草授諸兒，吾三人持酒聽之，爲一笑樂。已而君龍疾廢臥家，廉叔下世，昔之狂篇醉句，遂與兩家歌兒酒使，俱流傳於人間。〔註26〕

是知歌妓對《小山詞》之傳播，貢獻良多。

其四、歌妓與詞人多有交往情形，或過程美好，抑或無限傷春，種種甘苦，一一現於詞中。如晏幾道〈菩薩蠻〉：

> 相逢欲話相思苦。淺情肯信相思否。還恐漫相思。淺情人不知。憶曾攜手處。月滿窗前路。長到月來時。不眠猶待伊。（《全宋詞》，冊 1，頁 304）

此詞「相思」二字重複三次，足見詞人深情；懷念過往歡樂情景，而現實愁苦難眠，可知詞人多情至性。此類材料，豐富婉約詞之內容。

〔註25〕〔宋〕葉夢得：《避暑錄話》。見《景印文淵閣四庫全書》，冊 863，卷下，頁 673。

〔註26〕〔宋〕晏幾道：《小山詞·自序》。見朱祖謀校輯：《彊村叢書》，冊 2，頁 491。

二、詞學潮流

文學本身之歷史發展，乃領導創作取向之一，進而每個朝代各有其代表之文體。據夏樹芳〈刻宋名家詞序〉云：

> 夫詞至宋人，而詞始霸。曼衍繁昌，至宋而詞之名始大備。
> 其人韶令秀世，其詞復鮮豔殊人；有新脫而無因陳，有圓
> 倩而無沾滯，有鮮麗而無冗長，有峭拔而無鉤棘。一時之
> 以賡和名家，而鼓吹中原，不啻肩摩於世云。〔註27〕

由此可知「詞」於宋代發展至巔峰。而「詞」在宋代之發展趨勢爲何？
茲列述如次：

（一）五代餘緒

「今人不見古時月，今月曾經照古人。」〔註28〕時空變異，宋人
雖然沒有身歷五代之文化環境與政治情勢，但是一部《花間集》替當時
詞人留下創作紀錄，並提供宋人填詞之範例。而「綺筵公子，繡幌佳人，
遞葉葉之花箋，文抽麗錦；舉纖纖之玉指，拍案香壇」〔註29〕之景況，
於宋代得到繼承，甚而發揚光大。「賢如寇準、晏殊、范仲淹、趙鼎，
勳名重臣，不少豔詞」〔註30〕，或狎妓酣歌，饒富綺羅香澤之氣息；或
變冶豔而婉麗，以「清絕之辭，用助嬌嬈之態」〔註31〕。

馮煦《蒿庵論詞》亦言：

> 宋初諸家，靡不祖述二主，憲章正中，譬之歐虞褚薛之書，

〔註27〕〔明〕夏樹芳：〈刻宋名家詞序〉。見〔明〕毛晉：《宋名家詞》（中
　　　　國人民大學圖書館藏明崇禎毛氏汲古閣刻本），《四庫全書存目叢
　　　　書》，冊422，頁710～711。

〔註28〕〔唐〕李白：〈把酒問月〉。見清聖祖御定：《全唐詩》（台北：明倫
　　　　出版社，1976年5月），冊3，卷179，頁1827。本論文所引《全唐
　　　　詩》皆依據此版本。

〔註29〕〔後蜀〕歐陽炯：〈花間集敘〉。見施蟄存主編：《詞籍序跋萃編》（北
　　　　京：中國社會科學出版社，1994年12月），卷8，頁631。本論文所
　　　　引《詞籍序跋萃編》皆依據此版本。

〔註30〕〔清〕沈雄：《古今詞話》。見唐圭璋編：《詞話叢編》，冊1，頁760。

〔註31〕〔後蜀〕歐陽炯：〈花間集敘〉。見施蟄存主編：《詞籍序跋萃編》，
　　　　卷8，頁631。

皆出逸少。晏同叔去五代未遠，馨烈所扇，得之最先，故左宮右徵，和婉而明麗，爲北宋倚聲家初祖。〔註32〕

又王易云北宋詞人之「顯達者如，寇準，韓琦，宋祁，范仲淹，司馬光，皆非純詞人，然其所爲小詞，則婉麗精妙，《花間》之遺也。」〔註33〕又言「北宋令詞之專精者，首推晏殊，蓋直繼聲《花間》者也。」〔註34〕由是可知，宋初詞人直承五代風采，而晏殊厥推「北宋倚聲家初祖」，其門生如歐陽脩，其子如晏幾道，在在承襲花間之藝術風貌而各有創新。

（二）詞語塵下〔註35〕

王兆鵬對宋詞作者與產量進行統計分析，將著名詞人之生活與創作年代劃分爲六個代群。宋初經戰亂後，休生養息，文學方面，以詞壇而言，仍屬沉寂狀態，作者僅有 9 位，存詞共 21 闋；待仁宗即位，詞壇始活躍，以柳永、張先、晏殊、歐陽脩等爲第一代詞人群，詞作量約 1077 闋。由於第一代之文學思潮多遵循前朝，尚環繞於晚唐五代之流風餘韻，詞作多婉約綺麗，以晏、歐爲主要代表。〔註36〕

然而政局承平，經濟復甦，歌妓制度完備，享樂風氣滋長，而詞之娛樂功能日盛，於此環境下，城市文化與生活方式多有入詞，使詞之內容不再限於離情別緒或歌樓舞榭。不同於晏、歐詞風，柳永將中下層社會風貌鋪敘於詞中，使通俗文化融於詞境，而開拓詞之形式與題材，

〔註32〕〔清〕馮煦：《蒿庵論詞》。見唐圭璋編：《詞話叢編》，冊4，頁3585。
〔註33〕王易：《詞曲史·析派第五》，頁132。
〔註34〕王易：《詞曲史·析派第五》，頁135。
〔註35〕語出〈李清照詞論〉：「逮至本朝，禮樂文武大備，又涵養百餘年，始有柳屯田永者，變舊聲，作新聲，出《樂章集》，大得聲稱於世；雖協音律，而詞語塵下。」見〔宋〕胡仔：《苕溪漁隱叢話·後集》（台北：木鐸出版社1982年8月），卷33，頁254。
〔註36〕詳參王兆鵬：《唐宋詞史論》（北京：人民文學出版社，2000年1月），頁7～50。與王兆鵬：《唐宋詞史的還原與建構》（武漢：湖北人民出版社，2005年6月），頁84～94。

「動搖了詞世界由紅粉佳人一統天下的格局」〔註37〕。由於柳永之成長歷程不如晏、歐順遂，故「忍把浮名，換了淺酌低唱」（〈鶴沖天〉，《全宋詞》，冊1，頁65），使懷才不遇之苦悶獲得抒發管道；又於花陣酒池中傾吐失意情緒，「流連坊曲，遂盡收俚俗語言，編入詞中，以便伎人傳習」〔註38〕，令其詞沾染不少鄙俗、塵下氣息，卻因此「一時動聽，散播四方」〔註39〕，替詞壇注入一股新活力，擴大審美情趣。

因柳永詞之內容涵蓋上層與中下層生活，是以雅俗共賞，俗詞則「凡有井水飲處，即能歌柳詞」〔註40〕；雅詞則「如〈八聲甘州〉云：『霜風淒緊，關河冷落，殘照當樓。』此語於詩句，不減唐人高處。」〔註41〕然柳永與歌妓過從甚密，被譏爲「薄於操行」〔註42〕；某些謳歌戀情之詞作，流露輕佻浮薄味，而被評爲「閨門淫媟之語」〔註43〕。此外，其詞世俗化，雖具有開創性，但爲數不少之市井俗語惹來非議，如「想佳人、妝樓顒望」（〈八聲甘州〉，《全宋詞》，冊1，頁54）句，被批爲「佳人妝樓四字，連用俗極，亦不檢點之過。」〔註44〕

無論柳永之創作如何求新求變，其「骫骳從俗，天下詠之」〔註45〕

〔註37〕王兆鵬：《唐宋詞史論》（北京：人民文學出版社，2000年1月），頁59。

〔註38〕〔清〕宋翔鳳：《樂府餘論》。見唐圭璋編：《詞話叢編》，冊3，頁2499。

〔註39〕〔清〕宋翔鳳：《樂府餘論》。見唐圭璋編：《詞話叢編》，冊3，頁2499。

〔註40〕〔宋〕葉夢得：《避暑錄話》。見《景印文淵閣四庫全書》，冊863，卷下，頁674。

〔註41〕〔宋〕趙令畤：《侯鯖錄》。見《景印文淵閣四庫全書》，冊1037，卷7，頁407。

〔註42〕〔宋〕嚴有翼：《藝苑雌黃》。見郭紹虞輯：《宋詩話輯佚》（北京：中華書局，1987年5月），冊下，頁579。本論文所引《宋詩話輯佚》皆依據此版本。

〔註43〕〔宋〕嚴有翼：《藝苑雌黃》。見郭紹虞輯：《宋詩話輯佚》，冊下，頁579。

〔註44〕〔清〕陳廷焯：《白雨齋詞話》。見唐圭璋編：《詞話叢編》，冊4，頁3904。

〔註45〕〔宋〕陳師道：《後山詩話》。見《景印文淵閣四庫全書》，冊1478，

之特色，不受執政者喜愛，如「仁宗留意儒雅，務本理道，深斥浮豔虛薄之文」；〔註46〕晏殊鄙視柳永作「綠線慵拈伴伊坐」之類字句。〔註47〕不同文化圈自有其價值取向，士大夫崇雅，庶民從俗。雅、俗於上層社會壁壘分明，日常生活方式講求教養、風範，而文章寫作要求合乎禮義道德。故塵俗氣息濃厚，有冶蕩嫌疑之柳永詞，於當時或後世文人眼中，多有貶抑、譴責之語，甚而開啓詞壇雅俗之爭。

（三）豪放詞派

范仲淹與晏、歐、柳等同屬第一代詞人群，然范之詞風兼擅婉約與豪放，對後世豪放詞之發展，具有前瞻性。范仲淹深具文韜武略，晚年經略陝西，鎮守西北邊疆，時盛傳「軍中有一范，西賊聞之驚破膽」〔註48〕，而西夏更認爲「小范老子腹中自有數萬甲兵，不比大范老子可欺也」〔註49〕。因治軍經歷，嘗盡塞外勞瘁，同時亦飽覽邊塞風光，遂「作〈漁家傲〉樂歌數闋，皆以『塞下秋來』爲首句，頗述邊鎮之勞苦」〔註50〕；其軍旅生涯使宋初詞壇將視野朝向邊疆荒漠，沾染一股蒼涼悲壯之氣氛。

而後至蘇軾氣量恢弘，「情不囿於燕私；辭不限於綺語。上之可尋聖賢之名理；大之可發忠愛之熱忱，寄慨於剩水殘山；托興於美人

頁286。

〔註46〕〔宋〕吳曾：《能改齋漫錄》。見唐圭璋編：《詞話叢編》，冊 1，頁135。

〔註47〕〔宋〕張舜民《畫墁錄》：「柳三變既以調忤仁廟，吏部不放，改官。三變不能堪，詣政府。晏公曰：『賢俊作曲子麼？』三變曰：『衹如相公，亦作曲子。』公曰：『殊雖作曲子，不曾道「綠線慵拈伴伊坐」。』柳遂退。」見《景印文淵閣四庫全書》，冊 1037，頁 172。「綠線慵拈伴伊坐」句，《全宋詞》作「針線閑拈伴伊坐」（冊 1，頁 37）。

〔註48〕〔宋〕朱熹：《宋朝名臣言行錄‧前集》。見《景印文淵閣四庫全書》，冊 449，卷 7，頁 81。

〔註49〕〔宋〕朱熹：《宋朝名臣言行錄‧前集》。見《景印文淵閣四庫全書》，冊 449，卷 7，頁 80～81。

〔註50〕〔宋〕魏泰：《東軒筆錄》。見《景印文淵閣四庫全書》，冊 1037，卷 11，頁 479～480。

香草。合風雅騷章之軌；同溫柔敦厚之歸。」〔註51〕既善於寓情於景，以順處逆，亦將哲理禪悟，筵席樂趣，戲謔詼諧，些等題材盡入其詞，從而展現其曠達爽朗之性格與寬廣之聯想力。此外，才氣縱橫，以詩入詞，使詞與音樂性分離，「非不能歌，但豪放不喜裁剪以就聲律耳」〔註52〕。蘇軾「絕去筆墨畦徑間，直造古人不到處，真可使人一唱而三歎」〔註53〕；上承范仲淹豪放風格，中啓蘇門創作群體，下開南宋辛棄疾沉鬱蒼勁，於詞壇之貢獻難以望其項背。

　　宋詞至第四代詞人群，實爲創作高峰期，詞作量達 4184 闋，而以辛棄疾爲代表詞人〔註54〕。「自稼軒紹東坡而開豪壯之宗，南宋詞人之繼聲者甚眾」〔註55〕，而「近稼軒而實導源東坡者，有張孝祥，范成大，陸游」〔註56〕。南渡後，時空轉換，詞人回顧歷史，遵循並發揮蘇軾豪放詞風之道路，多充滿愛國豪情，慷慨悲涼，使詞境與審美視界有所開拓。

（四）精緻詞風

　　宋詞經過第二、第三代詞人開拓，內容推陳出新，情感豐富多采，而詞調更爲完備。柳詞通俗，蘇詞豪邁，雖然引領風騷，但是效法者眾，遂有不少流弊，時多批評聲浪；逮「大晟詞人」群起創作，傾向雅化，語言工麗，如周邦彥「無一點市井氣，下字運意，皆有法度」〔註57〕；宋室南渡，偏安享樂，姜夔、張炎諸家審音協律，講究章法，

〔註51〕王易：《詞曲史・析派第五》，頁 131。
〔註52〕〔宋〕陸游：《老學庵筆記》。見《景印文淵閣四庫全書》，冊 865，卷 5，頁 44。
〔註53〕〔宋〕胡仔：《苕溪漁隱叢話・後集》（台北：木鐸出版社，1982 年 8 月），卷 26，頁 193。
〔註54〕王兆鵬：《唐宋詞史的還原與建構》（武漢：湖北人民出版社，2005 年 6 月），頁 91。
〔註55〕王易：《詞曲史・析派第五》，頁 168。
〔註56〕王易：《詞曲史・析派第五》，頁 165。
〔註57〕〔宋〕沈義父：《樂府指迷》。見唐圭璋編：《詞話叢編》，冊 1，頁 277。

使詞風趨向精緻。猶如杜甫「晚節漸於詩律細」〔註58〕，宋詞之創作隨著年代久遠與名家輩出，漸漸強調形式精巧，雕琢字句以別開蹊徑。

「自鄱陽姜夔，句琢字鍊，始歸醇雅，而達祖、觀國為之羽翼。」〔註59〕史達祖詞清逸而細膩，更有「梅溪全祖清真，高者幾於具體而微。論其骨韻，猶出夢窗之右」〔註60〕之評價。而高觀國長於詠物，能與史達祖「旗鼓俱足相當」〔註61〕，清新而含蓄。南宋精緻詞風至吳文英而掀起另一波高潮，其才氣或許不及周邦彥與姜夔，然構思綿密，強調修辭，「密處能令無數麗字，一一生動飛舞，如萬花為春」〔註62〕，藝術成就不凡，能自成流派。

簡而言之，南宋詞壇重視形式，以復雅、格律化為審美主流。

據《接受美學與接受理論》云：

> 一個相應的、不斷建立和改變視野的過程，也決定著個別本文與形成流派的後繼諸本文間的關係。這一新的本文喚起了讀者（聽眾）的期待視野和由先前本文所形成的準則，而這一期待視野和這一準則，則處在不斷變化、修正、改變，甚至再生產之中。〔註63〕

五代至北宋，以迄南宋，隨著時局變遷，風尚流轉，詞有雅俗之辨，有婉約與豪放情感之不同，依據內容而各得其宜。因每個時期之期待視野不盡相似，加以閱讀者對文學好惡觀感有別，而影響所及，閱讀者對晏幾道《小山詞》此文本產生之評論、接受程度等必然有所差異。

〔註58〕〔唐〕杜甫：〈遣悶戲呈路十九曹長〉。見清聖祖御定：《全唐詩》，冊4，卷234，頁2586。

〔註59〕〔清〕汪森：〈詞綜序〉。見施蟄存主編：《詞籍序跋萃編》，卷9，頁748。

〔註60〕〔清〕陳廷焯：《白雨齋詞話》。見唐圭璋編：《詞話叢編》，冊4，頁3800。

〔註61〕〔清〕永瑢、紀昀等：《武英殿本四庫全書總目提要》（台北：台灣商務印書館，1983年10月），冊5，卷199，頁311。本論文所引《武英殿本四庫全書總目提要》皆依據此版本。

〔註62〕〔清〕況周頤：《蕙風詞話》。見唐圭璋編：《詞話叢編》，冊5，頁4447。

〔註63〕〔聯邦德國〕H.R.姚斯、〔美〕R.C.霍拉勃著，周寧、金元浦譯：《接受美學與接受理論》，頁29。

下節將透過宋人對《小山詞》或晏幾道本身之評論與接受情形，瞭解閱讀者之期待視野，《小山詞》之創作動機與風格，對宋人所造成之影響，並藉以探析《小山詞》之豐富蘊涵。

第二節　閱讀具體化：審美標準與接受程度
——詞論篇

　　「期待視野」左右宋人對《小山詞》之評論，因論者有其熟識之內在審美經驗，故論者與《小山詞》之間存有「視野變化」之距離，此距離影響論者對《小山詞》之接受，並決定《小山詞》之成就。〔註64〕

　　宋人閱讀《小山詞》後，無論褒揚或貶抑，皆是「一種『補充性的確定』活動，填補了作品框架的未定點和空白。」〔註65〕或可謂《小山詞》之意義並非其本文所固有，而是藉由閱讀具體化活動所生成。〔註66〕本節針對宋人閱讀《小山詞》所下之評論，探討宋人對《小山詞》之接受。

　　而蒐羅宋代有關《小山詞》之評論，要可分為三大部分，如次：

一、體　製

　　黃庭堅於〈小山詞序〉〔註67〕云晏幾道「文章翰墨，自立規摹」，亦言「論文自有體，不肯一作新進士語」，是知晏幾道詞有其格局與風格，並不依循當時詞壇潮流。晏幾道屬於第二代詞人群，創作年代主要在宋神宗、哲宗、徽宗三朝（1068～1125 年）；此時期著名詞人

〔註64〕此概念取自〔聯邦德國〕H.R.姚斯、〔美〕R.C.霍拉勃著，周寧、金元浦譯：《接受美學與接受理論》，頁 31。

〔註65〕〔聯邦德國〕H.R.姚斯、〔美〕R.C.霍拉勃著，周寧、金元浦譯：《接受美學與接受理論‧譯者前言》，頁 4。

〔註66〕此概念取自〔聯邦德國〕H.R.姚斯、〔美〕R.C.霍拉勃著，周寧、金元浦譯：《接受美學與接受理論‧譯者前言》，頁 2。

〔註67〕〔宋〕黃庭堅：〈小山詞序〉。見朱祖謀校輯：《彊村叢書》，冊 2，頁 489～490。

尚有蘇軾、黃庭堅、秦觀、周邦彥等；而黃庭堅與秦觀爲蘇門四學士之一，當與蘇軾爲同一社交圈，只是黃庭堅師法蘇詞，秦觀則受柳詞影響；周邦彥爲北宋後期詞壇姣姣者。〔註68〕若以晏幾道生活年代而言，與之同時或相近者，爲蘇軾、黃庭堅、秦觀，周邦彥出生年代則略晚之；若以創作時期而言，晏幾道、蘇軾、黃庭堅、秦觀四人集中於神宗、哲宗朝，而周邦彥屬徽宗朝之大晟詞人群。

蓋蘇軾詞有婉約，有豪放；婉約處則詞情蘊藉，豪放處則氣象恢弘，然「指出向上一路，新天下耳目」〔註69〕，貢獻卓著者，當屬豪放詞。蘇軾將其身世感懷寄寓於詞中，「中秋誰與共孤光。把盞淒然北望」（〈西江月〉，《全宋詞》，冊1，頁366）；又體現人生哲理，「回首向來瀟灑處。歸去。也無風雨也無晴」（〈定風波〉，《全宋詞》，冊1，頁372）；藉豪放詞以表現自身狂直與曠達，而能「一洗綺羅香澤之態，擺脫綢繆宛轉之度，使人登高望遠，舉首高歌，而逸懷浩氣，超然乎塵垢之外。」〔註70〕蘇詞出，於文學史留下璀璨一頁，讓第一代詞人之五代遺風漸消蹤於詞壇，「令《花間》爲皁隸而柳氏爲輿臺」〔註71〕。而黃庭堅雖以詩名見稱於天下，然其詞「學東坡，韻製得七、八」〔註72〕，又如「莫笑老翁猶氣岸。君看。幾人黃菊上華顛。」（〈定風波〉，《全宋詞》，冊1，頁502）等句寫來極富氣概。是以當時詞壇以蘇軾爲領導人物。

秦觀身爲蘇門子弟，而其詞多效法柳永。雖然柳永存詞213闋，而秦觀存詞僅90闋〔註73〕，詞作數量相差甚遠，但是秦觀對慢詞之

〔註68〕王兆鵬：《唐宋詞史論》（北京：人民文學出版社，2000年1月），頁13～15。

〔註69〕〔宋〕王灼：《碧雞漫志》。見唐圭璋編：《詞話叢編》，冊1，頁85。

〔註70〕〔宋〕胡寅：〈酒邊集序〉。見施蟄存主編：《詞籍序跋萃編》，卷3，頁169。

〔註71〕〔宋〕胡寅：〈酒邊集序〉。見施蟄存主編：《詞籍序跋萃編》，卷3，頁169。

〔註72〕〔宋〕王灼：《碧雞漫志》。見唐圭璋編：《詞話叢編》，冊1，頁83。

〔註73〕王兆鵬：《唐宋詞史論》（北京：人民文學出版社，2000年1月），頁

開拓，上繼柳永，下開周邦彥，功不可沒。如〈水龍吟〉（小樓連遠橫空）（《全宋詞》，冊 1，頁 587）一詞，即使東坡對其中「小樓連遠橫空，下窺繡轂雕鞍驟」二句譏笑道：「十三個字，只說得一個人騎馬樓前過。」〔註 74〕，卻透露出秦觀學柳詞鋪敘之特色。此外，秦觀能根據內容之需要，重新調整詞上、下片之結構，如〈望海潮〉（梅英疏淡）（《全宋詞》，冊 1，頁 586）一詞，依照情感變化而將上、下片交揉一起，並透過「換頭」而使重點更加突出。〔註 75〕

同屬第二代詞人群，晏幾道在蘇軾、秦觀詞包圍下，如何不同凡俗，自具風貌，茲析論如下：

（一）補樂府之亡

黃庭堅言晏幾道「嬉弄於樂府」〔註 76〕，此事可由晏幾道《小山詞‧自序》得到佐證：

> 《補亡》一編，補樂府之亡也。叔原往者浮沉酒中。病世之歌詞不足以析醒解慍，試續南部諸賢緒餘，作五、七字語，期以自娛，不獨敘其所懷，兼寫一時杯酒間聞見所同遊者意中事。嘗思感物之情，古今不易，竊以謂篇中之意，昔人所不遺，第於今無傳爾。故今所製，通以《補亡》名之。〔註 77〕

此段序言，從中可窺得晏幾道詞學思想：

其一、晏幾道不稱「詞」，而稱「樂府」，又張惠言《詞選‧序》云：「詞者，蓋出于唐之詩人，採樂府之音，以制新律，因繫其詞，故曰『詞』。」〔註 78〕可見晏幾道重視音樂性，強調配唱功能。此外，

84～85。

〔註 74〕 〔清〕劉熙載：《詞概》。見唐圭璋編：《詞話叢編》，冊 4，頁 3691。

〔註 75〕 陶爾夫、諸葛憶兵：《北宋詞史》（哈爾濱：黑龍江人民出版社，2005 年 1 月），頁 287～288。

〔註 76〕 〔宋〕黃庭堅：〈小山詞序〉。見朱祖謀校輯：《彊村叢書》，冊 2，頁 489～490。

〔註 77〕 〔宋〕晏幾道：《小山詞》。見朱祖謀校輯：《彊村叢書》，冊 2，頁 491。

〔註 78〕 〔清〕張惠言輯：《詞選‧序》（據上海圖書館藏清道光十年宛鄰書屋刻本影印）。見《續修四庫全書》（上海：上海古籍出版社，2002 年 3

「樂府」繼承《詩經》「男女有所怨恨，相從而歌。饑者歌其食，勞者歌其事」〔註79〕之傳統，是知晏幾道將所見所感訴諸於其詞作。

其二、晏幾道認爲「詞」應用以「析酲解慍」，即能夠醒酒、消除怒氣。南部諸賢，指五代詞人，故「試續南部諸賢緒餘」即承襲五代餘緒。而「析酲」可與「試續南部諸賢緒餘」相聯繫，「解慍」與「期以自娛」則互爲因果。五代詞爲歌筵酒席下產物，目的爲娛賓遣興，而詞人按曲拍填詞，交由歌妓演唱，以增添妖嬈嫵媚之態。是以《小山詞》繼承五代傳統，《花間》遺風，綺麗而婉約。

其三、晏幾道認爲詞之內容可以抒發身世感慨，亦能描繪歌兒舞女之情態，或敘述交遊情形等。「詞也者，樂府之變調，風騷之流派也。」〔註80〕「風騷」之作，在於懷時感物，緣情而發，此亦爲古今文人不變之特點；「風騷」之旨，在於寓有寄託深意，故《小山詞》富含內蘊，當深刻體會。

其四、時人多忘失樂府之源，風騷真意，故晏幾道重拾往昔模式，期能傳承下去。對此，王灼《碧雞漫志》云：「叔原於悲歡合離，寫眾作之所不能，而嫌于夸。故云：『昔人定已不遺，第今無傳。』」〔註81〕認爲晏幾道自視甚高。

晏幾道對於「樂府」之態度，黃庭堅用「嬉弄」一詞概括，看似不甚敬重，卻凸顯「樂府」之音樂功能與娛樂效果，且透露晏幾道才華洋溢，率爾操觚，能恣意揮灑翰墨。是以《補亡》一編，即《小山詞》一書，乃是「論文自有體，不肯一作新進士語」之實踐。

（二）詩人句法

黃庭堅云晏幾道「獨嬉弄於樂府之餘，而寓以詩人之句法。」而

月），冊1732，頁536。本論文所引《續修四庫全書》皆依據此版本。
〔註79〕〔周〕公羊高撰，〔漢〕何休解詁，〔唐〕徐彥疏，陸德明音義：《春秋公羊傳注疏》。見《景印文淵閣四庫全書》，冊145，卷16，頁320。
〔註80〕〔清〕陳廷焯：《詞則・總序》（上海：上海古籍出版社，1984年5月），冊上，頁1。
〔註81〕〔宋〕王灼：《碧雞漫志》。見唐圭璋編：《詞話叢編》，冊1，頁85。

「句法」爲黃庭堅詩學理論重點之一；專程將「詩人之句法」標舉而出，可見此爲晏幾道詞重要特色。論者每談及「以詩爲詞」，多以蘇軾爲首選，然宋初詞壇即有使用此技巧之情形，發展至中後期，更爲一普遍現象。

　　況周頤《蕙風詞話》言：「兩宋人塡詞，往往用唐人詩句。」〔註82〕王師偉勇於〈晏殊《珠玉詞》借鑑唐詩之探析——兩宋詞人大量借鑑唐詩之先驅〉〔註83〕一文，針對晏殊借鑑唐詩之技巧，作出翔實分析，並歸納其詞一百三十餘闋中，多達六十餘闋使用借鑑唐詩之技巧，比例近乎二分之一，可謂有心爲之。晏殊既爲宋代「大量借鑑唐詩之先驅」，幼子晏幾道於其薰染下，亦於詞作繁複借鑑唐詩。而卓清芬〈「奪胎換骨」的新變——晏幾道《小山詞》「詩人句法」之借鑑詩句探析〉〔註84〕一文，整理出小晏詞凡兩百五十九闋，其中一百二十二闋可見其借鑑前人詩句之技巧，比例亦將近占其詞之一半。而二晏最常借鑑之詩人作品，當爲白居易，各有十六、十七次。〔註85〕白詩於二晏詞中具有一席之地，似可見二晏情性相近之處。

　　晏幾道詩，今存七首〔註86〕，雖不見以其詩句轉爲詞句之現象，然「襲用成句」，凸顯唐詩「造語之工」之情形亦有三例，即〈臨江

〔註82〕〔清〕況周頤：《蕙風詞話》。見唐圭璋編：《詞話叢編》，冊 5，頁4419。

〔註83〕王偉勇：《宋詞與唐詩之對應研究》（台北：文史哲出版社，2004 年3 月），頁 71～128。本論文所引《宋詞與唐詩之對應研究》皆依據此版本。

〔註84〕卓清芬：〈「奪胎換骨」的新變——晏幾道《小山詞》「詩人句法」之借鑑詩句探析〉，《中央大學人文學報》（2007 年 7 月），第三十一期，頁 65～120。

〔註85〕詳見王偉勇：〈晏殊《珠玉詞》借鑑唐詩之探析——兩宋詞人大量借鑑唐詩之先驅〉與卓清芬〈「奪胎換骨」的新變——晏幾道《小山詞》「詩人句法」之借鑑詩句探析〉二文。

〔註86〕即〈與鄭介夫〉、〈戲作示内〉、〈題司馬長卿畫像〉、〈觀畫目送飛雁手提白魚〉、〈公儀招觀畫〉、〈七夕〉、〈晚春〉七首。見北京大學古文獻研究所編：《全宋詩》，冊 12，頁 7999～8001。

仙〉(夢後樓臺高鎖):「落花人獨立。微雨燕雙飛」,取自翁宏〈春殘〉頷聯;〈生查子〉(金鞭美少年):「背面鞦韆下」,取自李商隱〈無題〉(八歲偷照鏡)末句;〈少年游〉(西樓別後):「總是玉關情」,取自李白〈子夜四時秋歌〉第四句。〔註87〕

　　昔人於作詞技巧方面,多有論述,而飽覽群集爲其基礎,如沈祥龍《論詞隨筆》云:「詞於古文詩賦,體製各異。然不明古文法度,體格不大,不具詩人旨趣,吐屬不雅,不備賦家才華,文采不富。」〔註88〕若欲於詞中「寓以詩人之句法」,必當「平生潛心六藝,玩思百家」,藏書豐厚〔註89〕,以充實見聞。吳可《藏海詩話》稱晏幾道〈浣溪沙〉(唱得紅梅字字香)中「字字香」三字「下得巧」〔註90〕,即是讚揚晏幾道填詞技巧之事例。故知晏幾道才識廣博,以詩入詞,運用自如。

　　對於晏幾道之「詩人句法」,卓清芬〈「以詩爲詞」的實踐──談晏幾道《小山詞》的「詩人句法」〉〔註91〕一文,從選調、字法(實字、虛字、疊字、重字、色彩字)、句眼、句法(句式、對偶)、修辭技巧(擬人、設問、襯映)、借鑑前人詩句、意新語工、語言風格等方面著手,探討晏幾道「以詩爲詞」之實踐:感物言志、比興寄託、溫柔敦厚;論述精闢,細密剖析「詩人句法」之形式與意涵。

　　由「以詩爲詞」之實踐,可見晏幾道「雖取古人之陳言入於翰墨,

〔註87〕卓清芬:〈「奪胎換骨」的新變──晏幾道《小山詞》「詩人句法」之借鑑詩句探析〉,《中央大學人文學報》(2007 年 7 月),第三十一期,頁 90～91。

〔註88〕〔清〕沈祥龍:《論詞隨筆》。見唐圭璋編:《詞話叢編》,冊 5,頁4059。

〔註89〕〔宋〕張邦基《墨莊漫錄》:「晏叔原聚書甚多,每有遷徙,其妻厭之,謂叔原『有類乞兒搬漆碗。』」。見《景印文淵閣四庫全書》,冊864,卷 3,頁 30。

〔註90〕〔宋〕吳可:《藏海詩話》。見《景印文淵閣四庫全書》,冊 1479,頁 4。

〔註91〕卓清芬:〈「以詩爲詞」的實踐──談晏幾道《小山詞》的「詩人句法」〉,香港中文大學《中國文化研究所學報》(2008 年 01 月),第四十八期,頁 315～342。

如靈丹一粒，點鐵成金也」〔註92〕，亦表現其人對樂府精神之執著。

（三）詞　調

「補樂府之亡」、「試續南部諸賢緒餘，作五、七字語」之使命與「寓以詩人之句法」之特色，尚呈現於晏幾道對詞調之選擇。

《小山詞》僅有 3 長調：〈六么令〉3 闋、〈泛清波摘遍〉1 闋、〈滿庭芳〉1 闋。使用 10 次以上之詞調，以〈采桑子〉25 闋爲最多，其次爲〈浣溪沙〉21 闋，第三爲〈鷓鴣天〉19 闋，第四爲〈清平樂〉18 闋，第五爲〈蝶戀花〉15 闋，第六則是〈生查子〉與〈玉樓春〉，各 13 闋；其中〈蝶戀花〉爲中調，其餘皆爲小令。因樂府可被管弦，而五代諸賢詞作多爲尊前舞宴之產物，晏幾道遂選用小令以符合樂府短小體製與酒席間旋律活潑之性質。再者，晏幾道選用之小令詞調，如〈浣溪沙〉、〈生查子〉、〈玉樓春〉與〈菩薩蠻〉等，乃五代詞人常用者，斯可見「試續南部諸賢緒餘」之精神。

綜觀使用 10 次以上之詞調，以五字句與七字句爲主要結構，切合《小山詞・自序》云「作五、七字語」。雖然「五、七字語」指長短句，即「詞」，但是五言與七言爲詩之句式，晏幾道好用以五字句與七字句組成之詞調，此又與「寓以詩人之句法」有所關聯。張炎曰：「詞之難於令曲，如詩之難於絕句，不過十數句，一句一字閒不得。」〔註93〕晏幾道鍊字造語、摛章繪句之功力，盡現於令詞。

二、品　藻

此係品評晏幾道其人其詞，析論如次：

（一）人　品

晏幾道爲人胸懷坦蕩，光明高潔，黃庭堅言其「磊隗權奇」〔註94〕，

〔註92〕〔宋〕黃庭堅：《山谷集・答洪駒父書三首》。見《景印文淵閣四庫全書》，冊 1113，卷 19，頁 186。
〔註93〕〔宋〕張炎：《詞源》。見唐圭璋編：《詞話叢編》，冊 1，頁 265。
〔註94〕〔宋〕黃庭堅：〈小山詞序〉。見朱祖謀校輯：《彊村叢書》，冊 2，頁

陳振孫則云「尙氣磊落」〔註95〕，而此性格令其無心於名利，不依傍權貴，如蔡京爲當時名臣，先後四次任相；某重九冬至日遣客向晏幾道求長短句，而晏幾道欣然爲之作〈鷓鴣天〉兩闋〔註96〕，觀其內容，竟無一語言及蔡京。此外，晏幾道「年未至乞身，退居京城賜第，不踐諸貴之門」，謝絕朝中要臣提拔，如蘇軾欲見之，卻推辭道：「今政事半吾家舊客，亦未暇見也。」〔註97〕由此可知晏幾道正直、耿介之個性。

因不巧言諂笑，逢迎高官，亦不願清濁同流，人們視之爲「縱弛不羈」、「不苟求進」〔註98〕。而此「疏於顧忌」，特立獨行之性格，使其處事不甚圓融，常說人長短，故人際關係不佳，諸公遂多「以小謹望之」，期盼晏幾道能有所收斂。種種原因，影響晏幾道仕途之發展，更自言：「我槃跚勃窣，猶獲罪於諸公，憤而吐之，是唾人面也。」〔註99〕當知晏幾道爲人自有法度，非過於孤傲，而是不甘逆來順受。

儘管仕途連蹇，仍然以厚善交遊，待人誠信，「人百負之而不恨，已信人，終不疑其欺己」。〔註100〕黃庭堅與晏幾道交情甚篤，同遊唱和，作〈自咸平至太康，鞍馬間得十小詩，寄懷晏叔源，并問王稚川行李。鵝兒黃似酒，對酒愛新鵝，此他日醉時與叔源所詠，因以爲韻〉〔註101〕十首，聊表寸心，流露惺惺相惜之友情；而且對其情性了然

〔註95〕〔宋〕陳振孫：《直齋書錄解題》。見《景印文淵閣四庫全書》，冊674，卷21，頁888。
〔註96〕即首句爲「九日悲秋不到心」、「曉日迎長歲歲同」兩闋。見唐圭璋編纂，王仲聞參訂，孔凡禮補輯：《全宋詞》，冊1，頁292～293。
〔註97〕〔元〕陸友仁：《研北雜志》。見《景印文淵閣四庫全書》，冊866，卷上，頁565。
〔註98〕〔宋〕陳振孫：《直齋書錄解題》。見《景印文淵閣四庫全書》，冊674，卷21，頁888。
〔註99〕〔宋〕黃庭堅：〈小山詞序〉。見朱祖謀校輯：《彊村叢書》，冊2，頁489～490。
〔註100〕〔宋〕黃庭堅：〈小山詞序〉。見朱祖謀校輯：《彊村叢書》，冊2，頁489～490。
〔註101〕〔宋〕黃庭堅：《山谷外集》。見《景印文淵閣四庫全書》，冊1113，卷6，頁395。依原文將晏叔原之「原」字作「源」。

於胸，嘗言「晏子與人交，風義盛激昂」〔註102〕，印證晏幾道崇尚
義氣，嶔崎磊落之特色。此外，正義凜然之特質雖招人非議，致使浮
沉於宦海，晏幾道卻不因之退縮，反而堅持不懈，保有本眞，於《小
山詞》中，使用「梅花」、「蓮花」等意象，可略見一斑。

（二）詞　品

宋人接受與判斷《小山詞》優劣與否，乃立基於其他藝術作品之
創作成果與論者本身之生活經驗。第一節期待視野之部分，即談及詞
壇風格多元，加以歷來名著眾多，故論者持論角度各異，而對於《小
山詞》評價莫衷一是，茲歸納如下：

1、清壯頓挫

黃庭堅言《小山詞》「清壯頓挫，能動搖人心」〔註103〕，以「清
壯頓挫」概括《小山詞》整體風貌。

清壯、頓挫二詞，出自陸機〈文賦〉：「銘博約而溫潤，箴頓挫而
清壯」〔註104〕，乃用以評論「箴」此一文體之風格。而世云文學作
品具「頓挫」特色，率先浮於腦海者，當屬杜甫。杜甫於〈進鵰賦表〉
云：「臣之述作雖不足以鼓吹六經先鳴數子，至於沉鬱頓挫，隨時敏
捷，而揚雄、枚皋之流，庶可跂及也」〔註105〕，評論自己作品；又
於〈戲爲六絕句〉之五：「不薄今人愛古人，清詞麗句必爲鄰」〔註106〕，

〔註102〕　〔宋〕黃庭堅：《山谷外集・同王稚川晏叔原飯寂照房》。見《景印
　　　　　文淵閣四庫全書》，冊1113，卷1，頁337。
〔註103〕　〔宋〕黃庭堅：〈小山詞序〉。見朱祖謀校輯：《彊村叢書》，冊2，
　　　　　頁489～490。
〔註104〕　〔梁〕陸機：〈文賦〉。見〔梁〕蕭統編，〔唐〕李善注：《文選》（台
　　　　　北：五南圖書出版有限公司，1994年10月），冊上，卷17，頁418。
　　　　　本論文所引《文選》皆依據此版本。
〔註105〕　〔唐〕杜甫撰，無名氏編：《集千家註杜工部文集・進鵰賦表》。見
　　　　　《景印摛藻堂四庫全書薈要》（台北：世界書局，1988年2月），冊
　　　　　360，卷1，頁390。
〔註106〕　〔唐〕杜甫：〈戲爲六絕句〉。見清聖祖御定：《全唐詩》，冊4，卷
　　　　　227，頁2453。

以「清」、「麗」強調詩歌藝術形式。

黃庭堅詩宗杜甫,「寧律不諧而不使句弱,用字不工,不使語俗」〔註107〕;「英筆奇氣,傑句高境,自成一家」〔註108〕。因推崇杜甫深厚之人格修養,效法杜甫精緻之藝術形式,反映於自身作品與對他人文章評論中,處處可見「句法」、「頓挫」等詞;並嘗云:「此詩豪壯清麗,無一點塵俗氣」〔註109〕,以「清壯」與「俗氣」相較;又曰:「以俗爲雅,以故爲新,百戰百勝,如孫吳之兵,棘端可以破鏃;如甘蠅、飛衛之射,此詩人之奇也」〔註110〕,可見「清壯」一詞具備「雅」之屬性。綜括而言:

> 所謂「清」,指的是小山詞中意境的明淨澄澈,語言的雅致脫俗,……「壯」字與婉約的小山詞貌離神合,山谷並不以爲小山詞具有雄奇闊大之美,他指的是小晏因爲「槃跚勃窣」的個性而使生命激情與現實產生了嚴重碰撞後產生的深沉而真摯的感慨。……「頓挫」指的是句勢的收縱起伏,它與詞人的情感脈絡緊密相連。〔註111〕

是以黃庭堅稱《小山詞》「清壯頓挫」,於形式上,乃就謀篇布局而言;內容上,乃由情志變化與思想意涵而論;風格上,則依清雅秀麗而說。「清壯頓挫」一詞堪稱黃庭堅爲晏幾道實踐「寓以詩人之句法」,具

〔註107〕 〔宋〕黃庭堅:《山谷集‧題意可詩後》。見《景印文淵閣四庫全書》,冊1113,卷26,頁276。

〔註108〕 〔清〕方東樹:《昭昧詹言》(台北:漢京文化事業有限公司,1985年9月),卷10,頁229。

〔註109〕 〔宋〕黃庭堅:《山谷別集‧書嵇叔夜詩與姪榎》。見《景印文淵閣四庫全書》,冊1113,卷10,頁629。

〔註110〕 〔宋〕黃庭堅:《山谷集》。見《景印文淵閣四庫全書》,冊1113,卷6,頁50。詩題全文爲〈庭堅老懶,衰惰多年,不作詩已。忘其體律,因明叔有意於斯文,試舉一綱而張萬目。蓋以俗爲雅,以故爲新,百戰百勝,如孫吳之兵,棘端可以破鏃;如甘蠅、飛衛之射,此詩人之奇也。明叔當自得之。公眉人鄉先生之妙語,震耀一世,我昔從公得之爲多,故今以此事相付〉

〔註111〕 蔣哲倫、傅蓉蓉:《中國詩學史‧詞學卷》(廈門:鷺江出版社,2002年),頁61~63。

備「狎邪之大雅，豪士之鼓吹，其合者高唐洛神之流，其下者豈減桃葉團扇哉」〔註112〕之高境而震撼人心，所下之總評。

2、風雅兼擅

黃庭堅稱《小山詞》「可謂狎邪之大雅，豪士之鼓吹，其合者高唐洛神之流，其下者豈減桃葉團扇哉。」而黃文吉〈直逼《花間》的回流嗣響──晏幾道〉一文針對此語闡述道：黃庭堅將《小山詞》分為可和宋玉〈高唐賦〉、曹植〈洛神賦〉相提並論之「狎邪之大雅」，與可和樂府〈桃葉歌〉、〈團扇歌〉相比擬之「豪士之鼓吹」兩類。前者表面寫男女情事，實具寄託深意；後者為篤於真情之作品。〔註113〕

茲試析黃庭堅此語之涵義如次：

（1）狎邪之大雅

「狎邪」即妓女。「大雅」之義有二：一指風雅、文雅，二指《詩經》「二雅」中之大雅。故「狎邪之大雅」謂供妓女演唱之歌詞，優美、雅致而不庸俗；或指晏幾道詞雖流行於花街柳巷，然不失為正聲雅音。

晏府家妓眾多，楊湜《古今詞話》記載「有寵人善歌舞，晏每作新詞，先使寵人歌之。」〔註114〕又晏幾道《小山詞·自序》云：

> 故今所製，通以《補亡》名之。始時沈十二廉叔，陳十君龍家，有蓮、鴻、蘋、雲，品清謳娛客。每得一解，即以草授諸兒，吾三人持酒聽之，為一笑樂。〔註115〕

是以晏幾道常流連於「蓮、鴻、蘋、雲」等歌妓身旁，並於席間即興揮毫，將其新作交由歌妓演唱，以便展現詞曲聲情，而藉此娛樂在座賓客。若欲使歌妓充分傳達晏幾道詞之韻致，以達聲情並茂，令眾人

〔註112〕〔宋〕黃庭堅：〈小山詞序〉。見朱祖謀校輯：《彊村叢書》，冊2，頁489～490。

〔註113〕黃文吉：〈直逼《花間》的回流嗣響──晏幾道〉。見黃文吉：《北宋十大詞家研究》（台北：文史哲出版社，1996年3月），頁74～75。

〔註114〕〔宋〕楊湜：《古今詞話》。見唐圭璋編：《詞話叢編》，冊1，頁23。

〔註115〕〔宋〕晏幾道：《小山詞》。見朱祖謀校輯：《彊村叢書》，冊2，頁491。

陶然神怡，則須讓歌妓明瞭詞作意涵。有鑑於此，使用較直接淺顯之詞語，是一助益，如〈點絳唇〉：

> 妝席相逢，旋勻紅淚歌金縷。意中曾許。欲共吹花去。　　長愛荷香，柳色鞍橋路。留人住。淡煙微雨。好個雙棲處。(《全宋詞》，冊1，頁318)

全詞清新明快，無難字贅句；用語淺白而不低俗，內容暢達而不失韻味；以「淡煙微雨」之朦朧景象作結，蘊含無限情思。

此外，《詩經》中「朝廷之音曰雅」〔註116〕，而「雅者，正也，正樂之歌也」〔註117〕；「大小二雅當以音樂別之」〔註118〕。故「大雅」之音樂性屬於雅正一路，並非下里巴人一類之曲調。觀晏幾道所用詞調，音律諧美，多沿用傳唱日久之唐曲或五代舊曲；自身亦精通音律，創制新調，如〈泛清波摘遍〉、〈思遠人〉、〈鳳孤飛〉等十種〔註119〕。

又有將晏幾道與柳永詞相較而論者，認為兩者差異在於晏幾道詞雅而含蓄，柳永詞近俗而無檢約。〔註120〕本是流行於官筵酒席或秦樓章臺之歌曲，柳永多用方言鄙語以迎合市井需求；晏幾道則因蓄養家妓，多與文人士子聚會，而其詞大半在沈廉叔、陳君龍與自家歌兒酒使間流傳〔註121〕，故格調不同於柳永之鄙俚，而是委婉風雅。如

〔註116〕〔宋〕鄭樵：《通志・總序》。見《景印文淵閣四庫全書》，冊372，頁9。

〔註117〕〔宋〕朱熹：《詩集傳》。見《四庫叢刊廣編》（台北：台灣商務印書館，1983年2月），冊4，卷9，頁98。

〔註118〕〔清〕惠周惕：《詩說》。見《景印文淵閣四庫全書》，冊87，卷上，頁3。

〔註119〕黃文吉：《北宋十大詞家研究》（台北：文史哲出版社，1996年3月），頁92。

〔註120〕〔宋〕嚴有翼：《藝苑雌黃》。見郭紹虞輯：《宋詩話輯佚》（北京：中華書局，1987年5月），冊下，頁579。

〔註121〕〔宋〕晏幾道《小山詞・自序》：「已而君龍疾廢臥家，廉叔下世，昔之狂篇醉句，遂與兩家歌兒酒使，俱流傳於人間，自爾郵傳滋多，積有竄易。」見朱祖謀校輯：《彊村叢書》，冊2，頁491。

晏幾道〈浣溪沙〉:「床上銀屏幾點山。鴨爐香過瑣窗寒。小雲雙枕恨春閑。」(《全宋詞》,冊1,頁308)明確指出床頭之銀屏繪有山景,而香爐為鴨形,可見晏幾道熟悉小雲閨房之擺設;又「閑」字與「雙枕」對比,暗示兩人曾同衾而眠。用語精美雅麗,無絲毫淫媟諧浪之色彩;細品其內蘊,看似狎昵卻不顯輕藝,可謂「狎邪之大雅」。

(2) 豪士之鼓吹

豪士,指才能膽識過人之豪傑;鼓吹,即音樂,為金革與竹木類吹打樂器的組合。

郭茂倩《樂府詩集‧橫吹曲辭》云:

> 橫吹曲,其始亦謂之鼓吹,馬上奏之,蓋軍中之樂也。北狄諸國,皆馬上作樂,故自漢已來,北狄樂總歸鼓吹署。其後分為二部,有簫笳者為鼓吹,用之朝會、道路,亦以給賜。漢武帝時,南越七郡皆給鼓吹也。……有鼓角者為橫吹,用之軍中,馬上所奏是也。〔註122〕

是知鼓吹曲屬軍樂,節奏明快、雄健有力,用以表現軍人勇武精神與慷慨激昂之志氣。北方大漢策馬奔騰之豪邁,沙漠與草原之遼闊,造就鼓吹曲雄渾之氣勢。而晏幾道身處鳥語花香之南方,時時面對清麗明媚之風光,經常側身家妓左右,其詞之音樂性理應婉約柔美,多呢喃軟語,何以黃庭堅言《小山詞》為「豪士之鼓吹」?

黃庭堅於〈書吳無至筆〉云:「有吳無至者,豪士晏叔原之酒客。」〔註123〕直言晏幾道為「豪士」,是知「豪士之鼓吹」當指「晏幾道之音樂」,可見黃庭堅認為《小山詞》乃晏幾道人生境遇之寫照。若詳細分析此語之內蘊,「豪」指晏幾道個性卓犖不羈,深具英風義氣,而「鼓吹」之旋律尚可從「情感」與「心志」兩方面探究之:

其一、鼓吹曲多為北朝民歌,而北方民歌多直露率真,不矯揉造

〔註122〕 〔宋〕郭茂倩:《樂府詩集‧橫吹曲辭》。見《景印文淵閣四庫全書》,冊1347,卷21,頁201。

〔註123〕 〔宋〕黃庭堅:《山谷集‧書吳無至筆》。見《景印文淵閣四庫全書》,冊1113,卷25,頁268。

作，其中愛情題材亦如是。觀《小山詞》，亦有流露坦率眞情之作品，
如〈長相思〉：

> 長相思。長相思。若問相思甚了期。除非相見時。　　長
> 相思。長相思。欲把相思說似誰。淺情人不知。(《全宋詞》，
> 冊1，頁329)

全詞重複六次「相思」，既具備民歌反覆吟詠特色，亦將內心情感直
白表露出來，而隨著疊詠「相思」，情感越發濃烈。

又如〈生查子〉：

> 關山魂夢長，魚雁音塵少。兩鬢可憐青，只爲相思老。　　歸
> 夢碧紗窗，說與人人道。眞個別離難，不似相逢好。(《全宋
> 詞》，冊1，頁294)

以遊子思婦爲主題，而直言相思令人老。分離時長，相思之情綿綿不
絕；逮親歷闊別，方知別離之「難」，而相逢之「好」。全詞抒情表意，
坦然爽朗，眞切而動人。

其二、劉勰於《文心雕龍》言：「匹夫庶婦，謳吟土風，詩官采言，
樂盲被律，志感絲篁，氣變金石，是以師曠覘風於盛衰，季札鑒微於興
廢，精之至也。」〔註124〕樂府風格與精神在於「感於哀樂，緣事而發」
〔註125〕，反映生活，描繪時事。而晏幾道以《補亡》爲其詞集名稱，
期欲補樂府之亡而敘寫己懷，記述聞見；其「篇中所記悲歡離合之事，
如幻如電，如昨夢前塵，但能掩卷憮然，感光陰之易遷，歎境緣之無實
也。」〔註126〕《小山詞》一書可謂抒發晏幾道心志與記錄身世經驗之
著作，故知朱弁《風月堂詩話》所載：「然今之長短句比之古樂府歌詞，
雖云同出於詩，而祖風已掃地矣。」〔註127〕此論不適宜晏幾道。

〔註124〕〔梁〕劉勰：《文心雕龍・樂府》。見《景印文淵閣四庫全書》，冊
　　　　1478，卷2，頁12。
〔註125〕〔漢〕班固等：《漢書・藝文志》。見《景印文淵閣四庫全書》，冊
　　　　249，卷30，頁822。
〔註126〕〔宋〕晏幾道：《小山詞》。見朱祖謀校輯：《彊村叢書》，冊2，頁
　　　　492。
〔註127〕〔宋〕朱弁：《風月堂詩話》。見《景印文淵閣四庫全書》，冊1479，

　　晏幾道貴爲晏殊子嗣，雖以門蔭受得潁昌府許田鎮監等小官職，卻不願接納其父友人之援助，平生偃蹇困窮；因屈意奉承非所樂，故踽踽涼涼，浮沉人世。一生經歷富貴與貧苦兩種生活，富貴時，則是「金鞭美少年，去躍青驄馬」（《小山詞·生查子》，冊1，頁294）；貧苦時，則「幸免墦間乞，終甘澤畔逃」〔註128〕。晏幾道又曾獲罪入獄〔註129〕，命途坎坷，意志飽受煎熬。

　　觀《小山詞》，不乏抒發苦痛遭遇之作，如〈玉樓春〉：

　　　　雕鞍好爲鶯花住。占取東城南陌路。盡教春思亂如雲，莫
　　　　管世情輕似絮。　　古來多被虛名誤。寧負虛名身莫負。
　　　　勸君頻入醉鄉來，此是無愁無恨處。（《全宋詞》，冊1，頁304）

上片前二句寫景，因春光明媚而令人駐足、流連忘返，用以比喻爲求升官封爵者欲保有優勢地位，或是占取上風處，而阿諛諂佞，耽溺其中。後二句言春日所懷之思情愁緒亂似雲，而此「春思」當是晏幾道種種生活經驗；又以「輕似絮」強調世態炎涼，可見「世情」爲「亂似雲」之主因；儘管世情冷暖，人面競逐高低，晏幾道仍然不予理會，潔身自好。下片順勢道出往古來今，世人多追求浮名虛譽，附勢趨時，而晏幾道寧願淡泊利祿，亦不教顯達榮華蒙蔽身心，表明自己恥與爲伍。雖然晏幾道以道德自持，但是百般事情難如己意，總爲之煩悶苦惱，故逃往醉鄉，尋求輕鬆自在之園地。末二句看似消極，卻凸顯晏幾道惆悵失意而無奈之心理。

　　又如〈浣溪沙〉：

　　　　午醉西橋夕未醒。雨花淒斷不堪聽。歸時應減鬢邊青。
　　　　　衣化客塵今古道。柳含春意短長亭。鳳樓爭見路旁
　　情。（《全宋詞》，冊1，頁309）

卷上，頁17。

〔註128〕〔宋〕晏幾道：〈戲作示內〉。見〔清〕厲鶚輯《宋詩紀事》，《景印文淵閣四庫全書》，冊1484，卷25，頁505。

〔註129〕〔宋〕趙令畤：《侯鯖錄》：「熙寧中，鄭俠上書事作，下獄，悉治平時所往還厚善者，晏幾道叔原皆在數中。」見《景印文淵閣四庫全書》，冊1037，卷4，頁378。

午後時光於西橋邊酩酊大醉，即使夕陽西照亦難以醒酒，足知晏幾道憂心如酲，悒悒不快。而移情於物，使得雨聲更顯淒楚，落花益添悲涼，令人不堪負荷。離鄉為官，歸期難計，只恐回京之時已兩鬢花白。上片可見晏幾道悲痛至極，此深沉之情，轉入下片，化為綿長悠遠之愁。客居異地，風塵僕僕；古道依舊，羈旅之情想必自古皆然。長亭短亭乃送別之地，栽種於旁之柳樹，所帶來之春思惹人煩惱，愈發思鄉情懷。而此愁緒怎是身處安穩居所之宮中人所能理解？

因「志思蓄憤，而吟詠情性」〔註130〕，上述例子斯為其證。此類作品所呈顯之情感沉鬱而氣勢頓挫，思緒起伏如鼓吹曲般洶湧澎湃。誠符合「豪士之鼓吹」之評。

（3）其合者高唐洛神之流

「高唐」係指宋玉〈高唐賦并序〉〔註131〕，「洛神」即曹植〈洛神賦并序〉〔註132〕，兩者皆賦中名篇。

〈高唐賦并序〉寫作之緣由可自其序言得知：

> 昔者楚襄王與宋玉遊於雲夢之臺，望高唐之觀。其上獨有雲氣，崒兮直上，忽兮改容，須臾之間，變化無窮。王問玉曰：「此何氣也？」玉對曰：「所謂朝雲者也。」王曰：「何謂朝雲？」玉曰：「昔者先王嘗遊高唐，怠而晝寢，夢見一婦人，曰：『妾，巫山之女也，為高唐之客，聞君遊高唐，願薦枕席。』王因幸之。去而辭曰：『妾在巫山之陽，高丘之阻，旦為朝雲，暮為行雨。朝朝暮暮，陽臺之下。』旦朝視之如言。故為立廟，號曰『朝雲』。」……王曰：「試為寡人賦之。」玉曰：「唯唯。」

據序言所述，此賦當是記載楚王於夢中與神女邂逅之故事。全賦藉雲

〔註130〕〔梁〕劉勰：《文心雕龍‧情采》。見《景印文淵閣四庫全書》，冊1478，卷7，頁45。

〔註131〕〔戰國〕宋玉：〈高唐賦并序〉。見〔梁〕蕭統編，〔唐〕李善注：《文選》，冊上，卷19，頁471～476。

〔註132〕〔魏〕曹植：〈洛神賦并序〉。見〔梁〕蕭統編，〔唐〕李善注：《文選》，冊上，卷19，頁481～485。

雨之特性以象徵男女情事:「朝雲行雨」指男女交媾過程;以「高唐之
大體兮,殊無物類之可儀比。巫山赫其無疇兮,道互折而曾累」總括
巫山之女珍奇而無與倫比。篇中所述巫女意態皆以自然景觀爲喻,而
無人爲裝飾之點綴,展現宋玉摹寫之功力。末段描寫楚王期待與巫女
再次相會,而宋玉另一篇〈神女賦并序〉〔註133〕則是延續此賦未盡之
意。「〈高唐〉、〈神女〉實爲一篇,猶〈子虛〉、〈上林〉也。」〔註134〕
而〈神女賦并序〉寫出巫女矜重貞亮之秉性。

　　〈洛神賦并序〉之序言則指出此賦深受〈高唐賦并序〉與〈神女
賦并序〉之影響:

　　　黃初三年,余朝京師,還濟洛川。古人有言,斯水之神,
　　　名曰宓妃。感宋玉對楚王神女之事,遂作斯賦。

此賦情節內容大致與〈高唐賦并序〉、〈神女賦并序〉相合,敘述兩人
相遇、情投意合,而後疏遠、女子離去,最終留下男子滿懷愁情。曹
植如同宋玉想像豐富,善用藝術技巧,對女子風姿形貌刻畫細緻,亦
將戀戀情思傳達得綿長無盡。

　　要之,黃庭堅評《小山詞》「其合者高唐洛神之流」,其因有三:

　　其一、就內容而言,《小山詞》與〈高唐賦并序〉、〈洛神賦并序〉
皆以男女戀情爲基底,將交往過程所遇之事或離別後之惆悵訴諸於文
字,清楚紀錄,渲染力強。

　　其二、就藝術技巧而言,《小山詞》與〈高唐賦并序〉、〈洛神賦
并序〉皆以眾多形容詞描繪女子容貌、儀態,比喻貼切,且擅長以烘
托手法凸顯重點,呈現栩栩如生之形象。

　　其三、就文本影響而言,《小山詞》與〈高唐賦并序〉、〈洛神賦
并序〉皆有名句流傳。〈高唐賦〉:「巫山雲雨」、「朝雲行雨」用以稱

〔註133〕〔戰國〕宋玉:〈神女賦并序〉。見〔梁〕蕭統編,〔唐〕李善注:《文
　　　　選》,冊上,卷19,頁477～479。
〔註134〕黃侃:《文選平點》(上海:上海古籍出版社,1985年7月),卷19,
　　　　頁71。

代男女歡合；〈洛神賦〉：「陵波微步」、「羅襪生塵」用以形容女子輕盈體態；《小山詞》佳句則相當豐富，如「夢魂慣得無拘檢，又踏楊花過謝橋」，「落花人獨立，微雨燕雙飛」、「舞低楊柳樓心月，歌盡桃花扇影風」等文質並茂。

（4）其下者豈減桃葉團扇哉

「桃葉」係指無名氏〈桃葉歌〉〔註135〕三首，「團扇」即班婕妤〈怨歌行〉〔註136〕，兩者皆列爲「樂府」，分屬「清商曲辭」、「相和歌辭」。

茲錄〈桃葉歌〉三首如次：

> 桃葉映紅花，無風自婀娜。春花映何限，感郎獨採我。
> 桃葉復桃葉，桃樹連桃根。相憐兩樂事，獨使我殷勤。
> 桃葉復桃葉，渡江不用楫。但渡無所苦，我自來迎接。

郭茂倩《樂府詩集・清商曲辭》引《古今樂錄》曰：「〈桃葉歌〉者，晉王子敬之所作也。桃葉，子敬妾名，緣於篤愛，所以歌之。」〔註137〕據此，則〈桃葉歌〉所詠之女子爲專指。若依〈桃葉歌〉三首作者爲「無名氏」，則可視所詠女子爲「泛指」。

〈桃葉歌〉屬〈清商曲辭〉，而〈清商樂〉本是漢魏以來中原舊調，由於晉室播遷，流於江左，後來曹魏收採其聲及吳歌西曲而成。故〈桃葉歌〉可視爲江南民謠。觀此三首，民歌特色鮮明，情感直率。

而班婕妤〈怨歌行〉，又名〈團扇詩〉：

> 新裂齊紈素，鮮潔如霜雪。裁爲合歡扇，團團似明月。出入君懷袖，動搖微風發。常恐秋節至，涼飆奪炎熱。棄捐篋笥中，恩情中道絕。

班婕妤爲漢成帝時宮中女官，有才華，爲帝所幸，後因趙飛燕得寵而

〔註135〕〔宋〕郭茂倩：《樂府詩集・清商曲辭》。見《景印文淵閣四庫全書》，冊1347，卷45，頁406。

〔註136〕〔漢〕班婕妤：〈怨歌行〉。見〔宋〕郭茂倩：《樂府詩集・相和歌辭》。見《景印文淵閣四庫全書》，冊1347，卷42，頁378。

〔註137〕〔宋〕郭茂倩：《樂府詩集・清商曲辭》。見《景印文淵閣四庫全書》，冊1347，卷45，頁406。

退侍太后於長信宮，故作〈怨歌行〉自傷。全詞藉團扇喻人之際遇，詠扇即詠人，反映其悲慘命運。因此詩遂有「秋扇見捐」或「秋風團扇」用以喻女子色衰失寵，遭受冷落之典故。

〈怨歌行〉屬〈相和歌辭〉，而〈相和歌〉爲兩漢及魏晉對民間歌曲進行藝術加工而形成之歌舞、大曲等音樂總稱。此詩最早見於《文選》，作者亦標明「班婕妤」。〔註138〕而劉勰《文心雕龍‧明詩》對〈怨歌行〉之作者甚有疑慮：

> 漢初四言，韋孟首唱，匡諫之義，繼軌周人。孝武愛文，
> 柏梁列韻，嚴馬之徒，屬辭無方。至成帝品錄，三百餘篇，
> 朝章國采，亦云周備。而辭人遺翰，莫見五言，所以李陵、
> 班婕妤見疑於後代也。〔註139〕

若據劉勰論點，將〈怨歌行〉作者視爲「無名氏」，則可將此詩所詠情懷由宮中爭寵擴大至普遍人民之心聲。

要之，黃庭堅評《小山詞》「其下者豈減桃葉團扇哉」，其因有三：

其一、觀《小山詞》，以「蓮、鴻、蘋、雲」等人爲主角之篇章，多有之，而有相當數量爲「泛指」。〈桃葉歌〉與〈怨歌行〉所詠之人可爲「專指」，亦可爲「泛指」。

其二、《小山詞》感情眞摯，或有坦白眞率之作，或以具體事物言抽象情理，形容妥貼。而〈桃葉歌〉與〈怨歌行〉所流露之情感是熱情與含蓄之代表。

其三、《小山詞‧自序》即表明所作爲「補樂府之亡」，而〈桃葉歌〉與〈怨歌行〉屬「樂府詩」，是知箇中關聯。

3、好色不淫

魏慶之《詩人玉屑》云：「惟晏叔原云：『落花人獨立，微雨燕雙飛。』可謂好色而不淫矣。」〔註140〕觀《小山詞》，「落花人獨立，

〔註138〕〔梁〕蕭統編，〔唐〕李善注：《文選》，冊上，卷27，頁706。

〔註139〕〔梁〕劉勰：《文心雕龍‧明詩》。見《景印文淵閣四庫全書》，冊1478，卷2，頁10～11。

〔註140〕〔宋〕魏慶之：《詩人玉屑》。見《景印文淵閣四庫全書》，冊141，

微雨燕雙飛」出自〈臨江仙〉，茲錄全詞，試析如下：

> 夢後樓臺高鎖，酒醒簾幕低垂。去年春恨卻來時。落花人
> 獨立，微雨燕雙飛。　　記得小蘋初見，兩重心字羅衣。
> 琵琶弦上說相思。當時明月在，曾照彩雲歸。(《全宋詞》，冊
> 1，頁 286)

上片首二句以「樓臺高鎖」與「簾幕低垂」寫夢後、酒醒所感受之孤獨
寂寥。而眼前情景使人懷想昔日種種，頓覺愁思縈心，又於一片落花中
獨自站立，眼看燕子雙宿雙飛，微雨沾裳，倍覺淒涼。「落花人獨立，
微雨燕雙飛」二句，「雅絕、韻絕、厚絕、深絕。落花、微雨是春；人
獨立，燕雙飛，兩兩形容，不必言恨，而恨已不可解。」〔註 141〕情景
相生，引領下片。

　　下片「記得小蘋初見，兩重心字羅衣。琵琶弦上說相思」為追
憶過往：初見小蘋時，其羅衣上之「心」字圖案令人深刻，而信手
所彈之琵琶，「說盡心中無限事」〔註 142〕。此「兩重心字」既指衣
裳之花樣，亦暗示兩人心心相印，情投意合。末尾轉回現實，以「彩
雲」指女子，即小蘋；晏幾道望著眼前明月，而明月仍在，佳人身
影已失。晏幾道之含情脈脈，而小蘋猶如美麗之雲彩容易消散，自
景語流露而出。

　　舊日「春恨」未了，新恨復至，新舊恨重重相疊，而不以語言明
示，乃以周遭尋常景物與過往回憶交相烘托而出。全詞符合「為情者
要約而寫真」〔註 143〕，開首「用對偶，辭語緻密；換頭卻用散行，
辭旨疏宕，另起新意」〔註 144〕；末二句以景語作結，「自有無窮感喟

　　卷 2，頁 47。
〔註 141〕陳匪石：《宋詞舉》(台北：正中書局，1983 年 1 月)，卷下，頁 119。
〔註 142〕〔唐〕白居易：《白居易集・琵琶行并序》(台北：漢京文化事業有
　　　　限公司，1984 年 3 月)，冊 1，卷 12，頁 242。
〔註 143〕〔梁〕劉勰：《文心雕龍・情采》。見《景印文淵閣四庫全書》，冊
　　　　1478，卷 7，頁 45。
〔註 144〕陳永正：《晏殊晏幾道詞選》(台北：遠流出版事業有限公司，2005
　　　　年 7 月)，頁 212。本論文所引《晏殊晏幾道詞選》皆依據此版本。

蘊蓄其中，情深意厚，耐人尋味」〔註145〕。故知此詞深婉含蓄，誠
摯動人，「好色而不淫矣」。

4、昇平氣象

查晏幾道身世，其爲臨淄公——晏殊幼子，早年度過富貴生活，
反映於其詞，多有富貴態，如筵席上多見「昭華笛」、「玉笙」、「玉簫」
等以「玉」做成之樂器；常徘徊於「紅樓」、「南樓」、「珠簾繡戶」等
歡娛場所或女子居處；進行「鬥鴨」——紈袴子弟之遊戲；以「錦箋」、
「蠻箋」、「錦字」代稱書信，且使用有壓印花紋之信紙，足見其門楣
赫奕。楊湜《古今詞話》云：「晏元獻之子小晏，善詞章，頗有父風。」
〔註146〕且《小山詞》由「士大夫傳之，以爲有臨淄之風耳」〔註147〕，
當指晏幾道詞作彌漫富貴氣息。

而王銍《默記》：「晏叔原盡見昇平氣象，所得者人情物態。」
〔註148〕王灼《碧雞漫志》云「叔原如金陵王謝子弟，秀氣勝韻，
得之天然，將不可學。」〔註149〕諸語表達晏幾道起於朱門，繁華
盛景自小耳濡目染，顯現於己身，則氣質靈秀，韻致美好；發抒於
詞采，則優雅清秀，渾然天成，不矯情飾行。又晁无咎言：「晏叔
原不蹈襲人語，而風調閑雅，自是一家。如『舞低楊柳樓心月，歌
盡桃花扇底風』，自可知此人不生在三家村中也。」〔註150〕又崔中
云：「山谷稱晏叔原『舞低楊柳樓心月，歌盡桃花扇底風』，定非窮
兒家語。」〔註151〕蓋「三家村」指人煙稀少，地處偏僻之小村落；

〔註145〕陳永正：《晏殊晏幾道詞選》，頁212。
〔註146〕〔宋〕楊湜：《古今詞話》。見唐圭璋編：《詞話叢編》，冊1，頁23。
〔註147〕〔宋〕黃庭堅：〈小山詞序〉。見朱祖謀校輯：《彊村叢書》，冊2，頁489。
〔註148〕〔宋〕王銍：《默記》。見《景印文淵閣四庫全書》，冊1038，卷下，頁355。
〔註149〕〔宋〕王灼：《碧雞漫志》。見唐圭璋編：《詞話叢編》，冊1，頁83。
〔註150〕〔宋〕趙令畤：《侯鯖錄》。見《景印文淵閣四庫全書》，冊10378，卷7，頁407。
〔註151〕〔宋〕王直方：《王直方詩話》。見郭紹虞輯：《宋詩話輯佚》，冊上，

晁无咎與黃庭堅以「舞低楊柳樓心月，歌盡桃花扇影風」二句爲例，強調晏幾道非貧寒出身。

今觀「舞低楊柳樓心月，歌盡桃花扇影風」全文〔註152〕，有「底」與「影」一字之差。詞牌爲〈鷓鴣天〉，幾乎皆由七字句組成，而「舞低楊柳樓心月，歌盡桃花扇影風」兩句，對仗極爲工整，「又韶秀，且饒富雍容華貴之氣」〔註153〕。不以鏤篆珠紅、金銀珠寶堆砌成句，而以徹夜歌舞、歡暢享樂爲主軸，展現富貴人家錢財萬貫之事實；輔以自然美景，營造奢華卻不庸俗之景象，如同「『笙歌歸院落，燈火下樓臺』，此善言富貴者也。」〔註154〕

5、鬼魅之語

宋代著名道學家程頤對晏幾道〈鷓鴣天〉（小令尊前見玉簫）一詞頗爲稱賞，曾笑曰：「鬼語也。」〔註155〕全詞如次：

> 小令尊前見玉簫。銀燈一曲太妖嬈。歌中醉倒誰能恨，唱罷歸來酒未消。　　春悄悄，夜迢迢。碧雲天共楚宮遙。夢魂慣得無拘檢，又踏楊花過謝橋。（《全宋詞》，冊1，頁292）

上片描寫歌女於宴會上歌唱表演，伴隨樂曲與美酒，不論歌聲或體態，對席上之人而言，顯得妖媚、嬌嬈。於氣氛催化下，即使醉倒亦無怨尤；此番盛情與樂趣，於筵席結束仍同酒意般難以消退。下片將「歌中醉倒誰能恨，唱罷歸來酒未消」之情懷延續至夢中，將滿溢之思慕具體化；在漫長寂靜之春夜中，追尋歌女之身影，而在跨越如青天般廣闊、楚宮

頁47～48。

〔註152〕〈鷓鴣天〉：「彩袖殷勤捧玉鍾。當年拚卻醉顏紅。舞低楊柳樓心月，歌盡桃花扇影風。　　從別後，憶相逢。幾回魂夢與君同。今宵剩把銀釭照，猶恐相逢是夢中。」（《全宋詞》，冊1，頁290）

〔註153〕陳匪石：《宋詞舉》（台北：正中書局，1983年1月），卷下，頁117。

〔註154〕〔宋〕歐陽脩：《歸田錄》。見《景印文淵閣四庫全書》，冊1036，卷下，頁545。

〔註155〕〔宋〕邵博《聞見後錄》：程叔微云：「伊川聞誦晏叔原『夢魂慣得無拘檢，又踏楊花過謝橋』長短句，笑曰：『鬼語也。』意亦賞之。程晏三家有連云。見《景印文淵閣四庫全書》，冊1039，卷19，頁308。

般遙遠之路途，最終心情如楊花般輕柔地走過謝橋而與歌女相聚晤。

　　此詞下片情境猶如皇甫枚《飛煙傳》所述：「春日遲遲，人心悄悄。自因窺觀，長役夢魂。」〔註156〕因迷戀而神魂顛倒，縱使在睡夢中也頻頻思念。而「拘檢」一詞亦對比幻夢與現實，自由與侷限。又寫景之句：「春悄悄，夜迢迢」既表現現實中兩人之距離遙遠，亦顯示思念綿長不絕；「碧雲天共楚宮遙」句，實則表示生活阻隔重重，虛則暗示晏幾道與歌女之關係猶如楚王於高唐夢見巫山神女，享受雲雨之歡；「楊花」爲輕盈之物，所以晏幾道踏著楊花，可見其腳步輕快，滿心歡喜之形象，而「楊花」復可點綴周圍景象，呈現飄渺虛幻之感。

　　全詞情感流暢，營造神祕氛圍，如夢似眞，故程頤雖曰「鬼語」，而「意亦賞之」。實際生活雖然艱難，但其赤誠之心與濃厚情意於虛擬世界獲得實現，如此深情之作，可將「鬼語」「理解爲『有鬼般魅力之語』，或是『出神入化之語』。」〔註157〕

6、苦無鋪敍

　　觀《小山詞》共260闋詞，其中長調僅5闋：〈六么令〉3闋、〈泛清波摘遍〉1闋、〈滿庭芳〉1闋，依此數據，可知晏幾道創作以小令爲大宗，而今人陶爾夫、諸葛憶兵《北宋詞史》稱晏幾道爲「小令的最後一位專業作家」〔註158〕。「小令」篇幅短小，字句較整齊，內容層面較狹窄；反之，「長調」體製大，字句多，內容涵蓋範圍較廣博，故其表現手法多變，而事件或情感交代較翔實。李清照予以「苦無鋪敍」之評論，似與晏幾道致力於小令有關。

　　此外，李清照屬第三代詞人群，其時詞壇之慢詞已頗有成就，遂以「慢詞」之角度評論晏幾道之創作。

〔註156〕〔唐〕皇甫枚：《飛煙傳》。見《中國文言小説百部經典》（北京：北京出版社，2000年3月），冊6，頁3964。
〔註157〕陳永正：《晏殊晏幾道詞選》，頁109。
〔註158〕陶爾夫、諸葛憶兵：《北宋詞史》（哈爾濱：黑龍江人民出版社，2005年1月），頁175。

7、不愧宮體

《雪浪齋日記》云：「晏叔原工小詞，如『舞低楊柳樓心月，歌盡桃花扇影風』，不愧六朝宮掖體。」〔註159〕

六朝詩文形式以整齊工巧為美，宮體內容則多吟詠風月，涉及香豔題材。而晏幾道〈鷓鴣天〉（彩袖殷勤捧玉鍾）上片以當年歌筵酒席為背景，回憶與歌女互動之情況；下片前兩句寫別後思念深切而在夢中相遇，末兩句描繪兩人別後相逢之心理狀態，流露悲喜交加之情感。此詞能獲得「不愧」之稱揚，可謂成就斐然。茲析論如下：

就內容而言：

其一、關乎男女情事，點出酣暢、愁思只為紅顏，而日有所思，夜有所夢，於夢境實現內心想望；如此癡情，夢境終究獲得實現，然而乍見還疑，唯恐是兩人相逢之夢未醒，故以銀燈相照，仔細端詳對方容顏，確認真實感。

其二、「今宵剩把銀釭照」一句，沒有勾勒詳細畫面，卻予人無盡想像空間，其中蘊含無限情思；沒有對話以明顯表達兩人情意，卻能領略不能自已之激動情緒。

就形式而論：

其一、以「彩袖」、「玉鍾」、「銀釭」等精緻事物入詞，符合宮體華麗印象。「玉鍾」、「醉顏」與「酒」相關聯，彼此呼應；此外，「彩袖」不僅指出衣著繽紛，亦借代美人，而「扇」為女子所持，彩衣、花與人相映成美，此為重視修辭手法。

其二、「舞低楊柳樓心月，歌盡桃花扇影風」二句對仗精巧：「歌」對「舞」，「楊柳」對「桃花」，「樓」對「扇」，「心」對「影」，「月」對「風」，不論是動作、自然美景或人造器物，格律皆相當工整。再者，「舞低楊柳樓心月，歌盡桃花扇影風」顯現女子纖腰如柳，面如

〔註159〕〔宋〕胡仔：《苕溪漁隱叢話・前集》（台北：木鐸出版社，1982年8月），卷59，頁408。

桃花，而人如桃紅柳綠般絢爛熱情；月光下之舞影，隨風遞送之歌聲，
伴隨酣飲微醺，使人飄飄然，輕鬆舒適；不僅詞語工麗，聲調鏗鏘，
更且線條流暢，人事與自然相映成趣，讓奢華之事實減卻侈靡之闊氣。

其三、「今宵剩把銀缸照，猶恐相逢是夢中」二句，化用杜甫〈羌
村〉：「夜闌更秉燭，相對如夢寐」〔註160〕之意，轉寫爲珍視兩人相
逢。此借鑑技巧屬「化用唐詩句意」〔註161〕。

無論內容或形式，〈鷓鴣天〉（彩袖殷勤捧玉鍾）於字裡行間翻騰
出層層含義，意念表達適切，此爲「緣情而綺靡」〔註162〕，眞「不
愧六朝宮掖體」！是以胡仔《苕溪漁隱叢話》總評爲「詞情婉麗」。

（三）詞品影響人品

「文學和讀者間的關係，能將自身在感覺的領域內具體化爲一種
對審美感覺的刺激，也能在倫理學領域內具體化爲一種對於道德反應
的召喚。」〔註163〕宋人論詞，或以形式論，或以風格論，又有「以
詞論人」者。而「以詞論人」乃立基於溫柔敦厚之教化原則及詩詞之
社會實際功用上。馬端臨《文獻通考・經籍考》即指出：

> 夫後之詞人墨客，跌盪於禮法之外，如秦少游、晏叔原輩，
> 作爲樂府，備狹邪妖冶之趣，其詞采非不豔麗可喜也，而
> 醇儒莊士深斥之，口不道其詞，家不蓄其書，懼其爲正心
> 誠意之累也。〔註164〕

醇儒莊士因詩教而深斥《小山詞》，視《小山詞》傷於冶蕩，甚至能

〔註160〕〔唐〕杜甫：〈羌村〉。見清聖祖御定：《全唐詩》，冊4，卷217，
　　　　頁2277。

〔註161〕有借鑑技巧之術語，詳見王偉勇：《宋詞與唐詩之對應研究・綜論
　　　　兩宋詞人借鑑唐詩之技巧》（台北：文史哲出版社，2004年3月），
　　　　頁23～69。

〔註162〕〔梁〕陸機：〈文賦〉。見〔梁〕蕭統編，〔唐〕李善注：《文選》，
　　　　冊上，卷17，頁418。

〔註163〕〔聯邦德國〕H.R.姚斯、〔美〕R.C.霍拉勃著，周寧、金元浦譯：《接
　　　　受美學與接受理論》，頁51。

〔註164〕〔元〕馬端臨：《文獻通考・經籍考》。見《景印文淵閣四庫全書》，
　　　　冊614，卷178，頁88。

影響人之內在修養而使舉止失之偏頗。

再者，邵博《聞見後錄》與周煇《清波雜志》皆載有晏幾道「才有餘而德不足」之事例：

> 晏叔原，臨淄公晚子。監潁昌府許田鎮，手寫自作長短句，上府帥韓少師。少師報書：「得新詞盈卷，蓋才有餘而德不足者，願郎君捐有餘之才，補不足之德，不勝門下老吏之望云。」一監鎮官，敢以杯酒間自作長短句示本道大帥；以大帥之嚴，猶盡門生忠于郎君之意。在叔原爲甚豪，在韓公爲甚德也。〔註165〕

> 晏叔原著《樂府》，黃山谷爲序，而其父客韓宮師玉汝曰：「願郎君捐有餘之才，崇未至之德。」前哲訓迪後進，拳拳如此，爲後進者得不服膺而書紳。〔註166〕

觀二書所載，批評之人雖異〔註167〕，然稱晏幾道德行不及才情之事實悉同。晏幾道因戮力於長短句，詞作內容多吟詠風月，享樂歡飲，而爲人所詬病，他人雖稱其才氣有餘，但認爲其德行顯然不足。又晏幾道呈獻作品予人指教，此行爲在旁人看來空有「豪」氣，顯然不夠拘謹。是知宋代有一派人馬鄙視《小山詞》。

此外，不僅品行備受爭議，亦有後人視晏幾道壽命不長乃「口舌勸淫之過」之故。觀陳鵠《耆舊續聞》：

> 伊川嘗見秦少游詞：「天還知道，和天也瘦」之句，乃曰：

〔註165〕〔宋〕邵博：《聞見後錄》。見《景印文淵閣四庫全書》，冊 1039，卷 19，頁 108。

〔註166〕〔宋〕周煇：《清波雜志》。見《景印文淵閣四庫全書》，冊 1039，卷 8，頁 58。

〔註167〕韓維（1017～1098），字持國；韓縝（1019～1097），字玉汝。兩人悉爲韓億（972～1044）之子。按：陸友仁《研北雜志》亦有相關記載，全文如下：「叔原監潁昌府許田鎮，手寫自作長短句，上府帥韓持國，持國報書：『得新詞盈卷。蓋才有餘而德不足者，願郎君捐有餘之才，補不足之德，不勝門下老吏之望云。』一鎮監敢以杯酒間自作長短句示本道，大帥之嚴，猶書門下忠於郎君之意。在叔原爲甚豪，在韓公爲甚德也。」見《景印文淵閣四庫全書》，冊866，卷上，頁565。

「高高在上，豈可以此瀆上帝。」又見晏叔原詞：「夢魂慣得無拘檢，又踏楊花過謝橋。」乃復激賞之。按秦詞即本李長吉「天若有情天亦老」之意，過於媟瀆，故少游竟死於貶所。叔原壽亦不永，雖曰有數，亦勸淫之過。〔註168〕

《論語・述而》云：「子不語怪力亂神」，〔註169〕係指孔子不談論怪異、暴力、悖亂等違背情理之事；盡人事而不付諸鬼神造化。故捍衛儒道者，將「鬼語」視作違反儒家道德倫理。而晏幾道詞得「鬼語」此評，是知其人如其詞，當有失德之嫌。又晏幾道詞中多言男女情事，有「口舌勸淫」之嫌，易流於傷風敗俗，故就「以詞論人」之角度，晏幾道當受懲罰，而其處分則是「壽不永」。然而晏幾道年約七十〔註170〕，此歲數於古時而言當屬長壽，故上文言「叔原壽亦不永」，似有牽強之虞。

三、辯　證

主要在評述晏幾道「以詩為詞」之成就，茲析論如次：

（一）陸游《老學庵筆記》載

唐韓翃詩云：「門外碧潭春洗馬，樓前紅燭夜迎人。」近世晏叔原樂府詞云：「門外綠楊春繫馬，床前紅燭夜呼盧。」氣格乃過本句，不可謂之勦，可也。〔註171〕

又吳开《優古堂詩話》載：

晏叔原長短句云：「門外綠楊春繫馬，牀前紅燭夜呼盧。」蓋用樂府〈水調歌〉云：「戶外碧潭春洗雨，樓前紅燭夜迎人。』然叔原之詞甚工。」〔註172〕

〔註168〕〔宋〕陳鵠：《耆舊續聞》。見《景印文淵閣四庫全書》，冊1039，卷8，頁626。

〔註169〕〔宋〕朱熹：《四書章句集注》。見《景印文淵閣四庫全書》，冊197，卷4，頁40。

〔註170〕鄭騫：《景午叢編・晏叔原繫年新考》（台北：台灣中華書局，1972年1月），下編，頁203。本論文所引《景午叢編》皆依據此版本。

〔註171〕〔宋〕陸游：《老學庵筆記》。見《景印文淵閣四庫全書》，冊865，卷5，頁44。

〔註172〕〔宋〕吳开：《優古堂詩話》。見《景印文淵閣四庫全書》，冊1478，頁305。

據上述二文，檢索《小山詞》，「門外綠楊春繫馬，床前紅燭夜呼盧」出自〈浣溪沙〉：

> 家近旗亭酒易酤。花時長得醉工夫。伴人歌笑懶妝梳。
>
> 　戶外綠楊春繫馬，床前紅燭夜呼盧。相逢還解有情無。（《全宋詞》，冊1，頁309）

檢索《全唐詩》，韓翃〈贈李翼〉詩如下：

> 王孫別舍擁朱輪，不羨空名樂此身。門外碧潭春洗馬，樓前紅燭夜迎人。〔註173〕

至於樂府〈水調歌〉即是《全唐詩·雜曲歌辭·水調歌第三》：

> 王孫別上綠珠輪，不羨名公樂此身。戶外碧潭春洗馬，樓前紅燭夜迎人。〔註174〕

而吳开《優古堂詩話》引文作「春洗雨」，與〈水調歌〉第三作「春洗馬」有一字之別。

茲進一步析論三篇作品如次：

其一、李詩與〈水調歌〉皆是唐朝作品，觀二詩內容相同，僅有字句之差，故不知晏幾道所本為何。

其二、晏詞「戶外綠楊春繫馬，床前紅燭夜呼盧」二句，「化用唐詩句意」，而形象更為生動。二詩單指佳人歡迎王孫前來之景象，而晏詞以「夜呼盧」見得周遭熱鬧場面。

其三、三篇皆表達遣興享樂之氣氛，而因字數限制，晏詞所容納之情景更為豐富，亦藉由歌妓生活將男子逢場作戲、尋歡作樂發揮得淋漓盡致。

（二）王直方《王直方詩話》載

> 唐張子容作〈巫山〉詩云：「巫嶺岧嶢天際重，佳期凤昔願相從，朝雲暮雨連天暗，神女知來第幾峰。」近時晏叔原

〔註173〕〔唐〕韓翃：〈贈李翼〉。見清聖祖御定：《全唐詩》，冊4，卷245，頁2758。

〔註174〕〔唐〕無名氏：〈水調歌〉第三。見清聖祖御定：《全唐詩》，冊1，卷27，頁379。

作樂府云：「憑君問取歸雲信，今在巫山第幾峰」，最爲人
所稱，恐出於子容。〔註175〕

觀張子容〈巫山〉，全詩使用「巫山雲雨」之典故。而檢索《小山詞》，
「憑君問取歸雲信，今在巫山第幾峰」出自〈鷓鴣天〉（題破香箋小
砑紅）（《全宋詞》，冊1，頁291）；晏幾道亦用宋玉〈高唐賦〉事典。
而王直方稱晏詞恐出於張詩，應指晏幾道「今在巫山第幾峰」句，「截
取」張子容「神女知來第幾峰」句之字面。

（三）曾季狸《艇齋詩話》載

晏叔原小詞：「無處說相思，背面鞦韆下。」呂東萊極喜誦
此詞，以爲有思致。然此語本李義山詩，云：「十五泣春風，
背面鞦韆下。」〔註176〕

觀〈生查子〉（金鞭美少年）全詞，剖析呂祖謙喜愛此詞之緣由：

金鞭美少年，去躍青驄馬。牽繫玉樓人，繡被春寒夜。　　消
息未歸來，寒食梨花謝。無處說相思，背面秋千下。（《全宋
詞》，冊1，頁294）

上片以「金鞭」、「青驄馬」襯托「美少年」，此富貴少年駕馬奔馳而
去，徒留佳人魂牽夢縈，夜夜寂寥，天寒而心更冷。而「牽繫」不僅
指女子思念遠去之人，復指男子對佳人心心念念；縈迴之情意，綿長
之相思，此無形絲線以馬鞭之有形物狀寫而出。下片以寒食節、梨花
凋謝點出時序在暮春時分，而盪秋千爲應景遊戲〔註177〕。男子離去，
時值早春，風寒料峭，而至春末仍未得其音訊，相思日久，悲從中來，
女子淚容如梨花帶雨。此情無處可傾訴，只能背著人面獨自哀傷。又
「秋」與「愁」諧音，秋千來回擺盪，猶如相思無盡迴盪；愈是極力

〔註175〕〔宋〕王直方：《王直方詩話》。見郭紹虞輯：《宋詩話輯佚》，冊上，
　　　　頁31。
〔註176〕〔宋〕曾季狸《艇齋詩話》。見《叢書集成新編》（台北：新文豐出
　　　　版股份有限公司，1985年1月），冊79，頁6。
〔註177〕〔五代〕王仁裕《開元天寶遺事》「半仙之戲」條：「天寶宮中至寒
　　　　食節，競豎鞦韆，令宮嬪輩戲笑以爲宴樂。帝呼爲『半仙之戲』。」
　　　　見《景印文淵閣四庫全書》，冊1035，卷3，頁856。

拋卻愁苦，愁苦愈是以同等力量襲入人心。

全詞意象鮮明，餘味無窮，首句之「跳躍」形象，至末句化爲柔情萬千，思致無限。

此外，「背面秋千下」取自李商隱〈無題二首〉之一：「十五泣春風，背面鞦韆下」〔註178〕，爲「襲用成句」。而晏幾道以詩爲詞，運用得宜，不僅沿用字詞，亦將句意與深情承繼下來。

綜合上述評論，《小山詞》之成就，誠如陳振孫《直齋書錄解題》云《小山詞》「在諸名勝中，獨可追逼《花間》，高處或過之」〔註179〕。而「『追逼《花間》』是指他在承繼晚唐五代小令豔詞的事實，『高處或過之』則是讚揚他在往縱深方面發展的貢獻。」〔註180〕

又《接受美學與接受理論》云：

> 一部文學作品，即便它以嶄新面目出現，也不可能在信息真空中以絕對新的姿態展示自身。……它喚醒以往閱讀的記憶，將讀者帶入一種特定的情感態度中，隨之開始喚起『中間與終結』的期待，於是這種期待便在閱讀過程中，根據這類本文的流派和風格的特殊規則被完整地保持下去，或被改變、重新定向，或諷刺性地獲得實現。〔註181〕

晏幾道《小山詞》與《花間》存在上文所言之關係。

《花間》題材多溫香軟玉，《小山詞》亦不少綺羅粉黛，摹情狀物；同樣細膩優美，筆觸柔媚。《花間》內容多冶遊享樂，而《小山詞》中不乏富貴生活，然晏幾道並無予人窮奢極欲之浮薄印象。

〔註178〕〔唐〕李商隱〈無題〉二首之一：「八歲偷照鏡，長眉已能畫。十歲去踏青，芙蓉作裙衩。十二學彈箏，銀甲不曾卸。十四藏六親，懸知猶未嫁。十五泣春風，背面鞦韆下。」見清聖祖御定：《全唐詩》，冊8，卷539，頁6165。

〔註179〕〔宋〕陳振孫：《直齋書錄解題》。見《景印文淵閣四庫全書》，冊674，卷21，頁888。

〔註180〕黃文吉：《北宋十大詞家研究》（台北：文史哲出版社，1996年3月），頁93。

〔註181〕〔聯邦德國〕H.R.姚斯、〔美〕R.C.霍拉勃著，周寧、金元浦譯：《接受美學與接受理論》，頁29。

《花間》以閨情、離愁見長，而《小山詞》以追憶、別緒爲要，二者情感層面多是含不盡情思於言外，然晏幾道情意更顯綿密、眞摯。

《花間》爲養料，化育出《小山詞》；《花間》爲典範，而《小山詞》爲其回響。重點是《小山詞》在前人堡壘上築起極具特色之城堡，如王銍《默記》云：「叔原妙在得人，所得者人物情態」，刻畫人物情態深刻且細緻；又如孫立《詞的審美特性》所言：

> 借助愛情生活的表現，引發出主體意識極爲強烈的人生感
> 觸，從而詞體內情感的色調就尤爲渾重，像「恨無人似花
> 依舊」、「天與多情，不與長相守」（〈點絳脣〉），此類以寫
> 「恨」情爲主，且隱蘊人生悲患的作品爲多數。〔註182〕

晏幾道以自我人生之沉鬱、蹉跎，寫出思沉意厚而蘊蓄之作，造就《小山詞》內容與形式兼具「清壯頓挫」之特色。

第三節　閱讀具體化：審美標準與接受程度
——詞選篇

本節針對宋人閱讀具體化後所編之詞選，探討宋人對《小山詞》之接受。

翻閱宋人所編之詞選，其中收錄晏幾道詞作者有四：孔夷《蘭畹曲會》〔註183〕、何士信《增修箋註妙選群英草堂詩餘》〔註184〕、黃昇《唐宋以來諸賢絕妙詞選》〔註185〕、趙聞禮《陽春白雪》〔註186〕。

〔註182〕　孫立：《詞的審美特性》（台北：文津出版社，1995年2月），頁147。
〔註183〕　〔宋〕孔夷：《蘭畹曲會》。見周泳先校編：《唐宋金元詞鉤沉》（上海：商務印書館，1937年7月）。
〔註184〕　〔宋〕何士信：《增修箋註妙選群英草堂詩餘》（據上海圖書館藏明洪武二十五年（1392）遵正書堂刻本影印）。見《續修四庫全書》，冊1728。
〔註185〕　〔宋〕黃昇：《花菴詞選・唐宋以來諸賢絕妙詞選》。見《景印文淵閣四庫全書》，冊1489。
〔註186〕　〔宋〕趙聞禮：《陽春白雪》（據宛委別藏清抄本影印）。見《續修四庫全書》，冊1728。

一、選錄情形

本節將上揭四本詞選與唐圭璋編纂、王仲聞參訂、孔凡禮補輯《全宋詞》選錄之晏幾道作品,逐一比較,發現有兩本詞選出現互異之情況。茲表列分述如次:

(一)《蘭畹曲會》

收有晏幾道詞 1 闋,取之與《全宋詞》相較,相異者整理如次:

表一　《蘭畹曲會》與《全宋詞》互見表

詞牌　首句	作者　詞選	蘭畹曲會	全宋詞	備　註
醉桃源	南園春半踏青時	晏幾道	×	馮延巳詞

(二)《增修箋註妙選群英草堂詩餘》

收有晏幾道詞 4 闋,取之與《全宋詞》相較,相異者整理如次:

表二　《增修箋註妙選群英草堂詩餘》與《全宋詞》互見表

詞牌　首句	作者　詞選	增修箋註妙選群英草堂詩餘	全宋詞	備　註
木蘭花	秋千院落重簾暮	晏幾道	晏幾道	《增修箋註妙選群英草堂詩餘》詞牌作〈玉樓春〉

《唐宋以來諸賢絕妙詞選》所選晏幾道詞與《全宋詞》未有相異之處。若除去《增修箋註妙選群英草堂詩餘》與《蘭畹曲會》誤收、詞調名稱不同之情況,《草堂詩餘》、《唐宋以來諸賢絕妙詞選》、《陽春白雪》所選晏幾道詞各有 4 闋、12 闋、4 闋,見下表:

表三　宋代詞選收錄晏幾道詞一覽表

《小山詞》序號　詞牌　首句	詞選	增修箋註妙選群英草堂詩餘	唐宋以來諸賢絕妙詞選	陽春白雪
1　臨江仙　夢後樓臺高鎖				∨

2	蝶戀花	庭院碧苔紅葉遍	✓	✓	
3	又	醉別西樓醒不記		✓	
4	又	夢入江南煙水路		✓	
5	鷓鴣天	彩袖殷勤捧玉鍾	✓	✓	
6	又	碧藕花開水殿涼		✓	
7	生查子	金鞭美少年	✓	✓	
8	又	一分殘酒霞		✓	
9	又	紅塵陌上游		✓	
10	南鄉子	淥水帶青潮		✓	✓
11	清平樂	波紋碧皺		✓	
12	木蘭花	秋千院落重簾暮	✓		
13	又	小蓮未解論心素			✓
14	阮郎歸	粉痕閑印玉尖纖		✓	
15	滿庭芳	南苑吹花		✓	
16	撲蝴蝶	風梢雨葉			✓
總計（闋）			4	12	4

二、分見各本概況

茲分類並試析各本選度標準如次：

（一）分類以應歌：《增修箋註妙選群英草堂詩餘》

關於《草堂詩餘》之作者，最早見著於《直齋書錄解題》：「《草堂詩餘》二卷，……書坊編輯者。」〔註187〕此版本已不復見，經後人加以增補、箋註，遂有諸本流傳，卷數與排版不一。而《增修箋註妙選群英草堂詩餘》選詞 367 闋〔註188〕，為南宋‧何士信所輯，依據書名「增修箋註」以及詞牌下有加注「新增」、「新添」等詞，可知此書乃何士信據原版增訂而成；或疑何士信即書坊中人〔註189〕。

〔註187〕〔宋〕陳振孫：《直齋書錄解題》。見《景印文淵閣四庫全書》，冊674，卷21，頁895。
〔註188〕王兆鵬：《詞學史料學》（北京：中華書局，2009 年 2 月），頁321。
〔註189〕龍沐勛：《龍榆生詞學論文集‧選詞標準論》（上海：上海古籍出版

　　《增修箋註妙選群英草堂詩餘》編選年代自五代以迄南宋，而五代詞極少，以北宋詞最多，其中周邦彥居首；蔣景祁云：「《花間》猶唐音也，《草堂》則宋調矣」〔註190〕。內容除原詞外，尚有小字箋注典故、出處、品評等。全書分前、後集，又每集各分上、下卷。前集依四時景物分為春景、夏景、秋景、冬景類，各類別底下又羅列子目；後集則分節序、天文、地理、人物、人事、飲饌器用、花禽七大類，每類底下亦羅列子目。龍沐勛〈選詞標準論〉言：「詞集之編次，無論別集與選本，凡以宮調類列，或以時令物色分題者，皆所以便於應歌。」〔註191〕故知《增修箋註妙選群英草堂詩餘》編選目的當是提供歌者表演所需而分門別類，且按語豐富，便於流傳廣布。或因最初作者為「書坊」中人，書籍內容通俗化、普遍化為其首要考量，以求營利效益。於商業化影響下，此書選錄題材廣博；前集風格以婉約為主，後集則風格繁複。

　　晏幾道詞為淺斟低唱下之產物，多為「應歌」、「娛賓遣興」而作。觀《增修箋註妙選群英草堂詩餘》選錄晏幾道詞4闋，前集與後集各選二闋：

　　其一、〈生查子〉（金鞭美少年）為春景類。前文（第二節）已探析此詞成就，茲不贅述。

　　其二、〈蝶戀花〉為秋景類：

> 庭院碧苔紅葉遍。金菊開時，已近重陽宴。日日露荷凋綠扇。粉塘煙水澄如練。　　試倚涼風醒酒面。雁字來時，恰向層樓見。幾點護霜雲影轉。誰家蘆管吹秋怨。（《全宋詞》，冊1，頁287）

上片以「紅葉」與「金菊」之秋天顯著景觀緊扣「重陽」時節，而逐漸

社，1997年7月），頁64。

〔註190〕〔清〕蔣景祁：〈湖海樓詞序〉。見〔清〕陳維崧：《湖海樓詞集》，《四部備要》（台北：台灣中華書局，1981年6月），冊559，頁1。本論文所引《四部備要》皆依據此版本。

〔註191〕龍沐勛：《龍榆生詞學論文集・選詞標準論》（上海：上海古籍出版社，1997年7月），頁62。

凋謝之荷葉烘托出蕭瑟景象。碧苔上遍布紅葉，以「紅綠」之對比色彩予人鮮明視覺效果；荷落葉枯，遂使原本有粉色點綴之池塘，徒留濛濛霧氣與澄淨如白色絹條之清水。「詩詞中的色彩不一定具有象徵意義，但至少從聯想中影響了感情的產生與轉化，創造詩了的美感。……從『色相』產生的『意象』更能生動鮮活，栩栩如生。」〔註192〕此闋詞色彩豐富，「碧」、「紅」、「金」、「綠」、「粉」、「白」等顏色，渲染出濃濃秋意，拈掇出晏幾道孤寂心事。

　　情隨景生，過片寫晏幾道借酒澆愁，而欲以涼風解酒。然而秋涼心亦涼，迎風所捎來者，乃是排列如「一」或成「人」字形之雁群，凸顯形單影隻之形象。遙望天邊雲歸影動，聆聽不知何處傳來之蘆管聲，似乎傾訴著沉沉怨情，不禁興起陣陣哀愁。全詞觸景生情，而融情於景；以七字句爲主，交錯四字、五字句，表達出秋景潛藏下之細膩情感，猶如沈際飛所云：「情生文，文生情，何文非情？而以參差不齊之句，寫鬱勃難狀之情，則尤至也。」〔註193〕

　　其三、〈木蘭花〉爲人事類：

　　　秋千院落重簾幕。彩筆閑來題繡戶。墙頭丹杏雨餘花，門
　　　外綠楊風後絮。　　朝雲信斷知何處。應作襄王春夢去。
　　紫騮認得舊遊蹤，嘶過畫橋東畔路。（《全宋詞》，冊1，頁300）

黃昏時分，舊地重遊，而庭院秋千上無佳人身影，簾幕亦緊掩門扉。睹景傷情，往事的歷，晏幾道遂提筆揮毫以寄懷。題罷，望見牆上紅杏已是雨後殘花，而門外楊樹化爲棉絮，隨風飄蕩。上片盡顯暮春景色，傳達時移事易，而昔日風流佳事只剩回憶；思慕之人如凋零枯頹之花朵，而自身猶似飄絮，行跡不定。

　　下片首二句以「巫山雲雨」事典暗示兩人相會僅在夢中，夢醒則徒留感嘆。末二句寫所騎乘之駿馬猶記當年遊蹤，即景生情而嘶鳴不

〔註192〕蕭水順：《青紅皂白》（台北：月房子出版社，1994年1月），頁
　　　　 35。
〔註193〕〔明〕沈際飛：〈草堂詩餘序〉。見施蟄存主編：《詞籍序跋萃編》，
　　　　 卷8，頁668。

止，鳴聲伴隨蹄聲傳徹舊時路。晏幾道不明寫所思之人，而以「朝雲」代稱，言「朝雲信斷知何處」，意指佳人杳然無蹤；不實寫自己對往日情景仍念念不忘，而以馬喻人；不直接表達內心悲苦，而以「嘶過畫橋東畔路」暗藏拳拳深情。

全詞藝術技巧高超，「八句中每兩句一小結裡，畫面轉換，意思便跌深一層，層層遞進，結尾處大力振轉，含有餘不盡之意。」〔註194〕

其四、〈鷓鴣天〉（彩袖殷勤捧玉鍾）為飲饌器用類。前文（第二節）已探析此詞成就，茲不贅述。唯《增修箋註妙選群英草堂詩餘》於此詞牌下題有「勸酒」二字，而《全宋詞》並無詞題，可見《增修箋註妙選群英草堂詩餘》視此闋為侑觴之詞。

綜上所述，此四闋婉約而有情思。

（二）去取甚嚴謹：《唐宋以來諸賢絕妙詞選》

《唐宋以來諸賢絕妙詞選》十卷與，南宋・黃昇編，選錄年代自唐五代以迄北宋；卷一收唐五代詞，卷二至卷八收北宋詞，卷九為禪林作品，卷十則是閨秀之作。所錄詞人共134家，收詞523闋〔註195〕，「博觀約取，發妙音於眾樂並奏之際，出至珍于萬寶畢陳之中，使人得一編，則可以盡見詞家之奇。」〔註196〕又觀黃昇自序，「其意蓋欲以繼趙崇祚《花間集》、曾慥《樂府雅詞》之後，故蒐羅頗廣。」〔註197〕

每卷以人名為大類，詞牌為子目，而不以詞人姓氏筆畫或出生年月排序；人名以其「字」行，如云「晏叔原」而不言「晏幾道」，並補充其名號、事蹟或其詞成就；詞調之下，或標有題目，或加注評語。是以《唐宋以來諸賢絕妙詞選》以詞人分類，編選用意為「存史」，期欲承先啟後。

〔註194〕陳永正：《晏殊晏幾道詞選》，頁103。

〔註195〕王兆鵬：《詞學史料學》，頁330。

〔註196〕〔宋〕胡德方：〈唐宋以來諸賢絕妙詞選序〉。見施蟄存主編：《詞籍序跋萃編》，卷8，頁660。

〔註197〕〔清〕永瑢、紀昀等：《武英殿本四庫全書總目提要》，冊5，卷199，頁319。

　　觀《唐宋以來諸賢絕妙詞選》選錄晏幾道詞 12 闋，僅〈南鄉子〉（淥水帶青潮）與〈阮郎歸〉（粉痕閑印玉尖纖）未標有詞題，其餘 10 闋，黃昇皆加注題目。據晏幾道詞之內容與黃昇附注之詞題，可分兩大類：

其一、歌詠昇平：

　　〈鷓鴣天〉（碧藕花開水殿涼）之詞題為「慶歷中，開封府與棘寺同日奏獄空，仁宗與宮中宴集，宣晏叔原作此，大稱上意」。觀全詞如下：

> 碧藕花開水殿涼。萬年枝外轉紅陽。昇平歌管隨天仗，祥瑞封章滿御床。　　金掌露，玉爐香。歲華方共聖恩長。皇州又奏圜扉靜，十樣宮眉捧壽觴。（《全宋詞》，冊 1，頁 293）

上片開首以景物將視野移往宮殿，點出地點；以荷花指出時序為夏；「轉紅陽」則表明旭日東升，藉以帶出下文生機勃勃，喜氣洋洋之情狀。而後天子儀隊、歌舞團隊之表演盡現昇平氣象；由「滿御床」即知國家祥瑞，處處吉兆。下片接續前意，以承露金盤，玉製熏爐表現富貴氣息。而「歲華方共聖恩長」稱揚皇上政績；因皇恩浩蕩，遂使國泰民安，犯罪率低。末句「十樣宮眉捧壽觴」表明此闋為祝壽之詞。

　　全詞描繪出宮廷祝壽場景之盛大，一派歡欣熱鬧景象，藉以展現冠冕堂皇之氣勢，可謂與黃昇詞題所述此詞乃晏幾道為「太平盛世」而作相符。

其二、相思追憶：

此類題材有九闋，茲臚列如次：

〈蝶戀花〉（醉別西樓醒不記）之詞題為「別恨」；
〈蝶戀花〉（夢入江南煙水路）之詞題為「別恨」；
〈蝶戀花〉（碧藕花開水殿涼）之詞題為「深秋」；
〈鷓鴣天〉（彩袖殷勤捧玉鍾）之詞題為「佳會」；
〈生查子〉（金鞭美少年）之詞題為「閨思」；
〈生查子〉（一分殘酒霞）之詞題為「別思」；

〈生查子〉（紅塵陌上游）之詞題爲「閨思」；

〈清平樂〉（波紋碧皺）之詞題爲「春情」；

〈滿庭芳〉（南苑吹花）之詞題爲「秋思」。

茲以〈生查子〉爲例：

紅塵陌上游，碧柳堤邊住。才趁彩雲來，又逐飛花去。　　深
深美酒家，曲曲幽香路。風月有情時，總是相思處。（《全宋
詞》，冊1，頁295）

「紅塵紫陌」爲京師郊野道路，「碧柳堤邊」爲歌妓聚集處，首二句
指男子前來尋找佳人。「才趁彩雲來，又逐飛花去」指兩人相會時刻
短暫；又黃昇云此詞爲「閨思」，當由此二句而來：彩雲易散，好景
不長，而飛花飄零，身世不定，有年華老去，紅顏薄命之慨。

下片寫男子行經之地，可與上片結合來看。不論是來時路抑或歸
途，販賣美酒之人家位居幽深小巷裡，而彎彎曲曲之小路散發清淡花
香，可見兩人相會於隱蔽處；而兩疊字暗含「深深」情意與「曲曲」
柔腸。美景令人動容，而其引發之感觸，惹人相思。

全詞五言八句，宛如一首五言小詩，除末二句未見對偶外，其餘
兩句爲一組，詞性相對而意象相應。

綜上所述，凡12闋，涉及謳歌功德，粉飾太平者，辭藻華麗，
如臨其境；而有關寫景抒情，回憶懷想之作，則辭情兼備，蘊藉深妙。

（三）高雅而精妙：《陽春白雪》

《陽春白雪》正集八卷，外集一卷，南宋‧趙聞禮編，「所選詞，
北宋少而南宋多……唯是原本姓氏、名號、諡法錯雜不一，覽之棼如」
〔註198〕，譬若「晏叔原」、「晏小山」皆出現。每卷目錄僅列詞牌而
無作者，且每卷詞牌名稱或有重複；內容性質無歸類，亦不按照作者
年代排列，所選詞人散於各卷，然而每卷以慢詞先、小令後爲排序，
是以《陽春白雪》之目錄未成體系。此外，陳振孫《直齋書錄解題》

〔註198〕〔清〕瞿世瑛：〈清吟閣本陽春白雪跋〉。見施蟄存主編：《詞籍序
　　　　跋萃編》，卷8，頁682。

將《陽春白雪》納入「歌詞類」，可見《陽春白雪》爲「應歌」而編選。而《陽春白雪》所錄詞人共 231 家，收詞 671 闋〔註199〕，亦見其「存史」目的。

「陽春」、「白雪」，顧名思義，即是溫煦之春天、白色之雪，而據朱權《臞仙神奇秘譜》記載，〈陽春〉、〈白雪〉爲樂曲名，分屬宮調、商調；「陽春」乃「萬物知春，和風淡蕩」之意；「白雪」則是「凜然清潔，雪竹琳琅之音」。〔註200〕若以「陽春白雪」延伸義而言，即是相對於「下里巴人」之民間通俗歌曲，而屬高雅精深，較爲深奧之音樂。〔註201〕趙聞禮以「陽春白雪」作爲書名，由字面義可知其編選風格以清美、柔和而有餘韻爲主；以延伸義觀之，所編選之作品當爲妍雅、深厚。觀《陽春白雪》正集八卷所選作品，以周邦彥最多，達 20 闋；其次爲史達祖，17 闋；吳文英與姜夔則分別入選 13、12闋；高觀國、趙以夫之詞亦有 10 闋。而以豪放悲壯、慷慨激昂爲主軸之稼軒詞派：辛棄疾、劉過、劉克莊諸人，其詞納入正集者，亦屬溫厚、蘊藉作品。外集則多磅礴大氣之作。〔註202〕

周邦彥爲北宋末期婉約詞代表，博採眾家之長，主持大晟樂府，對宋詞雅化用力甚深；因深諳詞律，強調藝術手法，堪屬格律派代表。至南宋，姜夔詞取法周邦彥，清疏雅潔，獨樹一幟，而趙以夫效法姜夔情致，王沂孫「琢語峭拔，有白石意度」〔註203〕；史達祖、高觀

〔註199〕王兆鵬：《詞學史料學》，頁 334。

〔註200〕〔明〕朱權：《臞仙神奇秘譜》。見《續修四庫全書》，冊 1092，卷中，頁 185～206。

〔註201〕〔戰國〕宋玉〈對楚王問〉：「客有歌於郢中者，其始曰下里巴人，國中屬而和者數千人；其爲陽阿薤露，國中屬而和者數百人；其爲陽春白雪，國中屬而和者不過數十人；引商刻羽，雜以流徵，國中屬而和者不過數人而已。是其曲彌高其和彌寡。」見〔梁〕蕭統編，〔唐〕李善注：《文選》，冊下，卷 45，頁 1123。

〔註202〕〔宋〕趙聞禮選編，葛渭君校點：《陽春白雪·前言》（上海：上海古籍出版社，1993 年 6 月），頁 2。

〔註203〕〔宋〕張炎：《山中白雲詞·瑣窗寒·序》。見《景印文淵閣四庫全書》，冊 1488，卷 1，頁 470。

國瓣香於周邦彥；吳文英「深得清眞之妙」〔註204〕，而能推成出新。以上諸人，繼踵婉約派，將宋詞推向精緻高峰。而晏幾道亦隸屬婉約派，情感深婉，詞語雅麗，藝術成就高；再者，晏幾道詞寓有其理想抱負，寄託其感時傷懷之深意，符合《陽春白雪》編選角度。

觀《陽春白雪》選錄晏幾道詞4闋，皆納入正集：

其一、〈臨江仙〉（夢後樓臺高鎖）寫別離相思，夢後往事歷歷在目。然而景物尚在，人事已改，更添愁緒，令人強烈感受到夢醒時分之寂寥。前文（第二節）已分析此詞成就，茲不贅述。

其二、〈南鄉子〉：

> 渌水帶青潮。水上朱闌小渡橋。橋上女兒雙笑靨，妖嬈。倚著闌干弄柳條。　　月夜落花朝。減字偷聲按玉簫。柳外行人回首處，迢迢。若比銀河路更遙。（《全宋詞》，冊1，頁296）

此爲清新之作，藉由春景襯托女子活潑靈巧之形象。首句以「渌水」、「青潮」表現女子芳心清澈、純潔；第二句「水上朱闌」四字令人聯想至「皓齒朱唇」，而與第三句「雙笑靨」相呼應，足見女子貌美；末句描寫女子撥弄柳條，以「弄」字凸顯「妖嬈」風姿。下片亦以良辰美景開頭，而不同於上片，時間進入夜晚。於月光映照下，女子吹奏減字偷生之新曲，如此景象，連河岸柳外之行人亦爲之動容。然而，女子可望而不可即，此情此景猶比「迢迢牽牛星，皎皎河漢女」〔註205〕遙遠，難以圓滿。

此詞末段可視爲晏幾道與所思慕之人眞實情景，兩者距離更甚牛郎與織女，並非「盈盈一水間，脈脈不得語」〔註206〕，益見晏幾道孤寂落寞之哀愁。

〔註204〕〔宋〕沈義父：《樂府指迷》。見唐圭璋編：《詞話叢編》，冊1，頁278。
〔註205〕〔漢〕佚名：〈迢迢牽牛星〉。見〔梁〕蕭統編，〔唐〕李善注：《文選》，冊上，卷29，頁744。
〔註206〕〔漢〕佚名：〈迢迢牽牛星〉。見〔梁〕蕭統編，〔唐〕李善注：《文選》，冊上，卷29，頁744。

其三、〈木蘭花〉：

　　小蓮未解論心素。狂似鈿箏弦底柱。臉邊霞散酒初醒，眉
　　上月殘人欲去。　　舊時家近章臺住。盡日東風吹柳絮。
　　生憎繁杏綠陰時，正礙粉牆偷眼覷。(《全宋詞》，冊1，頁300)

上片首二句描寫小蓮不懂如何表達情愫，而以彈箏撥弦來訴說內心情
感，其舉止狂放而率真，散發自然純真之少女形貌。後二句可謂含蓄
而不露骨，明寫醉顏殘妝，暗指兩人共度良宵。下片以「章臺」點出
小蓮歌妓身分，而「東風吹柳絮」表達小蓮不能自主之身世。末二句
以盎然春意雙關春情滿溢；粉牆已阻隔小蓮與情人幽會，而繁花茂葉
又遮蔽與情人相對之視線，僅能從孔隙窺得情人目光，表現小蓮既雀
躍又不滿之心態。

　　全詞雖以小蓮為主角，然而柳絮隨風飄盪之特色，不正如晏幾道
無所適從之情意？無法往下紮根之戀情，終究不能開花結果；又如晏
幾道遭受富貴與貧窮之衝擊，人生起伏不定。

　　其四、〈撲蝴蝶〉：

　　風梢雨葉，綠遍江南岸。思歸倦客，尋芳來最晚。酒邊紅
　　日初長，陌上飛花正滿。淒涼數聲弦管。怨春短。　　玉
　　人應在，明月樓中畫眉懶。魚箋錦字，多時音信斷。恨如
　　去水空長，事與行雲漸遠。羅衾舊香餘暖。(《全宋詞》，冊1，
　　頁333)

風拂雨潤，使大地生機勃發，而遊子思鄉懷歸，無心於春景，直至暮
春才出遊賞花。「紅日初長」表示夏季將至；「飛花正滿」顯示暮春時
分，落花飄零。「春秋代序，陰陽慘舒，物色之動，心亦搖焉」[註207]，
晏幾道面對如此春殘景象，增添傷春意緒，愈發作客異鄉之愁思，而
音樂聽來淒涼，似在訴說內心怨恨。上片寫景抒情，下片則設想遠方
之佳人當在樓閣中梳洗裝扮，等待良人歸來；無奈音訊多斷絕，難以
傳達情意。事與願違，所期待之事隨行雲遠去；怨生恨增，如流水源

――――――――――

〔註207〕〔梁〕劉勰：《文心雕龍・物色》。見《景印文淵閣四庫全書》，冊
　　　　1478，卷10，頁64。

源不斷，徒存昔日相擁共枕之餘香以聊慰相思之苦。

　　全詞虛實相映，春愁、鄉愁與情愁，互相交織，可謂愁上添愁，然因藉由自然意象而烘托羈旅之思與懷思悲苦，一切情意盡顯悽婉而綿長。

　　綜上所述，此四闋堪為妍雅、溫厚之作。

　　綜觀各選，蓋得二端：

　　其一、晏幾道詞收錄情形。

《增修箋註妙選群英草堂詩餘》所選詞人偏於北宋，而《陽春白雪》所選詞人傾向南宋，又《陽春白雪》「取《草堂詩餘》所遺以及近人之詞」〔註208〕，是以二本所選晏幾道詞並無重複。而《唐宋以來諸賢絕妙詞選》「在宋人詞選，要不失為善本」〔註209〕，其收詞以北宋為主，且詞量較《增修箋註妙選群英草堂詩餘》多150闋強，故所選晏幾道詞總數最多。然未有三本詞選俱收同闋詞之情形。

　　此外，就「應歌」角度而言，晏幾道詞受到青睞；以「存史」角度而論，可見晏幾道於「詞史」有一立足之地。

　　其二、對晏幾道《小山詞》接受史之價值。

　　首先，各本選錄之晏幾道詞，符合其編選標準，亦能看出各本對晏幾道詞之審美取向。

　　再者，《增修箋註妙選群英草堂詩餘》與《唐宋以來諸賢絕妙詞選》附有注解，據此可得見二書對晏幾道詞之看法。而作者為諸詞作補充性說明，能補「詞論」之不足，豐富《小山詞》意義。

　　最後，以「詞選」之傳播性質而言，《小山詞》共260闋，於宋編詞選中，收錄最多者僅12闋，比例相當懸殊。可知《小山詞》對宋代影響力有限。

〔註208〕〔宋〕陳振孫：《直齋書錄解題》。見《景印文淵閣四庫全書》，冊
　　　　674，卷21，頁895。
〔註209〕〔清〕永瑢、紀昀等：《武英殿本四庫全書總目提要》，冊5，卷199，
　　　　頁319。

第四節　文本接受後之創作成果：仿擬、和韻與　　　　　集句作品

本節係自宋人詞作尋找《小山詞》之影響力，並從中探察宋代接受《小山詞》之面向。《接受美學與接受理論》云：

> 產生文學作品的歷史背景，不是一種與觀察者隔絕的、事實性的獨立的系列事件。……文學事件只是在那些隨之而來或對之再次發生反響的情況下——假如有些讀者要再次欣賞這部過去作品，或有些作者力圖模仿、超越或反對這部作品——才能持續地發生影響。〔註210〕

故知《小山詞》之價值不限於文本完成之時，亦不止於評論者或選錄者筆下，《小山詞》之價值尚能於其他作家之模仿中凸顯出來。

檢索《全宋詞》，宋人對《小山詞》接受後之創作成果，仿擬作品，計有晁端禮、周紫芝 2 人，共 13 闋；和韻作品，計有陳允平 1 人，4 闋；集句作品，計有石孝友 1 人，1 闋。茲分述如下：

一、仿　擬

（一）晁端禮

晁端禮（1046～1113），字次膺，晁端友之弟。

晁端禮〈鷓鴣天〉十闋爲組詞，題序爲「晏叔原近作〈鷓鴣天〉曲，歌詠太平，輒擬之爲十篇。野人久去輦轂，不得目睹盛事，姑誦所聞萬一而已」。茲錄如下：

一

> 霜壓天街不動塵。千官環珮賀成禮。三竿閶闔樓邊日，五色蓬萊頂上雲。　　隨步輦，卷香裀。六宮紅粉倍添春。樂章近與中聲合，一片仙韶特地新。（《全宋詞》，冊 1，頁 563～565。以下全同）

二

〔註210〕〔聯邦德國〕H.R.姚斯、〔美〕R.C.霍拉勃著，周寧、金元浦譯：《接受美學與接受理論》，頁 27。

數騎飛塵入鳳城。朔方諸部奏河清。圉扉木索頻年靜，大晟簫韶九奏成。　流協氣，溢歡聲。更將何事卜昇平。天顏不禁都人看，許近黃金輦路行。

三

閬苑瑤臺路暗通。皇州佳氣正蔥蔥。半天樓殿朦朧月，午夜笙歌淡蕩風。　車流水，馬游龍。萬家行樂醉醒中，何須更待元宵到，夜夜蓮燈十裏紅。

四

洛水西來泛綠波。北瞻丹闕正嵯峨。先皇秘聿無人解，聖子神孫果眾多。　民物阜，歲時和。帝居不用壯山河。卜年卜世過周室，億萬斯年入詠歌。

五

壁水溶溶漾碧漪。橋門清曉駐鸞旗。三千儒服鴛兼鷺，十萬犀兵虎與貔。　春服就，舞雩歸。四方爭頌育莪詩。熙豐教養今成效，已見夔龍集鳳池。

六

八彩眉開喜色新。邊陲來奏捷書頻。百蠻洞穴皆王土，萬里戎羌盡漢臣。　丹轉轂，錦拖紳。充庭列貢集珠珍。宮花御柳年年好，萬歲聲中過一春。

七

聖澤昭天下漏泉。君王慈孝自天然。四民有養躋仁壽，九族咸親邁古先。　歌舞日，詠堯年。競翻玉管播朱弦。須知大觀崇寧事，不愧生民下武篇。

八

日日仙韶度曲新。萬機多暇宴遊頻。歌余蘭麝生紈扇，舞罷珠璣落繡絪。　金屋暖，璧臺春。意中情態掌中身。近來誰解辭同輦，似說昭陽第一人。

九

萬國梯航賀太平。天人協贊甚分明。兩階羽舞三苗格，九

鼎神金一鑄成。　　仙鶴唳，玉芝生。包茅三脊已充庭。
翠華脈脈東封事，日觀雲深萬仞青。

十

金碧觚棱斗極邊。集英深殿聽臚傳。齊開雉扇雙分影，不
動金爐一噴煙。　　紅錦地，碧羅天。昇平樓上語喧喧。
依稀曾聽鈞天奏，耳冷人間四十年。

晁端禮於題序標明以上諸詞擬自晏幾道〈鷓鴣天〉關於歌詠太平
者，而檢索《小山詞》，共有三闋符合此條件：

一

曉日迎長歲歲同，太平簫鼓間歌鐘。雲高未有前村雪，梅
小初開昨夜風。　　羅幕翠，綿筵紅，釵頭羅勝寫宜冬。
從今屈指春期近，莫使金尊對月空。（《全宋詞》，冊1，頁292）

二

九日悲秋不到心，鳳城歌管有新音。風凋碧柳愁眉淡，露
染黃花笑靨深。　　初過雁，已聞砧，綺羅叢裏勝登臨。
須教月戶纖纖玉，細捧霞觴灩灩金。（《全宋詞》，冊1，頁293）

三

碧藕花開水殿涼。萬年枝外轉紅陽。昇平歌管隨天仗，祥
瑞封章滿御床。　　金掌露，玉爐香。歲華方共聖恩長。
皇州又奏圜扉靜，十樣宮眉捧壽觴。（《全宋詞》，冊1，頁293）

晁端禮所擬爲何？試析如次：

其一、據王灼《碧雞漫志》：「蔡京重九冬至日，遣客求長短句，
欣然兩爲作〈鷓鴣天〉」，即知晏詞「曉日迎長歲歲同」與「九日悲秋
不到心」二闋爲應節酬唱之作，渲染籌備過節之熱鬧場面與歡樂氣
氛，情景相生。依鄭騫〈晏叔原繫年新考〉，此二詞應作於蔡京權勢
盛大之時，即宋徽宗大觀年間（1107～1110）。〔註211〕

晁詞第六闋「八彩眉開喜色新」，雖不知其寫作正確年代，然自

───────────────

〔註211〕鄭騫：《景午叢編‧晏叔原繫年新考》，下編，頁204。

末句「萬歲聲中過一春」可知此爲應景、稱頌之作；全詞敍述邊疆無事，蠻夷納貢稱臣，齊賀新春。

其二、晏幾道「碧藕花開水殿涼」此闋則是描繪天下太平，祝壽慶賀之詞。黃昇《花菴詞選》稱此詞作於慶曆中，當屬誤傳，實爲「崇寧獄空」而作，因宋徽宗崇寧四、五年間（1105～1106）開封府曾有多次「獄空」。〔註212〕

觀晁詞第二闋「數騎飛塵入鳳城」，以「圓扉木索頻年靜」指出監獄與刑具長年空置，而「朔方諸部奏河清」指出邊境安然，即知宋室無內憂外患，國泰民安。

其三、晁詞第一闋「霜壓天街不動塵」與第三闋「閬苑瑤臺路暗通」，以人造器物與自然美景相輝映，傳達天時地利人和之平順；展現京城之繁華，笙歌鼎沸。

其四、晁詞第四闋「洛水西來泛綠波」、第五闋「壁水溶溶漾碧漪」與第七闋「聖澤昭天下漏泉」強調宋室繼往開來，恩澤廣布，既不愧先聖，亦造福子孫。

其五、晁詞第六闋「日日仙韶度曲新」，寫生活安逸，宴遊頻仍，是以歌兒舞女盡展才華。而名妓裡最受皇上寵幸者，當是意態宛如趙飛燕，可媲美「昭陽第一人」之「李師師」。

其六、據《宋史‧魏漢律傳》記載，崇寧年間，魏漢律「請先鑄九鼎，次鑄帝坐大鍾及二十四氣鍾。四年三月，鼎成，賜號沖顯處士。八月，《大晟樂》成。」〔註213〕觀晁詞第九闋「萬國梯航賀太平」與第十闋「金碧觚棱斗極邊」，係指此；九鼎金爐鑄成後，以歌舞大肆慶祝，間以讚揚宋室政績。

要之，晁端禮仿擬晏幾道詞之內容與風格，誇飾宋徽宗崇寧、大觀年間國勢鼎盛，政通人和。

〔註212〕鄭騫：《景午叢編‧晏叔原繫年新考》，下編，頁203。
〔註213〕〔元〕托克托等：《宋史‧魏漢律傳》。見《景印文淵閣四庫全書》，冊288，卷462，頁481～482。

（二）周紫芝

周紫芝（1082～1155），字少隱，自號竹坡居士、二妙老人、靜觀老人、漁館老人。

周紫芝〈鷓鴣天〉有三闋仿效晏幾道作品，其題序自言「予少時酷喜小晏詞，故其所作，時有似其體製者，此三篇是也。晚年歌之，不甚如人意，聊載于此，爲長短句體之助云」。析論如次：

1、

> 樓上緗桃一萼紅。別來開謝幾東風。武陵春盡無人處，猶有劉郎去後蹤。　香閣小，翠簾重。今宵何事偶相逢。行雲又被風吹散，見了依前是夢中。（《全宋詞》，冊2，頁1135）

此詞係仿效自晏幾道：

> 彩袖殷勤捧玉鍾。當年拚卻醉顏紅。舞低楊柳樓心月，歌盡桃花扇影風。從別後，憶相逢。幾回魂夢與君同。今宵剩把銀釭照，猶恐相逢是夢中。（《全宋詞》，冊1，頁290）

就韻腳而言：

其一、「紅、風、逢、中」四字，二詞相同。

其二、周詞「蹤、重」雖與晏詞「鍾、同」相異，然而韻腳屬同一部，悉爲戈載《詞林正韻》〔註214〕第一部平聲韻，屬「和韻」中之「依韻」〔註215〕。

就內容而言：

其一、晏詞上片追憶往事，寫歌筵酒席之情景；下片寫久別重逢後悲苦與喜悅交織之情狀。

〔註214〕韻部所依版本爲〔清〕戈載：《詞林正韻》（據北京大學圖書館藏清道光翠薇花館刻本影印）。見《續修四庫全書》，冊1737。

〔註215〕徐師曾云：「和韻詩有三類，一曰依韻，謂同在一韻中而不必用其字也；二曰次韻，謂和其原韻而先後次第皆因之也；三曰用韻，謂用其韻而先後不必次也。」見〔明〕徐師曾纂，沈芬、沈騏同箋：《詩體明辨》（台北：廣文書局，1972年4月），冊下，卷14，頁1039。

　　其二、周詞上片寫景，檃括劉禹錫〈元和十一年自朗州召至京戲贈看花諸君子〉、〈再遊玄都觀并序〉二詩意〔註216〕，以「桃花」喻「女子」，以「幾東風」云時間流逝，而以「劉郎」喻良人；前二句指兩人分別後，女子癡癡相盼，復指女子於等待良人之時，青春消逝；後二句係指昔日兩人相會之處，猶見當時情景。下片以女子閨閣點出兩人相聚地點，而「今宵何事偶相逢」與「翠簾重」呼應，暗示兩人共度春宵；「行雲」二字則爲「何事」補充說明，指兩人「行雨朝雲」之情事，又指男子行跡如「行雲」不能久留；末句「見了依前是夢中」有二意，一言眞實體會過彼此，方知之前設想兩人相會僅是春夢，展現虛實相比後之力度；二爲夢寐以求之聚首實現後，又將落入等待之愁苦，兩人相會之短暫，猶如夢幻泡影。

　　其三、周詞深刻仿效晏詞重逢後悲喜參差之心理狀態，然而周詞所悲爲兩人隨即離散，晏詞則悲唯恐相逢之事爲假。

　　其四、周詞上片與晏詞同有景句，然而周詞散發傷春無奈之情，晏詞則展現歡欣熱鬧之氣氛。

　　其五、周詞「樓上紺桃一蕚紅」與晏詞「彩袖殷勤捧玉鐘」句，同凸顯女子貌美出眾，受人憐惜。

　　其六、周詞與晏詞皆以「夢」寄託情思。

2、

> 彩鷁雙飛雪浪翻。楚歌聲轉綠楊灣。一川紅斾初銜日，兩岸朱樓不下簾。　　闌倚處，玉垂纖。白團扇底藕絲衫。未成密約回秋水，看得羞時隔畫簾。（《全宋詞》，冊2，頁1135）

上片前二句寫兩人迎浪而遊，伴隨歌聲穿過綠柳楊灣；後二句寫朝陽初升，日光與兩岸商家旗幟相映照，而以「不下簾」指出歌樓開始營

〔註216〕〔唐〕劉禹錫〈元和十一年自朗州召至京戲贈看花諸君子〉：「紫陌紅塵拂面來，無人不道看花回。玄都觀裏桃千樹，盡是劉郎去後栽。」〈再遊玄都觀并序〉：「百畝庭中半是苔，桃花淨盡菜花開。種桃道士歸何處，前度劉郎今又來。」見清聖祖御定：《全唐詩》，冊6，卷365，頁4116。

業。因天明而人潮漸湧，遂打壞兩人秘密幽會之氣氛，女子亦當返回
香閨，故女子用其動人眼波回應男子，並以羞容送別男子。

周紫芝題序僅言「有似其體製者」，而未明確指出似晏幾道何詞。
蒐索《小山詞》，未有韻腳與此闋相同者，亦無內容與周詞近似者。
而觀周詞內容，有「檃括」《小山詞》之跡：

其一、上片與晏幾道〈鷓鴣天〉（守得蓮開結伴遊）上片氛圍相
似：「守得蓮開結伴遊。約開萍葉上蘭舟。來時浦口雲隨棹，采罷江
邊月滿樓。」（冊1，頁290）周詞以「彩鷁」為船隻代稱，晏詞則以
「蘭舟」為船隻美稱；同描寫出遊風光。

其二、周詞下片化用晏幾道〈浣溪沙〉（團扇初隨碧簟收）「團扇
初隨碧簟收。畫簷歸燕尚遲留」（《全宋詞》，冊1，頁310）句意，以
「歸燕尚遲留」指女子依依不捨，「看得羞時隔畫簷」。此外，周詞「白
團扇底藕絲衫」句，截取「藕絲衫袖鬱金香」字面。

3、

> 花褪殘紅綠滿枝。嫩寒猶透薄羅衣。池塘雨細雙鴛睡，楊
> 柳風輕小燕飛。　　人別後，酒醒時。午窗殘夢子規啼。
> 尊前心事人誰問，花底閒愁春又歸。（《全宋詞》，冊2，頁1135
> ～1136）

此詞係檃括晏幾道〈鷓鴣天〉二闋：

> 十里樓臺倚翠微。百花深處杜鵑啼。殷勤自與行人語，不
> 似流鶯取次飛。　　驚夢覺，弄晴時。聲聲只道不如歸。
> 天涯豈是無歸意，爭奈歸期未可期。（《全宋詞》，冊1，頁292）

又，

> 陌上濛濛殘絮飛。杜鵑花裏杜鵑啼。年年底事不歸去，怨
> 月愁煙長為誰。梅雨細，曉風微。倚樓人聽欲沾衣。故園
> 三度群花謝，曼倩天涯猶未歸。（《全宋詞》，冊1，頁292）

就韻腳而言：

其一、周詞韻腳為「枝、衣、飛、時、啼、歸」，屬第三部平聲韻。

其二、周詞僅有韻腳「枝」與晏詞「微」相異，然而韻腳同屬第三部平聲，亦屬「依韻」現象。

就內容而言：

其一、周詞「花褪殘紅綠滿枝」句，即是晏詞第二闋「殘絮飛」、「梅雨細」、「群花謝」之意，春末夏初之景象。

其二、周詞「嫩寒猶透薄羅衣」句，可由晏詞第二闋「梅雨細，曉風微。倚樓人聽欲沾衣」而得。

其三、周詞「池塘雨細雙鴛睡，楊柳風輕小燕飛」句，其背景為晏詞第二闋「梅雨細，曉風微」之天氣，而其意境與晏詞第一闋「不似流鶯取次飛」相通，皆襯托詞人形單影隻之形象。

其四、周詞「人別後，酒醒時。午窗殘夢子規啼」，即晏詞第一闋「百花深處杜鵑啼」、「驚夢覺，弄晴時。聲聲只道不如歸」之意。「杜鵑鳥」即「子規鳥」，鳴聲淒厲，晝夜不止，能觸動旅客歸思。不論「酒醒時」或「驚夢覺」，聽聞杜鵑啼叫之際，皆是愁腸百結，滿是憂容。

其五、周詞「尊前心事人誰問，花底閒愁春又歸」之「心事」與「閒愁」，涵蓋晏詞第一闋「天涯豈是無歸意，爭奈歸期未可期」與第二闋「年年底事不歸去，怨月愁煙長為誰」之意。而「春又歸」即晏詞第二闋「故園三度群花謝」意。

要之，宋人仿擬晏幾道詞，悉就〈鷓鴣天〉此一詞牌而效其內容、風格或和其韻。而和韻方面皆屬「依韻」現象。

二、和　韻

陳允平（1205？～1280），字君衡，一字衡仲，號西麓。

所和之詞，〈思佳客·用晏小山韻〉四闋，析論如次：

其一、查閱《小山詞》，無〈思佳客〉此調，而據《御定詞譜》載，〈鷓鴣天〉雙調五十五字，前段四句三平韻，後段五句三平韻，僅列晏幾道〈鷓鴣天〉（彩袖殷勤捧玉鍾）一體，而宋人填此調，字、

句、韻悉同；〈鷓鴣天〉因李元膺詞而名〈思佳客〉。〔註217〕

　　其二、陳允平有〈鷓鴣天〉兩闋，各自獨立；〈思佳客〉五闋，悉羅列一起，而標有詞題者，僅「一曲清歌酒一鍾」此闋。然與《小山詞》對照，〈思佳客〉五闋皆有「用晏小山韻」之現象。茲將〈思佳客〉五闋與晏幾道〈鷓鴣天〉原詞，按序羅列如下：

（一）〈思佳客〉

　　壓鬢釵橫翠鳳頭。玉柔春膩粉香流。紅酣醉靨花含笑，碧
　　翦顰眉柳弄愁。　　偏婀娜，太溫柔。水情雲意兩綢繆。
　　佯羞不顧雙飛蝶，獨背秋千傍畫樓。（《全宋詞》，冊5，頁3930）

此詞韻腳為「頭、流、愁、柔、繆、樓」，屬第十二部平聲韻。

　　而晏幾道〈鷓鴣天〉：

　　守得蓮開結伴遊。約開萍葉上蘭舟。來時浦口雲隨棹，采
　　罷江邊月滿樓。　　花不語，水空流。年年拚得為花愁。
　　明朝萬一西風動，爭向朱顏不耐秋。（《全宋詞》，冊1，頁290）

韻腳為「遊、舟、樓、流、愁、秋」，亦屬第十二部平聲韻。

　　陳詞與晏詞韻腳僅「流、樓、愁」相同，然韻部相同一樣，故屬「和韻」中之「依韻」。

（二）〈思佳客〉

　　一曲清歌酒一鍾。舞裙搖曳石榴紅。寶箏弦蠹冰蠶縷，珠
　　箔香飄水麝風。　　嬌婭姹，笑迎逢。合歡羅帶兩心同。
　　彩雲不覺歸來晚，月轉觚棱夜氣中。（《全宋詞》，冊5，頁3930）

晏幾道〈鷓鴣天〉：

　　彩袖殷勤捧玉鍾。當年拚卻醉顏紅。舞低楊柳樓心月，歌
　　盡桃花扇影風。　　從別後，憶相逢。幾回魂夢與君同。
　　今宵剩把銀釭照，猶恐相逢是夢中。（《全宋詞》，冊1，頁290）

兩詞韻腳悉為「鍾、紅、風、逢、同、中」，且次第不變，故屬「和

〔註217〕〔清〕王奕清等：《御定詞譜》。見《景印文淵閣四庫全書》，冊1495，卷11，頁202。

韻」中之「次韻」。

（三）〈思佳客〉

錦幄沈沈寶篆殘。惜春舞語憑闌干。庭前芳草空惆悵，簾
外飛花自往還。　　金屋靜，玉簫閒。一尊芳酒駐紅顏。
東風落盡荼蘼雪，滿院清香夜不寒。（《全宋詞》，冊5，頁3930）

晏幾道〈鷓鴣天〉：

一醉醒來春又殘。野棠梨雨淚闌干。玉笙聲裏鸞空怨，羅
幕香中燕未還。　　終易散，且長閒。莫教離恨損朱顏。
誰堪共展鴛鴦錦，同過西樓此夜寒。（《全宋詞》，冊1，頁290）

兩詞韻腳悉爲「殘、干、還、閒、顏、寒」，且順序相同，故屬「和
韻」中之「次韻」。

（四）〈思佳客〉

玉轡青驄去不歸。錦中頻織斷腸詩。窗憑繡日鶯聲婉，簾
卷香雲雁影回。　　金縷扇，碧羅衣。蝶魂飛度畫闌西。
花開花落春多少，獨有層樓雙燕知。（《全宋詞》，冊5，頁3930）

晏幾道〈鷓鴣天〉：

鬥鴨池南夜不歸。酒闌紈扇有新詩。雲隨碧玉歌聲轉，雪
繞紅瓊舞袖回。　　今感舊，欲沾衣。可憐人似水東西。
回頭滿眼淒涼事，秋月春風豈得知。（《全宋詞》，冊1，頁291）

兩詞韻腳悉爲「歸、詩、回、衣、西、知」，且次第不變，故屬「和
韻」中之「次韻」。

（五）〈思佳客〉

曾約雙瓊品鳳簫。玉台光映玉嬌嬈。銀花燭冷飛羅暗，寶
屑香融曲篆銷。　　簾影亂，漏聲迢。佩雲清入楚天遙。
題紅未托相思約，明月空歸第五橋。（《全宋詞》，冊5，頁3930）

晏幾道〈鷓鴣天〉：

小令尊前見玉簫。銀燈一曲太妖嬈。歌中醉倒誰能恨，唱
罷歸來酒未消。　　春悄悄，夜迢迢。碧雲天共楚宮遙。
夢魂慣得無拘檢，又踏楊花過謝橋。（《全宋詞》，冊1，頁292）

韻腳為「簫、嬈、消、迢、遙、橋」。「消」與「銷」字體雖不同，然皆位於第八部平聲韻；且二字意思互通，故未脫「次韻」之條件。

　　要之，陳允平〈思佳客〉除第一闋屬「依韻」現象外，其餘諸闋之韻腳皆依照晏幾道原詞次序，可見陳允平之用心與才情。

三、集　句

　　石孝友，字次仲，生卒年不詳。宋孝宗乾道二年（1166）進士。

　　所集之詞，〈浣溪沙〉（宿醉離愁慢髻鬟）一闋，無詞題或詞序，然觀其內容，於所集之句下，詳列原作姓名，是以「集句」之跡鮮明。茲錄全詞如下：

> 宿醉離愁慢髻鬟。韓偓。綠殘紅豆憶前歡。叔原。錦江春水寄
> 書難。叔原。　　紅袖時籠金鴨暖。少遊。小樓吹徹玉笙寒。李
> 璟。為誰和淚倚闌干。中行。（《全宋詞》，冊 3，頁 2638）

此詞上片「綠殘紅豆憶前歡」句集自晏幾道〈浣溪沙〉（已拆秋千不奈閑）〔註218〕末句；「錦江春水寄書難」集自晏幾道〈西江月〉（愁黛顰成月淺）〔註219〕下片第三句。

　　石詞「綠殘紅豆憶前歡」句與晏詞「綠窗紅豆憶前歡」句，有「殘」與「窗」字之別；「錦江春水寄書難」句則與晏詞「綠江春水寄書難」句，有「錦」與「綠」字之差。以借鑑技巧而言，屬「句意借鑑」中之「改易字句」。

　　陳廷焯《白雨齋詞話》針對此詞，云：「集成語尚能自寫其意」，〔註220〕堪為公允之評。

〔註218〕〔宋〕晏幾道〈浣溪沙〉：「已拆秋千不奈閑。卻隨蝴蝶到花間。旋尋雙葉插雲鬟。　　幾摺湘裙煙縷細，一鉤羅襪素蟾彎。綠窗紅豆憶前歡。」（《全宋詞》，冊 1，頁 310）

〔註219〕〔宋〕晏幾道〈西江月〉：「愁黛顰成月淺，啼妝印得花殘。只消鸞枕夜來閑。曉鏡心情便懶。醉帽簷頭風細。征衫袖口香寒。綠江春水寄書難。攜手期年又晚。」（《全宋詞》，冊 1，頁 330）

〔註220〕〔清〕陳廷焯：《白雨齋詞話》。見唐圭璋編：《詞話叢編》，冊 4，卷 8，頁 3971。

　　晏幾道監許田鎮時，曾「手寫自作長短句」呈獻韓少師，韓少師係指「韓維」；時爲神宗元豐五年（1082）。又於《小山詞・自序》言其詞集乃於「七月己巳，爲高平公綴輯成編。」〔註221〕高平公乃「范純仁」；時爲徽宗建中靖國元年（1101）。據此可知《小山詞》之結集有兩次。然今本《小山詞》收有徽宗崇寧、大觀年間作品，是知《小山詞》之編輯至少三次。而今本《小山詞》爲晏幾道所編，抑或後人輯錄，無從得知。〔註222〕

　　晁端禮生卒年代約與晏幾道同時，加之晁端禮於〈鷓鴣天〉十闋之題序明言「晏叔原近作〈鷓鴣天〉曲，歌詠太平，輒擬之爲十篇」，即知晁端禮時代，《小山詞》已成編，只是非今本而已。然晁端禮並無對《小山詞》中婉約作品進行再創作，而是接受晏幾道新作之富麗頌詞，且加以仿擬。

　　而周紫芝年代，《小山詞》已流行日久。前半生處於相對和平安適之環境，更且「少時酷喜小晏詞，故其所作，時有似其體製者」，足見周紫芝受《小山詞》影響深刻。又觀所擬〈鷓鴣天〉三闋，其人對《小山詞》之接受在於言婉情長而清麗含蓄方面。

　　至若陳允平與石孝友，其生存年代爲南宋中晚期，故知《小山詞》於南宋後期尚有賞識者。而觀陳允平〈思佳客〉五闋，對《小山詞》之接受爲押韻與詞風部分。石孝友則於集句之同時，稍加變化，運用自如；且短短六句中即有兩句集自晏幾道詞，可見石孝友對晏詞之賞識。

　　本章旨在探究宋代對《小山詞》之接受情形，由「期待視野」部分得見宋人之先天經驗與後在環境。

　　而於視野交融之下，產生許多「詞論」，其持論角度各異：有以《小山詞》整體風貌而論者，如黃庭堅〈小山詞序〉，堪爲《小山詞》作一統合說明。有以《小山詞》形式而論者，褒則讚美《小山詞》詞

〔註221〕〔宋〕晏幾道：《小山詞・自序》。見朱祖謀校輯：《彊村叢書》，冊2，頁491。
〔註222〕鄭騫：《景午叢編・晏叔原繫年新考》，下編，頁206～209。

句精工，藝術技巧佳；貶則認爲《小山詞》鋪敘成分少。有以《小山詞》內容而論者，揚則稱頌《小山詞》以詩爲詞，而氣格與韻致超越前作；抑則以道德標準衡量《小山詞》流於輕浮。

再者，「詞選」方面，宋編詞選數量不多，計有《尊前集》、《梅苑》、《樂府雅詞》、《草堂詩餘》、《花菴詞選》、《陽春白雪》、《絕妙好詞》等七本。而《尊前集》僅收唐五代詞，《梅苑》爲詠物專題集，《絕妙好詞》只錄南宋詞。〔註223〕是以其餘四本中，有三本選錄晏幾道詞作，斯可見比例極高。

此外，作家於視野融合，接受與理解《小山詞》後，各取所好，如晁端禮與周紫芝針對內容與風格仿作，陳允平則以用韻進行創作。而三人之共通點爲詞牌之使用，皆是〈鷓鴣天〉。

要言之，宋代對《小山詞》批評、傳播、創作之接受成果清晰可見。下章將視野移向明代，透析時空變遷下《小山詞》之影響力。

〔註223〕王兆鵬：《詞學史料學》，頁315～337。

第三章　明代對《小山詞》之接受

　　「詞」於宋代燦爛奪目，而朝代更迭，「詞」之地位亦隨之下降。吳衡照云：「論詞於明，並不逮金元，遑言兩宋哉。蓋明詞無專門名家，一二才人如楊用修、王元美、湯義仍輩，皆以傳奇手爲之，宜乎詞之不振也。」〔註1〕明代詞之創作品質雖不高，然詞壇並未停滯不前，仍有相當程度之活躍，出現多樣前代少見，甚至未見之詞籍作品。

　　本章針對明代有關《小山詞》之資料進行析論，期能窺知《小山詞》於明代之價值，以及瞭解明代對《小山詞》之接受成果。

第一節　期待視野：時代背景與詞學潮流

　　本節由明朝之時代背景與詞學潮流綜述其「期待視野」，藉以瞭解明代詞壇之概況。

一、時代背景

　　茲以「印刷事業」、「藏書風氣」、「復古運動」三項概述時代背景對詞壇發展之影響：

〔註1〕　〔清〕吳衡照：《蓮子居詞話》。見唐圭璋編：《詞話叢編》，冊3，卷3頁2461。

（一）印刷事業

胡應麟《少室山房筆叢》嘗言：

> 至唐末宋初，鈔錄一變而爲印摹，卷軸一變而爲書冊，易
> 成難毀，節費便藏，四善具焉。〔註2〕

宋代印刷業發達，故書籍產量大增，頗利於翻閱與收藏。而「版本」二字合爲一詞，用以指稱雕版所印之書，亦始自宋代。〔註3〕

時至明代，印刷業不論規模或產量，更盛前朝；上自中央官府，下至地方政府，甚至書坊、私宅，皆有印刷機構，而宋元之書多有翻版或重新雕版印刷，版本眾多。依據印刷機構之不同，可分「官刻」、「私刻」與「坊刻」，而「坊刻」屬於營利性質。

「官刻」之書多爲儒家經典、史書或政令法律，以宣揚文教與穩固秩序。「坊刻」則多爲休閒娛樂之用，小說、平話、戲曲類之書籍，需求量高，故書坊爭相刻印。「私刻」方面，或整理自身書稿而刻印，或編校他人著作以印行，其中最具代表性者，當屬毛晉。毛晉之「汲古閣」，不僅是藏書地點，亦爲印刷機構。「汲古閣」藏書逾八萬四千冊，且有相當數量之宋元善本；天啓元年（1621）始刻印，於崇禎年間達至鼎盛，種類多，數量大；雖售賣書籍，然營利非其主要目的。〔註4〕

因毛晉不僅招聘人才，亦親自進行抄寫、編輯、校勘、印刷等工作，加以「開雕《十三經》、《十七史》、古今百家及從未梓之書。所用紙歲從江西特造之，厚者曰毛邊，薄者曰毛太，至今猶沿其名不絕」。〔註5〕而毛晉汲古閣刊行之書，時至清末，「尚遍天下，亦可見

〔註2〕 〔明〕胡應麟：《少室山房筆叢正集》。見《景印文淵閣四庫全書》，冊886，卷4，頁211。

〔註3〕 葉德輝：「雕板謂之板，藏本謂之本。藏本者，官私所藏，未雕之善本也。自雕板盛行，於是板本二字合爲一名」。見葉德輝：《書林清話》（台北：文史哲出版社，1988年4月），卷1，頁70。本論文所引《書林清話》皆依據此版本。

〔註4〕 羅仲輝：《印刷史話》（台北：國家出版社，2003年7月），頁164～192。

〔註5〕 葉德輝：《書林清話》，卷7，頁386。

當時刊布之多，印行之廣」〔註6〕，足見毛晉「汲古閣」之影響力。

　　除《十三經》、《十七史》外，毛晉亦刻印「《津逮秘書》、唐宋元人別集，以至道藏、詞曲，無不搜刻傳之。」〔註7〕其中《宋名家詞》為詞集叢編，《四庫全書總目提要·宋名家詞》云：

> 明常熟吳訥，曾匯宋、元百家詞，而卷帙頗重，抄傳絕少。惟晉此刻，蒐羅頗廣，倚聲家咸資采掇。其所錄分為六集。自晏殊《珠玉詞》至盧炳《哄堂詞》，共六十一家。每家之後各附以跋語。其次序先後，以得詞付雕為準，未嘗差以時代。且隨得隨雕，亦未嘗有所去取。……蓋以次開雕，適先成此六集，遂以六十家詞傳，非謂宋詞止於此也。〔註8〕

由《宋名家詞》可見毛晉蒐集、校勘之功勞。而自此書之「跋語」，能大略瞭解諸家特色，且可從中探析毛晉對諸家之批評接受面向。《小山詞》亦為《宋名家詞》刊刻之一，《宋名家詞》替後世辨別《小山詞》真偽時，提供重要文獻資料。

（二）藏書風氣

　　宋代藏書之風氣，伴隨君王之政策及印刷業之發展而盛行，據王應麟云：

> 自太祖平定四方，天下之書悉歸藏室。太宗、真宗訪求遺逸，小則償以金帛，大則授之以官。又經書未有板者，悉令刊刻，由是大備，起秘閣貯之禁中。〔註9〕

太宗時，「以史館、昭文館、集賢院為三館，皆寓崇文院」〔註10〕，並於「崇文院中堂建秘閣，擇三館真本書籍萬餘卷及內出古畫、墨跡

〔註6〕　葉德輝：《書林清話》，卷7，頁380。

〔註7〕　葉德輝：《書林清話》，卷7，頁376。

〔註8〕　〔清〕永瑢、紀昀等：《武英殿本四庫全書總目提要·宋名家詞》，冊5，卷200，頁339。

〔註9〕　〔宋〕王應麟：《玉海》。見《景印文淵閣四庫全書》，冊944，卷52，頁412。

〔註10〕　〔元〕托克托等：《宋史·職官志》。見《景印文淵閣四庫全書》，冊283，卷162，頁17。

藏其中」〔註11〕。史館、昭文館、集賢院係沿襲唐代制度；逮明代，集賢院徒存虛名。

明代官方藏書樓，有大本堂、東閣、南京文淵閣、北京文淵閣等，其中以南京文淵閣最爲知名。除依據南京文淵閣之藏書而編纂《永樂大典》外，因闕遺尚多，故遣使訪購，於民間徵集書籍。迄楊士奇主編之《文淵閣書目》成，可知藏書量達至四萬三千兩百餘冊，約有七千餘種類。嗣後，明英宗正統十四年（1449），因宮殿失火而使宋元善本焚燬，此爲官方藏書漸頹之前兆。再者，繼任之君王不甚關注藏書之重要性，又有文淵閣主事者盜取精本，或內閣大學士借閱書籍而不歸還之情形接踵而至，遂使官方藏書量銳減。〔註12〕

而私家藏書者，其品質與數量不遜於官方。宋代晁公武與陳振孫齊名，分別著有《郡齋讀書志》〔註13〕、《直齋書錄解題》〔註14〕之藏書書目，收羅豐富，極具價值。尤以陳振孫「所藏至五萬餘足，爲宋室藏書第一家」〔註15〕。此私家藏書風氣延續至明代，更甚曩昔。明代中葉後，私家藏書，除毛晉外，著名者爲何良俊、范欽、胡應麟、錢謙益等。

何良俊有「清森閣」，「藏書四萬卷，名畫百籤，古法帖彝鼎數十種」〔註16〕。

范欽建有「天一閣」，爲中國現存最古老之藏書樓。因范欽以搜書爲樂事，並注重當朝之作品，加之與當時藏書家豐坊、王世貞等人

〔註11〕 〔元〕托克托等：《宋史・職官志》。見《景印文淵閣四庫全書》，冊283，卷162，頁17。

〔註12〕 焦樹安：《中國古代藏書史話》（台北：台灣商務印書館，1994年5月），頁109～110。

〔註13〕 〔宋〕晁公武：《郡齋讀書志》。見《景印文淵閣四庫全書》，冊674。

〔註14〕 〔宋〕陳振孫：《直齋書錄解題》。見《景印文淵閣四庫全書》，冊674。

〔註15〕 〔明〕胡應麟：《少室山房筆叢正集》見《景印文淵閣四庫全書》，冊886，卷1，頁179。

〔註16〕 〔清〕張廷玉等：《明史・文苑傳》。見《景印文淵閣四庫全書》，冊301，卷287，頁845

互相傳抄書籍，而使天一閣之藏書量高達七萬多卷。〔註17〕

　　胡應麟「萬曆四年舉於鄉，久不第，築室山中，搆書四萬餘卷，手自編次，多所撰著」〔註18〕；其藏書地點為「二酉山房」。

　　「絳雲樓」係錢謙益之私家藏書樓，蘊藏宏富，而多藏宋元刻本。錢謙益為讀書而藏書，重金購書而惜書如命。因錢謙益讀書無計，且有將所讀之書籍寫成題跋之習慣，遂留下許多題跋文章，後人可從中窺得成書過程與其相關之評論。此外，錢謙益依據絳雲樓之藏書而編纂《絳雲樓書目》，此書某些類目為錢謙益首創，且對版本情況有所記載，故文獻價值頗高。〔註19〕

　　蓋明代不論官方或私人藏書，其規模遠大於前朝。而江南地區因印刷業繁榮，促進藏書家收購圖書，故江南之藏書風氣較其他地區濃厚。私人藏書家之貢獻尤為卓著，如范欽，其收藏之書多於《明史‧藝文志》之著錄；毛晉，藏書與刻書並行，使許多珍密書籍得以流傳。加之，私人藏書家多對所藏之書籍進行校勘、補遺，而使版本漸趨完善；甚至編製書目，以利保存與流傳。再次，藏書家多具備辨別版本真偽之能力，而促進版本學之發展。〔註20〕

　　藏書家對書籍之蒐集、鈔錄與校勘等工作，亦包含詞籍，遂使許多珍貴文獻得以為後世所知。而明代許多詞選與詞譜之編纂，亦多依據自家藏書而選輯成編，如楊慎《詞林萬選》、陳耀文《花草粹編》等。

（三）復古運動

　　明代文學理論，以明孝宗弘治至明穆宗隆慶年間（1488～1572），

〔註17〕任繼愈主編：《中國藏書樓》（瀋陽：遼寧人民出版社，2001年1月），
　　　　冊2，頁1012～1013。

〔註18〕〔清〕張廷玉等：《明史‧文苑傳》。見《景印文淵閣四庫全書》，冊
　　　　301，卷287，頁855

〔註19〕任繼愈主編：《中國藏書樓》（瀋陽：遼寧人民出版社，2001年1月），
　　　　冊2，頁1121～1126。

〔註20〕任繼愈主編：《中國藏書樓》（瀋陽：遼寧人民出版社，2001年1月），
　　　　冊2，頁905～913。

出現眾多，其中影響最鉅者，當爲復古思潮。觀《明史·文苑》之記
載：

> 弘、正之間，李東陽出入宋、元，溯流唐代，擅聲館閣。
> 而李夢陽、何景明倡言復古，文自西京、詩自中唐而下，
> 一切吐棄，操觚談藝之士翕然宗之。明之詩文，於斯一變。
> 迨嘉靖時，王愼中、唐順之輩，文宗歐、曾，詩仿初唐。
> 李攀龍、王世貞輩，文主秦、漢，詩規盛唐。王、李之持
> 論，大率與夢陽、景明相倡和也。〔註21〕

其中之關鍵字爲「復古」，而「李東陽」、「李夢陽」、「何景明」、「李
攀龍」、「王世貞」爲代表性人物。

李東陽爲茶陵派領袖，亦爲朝廷重臣，且「爲文典雅流麗，朝廷
大著作多出其手。工篆隸書，碑版篇翰流播四裔。獎成後進，推挽才
彥，學士大夫出其門者，悉粲然有所成就。」〔註22〕加以主張取法唐
詩，如「宋詩深，卻去唐遠；元詩淺，去唐卻近。顧元不可爲法，所
謂取法乎中，僅得其下耳。」〔註23〕又如「學者不先得唐調，未可遽
爲杜學也。」〔註24〕或「李杜詩，唐以來無和者，知其不可和也。近
世乃有和杜，不一而足。」〔註25〕些等學唐、擬古理論，更成爲「前、
後七子」之理論基礎。「前七子」以李夢陽、何景明爲代表，「倡言文
必秦、漢，詩必盛唐，非是者，弗道」。〔註26〕「後七子」以李攀龍、

〔註21〕〔清〕張廷玉等：《明史·文苑傳》。見《景印文淵閣四庫全書》，冊
301，卷285，頁808。

〔註22〕〔清〕張廷玉等：《明史·李東陽傳》。見《景印文淵閣四庫全書》，
冊299，卷181，頁865。

〔註23〕〔明〕李東陽：《懷麓堂詩話》。見《景印文淵閣四庫全書》，冊1482，
頁439。

〔註24〕〔明〕李東陽：《懷麓堂詩話》。見《景印文淵閣四庫全書》，冊1482，
頁440。

〔註25〕〔明〕李東陽：《懷麓堂詩話》。見《景印文淵閣四庫全書》，冊1482，
頁444。

〔註26〕〔清〕張廷玉等：《明史·文苑傳》。見《景印文淵閣四庫全書》，冊
301，卷286，頁833。

王世貞爲代表,「文主秦、漢,詩規盛唐」。前、後七子之復古理論與
精神相承,更且影響廣遠,「天下推李、何、王、李爲四大家,無不
爭效其體。」〔註27〕而王世貞「博綜典籍,諳習掌故,則後七子不及,
前七子亦不及,無論廣續諸子也」。〔註28〕據《明史‧文苑》云:

> 世貞始與李攀龍狎主文盟,攀龍歿,獨操柄二十年。才最
> 高,地望最顯,聲華意氣籠蓋海內。一時士大夫及山人、
> 詞客、衲子、羽流,莫不奔走門下。片言褒賞,聲價驟起。
> 其持論,文必西漢,詩必盛唐,大歷以後,書勿讀,而藻
> 飾太甚。〔註29〕

可知王世貞才氣與地位顯著,備受文壇推崇,亦見其鄙視唐代宗大歷
(766～779)年後之著作。

　　前、後七子結社定盟,高舉復古旗幟,創作可觀,然而理論與實
踐難以同步,想法與才情難以並軌,遂有諸多批評聲浪出現。如陳子
龍〈仿佛樓詩稿序〉言:

> 特數君子者模擬之功多,而天然之資少:意主博大,差減
> 風逸;氣極沉雄,未能深永。空同壯矣,而每多累句;滄
> 溟精矣,而好襲陳華;弇州大矣,而時見卑詞;惟大復奕
> 奕,頗能潔秀,而弱篇靡響,槩乎不免。〔註30〕

李夢陽,號空同子,缺失在於「句擬字摹,食古不化,亦往往有之。
所謂武庫之兵,利鈍雜陳者也。其文則故作聱牙,以艱深文其淺易」。
〔註31〕何景明,號大復山人,「主創造」〔註32〕,作品有「諧雅之音」。

〔註27〕〔清〕張廷玉等:《明史‧文苑傳》。見《景印文淵閣四庫全書》,冊
　　　　301,卷286,頁833。
〔註28〕〔清〕永瑢、紀昀等:《武英殿本四庫全書總目提要‧弇州山人四部
　　　　稿》,冊4,卷172,頁554。
〔註29〕〔清〕張廷玉等:《明史‧文苑傳》。見《景印文淵閣四庫全書》,冊
　　　　301,卷287,頁854。
〔註30〕〔明〕陳子龍:〈仿佛樓詩稿序〉。見上海文獻叢書編委會編:《陳子
　　　　龍文集》(上海:華東師範大學出版社,1988年11月),冊上,卷7,
　　　　頁378～379。本論文所引《陳子龍文集》皆依據此版本。
〔註31〕〔清〕永瑢、紀昀等:《武英殿本四庫全書總目提要‧空同集》,冊4,

〔註 33〕李攀龍，號滄溟，「古樂府割剝字句，誠不免剽竊之譏。諸體詩亦亮節較多，微情差少。雜文更有意詰屈其詞，塗飾其字，誠不免如諸家所譏」。〔註 34〕王世貞，號弇州山人，「才學富贍，規模終大。譬諸五都列肆，百貨具陳，眞僞駢羅，良楛淆雜，而名材瓌寶，亦未嘗不錯出其中」。〔註 35〕

　　據陳子龍之言，知其較欣賞何景明之作品，並指出復古之立意雖好，然諸子才學有限，作品格調不高，創新不足。

　　文學之復古思潮，利弊互見；有復古者，亦有反復古者，誠如《四庫全書總目提要·懷麓堂集》所云：

> 蓋明洪、永以後，文以平正典雅爲宗，其究漸流於庸膚。庸膚之極，不得不變而求新。正、嘉以後，文以沉博偉麗爲宗，其究漸流於虛憍。虛憍之極，不得不返而務實。二百餘年，兩派互相勝負，蓋皆理勢之必然。〔註 36〕

於兩派思潮競相爭逐之下，造就明代文學之多采。而詞壇之發展亦因之起舞，最顯著者，莫過於影響詞選之成編，如眾多詞選尊崇《花間集》與《草堂詩餘》，並據以增刪而成；又如受復古思潮影響，多數詞選編錄之作品，以南唐、北宋爲主。

二、詞學潮流

　　「詞」於明代並非文學主流，詞作數量或藝術成就不及宋代，然

　　　卷 171，頁 528。

〔註 32〕〔清〕張廷玉等：《明史·文苑傳》。見《景印文淵閣四庫全書》，冊301，卷 286，頁 835。

〔註 33〕〔清〕永瑢、紀昀等：《武英殿本四庫全書總目提要·大復集》，冊 4，卷 171，頁 533。

〔註 34〕〔清〕永瑢、紀昀等：《武英殿本四庫全書總目提要·滄溟集》，冊 4，卷 172，頁 552。

〔註 35〕〔清〕永瑢、紀昀等：《武英殿本四庫全書總目提要·弇州山人四部稿》，冊 4，卷 172，頁 554。

〔註 36〕〔清〕永瑢、紀昀等：《武英殿本四庫全書總目提要·懷麓堂集》，冊 4，卷 170，頁 512～513。

明代詞壇於中國詞史仍深具貢獻，所涉詞論，蓋有下列數端：

（一）婉豪成說

唐五代以來，詞風以綺麗婉轉爲主流。而伴隨題材增多，不限於閨閣香豔或離別相思，內容日益豐富。由於題材、內容之差異，而使詞之創作風格產生變化。

宋人論詞，已發現風格不同之現象，最著名者，即北宋柳永與蘇軾，如俞文豹《吹劍續錄》載：

> 東坡在玉堂，有幕士善謳，因問：「我詞比柳詞，何如？」
> 對曰：「柳郎中詞，只好十七、八女孩兒，執紅牙拍板，唱
> 『楊柳岸，曉風殘月』；學士詞，須關西大漢，執鐵板，唱
> 『大江東去』。〔註37〕

可見柳永詞適合女聲，而溫婉柔媚；蘇軾詞適合男聲，而雄渾壯闊。

再者，汪莘〈方壺詞自序〉云：

> 唐宋以來，詞人多矣。其詞主乎淫，謂不淫非詞也。……余
> 于詞，所愛喜者三人焉：蓋至東坡而一變，其豪妙之氣，隱
> 隱然流出言外，天然絕世，不假振作。二變爲朱希眞，多塵
> 外之想，雖雜以微塵，而其清氣自不可沒。三變而爲辛稼軒，
> 乃寫其胸中事，尤好稱淵明。此詞之三變也。〔註38〕

汪莘以「豪妙之氣」、「清氣」論詞風，而言宋詞歷經三次變革，內容與風格已不似初期「主乎淫」。

而張炎《詞源》主張：

> 詞要清空，不要質實。清空則古雅峭拔，質實則凝澀晦昧。
> 姜白石詞如野雲孤飛，去留無迹。吳夢窗詞如七寶樓台，
> 眩人眼目，碎拆下來，不成片段。此清空質實之說。……
> 白石詞如〈疎影〉、〈暗香〉、〈揚州慢〉、〈一萼紅〉、〈琵琶

〔註37〕〔宋〕俞文豹：《吹劍續錄》。見〔宋〕孫奕等：《宋人箚記八種》（台北：世界書局，1963 年 5 月），頁 38。

〔註38〕〔宋〕汪莘：〈方壺詞自序〉。見施蟄存主編：《詞籍序跋萃編》，卷 3，頁 270。

仙〉、〈探春〉、〈八歸〉、〈淡黄柳〉等曲，不惟清空，又且
騷雅，讀之使人神觀飛越。〔註39〕

此以「清空」與「質實」論詞，而以「清空」爲上乘，尤以姜夔詞符
合「清空」之條件。再者，張炎強調「詞欲雅而正」，〔註40〕以之作
爲論詞之依據。

由上述諸例可見宋人析論詞風，雖各有所好，但能以客觀角度看
待其演變，並未依詞風明確分體、分派。

迄明代，張綖撰、謝天瑞校《詩餘圖譜・凡例》云：

按詞體大略有二：一體婉約，一體豪放。婉約者，欲其辭
情醞藉；豪放者，欲其氣象恢弘。蓋亦存乎其人，如秦少
游之作，多是婉約；蘇子瞻之作，多是豪放。大抵詞體以
婉約爲正。故東坡稱少游爲「今之詞手」，後山評東坡婉約
體之風格在於「如教坊雷大使舞，雖極天下之工，要非本
色」。〔註41〕

自此將「詞」分爲二體，即婉約體、豪放體，並加以說明婉約體之風
格在於「辭情醞藉」，而豪放體之特色在於「氣象恢弘」。更且，同一
作者會同時創作兩種詞體，而作品以何種詞體爲多數，乃取決於個人
才性。然「詞」因宴飲尋樂而發展，由歌妓演唱以娛賓遣興，加之《花
間集》爲第一本文人詞之專集，復以男女柔情，辭意含蓄等側豔之作
爲主體風格，遂順勢推波，成爲詞壇之主流。

（二）「樂」亡「譜」立

「詞」本是「倚聲」之作，「依曲拍爲句」〔註42〕，而句式長短
不齊。因「詞」與音樂關係密切，而某些通曉音律者，會於詞作旁加

〔註39〕〔宋〕張炎：《詞源》。見唐圭璋編：《詞話叢編》，冊1，頁259。
〔註40〕〔宋〕張炎：《詞源》。見唐圭璋編：《詞話叢編》，冊1，頁266。
〔註41〕〔明〕張綖、謝天瑞：《詩餘圖譜・凡例》。見〔明〕張綖、謝天瑞：
《詩餘圖譜》（據北京圖書館藏明萬曆二十七年謝天瑞刻本影印），
《續修四庫全書》，冊1735，頁473。
〔註42〕〔宋〕劉禹錫：〈和樂天春詞，依憶江南曲拍爲句〉。見清聖祖御定：
《全唐詩》，冊6，卷356，頁4009。

注音譜，如「《寄閒集》，旁綴音譜，刊行於世。每作一詞，必使歌者按之，稍有不協，隨即改正」〔註43〕，然今已不傳；又如姜夔《白石道人歌曲》〔註44〕中「十七首自度曲都旁注音譜，是現存宋人詞集中僅見的完整的詞曲譜」〔註45〕。可知宋代已有「詞」與「譜」並存於詞集之現象。而周密《齊東野語》亦云：

> 《混成集》，修內司所刊本，巨帙百餘，古今歌詞之譜，靡不備具。只大曲一類，凡數百解，他可知矣。然有譜無詞者居半。〔註46〕

更且楊纘「精於琴，故深知音律，有《圈法周美成詞》」〔註47〕，此書不僅為推崇周邦彥詞之產物，亦「要作詞者以周詞為法，因此具有詞譜的性質」〔註48〕。

　　然而張炎《詞源》云：「今詞人纔說音律，便以為難」〔註49〕；沈義父《樂府指迷》言：「近世作詞者，不曉音律，乃故為豪放不羈之語，遂借東坡、稼軒諸賢自諉。」〔註50〕足知南宋人多不熟諳音律。元人「學宋詞者，止依其字數而填之耳」〔註51〕。至明代，王驥德《曲律》指出：「宋詞見《草堂詩餘》者，往往妙絕；而歌法不傳，殊有遺恨。余客燕日，亦嘗即其詞為各譜今調，凡百餘曲，刻見《方諸館樂府》。」〔註52〕可見春秋代序，詞樂漸失。

〔註43〕〔宋〕張炎：《詞源》。見唐圭璋編：《詞話叢編》，冊1，頁256。

〔註44〕〔宋〕姜夔：《白石道人歌曲》。見《景印文淵閣四庫全書》，冊1488。

〔註45〕吳熊和：《唐宋詞通論》（杭州：浙江古籍出版社，1985年1月），頁257。

〔註46〕〔宋〕周密：《齊東野語》。見《景印文淵閣四庫全書》，冊865，卷10，頁742。

〔註47〕〔宋〕張炎：《詞源》。見唐圭璋編：《詞話叢編》，冊1，頁267。

〔註48〕吳熊和：《唐宋詞通論》（杭州：浙江古籍出版社，1985年1月），頁48。

〔註49〕〔宋〕張炎：《詞源》。見唐圭璋編：《詞話叢編》，冊1，頁265。

〔註50〕〔宋〕沈義父：《樂府指迷》。見唐圭璋編：《詞話叢編》，冊1，頁282。

〔註51〕〔元〕羅宗信：〈中原音韻序〉。見〔元〕周德清：《中原音韻》（台北：藝文印書館，1979年3月），頁13。

〔註52〕〔明〕王驥德：《曲律》。見《續修四庫全書》（上海：上海古籍出版

　　張炎《詞源》云：「詞以協音爲先，音者何，譜是也。古人按律製譜，以詞定聲，此正聲依永律和聲之遺意。」〔註53〕而音譜之亡佚，歌法之不傳，使「詞」之合樂性質消失。迨明代，出現以「詞譜」爲名之書籍。據張夢機《詞律探原》云：

> 詞律之義有二。一爲詞之音律，一爲詞之格律。前者謂宮商，後者謂字句間之聲響。格律止求諧乎喉舌，音律則間求諧乎管絃。〔註54〕

是知明代所稱之「詞譜」，當爲詞之「格律譜」，而非音譜。

　　明代於詞壇之貢獻，「詞譜」之成編爲其一，如張德瀛《詞徵》云：

> 宋、元人製詞無按譜選聲以爲之者。王灼《碧雞漫志》、沈義父《樂府指迷》、張炎《詞源》、陸輔之《詞旨》，詣力所至，形諸齒頰，非有定式也。迄於明季，始有《嘯餘譜》諸書流風相扇，軌範或失，蓋詞譜行而詞學廢矣。〔註55〕

強調宋元詞非「按譜選聲」而塡，且諸詞作，「非有定式」，並無固定之範式供人塡詞。此處所言之「譜」，當以「格律譜」解之。

　　又《四庫全書總目提要・欽定詞譜》云：

> 詞萌於唐，而大盛於宋。然唐、宋兩代皆無詞譜。蓋當日之詞，猶今日里巷之歌，人人解其音律，能自製腔，無須於譜。其或新聲獨造，爲世所傳，如霓裳羽衣之類，亦不過一曲一調之譜，無裒合眾體，勒爲一編者。元以來南北曲行，歌詞之法遂絕。姜夔《白石詞》中間有旁記節拍，如西域梵書狀者，亦無人能通其說。〔註56〕

此言明唐宋無詞譜著作之產生，歸因於「人人解其音律，能自製腔，無須於譜」，並指出當時有「同調異體」之情形，後因歌法失傳，加

　　社，2002 年 3 月），冊 1758，卷 4，頁 489。

〔註53〕〔宋〕張炎：《詞源》。見唐圭璋編：《詞話叢編》，冊 1，頁 255。

〔註54〕張夢機：《詞律探原》（台北：文史哲出版社，1981 年 11 月），頁196。

〔註55〕〔清〕張德瀛：《詞徵》。見唐圭璋編：《詞話叢編》，冊 5，頁 4095。

〔註56〕〔清〕永瑢、紀昀等：《武英殿本四庫全書總目提要・欽定詞譜》，冊 5，卷 199，頁 326。

以「無衷合眾體，勒爲一編者」，是以對「詞」之創作與傳播造成極大影響。

「金、元以後，院本雜劇盛，而歌詞之法失傳。然音節婉轉，較詩易於言情，故好之者終不絕也。於是音律之事變爲吟詠之事，詞遂爲文章之一種。其宗宋也，亦猶詩之宗唐。」〔註57〕詞樂失傳，促成詞譜興起，而詞譜興起，標誌「詞」走向格律化一途，徒留文學上之音韻美。因「詞譜」分析「同調異體」時，乃以詞篇爲例證，標明句數、平仄與用韻，加以方便「塡詞」之功能明確，故所列舉之正體與他體具有指標作用。

而「詞譜」所列之詞篇多以唐宋詞爲主，是以整理各詞譜所錄詞人之作品數、詞人被選爲正體之詞篇數，可從中歸探唐宋詞人作品之價值，如典範性、傳播性等。

蓋詞史上，明代詞壇非以創作造意著稱，而以詞選或詞譜等詞學專集揚名。以下各節將針對詞論、詞選與詞譜等進行探析。

第二節　閱讀具體化：審美標準與接受程度
——詞論篇

本節針對明人閱讀《小山詞》所下之評論，探討明人對《小山詞》之接受。

蒐羅明代有關《小山詞》之評論，與宋代相比，資料極少。茲歸納爲「詞之正宗」、「音樂性強」與「以詩爲詞」三項，並析論如次：

一、詞之正宗

王世貞於《藝苑巵言》云：

> 即詞號稱詩餘，然而詩人不爲也。何者，其婉孌而近情也，足以移情而奪嗜。其柔靡而近俗也，詩嘽緩而就之，而不

〔註57〕〔清〕永瑢、紀昀等：《武英殿本四庫全書總目提要·宋名家詞》，冊5，卷200，頁339。

知其下也。之詩而詞，非詞也。之詞而詩，非詩也。言其
業，李氏、晏氏父子、耆卿、子野、美成、少游、易安，
至矣，詞之正宗也。溫、韋艷而促，黃九精而險，長公麗
而壯，幼安辨而奇，又其次也，詞之變體也。〔註58〕

據此可見王世貞將詞體二分：一爲「詞之正宗」，二爲「詞之變體」。
而「詞」之特色在於「婉變而近情」，「柔靡而近俗」，當是承繼《詩
餘圖譜》之思想。

王世貞將晏幾道《小山詞》歸屬「詞之正宗」之流別，係就其整
體風格而論，故《小山詞》當具綺羅香澤、婉轉柔媚之特色。諸例證
詳參本論文第二章第二節、第三節，茲不贅述。

二、音樂性強

毛晉《宋名家詞・小山詞・跋》云：

獨《小山集》直逼《花間》，字字娉娉褭褭，如攬嬙施之袂，
恨不能起蓮、鴻、蘋、雲，按紅牙板唱和一過。晏氏父子，
具足追配李氏父子云。〔註59〕

毛晉言《小山詞》可追逼《花間集》，此思想與陳振孫《直齋書錄解
題》稱《小山詞》「在諸名勝中，獨可追逼《花間》」相合。毛晉將《小
山詞》與《花間集》相比，堪謂認可《小山詞》爲應歌之產物，更且
題材相近，又不失《花間集》言情而委婉之特色，

而毛晉更稱揚《小山詞》之音樂性，此音樂性爲文學上之韻律，
亦指樂律上之起伏。《小山詞》「字字娉娉褭褭」，猶如牽引王嬙、西
施舞動時之衣袖，輕巧而美好；讀之，音調悠揚而不絕，令人想親臨
晏幾道與蓮、鴻、蘋、雲等歌妓作詞演唱之現場。

就文學上之韻律而言，《小山詞》中善用疊字，如〈鷓鴣天〉（醉

〔註58〕〔明〕王世貞：《藝苑卮言》。見唐圭璋編：《詞話叢編》，冊 1，頁
385。

〔註59〕〔明〕毛晉：〈小山詞跋〉。見〔明〕毛晉：《宋名家詞》（中國人民
大學圖書館藏明崇禎毛氏汲古閣刻本），《四庫全書存目叢書》，冊
423，頁 139。

拍春衫惜舊香）：「雲渺渺，水茫茫。征人歸路許多長。」（《全宋詞》，
冊 1，頁 291）；〈鷓鴣天〉（小令尊前見玉簫）：「春悄悄，夜迢迢。碧
雲天共楚宮遙。」（《全宋詞》，冊 1，頁 292）；〈生查子〉（紅塵陌上游）：
「深深美酒家，曲曲幽香路。」（《全宋詞》，冊 1，頁 295）；〈清平樂〉
（留人不住）：「渡頭楊柳青青。枝枝葉葉離情。」（《全宋詞》，冊 1，
頁 297）；〈訴衷情〉（憑觴靜憶去年秋）：「人脈脈，水悠悠。幾多愁。」
（《全宋詞》，冊 1，頁 316）；〈阮郎歸〉（粉痕閑印玉尖纖）：「春冉冉，
恨懨懨。章臺對捲簾。」（《全宋詞》，冊 1，頁 307）些等詞例，不論
是閱讀上之音調節奏，或是形容詞所營造之氛圍，足見晏幾道文學之
涵養以及構築詞境之功力。此外，如使用〈浣溪沙〉與〈玉樓春〉雙
調且俱為七言句式之詞調，或是〈臨江仙〉與〈菩薩蠻〉雙調而五、
七言句式摻雜之詞調，凸顯《小山詞》形式上循環反覆之韻律。

　　就樂律而言，晏幾道精通音律，擅長作曲，如〈泛清波摘遍〉、〈思
遠人〉、〈鳳孤飛〉等詞調為晏幾道所創，而〈梁州令〉、〈兩同心〉、〈燕
歸梁〉等詞調為晏幾道所更改體式。「蓋長短句宜歌而不宜誦，非朱
唇皓齒，無以發其要妙之聲。……長短句命名曰曲，取其曲盡人情，
惟婉轉嫵媚為善。」〔註60〕《小山詞》為供以「清謳娛客」之作品，
晏幾道每填一詞或草創一調，即草授歌妓表演，能藉此調整其缺失，
足見《小山詞》樂律上之和諧。

　　無論晏幾道基於「由樂以定詞」或「選詞以配樂」〔註61〕而成
就《小山詞》，《小山詞》以其文學與樂聲之美令人心醉。

　　此外，毛晉特地提及「晏氏父子，具足追配李氏父子」，蓋「晏
氏父子」，即晏殊與晏幾道；「李氏父子」，即李璟與李煜。李氏父子

〔註60〕　〔宋〕王炎：〈雙溪詩餘自序〉。見施蟄存主編：《詞籍序跋萃編》，
　　　　　卷 4，頁 302。
〔註61〕　〔唐〕元稹《元氏長慶集》：「採民甿者，為謳謠備曲度者，總得謂
　　　　　之歌曲詞調，斯皆由樂以定詞，非選詞以配樂也。……後之審樂者，
　　　　　往往採取其詞度為歌曲，蓋選詞以配樂，非由樂以定詞也。」見《景
　　　　　印文淵閣四庫全書》，冊 1079，卷 23，頁 464。

皆爲塡詞好手，有《南唐二主詞》傳世，對後世產生莫大影響，於詞史上深具不可抹滅之地位。晏殊融合南唐詞風與自身經歷，使《珠玉詞》富貴而閑雅，爲婉約詞之流，被譽爲「北宋倚聲家初祖」〔註62〕。晏幾道《小山詞》則不脫南唐範圍，形式與詞風接近《花間集》，甚且，晏幾道惆悵失意之苦情，尤近李煜淒楚哀婉之情調。是以晏氏父子與李氏父子才力相敵，於詞史上各有獨特之價值。

三、以詩爲詞

　　楊愼《升庵詩話》云：

　　　晁元忠詩：「安得龍湖潮，駕回安河水。水從樓前來，中有美人淚。」「人生高唐觀，有情何能已。」晏小山〈留春令〉云：「別浦高樓曾漫倚，對江南千里。樓下分流水聲中，有當日、憑高淚。」全用其語。〔註63〕

　　檢索《全宋詩》，並無晁元忠〔註64〕之獨立作品。而記載晁元忠詩者，見於宋代吳開《優古堂詩話》，茲錄如下：

　　　晁元忠〈西歸〉詩：「安得龍山潮，駕回安河水。水從樓前來，中有美人淚。」山谷和答云：「熱避惡木陰，渴辭盜泉水。曾回勝母車，不落抱玉淚。晁氏猛虎行，皦皦壯士意。人生高唐觀，有情何能已。」韓子蒼取其意，以代葛亞卿作詩云：「君住江濱起柁樓，妾居海角送潮頭。潮中有妾相思淚，流到樓前更不流。」唐叔孫向有〈經昭應溫泉〉詩云：「一道流泉遶御溝，先皇曾向此中游。雖然水是無情物，也到宮前咽不流。」子蒼末句乃用孫語。〔註65〕

〔註62〕　〔清〕馮煦：《蒿庵論詞》。見唐圭璋編：《詞話叢編》，冊4，頁3585。

〔註63〕　〔明〕楊愼著，王仲鏞箋證：《升庵詩話箋證》（上海：上海古籍出版社，1987年12月），卷12，頁443。

〔註64〕　陸心源稱晁元忠：「能詩，與黃山谷唱和。……元忠是字非名，……其爲鉅野晁氏文元曾孫，則無疑也。」見陸心源：《宋詩記事小傳補正》（台北：台灣中華書局，1971年12月），頁34～35。

〔註65〕　〔宋〕吳開：《優古堂詩話》。見《景印文淵閣四庫全書》，冊1478，頁302。

　　復檢索《全宋詩》，其中與晁元忠、〈西歸〉、〈猛虎行〉三詞密切相關者有二：其一、黃庭堅〈次韻晁元忠西歸十首〉之六〔註66〕，即吳幵《優古堂詩話》載錄之「山谷和答」一詩。

　　其二、晁端中〔註67〕〈西歸〉：「安得龍湖潮，駕回安河水。水從樓前來，中有美人淚。」〔註68〕

　　按：楊慎與吳幵之引文，於「安得龍湖潮」、「安得龍山潮」有一字之差。又據謝桃坊《中國詞學史》云：「因楊慎引述文獻多憑記憶，又無條件核對，故存在一些錯誤。」〔註69〕再者，「人生高唐觀，有情何能已」兩句明確見錄於黃庭堅〈次韻晁元忠西歸十首〉之六；且詩末注云：「晁詩云：『安得龍山潮，駕回安河水。水從樓前來，中有美人淚。』」故「人生高唐觀，有情何能已」應爲黃庭堅之詩句，而非晁元忠之作品。此外，《全宋詩》視〈西歸〉爲晁端中詩，今從《全宋詩》。

　　而檢索《小山詞》，晏幾道〈留春令〉全詞如下：

> 畫屏天畔，夢回依約，十洲雲水。手撚紅箋寄人書，寫無限、傷春事。　　別浦高樓曾漫倚。對江南千里。樓下分流水聲中，有當日、憑高淚。（《全宋詞》，冊1，頁253）

　　茲析論晁詩與晏詞如次：

　　其一、〈西歸〉詩言女子欲以「龍湖潮水」之動力，將安河之流水帶回，此寄寓女子企求尋回未歸男子之深情。然而流往眼前之水並未完成自身之期盼，因期待落空，美人之淚潸潸而下，水、淚交融，復逕自遠去。

　　其二、晏詞寫離別相思之情。上片以夢境與現實交錯。因眼前畫

〔註66〕〔宋〕黃庭堅〈次韻晁元忠西歸十首〉之六：「熱避惡木陰，渴辭盜泉水。曾回勝母車，不落抱玉淚。晁氏猛虎行，嶷嶷壯士意。人生高唐觀，有情何能已。」見北京大學古文獻研究所編：《全宋詩》（北京：北京大學出版社，1998年12月），冊17，卷1010，頁11541。
〔註67〕晁端中（1051～1100），字元升。
〔註68〕北京大學古文獻研究所編：《全宋詩》（北京：北京大學出版社，1998年12月），冊18，卷1074，頁12237。
〔註69〕謝桃坊：《中國詞學史》（成都：巴蜀書社，2002年12月），頁169。

屏之景象而入夢，夢中場景爲「十洲雲水」。此「十洲雲水」有二意：一爲「十洲雲水」乃尋找情人之地；二因情人位於遙遠之彼方，猶如「十洲雲水」般渺茫而難以觸及。或因夢醒而思念加深，遂將懷人之情寫入書信裡；或因思情難耐，遂訴諸文字，寫罷而移情於畫屏，因畫屏而入夢。不論爲何，傷懷之情爲眞實。下片記述別後愁緒。曾於昔日分別之浦口，面對廣大之江南地而獨倚高樓；前景遼遠，不見離人歸來，因想望難以實現，故失望低頭。末二句以「流水」言淚流不止，而「分流」暗指兩人現況，分隔兩地。流水滾滾，猶如相思之情，綿綿不斷。全詞以景而起，又以景作結，寄寓深渺情思。

其三、晁詩與晏詞皆以女子口吻敘寫而成，言男女分離之愁思，且以流水意象借指男女情意與現況：水之「分流」，猶男女分別；水流不停，如淚流不已，復如思念無盡。

其四、晏詞之借鑑技巧屬於「局部檃括宋詩」。觀〈留春令〉（畫屏天畔）下片，當是檃括「安得龍湖潮，駕回安河水。水從樓前來，中有美人淚」四句，而加以改寫入詞。

其五、楊慎指出〈留春令〉（畫屏天畔）下片亦用「人生高唐觀，有情何能已」之意。蓋「人生高唐觀，有情何能已」應指楚王與神女相會於高唐觀之故事，言男女之情令人留戀不已，朝朝暮暮，只爲情悲喜，如〈神女賦并序〉之結尾，「惆悵傷氣，顛倒失據。闇然而瞑，忽不知處。情獨私懷，誰者可語。惆悵垂涕，求之至曙」。然晏詞與「人生高唐觀，有情何能已」二句相關者，應是〈留春令〉（畫屏天畔）上片。晏詞「畫屏天畔，夢回依約，十洲雲水」與〈高唐賦并序〉、〈神女賦并序〉同是因夢而展開追尋過程，而晏詞「寫無限、傷春事」意近晁詩「有情何能已」。

除上述事例外，《古今詞統》於晏幾道〈臨江仙〉（夢後樓臺高鎖）：「落花人獨立，微雨燕雙飛」，評點爲「晚唐麗句」〔註70〕。此係晏

〔註70〕〔明〕卓人月、徐士俊輯：《古今詞統》（據上海圖書館藏明崇禎刻本影印）。見《續修四庫全書》，冊 1728，卷 9，頁 642。

幾道「以詩爲詞」之又例。檢索《全唐詩》，此「晚唐麗句」乃出自翁宏〈春殘〉，茲錄全詩如下：

> 又是春殘也，如何出翠幃。落花人獨立，微雨燕雙飛。寓目魂將斷，經年夢亦非。那堪向愁夕，蕭颯暮蟬輝。〔註71〕

故知晏詞之借鑑技巧爲「襲用唐詩成句」。

此外，瞿佑《歸田詩話》亦云：

> 晏叔原，公姪也。詞云：「舞低楊柳樓心月，歌罷桃花扇底風。」蓋得公所傳也。此二句，勾欄中多用作門對。〔註72〕

按：《全宋詞》，晏幾道〈鷓鴣天〉（彩袖殷勤捧玉鍾）作「舞低楊柳樓心月，歌盡桃花扇影風。」

瞿佑《歸田詩話》稱「勾欄中多用作門對」，可知「舞低楊柳樓心月，歌盡桃花扇影風」二句形式精工，而「詞中對句，正是難處」〔註73〕，此係「以詩爲詞」之技巧。

此事例復見於宋代王直方《王直方詩話》、胡仔《苕溪漁隱叢話》與趙令時《侯鯖錄》。詳參本論文第二章第二節。

要之，晏幾道「一二語入唐者有之，通篇則無有」〔註74〕，且所借鑑之詩篇，並非僅止於唐代，其取用當朝之詩，亦時可見之。

總之，明代有關晏幾道詞論之資料不甚豐厚，或有字句解釋散於各選本，或有全詞意境、辭意卓越處等論述見於評點詞選中，然整體而言，最具特色者，即王世貞將晏幾道《小山詞》視爲「詞之正宗」之一。

〔註71〕〔唐〕翁宏：〈春殘〉。見清聖祖御定：《全唐詩》，冊 11，卷 762，頁 8656。

〔註72〕〔明〕瞿佑：《歸田詩話》。見《筆記小說大觀・六編》（台北：新興書局有限公司，1986 年 3 月），卷上，頁 3717。

〔註73〕〔清〕劉體仁：《七頌堂詞繹》。見唐圭璋編：《詞話叢編》，冊 1，頁 621。

〔註74〕〔明〕徐渭：《南詞敘錄》（據民國六年（1917）董氏刻讀曲叢刊本影印）。見《續修四庫全書》，冊 1758，頁 413。

第三節　閱讀具體化：審美標準與接受程度
——詞選篇

　　本節針對明人閱讀具體化後所編之詞選，探討明人對《小山詞》之接受。

　　翻閱明人所編之詞選，其中收錄晏幾道詞有九：顧從敬刊刻《類編草堂詩餘》〔註75〕、程敏政編《天機餘錦》〔註76〕、楊慎《詞林萬選》〔註77〕、楊慎《百琲明珠》〔註78〕、陳耀文《花草粹編》〔註79〕、卓人月與徐士俊《古今詞統》〔註80〕、茅暎《詞的》〔註81〕、陸雲龍《詞菁》〔註82〕、潘游龍《精選古今詩餘醉》〔註83〕。

一、選錄情形

　　本節將上揭九本詞選與唐圭璋編纂、王仲聞參訂、孔凡禮補輯《全宋詞》選錄之晏幾道作品，逐一比較，發現有六本詞選出現互異之情況。茲表列分述如次：

〔註75〕〔明〕不著撰人：《類編草堂詩餘》。見《景印文淵閣四庫全書》，冊1489。

〔註76〕〔明〕程敏政編：《天機餘錦》（明藍格鈔本）。

〔註77〕〔明〕楊慎：《詞林萬選》（北京師範大學圖書館藏清乾隆十七年曲溪洪振珂重印明末毛氏汲古閣刻詞苑英華本）。見《四庫全書存目叢書》，冊422。

〔註78〕〔明〕楊慎：《百琲明珠》。見《楊升庵叢書》（成都：天地出版社，2002年12月），冊6。本論文所引《楊升庵叢書》皆依據此版本。

〔註79〕〔明〕陳耀文編：《花草粹編》。見《景印文淵閣四庫全書》，冊1490。

〔註80〕〔明〕卓人月、徐士俊輯：《古今詞統》（據上海圖書館藏明崇禎刻本影印）。見《續修四庫全書》，冊1728～1729。

〔註81〕〔明〕茅暎輯評：《詞的》（清萃閔堂鈔本）。見《四庫未收書輯刊》（北京：北京出版社，2000年1月），捌輯，冊30。本論文所引《四庫未收書輯刊》皆依據此版本。

〔註82〕〔明〕陸雲龍：《詞菁》（據復旦大學圖書館藏明崇禎崢霄館藏翠娛閣選評本影印）。

〔註83〕〔明〕潘游龍：《精選古今詩餘醉》（據明崇禎丁丑（10年）海陽胡氏十竹齋刊本影印）。

（一）《類編草堂詩餘》

收有晏幾道詞 6 闋，取之與《全宋詞》相較，相異者整理如次：

表四　《類編草堂詩餘》與《全宋詞》互見表

詞牌　首句	作者　詞選 類編草堂詩餘	全宋詞	備　註
如夢令　樓外殘陽紅滿	晏幾道	秦觀	
探春令　綠楊枝上曉鶯啼	晏幾道	×	無名氏作。見《增修箋註妙選群英草堂詩餘》前集，卷下
玉樓春　秋千院落重簾暮	晏幾道	晏幾道	《全宋詞》詞牌作〈木蘭花〉

（二）《天機餘錦》

收有晏幾道詞 5 闋，取之與《全宋詞》相較，相異者整理如次：

表五　《天機餘錦》與《全宋詞》互見表

詞牌　首句	作者　詞選 天機餘錦	全宋詞	備　註
錦纏道　燕子呢喃	晏幾道	×	無名氏作。見《增修箋註妙選群英草堂詩餘》前集，卷上

（三）《花草稡編》

收有晏幾道詞 107 闋，取之與《全宋詞》相較，相異者整理如次：

表六　《花草稡編》與《全宋詞》互見表

詞牌　首句	作者　詞選 花草稡編	全宋詞	備　註
胡搗練　小春花信雪中來	晏幾道	×	《花草稡編》此詞牌為〈胡搗練〉，全詞作「小春花信雪中來。壠上小梅先拆。今歲東君消息。還自南枝得。素衣洗盡九天香。玉酒添成國色。一自故園疎隔。腸斷長相憶。」又收晏幾道〈望仙樓〉：「小春花信日邊來，

				未上江梅先折。今歲東君消息。還自南枝得。　素衣染盡天香，玉酒添成國色。一自故溪疎隔。腸斷長相憶。」姑且將此詞視爲誤收。
胡擣練	夜來江上見寒梅	晏幾道	晏殊	《花草稡編》前三句作「夜來江上見寒梅。自逞芳妍標格。爲甚東風先折。」而《全宋詞》前三句作「小桃花與早梅花，盡是芳妍品格。未上東風先拆。」
探春令	綠楊枝上曉鶯啼	晏幾道	×	無名氏作。見《增修箋註妙選群英草堂詩餘》前集，卷下
探春令	簾旌微動	晏幾道	宋徽宗趙佶	
滿江紅	七十人稀	晏幾道	蕭泰來	
眞珠髻	重重山外	晏幾道	×	無名氏作。見《梅苑》[註84] 卷一
憶秦娥	檻花稀 柳間眠 柳絲長 露華高	晏幾道	晏幾道	《全宋詞》詞牌爲〈更漏子〉
減蘭十梅	蘆鞭墜遍楊花陌 日高庭院楊花轉 征人去日殷勤囑 花時惱得瓊枝瘦 秋來更覺消魂苦 誰將一點淒涼意 前歡幾處笙歌地	晏幾道	晏幾道	《全宋詞》詞牌爲〈采桑子〉
東堂石榴	莫唱陽關曲	晏幾道	晏幾道	《全宋詞》詞牌爲〈梁州令〉

（四）《詞的》

收有晏幾道詞 8 闋，取之與《全宋詞》相較，相異者整理如次：

〔註84〕〔宋〕黃大輿：《梅苑》。見《景印文淵閣四庫全書》，冊 1489。

表七 《詞的》與《全宋詞》互見表

詞牌	首句	詞的	全宋詞	備註
探春令	綠楊枝上曉鶯啼	晏幾道	×	無名氏作。見《增修箋註妙選群英草堂詩餘》前集，卷下
玉樓春	紅樓十二闌干側	晏幾道	王武子	《詞的》前二句作「紅樓十二闌干惻。樓角暮寒吹玉蓬。」而《全宋詞》前二句作「紅樓十二春寒惻。樓角何人吹玉笛。」
玉樓春	秋千院落重簾暮	晏幾道	晏幾道	《全宋詞》詞牌作〈木蘭花〉
踏莎行	小徑紅稀	晏幾道	晏殊	

（五）《詞菁》

收有晏幾道詞4闋，取之與《全宋詞》相較，相異者整理如次：

表八 《詞菁》與《全宋詞》互見表

詞牌	首句	詞菁	全宋詞	備註
如夢令	樓外殘陽紅滿	晏幾道	秦觀	

（六）《精選古今詩餘醉》

收有晏幾道詞15闋，取之與《全宋詞》相較，相異者整理如次：

表九 《精選古今詩餘醉》與《全宋詞》互見表

詞牌	首句	精選古今詩餘醉	全宋詞	備註
木蘭花	一年滴盡蓮花漏	晏幾道	毛滂	《全宋詞》詞牌作〈玉樓春〉
如夢令	樓外殘陽紅滿	晏幾道	秦觀	
生查子	金鞭美少年	晏幾道	晏幾道	《精選古今詩餘醉》目次之作者題名「晏叔原」，而其內文題作「晏叔用」，當為誤刻，今將之視為晏幾道作品
探春令	綠楊枝上曉鶯啼	晏幾道	×	無名氏作。見《增修箋註妙選群英草堂詩餘》前集，卷下

玉樓春	綠楊芳草長亭路	晏殊	晏殊	《精選古今詩餘醉》目次之作者題名「晏叔原」，而其內文題作「晏同叔」，當爲誤刻，今以內文爲主，視爲晏殊作品

由表四、表五、表六、表七、表八與表九，見得各本選錄情形如次：

其一、〈探春令〉（綠楊枝上曉鶯啼）誤收次數最多，達 4 次。

其二、〈如夢令〉（樓外殘陽紅滿）誤收次數居二位，有 3 次。

其三、詞牌異名之情形以《花草粹編》最多。

按：晏幾道〈玉樓春〉依南唐李煜體而塡，雙調五十六字，前後段各四句，三仄韻。而晏幾道〈木蘭花〉之體式亦同於南唐李煜〈玉樓春〉體。因歐陽炯〈玉樓春〉（兒家夫壻）之結句爲「同在木蘭花下醉」，庾傳素〈玉樓春〉（木蘭紅豔）之起句爲「木蘭紅豔多情態」，遂別名〈木蘭花〉。《花間集》〔註85〕載有〈木蘭花〉與〈玉樓春〉兩調，而體式不同。自《尊前集》〔註86〕誤刻後，宋詞相沿，多相混而塡，故宋人〈木蘭花〉實爲〈玉樓春〉體。〔註87〕

若除去誤收、詞調名稱不同之情況，統計各本所選晏幾道詞如次：

表十　明代詞選收錄晏幾道詞一覽表

《小山詞》 序號　詞牌　首句	類編草堂詩餘	天機餘錦	詞林萬選	百琲明珠	花草粹編	古今詞統	詞的	詞菁	精選古今詩餘醉	統計（次）
1	臨江仙	鬥草階前初見						✓	✓		2
2	又	夢後樓臺高鎖			✓			✓			2

〔註85〕〔後蜀〕趙崇祚編：《花間集》。見《景印文淵閣四庫全書》，冊 1489。
〔註86〕不著撰人：《尊前集》。見《景印文淵閣四庫全書》，冊 1489。
〔註87〕〔清〕王奕清等：《御定詞譜》。見《景印文淵閣四庫全書》，冊 1495，卷 12，頁 208～209。

3	又	東野亡來無麗句				✓					1
4	蝶戀花	卷絮風頭寒欲盡		✓							1
5	又	初撚霜紈生悵望					✓				1
6	又	庭院碧苔紅葉遍	✓	✓					✓	✓	4
7	又	醉別西樓醒不記				✓	✓				2
8	又	欲減羅衣寒未去				✓					1
9	又	碧落秋風吹玉樹				✓					1
10	又	碧玉高樓臨水住				✓					1
11	又	夢入江南煙水路				✓	✓			✓	3
12	又	黃菊開時傷聚散				✓					1
13	鷓鴣天	彩袖殷勤捧玉鍾	✓	✓		✓		✓	✓	✓	6
14	又	醉拍春衫惜舊香					✓				1
15	又	小令尊前見玉簫				✓					1
16	又	小玉樓中月上時				✓					1
17	生查子	金鞭美少年	✓	✓		✓	✓	✓		✓	6
18	又	輕輕製舞衣				✓					1
19	又	紅塵陌上游				✓					1
20	又	遠山眉黛長			✓						1
21	又	官身幾日閑				✓					1
22	南鄉子	淥水帶青潮			✓	✓				✓	3
23	又	花落未須悲				✓					1
24	又	新月又如眉				✓					1
25	清平樂	留人不住				✓					1
26	又	千花百草				✓					1
27	又	紅英落盡				✓					1
28	又	波紋碧皺				✓					1
29	又	么弦寫意				✓					1
30	又	暫來還去				✓					1
31	又	雙紋彩袖				✓					1
32	又	蓮開欲遍				✓					1
33	又	沈思暗記				✓					1

34	又	鶯來燕去					✓					1
35	又	心期休問					✓					1
36	木蘭花	秋千院落重簾暮	✓				✓	✓	✓		✓	5
37	又	風簾向曉寒成陣					✓	✓				2
38	又	初心已恨花期晚					✓					1
39	減字木蘭花	長亭晚送					✓					1
40	又	留春不住					✓					1
41	又	長楊輦路					✓					1
42	泛清波摘遍	催花雨小				✓	✓					2
43	菩薩蠻	來時楊柳東橋路					✓					1
44	又	鶯啼似作留春語					✓					1
45	又	嬌香淡染胭脂雪					✓					1
46	又	哀箏一弄湘江曲					✓					1
47	又	江南未雪梅花白					✓					1
48	又	相逢欲話相思苦					✓					1
49	玉樓春	雕鞍好為鶯花住					✓					1
50	又	旗亭西畔朝雲住						✓				1
51	又	東風又作無情計					✓					1
52	又	當年信道情無價					✓					1
53	又	采蓮時候慵歌舞						✓				1
54	阮郎歸	粉痕閑印玉尖纖						✓				1
55	又	來時紅日弄窗紗					✓					1
56	又	舊香殘粉似當初					✓					1
57	浣溪沙	綠柳藏烏靜掩關					✓					1
58	又	家近旗亭酒易酤									✓	1
59	又	日日雙眉鬥畫長						✓				1
60	又	午醉西橋夕未醒					✓				✓	2
61	六么令	綠陰春盡						✓			✓	2
62	又	雪殘風信					✓					1
63	又	日高春睡					✓					1
64	更漏子	檻花稀					✓					1

											計
65	又	柳間眠				✓						1
66	又	柳絲長				✓						1
67	又	露華高				✓						1
68	河滿子	綠綺琴中心事				✓						1
69	于飛樂	曉日當簾				✓						1
70	愁倚闌令	憑江閣					✓					1
71	御街行	年光正似花梢露				✓						1
72	浪淘沙	小綠間長紅				✓						1
73	訴衷情	小梅風韻最妖嬈				✓						1
74	又	長因蕙草記羅裙			✓	✓	✓					3
75	好女兒	綠遍西池				✓						1
76	又	酌酒殷勤				✓						1
77	點絳唇	花信來時				✓		✓	✓	✓		4
78	又	明日征鞭				✓				✓		2
79	兩同心	楚鄉春晚				✓	✓			✓		3
80	少年游	綠勾闌畔				✓						1
81	又	西溪丹杏				✓						1
82	又	離多最是			✓	✓	✓					3
83	又	西樓別後				✓						1
84	又	雕梁燕去				✓	✓					2
85	虞美人	曲闌干外天如水				✓						1
86	又	疏梅月下歌金縷					✓					1
87	采桑子	蘆鞭墜遍楊花陌				✓						1
88	又	日高庭院楊花轉				✓						1
89	又	征人去日殷勤囑				✓						1
90	又	花時惱得瓊枝瘦				✓						1
91	又	秋來更覺消魂苦				✓						1
92	又	誰將一點淒涼意				✓						1
93	又	前歡幾處笙歌地				✓						1
94	又	年年此夕東城見			✓							1
95	又	雙螺未學同心綰			✓							1

序號	詞牌	首句										總計
96	又	紅窗碧玉新名舊			✓							1
97	踏莎行	雪盡寒輕					✓					1
98	滿庭芳	南苑吹花					✓					1
99	留春令	畫屏天畔					✓	✓				2
100	風入松	柳陰庭院杏梢牆					✓					1
101	清商怨	庭花香信尚淺					✓					1
102	秋蕊香	池苑清陰欲就					✓					1
103	又	歌徹郎君秋草					✓					1
104	思遠人	紅葉黃花秋意晚					✓	✓				2
105	碧牡丹	翠袖疏紈扇					✓					1
106	醉落魄	滿街斜月					✓					1
107	又	天教命薄					✓					1
108	望仙樓	小春花信日邊來					✓					1
109	鳳孤飛	一曲畫樓鐘動					✓					1
110	西江月	愁黛顰成月淺			✓							1
111	又	南苑垂鞭路冷					✓					1
112	武陵春	綠蕙紅蘭芳信歇					✓					1
113	又	九日黃花如有意					✓					1
114	又	煙柳長堤知幾曲					✓					1
115	解佩令	玉階秋感					✓					1
116	行香子	晚綠寒紅					✓					1
117	慶春時	倚天樓殿					✓					1
118	又	梅梢已有					✓					1
119	喜團圓	危樓靜鎖					✓					1
120	憶悶令	取次臨鸞勻畫淺					✓					1
121	梁州令	莫唱陽關曲					✓					1
122	燕歸來	蓮葉雨					✓					1
總計（闋）			4	4	8	2	101	24	5	3	12	

據上表統計，可見〈鷓鴣天〉（彩袖殷勤捧玉鍾）、〈生查子〉（金鞭美少年）、〈蝶戀花〉（庭院碧苔紅葉遍）、〈木蘭花〉（秋千院落重簾暮）、〈點絳唇〉（花信來時）等五闋，最受明代詞選青睞，收錄比例較高。

二、分見各本概況

茲分類並試析各本選錄標準如次：

（一）分調本之典範：《類編草堂詩餘》

《類編草堂詩餘》（庚戌本）原署「宋・何士信輯，明・武陵逸史編次，開雲山農校正」，選詞 443 闋〔註88〕，爲顧從敬刊刻行世。然而此書「比世所行本多七十餘調」〔註89〕，「顧氏所據，殆非宋刻，不過依何本重編之耳。」〔註90〕

自南宋《草堂詩餘》出，而後有何士信輯《增修箋註妙選群英草堂詩餘》，皆屬「分類」本。至明代，出現一系列以《草堂詩餘》爲書名之詞選，或增補，或刪改，相關版本眾多，於是「分調本」應運而生。據王國維〈讀《草堂詩餘》記〉一文指出：

> 綜而觀之，可分爲二類：一、分調編次者，以顧從敬本爲首，李廷機、閔□□、沈際飛、毛晉諸本祖之。二、分類編次者，此本（《新刊古今名賢草堂詩餘》）與陳鍾秀本、荊聚本皆是。……要之，宋時此書必多別本，故顧本與此本（《新刊古今名賢草堂詩餘》）編次絕殊，不礙其爲皆出宋本。〔註91〕

顧從敬刊刻之《類編草堂詩餘》意義重大，不僅影響《草堂詩餘》此系列，亦具「詞家小令、中調、長調之分，自此書始。後來詞譜依其字數以爲定式」〔註92〕之價值。再者，明代《草堂詩餘》若干「分調本」與「分類本」，據顧從敬本而改編。〔註93〕此等事蹟左右詞壇發展甚鉅。

〔註88〕陶子珍：《明代詞選研究》（台北：秀威資訊科技股份有限公司，2003年 7 月），頁 63。本論文所引《明代詞選研究》皆依據此版本

〔註89〕〔明〕何良俊：〈草堂詩餘原序〉。見〔明〕不著撰人：《類編草堂詩餘》，《景印文淵閣四庫全書》，冊 1489，頁 533。

〔註90〕王重民：《中國善本書提要》（台北：明文書局，1984 年 12 月），頁 683。

〔註91〕〔清〕王國維：〈讀草堂詩餘記〉。見施蟄存主編：《詞籍序跋萃編》，卷 8，頁 675～676。

〔註92〕〔清〕紀昀等：〈草堂詩餘提要〉。見《景印文淵閣四庫全書》，冊 1489，頁 531。

〔註93〕王兆鵬：《詞學史料學》，頁 324～329。

　　《增修箋註妙選群英草堂詩餘》未將〈探春令〉（綠楊枝上曉鶯啼）與〈如夢令〉（樓外殘陽紅滿）兩詞列入晏幾道作品，然自《類編草堂詩餘》誤列入晏幾道詞，明清所編之詞選遂多依此誤收，詞譜亦然，可見《類編草堂詩餘》影響後代對晏幾道詞之接受。

　　此外，表十顯示明代詞選收錄晏幾道詞較受歡迎之 5 闋，《類編草堂詩餘》所選之〈鷓鴣天〉（彩袖殷勤捧玉鍾）、〈生查子〉（金鞭美少年）、〈蝶戀花〉（庭院碧苔紅葉遍）、〈木蘭花〉（秋千院落重簾暮）4 闋，即名列其中，是知《類編草堂詩餘》所選晏幾道詞，廣為後人接受。

　　而何良俊〈草堂詩餘原序〉云：

> 詩餘以婉麗流暢為美，即《草堂詩餘》所載，如周清真、
> 張子野、秦少游、疊叔原諸人之作，柔情曼聲，摹寫殆盡，
> 正詞家所謂當行，所謂本色者也。〔註94〕

文中「疊叔原」當是「晏叔原」之誤，是知《類編草堂詩餘》對晏幾道詞之接受，在於「婉約」方面。而觀其選錄之晏幾道詞，亦確乎具備「婉麗流暢」、「柔情曼聲」、「摹寫殆盡」之特色。

（二）校勘輯佚之功：《天機餘錦》

　　《天機餘錦》四卷，雖書中題署明代程敏政編，實為佚名所輯，恐出於當時書賈或貪圖利益者之手。〔註95〕全書凡 1253 闋〔註96〕，以詞調分類，而編排次序雜亂；詞人稱謂不一，如「晏叔原」、「叔原」皆出現。選詞時代橫跨唐至明諸朝，而以南宋詞為主，計選錄張炎詞最多。

　　據〈天機餘錦序〉云：

> 余所藏名公長短句，裒合成篇，或後或先，非有詮次。多
> 是一家，難分優劣，涉諧謔則去之，名曰《天機餘錦》，編

〔註94〕〔明〕何良俊：〈草堂詩餘原序〉。見〔明〕不著撰人：《類編草堂詩餘》，《景印文淵閣四庫全書》，冊 1489，頁 533。

〔註95〕黃文吉：〈詞學的新發現——明抄本《天機餘錦》之成書及其價值〉。見《黃文吉詞學論集》（台北：台灣學生書局，2003 年 11 月），頁 179。

〔註96〕王兆鵬：《詞學史料學》，頁 343。

爲四卷。〔註97〕

是知此書之編選者不喜詼諧戲謔之作。而觀其選錄之晏幾道詞，皆非諧謔一類。

　　因《全宋詞》、《全金元詞》編輯時，未見《天機餘錦》，是以此書具有校勘、輯佚價值，可補足《全宋詞》與《全金元詞》之缺失。如《全宋詞》之《小山詞》收有〈謁金門〉（溪聲急）一詞，然《天機餘錦》於此闋之下無撰人姓氏，可見〈謁金門〉（溪聲急）不應歸入《小山詞》。〔註98〕

　　《天機餘錦》僅收晏幾道詞5闋，去除誤收部分，實存4闋，於全書比例極低。〔註99〕而《天機餘錦》於明代流傳不廣，是以對晏幾道詞之推行，裨益甚少，遑論左右明人對《小山詞》之接受。

（三）綺練雅言之選：《詞林萬選》、《百琲明珠》

　　1、《詞林萬選》四卷，楊愼輯；編選年代自唐至明，共229闋。〔註100〕全書目錄以人名爲大類，詞牌爲子目；詞人姓氏、字號交錯而題，且同一詞人作品散於各卷，斯可見目錄排列未成一完整系統。譬若此書選錄晏幾道詞8闋，皆位於「卷一」，而分兩類排序，即「小山」之下列〈臨江仙〉一闋，又重出「小山」，並於其下列〈生查子〉、〈訴衷情〉、〈少年遊〉7闋。

　　而《詞林萬選》內容除原詞外，或附有注解、評語；觀所選晏幾道詞，僅〈采桑子〉（紅窗碧玉新名舊）一詞注有「雙螺，歌詞屢言之，想是當年妓女額飾」，而於作者「小山」之下附注「晏叔原，向

〔註97〕〔明〕程敏政編：《天機餘錦》（明藍格鈔本）。

〔註98〕詳參黃文吉：〈詞學的新發現——明抄本《天機餘錦》之成書及其價值〉，《黃文吉詞學論集》，頁161～190。黃文吉：〈《天機餘錦》見存宋金元詞輯佚〉，《黃文吉詞學論集》，頁191～220。王兆鵬：〈詞學秘籍《天機餘錦》考述〉，《文學遺產》（1998年），第五期，頁41～53。

〔註99〕《天機餘錦》有三分之一抄錄自《類編草堂詩餘》，而兩書共同收錄晏幾道詞3闋，此應是《天機餘錦》抄錄自《類編草堂詩餘》之關係。見《黃文吉詞學論集》，頁167。

〔註100〕王兆鵬：《詞學史料學》，頁344。

誤作同叔」。因之，晏幾道，字「叔原」，其父晏殊，字「同叔」，父子名字於宋明有混淆之嫌，而影響《小山詞》與《珠玉詞》之正確性。

據任良榦〈詞林萬選序〉云：

> 升菴太史公家藏有唐宋五百家詞，頗為全備，暇日取其尤綺練者四卷，名曰《詞林萬選》，皆《草堂詩餘》之所未收者也。〔註101〕

故《詞林萬選》選詞以「綺練」為主，而收羅《草堂詩餘》未收之詞。今觀所選晏幾道詞 8 闋，未脫「綺練」之範圍，而與《草堂詩餘》所收之詞，並無重複。

2、《百琲明珠》五卷，楊慎輯；選錄唐、宋、金、元、明詞 156 闋，亦雜有北曲。〔註102〕內容除原詞外，或附有評語；觀所選晏幾道詞 2 闋，則未附評語。又全書收錄「小令」108 闋〔註103〕，比例近百分之七十，故《百琲明珠》收詞以小令為主。其所錄晏幾道〈泛清波摘遍〉（催花雨小）與〈南鄉子〉（淥水帶青潮），一為長調，一為小令，可見楊慎欣賞〈泛清波摘遍〉（催花雨小），並凸顯晏幾道填寫長調之功力。而〈泛清波摘遍〉（催花雨小）一詞收錄於「詞選」中，始自《百琲明珠》。

據杜祝進〈刻楊升庵百琲明珠引〉云：

> 若乃規明珠之在握，遊象罔以中繩，則博人通明，換名定格，
> 君子審樂，從易識難，未必非升庵是集之雅言矣。〔註104〕

是知《百琲明珠》選詞以「雅」為標準。而所選晏幾道詞 2 闋，符合其選錄標準。

楊慎，字用修，號升庵，為明代著名學者，學問廣博，論述精闢，

〔註101〕〔明〕楊慎：《詞林萬選》（北京師範大學圖書館藏清乾隆十七年曲溪洪振珂重印明末毛氏汲古閣刻詞苑英華本）。見《四庫全書存目叢書》，冊 422，頁 560。

〔註102〕王兆鵬：《詞學史料學》，頁 345。

〔註103〕陶子珍：《明代詞選研究》，頁 125。

〔註104〕〔明〕杜祝進：〈刻楊升庵百琲明珠引〉。見《楊升庵叢書》，冊 6，頁 1156。

其作品「不減唐宋詞人」，而平生著述四百餘種。〔註105〕楊慎於眾多
著作中，以《詞林萬選》與《百琲明珠》二書奠定其詞家功臣之地位
〔註106〕，據此得見《詞林萬選》與《百琲明珠》於詞學界占有一席
之地，而對晏幾道《小山詞》之傳播，具有相當助力。

（四）明代詞選巨編：《花草稡編》

《花草稡編》二十四卷，陳耀文輯；編選年代自唐以迄元代，錄
詞約三千七百餘闋〔註107〕，「在明人輯本詞選中，要以此書為最富矣」
〔註108〕。全書無目錄，不按照作者年代排列，所選詞人散於各卷，
然以小令、中調、長調之次序排列；「掊摭繁富，每調有原題者，必
錄原題，或稍僻者，必著采自某書；其有本事者，併列詞話於其後」
〔註109〕；作者姓名、字號等錯雜不一，如「晏叔原」、「小山」皆出
現，或題曰「小山詞」。

據陳耀文〈花草稡編原序〉云：

> 夫填詞者，古樂府流也，自昔選次者眾矣。唐則有《花間
> 集》，宋則《草堂詩餘》。……然宋之《草堂》盛行，而《花
> 間》不顯，故知宣情易感，含思難諧者矣。余自牽拙多睡，
> 嘗欲銓稡二集以備一代典章。……是刻也，緣《花間》、《草
> 堂》而起，故以花草命編。〔註110〕

可知《花草稡編》命名由來與成書目的為：從《花間集》取「花」字，
自《草堂詩餘》取「草」字，並銓選二書精華以綜括唐宋詞。更且「好

〔註105〕〔明〕簡紹芳編次：〈贈光錄卿前翰林修撰升庵楊慎年譜〉。見《楊
　　　　升庵叢書》，冊6，頁1273～1283。

〔註106〕〔清〕沈雄：《古今詞話》。見唐圭璋編：《詞話叢編》，冊1，頁802。

〔註107〕陶子珍：《明代詞選研究》，頁195～207。

〔註108〕趙萬里：〈花草稡編十二卷提要〉。見施蟄存主編：《詞籍序跋萃編》，
　　　　卷8，頁706。

〔註109〕〔清〕紀昀等：〈花草稡編提要〉。見《景印文淵閣四庫全書》，冊
　　　　1490，頁113。

〔註110〕〔明〕陳耀文編：《花草稡編》。見《景印文淵閣四庫全書》，冊1490，
　　　　頁114～115。

古之士，得其書而學焉，則庶乎窺昔人之閫域，拾遺佚於千百，而爲雅道之一助也」〔註111〕。

《增修箋註妙選群英草堂詩餘》選錄〈鷓鴣天〉（彩袖殷勤捧玉鍾）、〈生查子〉（金鞭美少年）、〈蝶戀花〉（庭院碧苔紅葉遍）、〈木蘭花〉（秋千院落重簾暮）4闋，而《花草粹編》未收〈蝶戀花〉（庭院碧苔紅葉遍），可見陳耀文並無全部襲錄自《增修箋註妙選群英草堂詩餘》，而是以主觀選擇；且對晏幾道長調〈泛清波摘遍〉（催花雨小）、〈六么令〉（雪殘風信）、〈六么令〉（日高春睡）、〈滿庭芳〉（南苑吹花）加以收錄。又晏幾道長調僅5闋，《花草粹編》即錄4闋（〈滿江紅〉與〈眞珠髻〉爲誤收，故不列入計算），亦是明代詞選收錄晏幾道長調最頻繁者，知陳耀文亦視晏幾道之長調爲佳作。

此外，《花草粹編》所選晏幾道詞107闋，除去誤收情況，仍有101闋，晏幾道堪爲《花草粹編》收詞百闋以上之少數作家〔註112〕，可見陳耀文極度欣賞晏幾道詞，對晏幾道詞接受程度相當高。

《花草粹編》對世人展現晏幾道《小山詞》鮮爲他本詞選所錄之長調，並且收錄《小山詞》近百分之四十之作品，讓世人更瞭解《小山詞》之風貌。又《花草粹編》於清朝除《四庫全書》本外，尚有清咸豐七年（1857）金繩武評花仙館活字印本、光緒二年丙子（1876）刻本〔註113〕，亦有助於《小山詞》在清代之推廣。

（五）選詞兼具評點：《古今詞統》、《詞的》、《詞菁》、《精選古今詩餘醉》

1、《古今詞統》十六卷，卓人月彙選，徐士俊參評；編選年代跨度大，自隋代以迄明代，約二千餘闋〔註114〕，以南宋詞數量最多，

〔註111〕〔明〕李薦：〈花草粹編序〉。見施蟄存主編：《詞籍序跋萃編》，卷8，頁703。

〔註112〕《花草粹編》收詞達百闋以上者，僅柳永、周邦彥、晏幾道三家。見陶子珍：《明代詞選研究》，頁218。

〔註113〕王兆鵬：《詞學史料學》，頁347。

〔註114〕陶子珍：《明代詞選研究》，頁349。

其次爲北宋詞，第三爲明詞；卷末附有《徐卓吾晤》一卷，爲徐士俊、卓人月塡詞。內容除十六卷詞選外，尚有「序」、「舊序」、「雜說」、「氏籍」、「目次」五大部分：

（1）序——孟稱舜與徐士俊〈古今詞統序〉二篇。

據孟稱舜〈古今詞統序〉云：

> 故幽思曲想，張柳之詞工矣，然其失則俗而膩也；古者妖童冶婦之所遺也。傷時弔古，蘇辛之詞工矣，然其失則荼而俚也；古者征夫放士之所託也。兩家各有其美，亦各有其病，然達其情而不以詞掩，則皆塡詞者之所宗，不可以優劣言也。〔註115〕

可知《古今詞統》選詞風格婉約、豪放兼具。無論婉約與豪放，各有其佳處。蓋他本詞選多以婉約詞爲主軸，《古今詞統》此選錄角度於明代詞選別開生面，不以婉約詞爲限，而能兼容並蓄。

又據徐士俊〈古今詞統序〉云：

> 雖然詞盛于宋，亦不止于宋，故稱古今焉。古今之爲詞者，無慮數百家，或以巧語致勝，或以麗字取妍；或望斷江南，或夢回雞塞；或床下而偷咏纖手新橙之句，或池上而重飜冰肌玉骨之聲；以至春風弔柳七之魂，夜月哭長沙之伎。諸如此類，人人自以爲名高黃絹，響落紅牙。而猶有議之者，謂銅將軍鐵綽板，與十七、八女郎，相去殊絕，無乃統之者無其人，遂使倒流三峽，竟分道而馳耶？余與珂月起而任之曰，是不然。吾欲分風，風不可分。吾欲劈流，流不可劈。非詩非曲，自然風流，統而名之以詞。……亦何異世人但知《花間》、《艸堂》、《蘭畹》之爲三株樹，而不知《詞統》之集大成也哉？〔註116〕

此序亦指出婉約與豪放詞不應「分道而馳」，並將婉約與豪放詞喻爲

〔註115〕　〔明〕卓人月、徐士俊輯：《古今詞統》（據上海圖書館藏明崇禎刻本影印）。見《續修四庫全書》，冊1728，頁437～438。

〔註116〕　〔明〕卓人月、徐士俊輯：《古今詞統》（據上海圖書館藏明崇禎刻本影印）。見《續修四庫全書》，冊1728，頁439～442。

自然界之清風、流水，不可強硬分劈。而《古今詞統》之書名，亦自此序可得見其由來。

（2）舊序──綜錄何良俊〈草堂詩餘序〉、黃河清〈續草堂詩餘序〉、陳仁錫〈續詩餘序〉、楊慎〈詞品序〉、王世貞〈詞評序〉、錢允治〈國朝詩餘序〉、沈際飛〈詩餘四集序〉及沈際飛〈詩餘別集序〉八篇。

而何良俊〈草堂詩餘序〉原收於《草堂詩餘正集》，黃河清〈續草堂詩餘序〉原收於《草堂詩餘續集》，沈際飛〈詩餘別集序〉原收於《草堂詩餘別集》，錢允治〈國朝詩餘序〉原收於《草堂詩餘新集》；又《草堂詩餘正集》、《草堂詩餘續集》、《草堂詩餘別集》與《草堂詩餘新集》合為《古香岑草堂詩餘》；且沈際飛沈際飛〈詩餘四集序〉為《古香岑草堂詩餘》〔註117〕總序，是知《古今詞統》延續沈際飛評選《古香岑草堂詩餘》之編選理念，續補《草堂詩餘》以求完備。〔註118〕「沈際飛所為，是將《草堂詩餘》系列化，上起隋唐，下迄明世；而卓、徐所為，則是將系列《草堂詩餘》一體化，也是上起隋唐，下迄明世。思路各異而本質相同。」〔註119〕

加之，《古今詞統》屬「分調本」，亦是學習《類編草堂詩餘》之分類法，益見《古今詞統》與《類編草堂詩餘》之關係。然《古今詞統》每卷以詞調之字數範圍升冪排序，如卷一為「十六字至二十八字」，卷二為「二十八字」，卷三為「三十字至四十字」，……卷十六為「一百十六字至二百三十四字」，而不以「小令」、「中調」、「長調」之名分類。

（3）雜說──有張玉田〈樂府指迷〉、楊萬里〈作詞五要〉〔註120〕、王世貞〈論詩餘〉、張綖〈論詩餘〉、徐師曾〈論詩餘〉及沈際飛〈詩

〔註117〕〔明〕沈際飛評選：《古香岑草堂詩餘》（明崇禎間末翁少麓刊本）（1628年）。

〔註118〕陶子珍：《明代詞選研究》，頁350～351。

〔註119〕蕭鵬：《群體的選擇──唐宋人選詞與詞選通論》（台北：文津出版社，1992年11月），頁258。

〔註120〕〈作詞五要〉之作者應為南宋・楊纘（約1219～1267），字嗣翁，號守齋，又號紫霞。

餘發凡〉六篇。

　　此六篇論詞體，論作詞之法，且《古今詞統》於各篇附加眉批，可將「雜說」部分視爲《古今詞統》一書選詞、評詞之中心思想。

　　（4）氏籍——依據隋、唐、五代、宋、金、元、明時代羅列《古今詞統》所錄詞人姓名，並於詞人姓名底下以小字說明其字號、諡法、籍貫或簡述官職。如「晏幾道」之下注明「字叔原，號小山，同叔之子」。

　　（5）目次——係爲十六卷之目次，卷一至卷十六以詞調之字數範圍升冪排序，並列出詞牌名稱，且於詞牌底下以小字加注其體式、闋數。如卷四爲「四十一字至四十四字」，其中收有「訴衷情第三體三首」、「訴衷情第四體四首」等。

　　《古今詞統》所收晏幾道詞 24 闋中，或於原詞後附錄相關詞論；或刻印眉批；或以毛筆於右側圈選詞句，即「○」符號；或以「。」之符號，於上側標示重點詞句；或於上側使用「、」之符號，標記佳句；或於「。」之印刷符號上，疊以毛筆圈選之「○」符號，凸出詞句之卓殊。茲列舉三例如次：

　　其一、〈訴衷情〉：

　　　　長因蕙草記羅裙。綠腰沈水熏。闌干曲處人靜，曾共倚黃昏。　　風有韻，月無痕。暗消魂。擬將幽恨，試寫殘花，寄與朝雲。（《全宋詞》，冊 1，頁 317）

此詞尚有眉批云：「樂府〈六么〉訛作〈綠腰〉，此則直指裙腰耳」，以解釋「綠腰」之意義。

　　其二、〈虞美人〉：

　　　　疏梅月下歌金縷。憶共文君語。更誰情淺似春風。一夜滿枝新綠、替殘紅。蘋香已有蓮開信。兩槳佳期近。採蓮時節定來無。醉後滿身花影、倩人扶。（《全宋詞》，冊 1，頁 320）

此詞尚有眉批云：「春字妙」，以強調全詞緊扣「春」字開展。

其三、〈兩同心〉：

楚鄉春晚，似入仙源。拾翠處、閒隨流水，踏青路、暗惹
香塵。心心在，柳外青簾，花下朱門。　　對景且醉芳尊。
　　　　　○○○　○○○○　　○○○　　　○○○○

莫話消魂。好意思、曾同明月，惡滋味、最是黃昏。相思
處，一紙紅箋，無限啼痕。（《全宋詞》，冊1，頁319）

此詞於「好意思、曾同明月，惡滋味、最是黃昏」句重疊「。」與「○」
兩符號，尚針對此句有眉批云：「不是明月較可，還是自家意謂不同」。
《古今詞統》似藉以顯示此句之獨特處。

要言之，《古今詞統》一書，「蒐采鑑別，大有廓清之力」〔註121〕。
而《古今詞統》對晏幾道詞之接受情形如次：

首先，《古今詞統》收詞雖然以南宋爲主，婉約與豪放風格並兼，
且辛棄疾詞爲全書之冠，但是不動搖晏幾道婉約詞之地位。觀《古今
詞統》收詞達二十闋以上者，晏幾道亦名列其中。〔註122〕

再者，《古今詞統》爲古今詞（自隋至明）集大成者，晏幾道詞
於此書占有不少分量，足知晏幾道爲詞史上不可或缺之作家。

再次，《古今詞統》所收晏幾道詞，集中於卷三至卷九（三十字
至六十字），共22闋，而其餘二闋分布於卷十（六十字至七十二字）、
卷十二（九十三字至九十七字），足見《古今詞統》對晏幾道詞之接
受以字數少之詞調爲主。

又次，瞭解晏幾道所選詞調之體式。如《古今詞統》卷七（五十
二字至五十六字）收有〈臨江仙〉第一體一首；卷九（五十八字至六
十字）收有〈臨江仙〉第二體二十首，且以小字注明此體「一名〈庭
院深深〉」。而《古今詞統》所錄晏幾道〈臨江仙〉二闋，即屬〈臨江

〔註121〕〔清〕王士禎：《花草蒙拾》。見唐圭璋編：《詞話叢編》，冊1，頁685。
〔註122〕《古今詞統》所收詞人，計有隋唐五代53人，北宋51人，南宋162
　　　　人，金代21人，元代88人，明代105人，時代不詳者6人。而選
　　　　詞達二十闋以上者，隋唐五代2人，北宋6人，南宋9人，明代5
　　　　人。見陶子珍：《明代詞選研究》，頁346、357。

仙〉第二體。

　　最後，諸如此類圈點方式，配合評語與注解，可凸顯晏幾道詞之精彩處，亦見《古今詞統》對晏幾道詞之批評接受，復便於閱讀者明瞭字義或詞意，而能有效促進時人或後人接受《小山詞》。

　　2、《詞的》四卷，茅暎輯評；選錄唐五代至明代詞 391 闋，以南宋詞最多，而周邦彥居冠。全書目錄以詞調分類，因「詞協黃鍾，倘隻字失律，便乖元韻，故先小令，次中令，次長調，俱輪宮合度，字字相符，以定正的」〔註123〕；其卷一與卷二爲「小令」，凡 243 闋；卷三爲「中調」，凡 93 闋；卷四爲「長調」，凡 55 闋。觀其選錄之晏幾道詞，以「小令」爲主，未收「長調」作品。再者，《詞的》雖屬「分調本」，然幾乎替其選詞訂定題目，如晏幾道〈點絳唇〉（花信來時）之詞題爲「春景」，〈臨江仙〉（鬥草階前初見）之詞題爲「憶舊」。此外，「諸家先後，但分世代，就中或有參錯，蓋以合調爲序，非有異同」〔註124〕；詞人姓名或字號錯雜行之，如「晏幾道」、「晏叔原」皆有標列。

　　據茅暎〈詞的序〉云：

> 竊以芳性深情，恒藉文犀以見；幽懷遠念，每因翠羽以明。
> 故桑中之喜，起詠於風人；陌上之情，肇思於前哲。……
> 清文滿篋，無非訴恨之辭；新製連篇，時有緣情之作。……
> 及夫錦浪紅翻，珠林綠綴，臨池漱露，憑牖邀風；伴炎宵
> 以孤坐，送永日而無聊。或託言於短韵，石韞玉而山輝；
> 或寄意於新腔，水沉珠而川媚。〔註125〕

茅暎認爲對景感時而產生之情緒，藉由文章得以傳達而出。諸篇不僅情景的歷，亦飽含前哲慧思。《詞的》編纂目的在於「希冀將此萬年不

〔註123〕〔明〕茅暎：〈詞的凡例〉。見〔明〕茅暎輯評：《詞的》（清萃閱堂鈔本），《四庫未收書輯刊》，捌輯，冊 30，頁 470。

〔註124〕〔明〕茅暎：〈詞的凡例〉。見〔明〕茅暎輯評：《詞的》（清萃閱堂鈔本），《四庫未收書輯刊》，捌輯，冊 30，頁 470。

〔註125〕〔明〕茅暎：〈詞的序〉。見〔明〕茅暎輯評：《詞的》（清萃閱堂鈔本），《四庫未收書輯刊》，捌輯，冊 30，頁 468。

變、亙古常新之情思，藉永恆之詞篇予以承傳，使之不朽」〔註126〕。
然《詞的》一書無茅暎自身之創作，但是體物傷時，緣情寫意之思想
亦同於晏幾道《小山詞》成編之意：「嘗思感物之情，古今不易，竊以
謂篇中之意，昔人所不遺，第於今無傳爾。故今所製，通以《補亡》
名之。」〔註127〕

　　而茅暎〈詞的凡例〉云：

　　　幽俊香豔爲詞家當行，而莊重典麗者次之，故古今名公悉
　　　多鉅作，不敢攔入。匪曰偏狗，意存正調。〔註128〕

可見《詞的》選錄準則以「幽俊香豔」爲先，而「莊重典麗」爲後；
又《詞的》「意存正調」，期欲保存恪守基本法則而不破壞原有體製之
創作，即強調「婉約詞」爲詞體之本色、當行，而協律合韻者可爲後
世楷模。觀所選晏幾道詞，係爲婉約詞風，而其中〈臨江仙〉、〈生查
子〉、〈玉樓春〉與〈點絳唇〉爲唐五代習用之詞調。

　　《詞的》之評點方式，有以「。」之符號，於右側標示關鍵詞句；
有於右側使用「、」之符號，標記精彩處，而以眉批顯示茅暎之看法。
觀所選晏幾道詞，除〈臨江仙〉（鬥草階前初見）有「終不似寫閨中
語，柔媚撩人」之評，及其誤收之〈踏莎行〉（小徑紅稀）有「楊花
撲面，即見春思困人」之語外，其餘皆無眉批。斯可見《詞的》所選
晏幾道詞，符合其編纂要旨。

　　3、《詞菁》二卷，陸雲龍輯評；選錄唐五代至明代詞270闋〔註129〕，
以明詞最多，而劉基居冠。全書之詞人題名以字號爲主，而體例仿宋代
何士信輯《增修箋註妙選群英草堂詩餘》，屬「分類本」，卷一分天文、
節序、形勝、人物、宴集、游望、行役與稱壽八大類，各類別底下又羅
列子目；卷二分離別、宮詞、閨詞、懷思、愁恨、寄贈、雜詠、題詠、

〔註126〕陶子珍：《明代詞選研究》，頁322。
〔註127〕〔宋〕晏幾道：《小山詞》。見朱祖謀校輯：《彊村叢書》，冊2，頁491。
〔註128〕〔明〕茅暎：《詞的凡例》。見〔明〕茅暎輯評：《詞的》（清萃閬堂
　　　　鈔本），《四庫未收書輯刊》，捌輯，冊30，頁470。
〔註129〕陶子珍：《明代詞選研究》，頁376。

居室、動物、植物、器具與迴文十三大類。除去誤收詞,《詞菁》所選晏幾道〈點絳唇〉(花信來時)與〈蝶戀花〉(庭院碧苔紅葉遍)二闋,為節序類,〈鷓鴣天〉(彩袖殷勤捧玉鍾)則是宴集類。

　　據陸雲龍〈詞菁敘〉云:

> 至我明郁離,具王佐才,廁身帷幄,宜同稼軒,時露英雄
> 本色,乃似柔其骨,麗其聲,藻其思,務見菁華之色,則
> 所尚可知已。其後名賢輩出,人巧欲盡,悉為奇險之句,
> 幽窈之字,實緣徑窮路絕,不得不另開一堂奧。試取《花
> 間》、《草堂》並咀之,《草堂》自更新綺者,特其中有欲求
> 新而得誤,似為吳歈作祖,予不敢不嚴別之。誠以險中有
> 菁,俳不可為菁耳。〔註130〕

即知《詞菁》之書名源於「詞中之精華」,似可見陸雲龍之主觀意向。陸雲龍崇仰劉基詞,且認為繼劉基而出之作家,因文思枯竭,遂創作險僻之詞,實為跳脫詞體綺麗精美之本色,偏離詞體豪邁磊落之變調。而《花間集》與《草堂詩餘》為《詞菁》之主要選源,陸雲龍嚴格揀選箇中精粹,剔除吳歌俗曲,於增補刪減後編成《詞菁》一書,期欲隳壞唐宋詞與明詞之藩籬,「試圖於『崇古』及『新變』之間,尋求一平衡中心,冀能為詞壇注入新血,扭轉偏狹之創作觀」。〔註131〕綜而觀之,或可謂其選錄之晏幾道詞當為《小山詞》之精華,且能作為詞人效法之典範。

　　《詞菁》之評點方式,除以「。」與「、」之符號,於右側圈點值得注意處之外,尚使用「﹅」之空心頓點以標示關鍵詞句;句中或有注語,而以眉批展現其觀點。如〈點絳唇〉:

> 花信來時,恨無人似花依舊。又成春瘦。折斷門前柳。
>
> 　　天與多情,不與長相守。分飛後。淚痕和酒。占了雙

〔註130〕〔明〕陸雲龍:《詞菁》(據復旦大學圖書館藏明崇禎崢霄館藏翠娛閣選評本影印)
〔註131〕陶子珍:《明代詞選研究》,頁378。

羅袖。（《全宋詞》，冊 1，頁 318）

此詞尚有眉批云：「與不與開，無限春恨」，緊扣「天與多情，不與長相守」句，而概括全詞意境。

晏幾道詞於《詞菁》一書所占之比例極低，然觀全書，選錄之詞家，除無名氏外，有 129 人。受陸雲龍喜愛之劉基詞，收錄最多，計 13 闋；其次為周邦彥，計 12 闋，而選詞達 5 闋以上之詞家，僅 10 人。〔註 132〕故知《詞菁》收詞平均，每位詞家之作品幾乎在 4 闋以下。是以就《詞菁》而言，晏幾道詞仍具有相當分量。

4、《精選古今詩餘醉》十五卷，潘游龍選，范文光參，陳珽訂，湖正言校；選詞時代橫跨隋至明諸朝，凡 1346 闋〔註 133〕，而以南宋詞為多，北宋詞其次，明詞第三。全書每卷載有目次，而目次之分類形式為「主題──詞牌（小字偏右）──作者」，如：卷三「春宴──浣溪沙（小字偏右）──晏叔原」。潘游龍認為以往詞選為其選詞所下之標題，多有牽強附會之乖謬，而失去作者原有之旨意，遂「比事類情，尋為次第，藏之素簏，自以為枕中秘，未過也」〔註 134〕。觀《精選古今詩餘醉》一書，主題或有重複，而相似者歸為一卷，然綜覽每卷主題，仍稍嫌龐雜。除去誤收部分，茲條陳《精選古今詩餘醉》所列晏幾道詞之主題如下：

卷二，〈兩同心〉（楚鄉春晚）之主題為「春晚」；

卷三，〈浣溪沙〉（家近旗亭酒易酤）之主題為「春宴」；

　　　〈鷓鴣天〉（彩袖殷勤捧玉鍾）之主題為「佳會」；

卷四，〈六么令〉（綠陰春盡）之主題為「春情」；

　　　〈生查子〉（金鞭美少年）之主題為「春恨」；

卷五，〈點絳唇〉（花信來時）之主題為「春景」；

〔註 132〕陶子珍：《明代詞選研究》，頁 381。

〔註 133〕王兆鵬：《詞學史料學》，頁 350。

〔註 134〕〔明〕潘游龍：《精選古今詩餘醉》（據明崇禎丁丑（10 年）海陽胡氏十竹齋刊本影印）。

卷七，〈蝶戀花〉（庭院碧苔紅葉遍）之主題爲「深秋」；

〈浣溪沙〉（午醉西橋夕未醒）之主題爲「遠歸」；

卷八，〈蝶戀花〉（夢入江南煙水路）之主題爲「別恨」；

〈玉樓春〉（秋千院落重簾暮）之主題爲「離別」；

〈點絳唇〉（明日征鞭）之主題爲「離別」；

卷十一，〈南鄉子〉（淥水帶青潮）之主題爲「西湖」。

　　而查《古今詞統》與《精選古今詩餘醉》所選晏幾道同闋詞之主題，相異者爲：《古今詞統》卷九〈蝶戀花〉（夢入江南煙水路）之主題爲「紀夢」。茲錄全詞如下：

> 夢入江南煙水路。行盡江南，不與離人遇。睡裏消魂無説處。覺來惆悵消魂誤。　　欲盡此情書尺素。浮雁沉魚，終了無憑據。卻倚緩弦歌別緒。斷腸移破秦箏柱。（《全宋詞》，冊 1，頁 289～290）

此詞上片敘述平日未能相見之人，即使訴諸夢寐，亦未能求得。爲情所惑，黯然神傷，如此悲愁，由睡夢延續至睡醒。下片描寫欲將滿懷情意付託於書信，卻不知傳送至何方，更添憂傷失意，只得寄情於音樂，藉以抒發別愁。無奈離情傷人，足以斷腸；思念越深，箏柱遍移，彈奏之節拍越是急促繁碎。

　　蓋《古今詞統》以「紀夢」表達全詞概貌，含括入夢與夢醒之精神景況。而《精選古今詩餘醉》將之定爲「別恨」，實著重寤寐思念之起因──「離別」；若將「恨」解釋爲遺憾、悔恨，則愈發惆悵之情，使離別後之身心狀態更加鮮明。

　　再查《詞的》與《精選古今詩餘醉》所選晏幾道同闋詞之主題，相異者爲：《詞的》卷二〈鷓鴣天〉（彩袖殷勤捧玉鍾）〔註 135〕之主題爲「詠酒」。此外，宋代何士信《增修箋註妙選群英草堂詩餘》視

〔註 135〕〔宋〕晏幾道〈鷓鴣天〉：「彩袖殷勤捧玉鍾。當年拚卻醉顏紅。舞低楊柳樓心月，歌盡桃花扇影風。　　從別後，憶相逢。幾回魂夢與君同。今宵剩把銀釭照，猶恐相逢是夢中。」（《全宋詞》，冊 1，頁 290）

此闋為「勸酒」之詞，並將之歸為「飲饌器用類」（詳參第二章第二節），係偏重「彩袖殷勤捧玉鍾。當年拚卻醉顏紅」二句意，而未深入體察全詞情思。《詞的》亦因首二句「彩袖殷勤捧玉鍾。當年拚卻醉顏紅」而以偏概全，然將之題為「詠酒」，似難見「詠」酒之處。《精選古今詩餘醉》則以「佳會」替全詞重點——「今宵剩把銀釭照，猶恐相逢是夢中」，下一按語，體現久別重逢之美好。

又查《詞菁》與《精選古今詩餘醉》所選晏幾道同闋詞之主題，相異者為：《詞菁》卷一〈鷓鴣天〉（彩袖殷勤捧玉鍾）之主題為「歡會」。雖然「歡會」與「佳會」僅一字之差，性質亦頗相近，但是《詞菁》所言之「歡會」，似與〈鷓鴣天〉（彩袖殷勤捧玉鍾）上半闋所描述之場景較為相合；下半闋有悲有喜，即使相逢後充滿欣喜，甚至可說是驚喜交加，亦非同「歡會」此一用語般鮮明強烈。觀晏幾道之用語，下半闋仍屬含蓄之境。

復往前溯至宋代黃昇《唐宋以來諸賢絕妙詞選》，其所選晏幾道〈生查子〉（金鞭美少年）〔註 136〕之詞題為「閨思」，係以「牽繫玉樓人，繡被春寒夜」句為出發點，注重女子獨居深閨所引發之寂寞憂思。而《精選古今詩餘醉》將之視為「春恨」，係著眼於下片，觸景傷春，將「閨思」之情感加深為「憾恨」。（詳參第二章第二節）

據潘游龍〈詩餘醉敘〉云：

> 今夫人情之一發而無餘者，非其情之至焉者也。……信乎？
> 詩餘之未可以世論也。余於詩則醉心於絕句，於歌行，而於
> 詞則醉心於小令，謂其備極情文，而饒餘致也。蓋唐以詩貢
> 舉，故人各挾其所長，以邀通顯；性情真境，半掩於名利鈞
> 途。詞則自極其意之所之，凡道學之所會通，方外之所靜悟，
> 閨幃之所體察，理為真理，情為至情；語不必蕪而單言雙句，
> 餘於清遠者有焉，餘於摯刻者有焉，餘於莊麗者有焉，餘於

〔註136〕〔宋〕晏幾道〈生查子〉：「金鞭美少年，去躍青驄馬。牽繫玉樓人，繡被春寒夜。　消息未歸來，寒食梨花謝。無處說相思，背面秋千下。」（《全宋詞》，冊1，頁294）

　　悽惋悲壯、沉痛慷慨者有焉。令人撫一調，讀一章，忠孝之
　　思，離合之況，山川草木，鬱勃難狀之境，莫不躍躍於言後
　　言先，則詩餘之興起人，豈在《三百篇》之下乎？……空中
　　之音，水中之月，象中之色，鏡中之境，可摹而不可即者，
　　其詩餘也。蓋無俟較高平，分南北，按篇目，而余之醉心於
　　古今詞者，久矣，遂記其言之餘而爲引。〔註137〕

文中述及潘游龍「於詞則醉心於小令」，而觀《精選古今詩餘醉》一
書，雖錄有中、長調之作品，然以小令爲多數；儘管體製短小，可是
情致、餘韻無窮。舉凡自然萬物，人事代謝，悉能入「詞」，因詞之
內容飽含眞理至情，故不亞於《三百篇》。而潘游龍「醉心於古今詞」，
由是可見《精選古今詩餘醉》書名之意。又陳珽〈詩餘醉敘〉云：

　　詩之有餘，由詩之有風也。雅則清廟明堂，風則不廢村矑閭
　　巷，《三百篇》要以道性情而止，然無情則性亦不見。……是
　　從來忠孝節義，只了當一情字耳。……然則古人作詩，已留
　　一有餘不盡之法，以待我輩，何者？窈窕者淑之餘，好者逑
　　之餘，倩者巧之餘，盼者美之餘，故詩者情之餘，而詞則詩
　　之餘。……或問：「詩餘矣，曷以醉？」余請以酒喻。樂府古
　　風，中山酒也，可醉千日；律絕、歌行，仙漿酒也，可醉十
　　日；詩餘則村醪市沽也，薄乎云爾，惡得無醉。〔註138〕

是知《精選古今詩餘醉》可比之《三百篇》，其編選要旨在於「情」。
而「詞」即使爲「詩之餘」，於吟詠情性之外，亦韻永意長，餘味不
絕，如同村市隨處可沽取之濁酒，雖然不甚濃烈，其清香卻足以令人
微醺，而啜飲過後，仍可使人薄醉。

　　《精選古今詩餘醉》之評點方式爲：以「。」或「、」之符號，
圈選重要詞句，以凸顯特異處。此外，評語不多，且評語並非全然針
對圈選處而發。如其所選晏幾道詞，除去誤收部分，僅〈浣溪沙〉（家

〔註137〕　〔明〕潘游龍〈詩餘醉敘〉。見〔明〕潘游龍：《精選古今詩餘醉》
　　　　　（據明崇禎丁丑（10 年）海陽胡氏十竹齋刊本影印）。
〔註138〕　〔明〕陳珽〈詩餘醉敘〉。見〔明〕潘游龍：《精選古今詩餘醉》（據
　　　　　明崇禎丁丑（10 年）海陽胡氏十竹齋刊本影印）。

近旗亭酒易酤）、〈鷓鴣天〉（彩袖殷勤捧玉鍾）與〈蝶戀花〉（庭院碧
苔紅葉遍）三闋附有評語；又〈浣溪沙〉：

> 家近旗亭酒易酤。花時長得醉工夫。伴人歌笑懶妝梳。　　戶
> 外綠楊春繫馬，床前紅燭夜呼盧。相逢還解有情無。（《全宋
> 詞》，冊1，頁309）

此詞雖圈選「伴人歌笑懶妝梳」句，其評語卻就「呼盧」而言：「呼
盧詩，高燒銀燭照呼盧。」用以補充「呼盧」相關詩句，或藉以說明
「床前紅燭夜呼盧」句之借鑑來源。

　　要之，潘游龍「欲溯流尋源，睹其所爲餘者，則取諸詩餘選」
〔註139〕而成《精選古今詩餘醉》。此書與各選本詞題具有相異之情
形，誠爲側重角度不同所致，既非全然荒誕無實，亦非完全失去晏
幾道創作之原意，而是表現閱讀者本身對晏幾道詞之領會結果與接
受面向。

　　再者，由潘、陳二序，可知《精選古今詩餘醉》所選詞篇，誠爲
眞情至性之代表作。而晏幾道《小山詞》「所記悲歡離合之事，如幻
如電，如昨夢前塵，但能掩卷憮然，感光陰之易遷，歎境緣之無實」
〔註140〕，亦是記錄生活點滴，抒發性靈之作品。觀《精選古今詩餘
醉》所選晏幾道詞，不論寫景或抒情，讀之，悉能構築出詞篇所營造
之時空，亦能品味字裡行間流露之情思，令人醉心其中。

　　此外，《精選古今詩餘醉》屬評點詞選，其「一評一點，能使作者
之精神，浮動毫墨，森然來會，信深情矣哉！」〔註141〕此書針對所選
晏幾道詞之評語雖僅有短短數語，對閱讀者而言，已然有理解上之助益。

　　綜觀上述九本詞選，每本詞選有其欲表現之主旨與歷史定位，影
響層面不一而論。「文學和讀者間的關係，並不僅僅是每部作品都有其

〔註139〕〔明〕郭紹儀：〈詩餘醉敍〉。見〔明〕潘游龍：《精選古今詩餘醉》
　　　　（據明崇禎丁丑（10年）海陽胡氏十竹齋刊本影印）。
〔註140〕〔宋〕晏幾道：《小山詞》。見朱祖謀校輯：《彊村叢書》，冊2，頁491。
〔註141〕〔明〕郭紹儀：〈詩餘醉敍〉。見〔明〕潘游龍：《精選古今詩餘醉》
　　　　（據明崇禎丁丑（10年）海陽胡氏十竹齋刊本影印）。

自己的特性，它歷史地、社會性地決定了讀者；每一個作者都依賴於他的讀者社會環境、觀點和意識。」〔註142〕各選本係作者遍覽書籍，依其歷史背景與主觀意識而成編；諸本往往博徵繁引，雜有附語，尤以「評點本」之詞論功能最高，對讀者之閱讀與理解極有幫助。句讀圈選之風，「大抵濫觴於南宋，極盛於元明」〔註143〕，《古今詞統》、《詞的》、《詞菁》、《精選古今詩餘醉》四書，堪爲明代評點詞選之代表。

　　而此九本詞選對晏幾道《小山詞》接受史之價值，在於透過閱讀、分析諸本之成書目的與編選要旨，並對所選晏幾道詞進行計量分析，可得知明人閱讀《小山詞》後之審美傾向，如小令、長調之選擇，抑或詞題之標注，甚而字句與全篇成就之評論；再者，可從中瞭解《小山詞》於明代之傳播程度。

第四節　閱讀具體化：審美標準與接受程度
——詞譜篇

　　本節針對明人閱讀具體化後所編之詞譜，探討明人對《小山詞》之接受。

　　翻閱明人所編纂之詞譜，計有四本收錄晏幾道詞：周瑛《詞學筌蹄》〔註144〕、張綖與謝天瑞《詩餘圖譜》〔註145〕、徐師曾《文體明辨‧詩餘》〔註146〕與程明善《嘯餘譜‧詩餘譜》。〔註147〕

〔註142〕〔聯邦德國〕H.R.姚斯、〔美〕R.C.霍拉勃著，周寧、金元浦譯：《接受美學與接受理論》，頁32。

〔註143〕葉德輝：《書林清話》，卷2，頁86。

〔註144〕〔明〕周瑛：《詞學筌蹄》（據上海圖書館藏清初抄本影印）。見《續修四庫全書》，冊1735。

〔註145〕〔明〕張綖、謝天瑞：《詩餘圖譜》（據北京圖書館藏明萬曆二十七年謝天瑞刻本影印）。見《續修四庫全書》，冊1735。

〔註146〕〔明〕徐師曾：《文體明辨》（北京大學圖書館藏明萬曆建陽游榕銅活字印本）。見《四庫全書存目叢書》，冊311。

〔註147〕〔明〕程明善：《嘯餘譜》（據明萬曆刻本影印）。見《續修四庫全書》，冊1736。

一、選錄情形

　　將此四本詞譜所錄晏幾道作品，與唐圭璋編纂、王仲聞參訂、孔凡禮補輯《全宋詞》一一比較，發現有三本詞選出現互異之情況。茲表列分述如次：

（一）《詞學筌蹄》

　　收有晏幾道詞 10 闋，取之與《全宋詞》相較，相異者整理如次：

表十一　　《詞學筌蹄》與《全宋詞》互見表

詞牌	首句	詞學筌蹄	全宋詞	備　　　註
玉樓春	秋千院落重簾暮	晏幾道	晏幾道	《全宋詞》詞牌作〈木蘭花〉
如夢令	樓外殘陽紅滿	晏幾道	秦觀	
探春令	綠楊枝上曉鶯啼	晏幾道	✕	無名氏作。見《增修箋註妙選群英草堂詩餘》前集，卷下
菩薩蠻	南園滿地堆輕絮	晏幾道	✕	溫庭筠作。見《花間集》卷一
院溪沙	錦帳重重捲暮霞	晏幾道	秦觀	《全宋詞》詞牌作〈浣溪沙〉
院溪沙	水滿池塘花滿枝	晏幾道	趙令畤	《全宋詞》詞牌作〈浣溪沙〉
點絳唇	春雨濛濛	晏幾道	✕	無名氏作。見《增修箋註妙選群英草堂詩餘》前集，卷下
點絳唇	鶯踏花翻	晏幾道	✕	無名氏作。見《增修箋註妙選群英草堂詩餘》前集，卷下

（二）《文體明辨・詩餘》

　　收有晏幾道詞 8 闋，取之與《全宋詞》相較，相異者整理如次：

表十二　　《文體明辨・詩餘》與《全宋詞》互見表

詞牌	首句	文體明辨・詩餘	全宋詞	備　　　註
探春令	綠楊枝上曉鶯啼	晏幾道	✕	無名氏作。見《增修箋註妙選群英草堂詩餘》前集，卷下

（三）《嘯餘譜・詩餘譜》

收有晏幾道詞 8 闋，取之與《全宋詞》相較，相異者整理如次：

表十三　　《嘯餘譜・詩餘譜》與《全宋詞》互見表

詞牌　首句	作者　詞選	嘯餘譜	全宋詞	備　　註
探春令	綠楊枝上曉鶯啼	晏幾道	✕	無名氏作。見《增修箋註妙選群英草堂詩餘》前集，卷下

由表十一、表十二與表十三，可見〈探春令〉（綠楊枝上曉鶯啼）誤收次數最多，四本詞譜，即有三本收錄。

要之，除去誤收、詞調名稱不同之情況，各本所選晏幾道詞，統計表列如次：

表十四　　明代詞譜收錄晏幾道詞一覽表

序號	詞牌	首句	詞學筌蹄	詩餘圖譜	文・體詩明餘辨	嘯・餘詩譜餘譜	統計（次）
1	臨江仙	鬥草階前初見		✓	✓	✓	3
2	蝶戀花	庭院碧苔紅葉遍	✓				1
3	鷓鴣天	彩袖殷勤捧玉鍾	✓		✓	✓	3
4	生查子	金鞭美少年			✓	✓	2
5	木蘭花	秋千院落重簾暮	✓				1
6	兩同心	楚鄉春晚		✓			1
7	少年游	綠勾闌畔		✓	✓	✓	3
8	又	雕梁燕去		✓	✓	✓	3
9	秋蕊香	池苑清陰欲就		✓	✓	✓	3
10	解佩令	玉階秋感		✓	✓	✓	3
總計（闋）			3	6	7	7	

據上表，四本詞譜中，以《詩餘圖譜》、《文體明辨・詩餘》與《嘯餘譜・詩餘譜》之選詞多有重疊，且闋數相近，可知選錄角度相似。

二、分見各本概況

試析各本選度標準如次：

（一）律譜之草創：《詞學筌蹄》

《詞學筌蹄》八卷，周瑛撰。全書之詞人署名以字號為主；內容則先列詞牌，次列詞譜，最後舉詞篇為例；每一詞牌底下僅有一詞譜，而每一詞譜所繫之詞數量不等，且幾乎每闋詞末以小字標上主題。

據林俊〈詞學筌蹄序〉云：

> 或以事名調，或以時名調，或以遇名調，或以人名調，或以句名調，或以人名調，或以句名調，被害管絃，按歆板法，不得以己意損增。詞日多而調日廣，若《古今詞話》、《玉林詞選》、《草堂詩餘》所載，豪雄壯浪，綺麗而絢藻。要之，去鄭衛之音、女真之曲者無幾。第幸出大家言，造意命詞，竟弗爽于正，故相驚以為。……舊編以事為主，詞系事下，平側長短，未易以讀。〔註148〕

因詞體發展日久，詞調日益眾多，而音律漸失，加以往昔與詞相關之書籍注重詞之內容詮釋或評論，並未強調其律譜或教人如何填詞，遂使讀者難以做到「被害管絃，按歆板法，不得以己意損增」之規範。

又據周瑛〈詞學筌蹄序〉云：

> 《草堂》，舊所編以事為主，諸調散入事下。此編以調為主，諸事併入調下，且逐調為之譜。圓者平聲，方者側聲，使學者按譜填詞，自道其意中事，則此其《筌蹄》也。凡為調一百七十七，為詞三百五十三，釐為八卷。〔註149〕

明代《草堂詩餘》系列書籍甚是廣泛，周瑛所言「《草堂》，舊所編以事為主，諸調散入事下」，係就「分類本」而言。《詞學筌蹄》以宋詞為範例，周瑛稱「凡為調一百七十七，為詞三百五十三」，然就其目錄

〔註148〕〔明〕林俊：〈詞學筌蹄序〉。見〔明〕周瑛：《詞學筌蹄》（據上海圖書館藏清初抄本影印），《續修四庫全書》，冊1735，頁391。

〔註149〕〔明〕周瑛：〈詞學筌蹄序〉。見〔明〕周瑛：《詞學筌蹄》（據上海圖書館藏清初抄本影印），《續修四庫全書》，冊1735，頁392。

所載，實爲176調，計351闋。書名爲「筌蹄」，係指此書乃爲方便塡詞而編纂之工具書。依此目的，觀《詞學筌蹄》一書，雖屬詞譜性質，然錯誤甚多，詞譜與所繫作品，平仄多有差異。如卷一〈玉樓春〉：

　　○○○□○□□。□□○○○□。○○○□○○。□□□
　　○○□□。　　○○○□○○。□□○○○□。□○○○
　　□○○。□□○○○□□（右譜一章八句）

以「○」表示平聲，以「□」表示仄聲，句與句之間以「。」作區隔，而結尾處不標示「。」之符號。〈玉樓春〉繫詞10闋，而晏幾道「秋千院落重簾暮」一詞列爲第十闋；《詞學筌蹄》將此詞之主題作爲「離別」，茲錄全詞如下：

　　秋千院落重簾暮。寂寞春寒扃繡戶。牆頭紅頭雨館花，門
　　外綠楊風後絮。朝雲信斷知何處。應作巫陽春夢去。紫騮
　　認得舊遊蹤，嘶過畫橋東畔路離別〔註150〕

觀此詞平仄，僅前二句與詞譜相合，應是未標「可平可仄」之故。又如卷三〈蝶戀花〉：

　　□□○○○□□。○□○○。□□○○□。□□□○○□□。○□
　　○□○□。　　□□○○○□□。□□○○□□。○□
　　□○○□□。□○○□○○（右譜一章十句）

雖已標明「一章十句」，然此譜僅九句。而觀其所列之詞，此譜下闋之句式當與上闋相同，實爲《詞學筌蹄》之疏漏。〈蝶戀花〉繫詞11闋，而晏幾道「庭院碧苔紅葉遍」一詞列爲第十一闋；《詞學筌蹄》將此詞之主題作爲「秋怨」，茲錄全詞如下：

　　庭院碧苔紅葉遍。黃菊開時，已近重陽宴。日日露荷凋綠
　　扇。粉塘煙水明如練。　　試倚涼風醒酒面。鴈字來時，
　　恰向層樓見。點幾護霜雲影轉。誰家蘆管吟愁秋怨〔註151〕

觀此詞平仄，僅上闋三、四、五句與下闋二、三句與詞譜相合，應是未標「可平可仄」之關係。

〔註150〕此處所引晏詞爲《詞學筌蹄》之版本。
〔註151〕此處所引晏詞爲《詞學筌蹄》之版本。

　　《詞學筌蹄》一書交付蜀府教授蔣華賫夫編錄，委託蜀士徐楠山甫考正，〔註 152〕成書過程看似嚴密，而以晏幾道詞爲例，誤收情形甚多；若除去誤收詞，《詞學筌蹄》所選之詞與詞譜格律不一致，可見《詞學筌蹄》多有紕漏，不足以成爲後人按譜塡詞之範式。然《詞學筌蹄》之立意，爲詞壇開啓新風氣，使原本諸詞籍所不重視之譜式部分，得以受後人矚目。

　　《詞學筌蹄》所收之詞，乃周瑛認爲足以作爲學者塡詞之楷模。由於《詞學筌蹄》之詞譜功能降低，是以詞選功能提升，故對其所選晏幾道詞仍起有一定介紹作用。

（二）變革之前導：《詩餘圖譜》

　　《詩餘圖譜》十二卷，張綎、謝天瑞撰。全書前六卷由張綎撰，謝天瑞校，而目錄分「二卷小令，二卷中調，二卷長調；每卷之調文，以字數爲序」〔註 153〕，明確標示小令爲「三十六字至五十九字」，中調爲「六十字至九十一字」，長調爲「九十二字至一百二十字」；第七至十二卷爲「補遺」，謝天瑞著，而小令僅一卷，中調二卷，長調則三卷，且字數之分，與前六卷不一：小令爲「三十八字以下」，中調爲「四十字至九十八字」，長調爲「九十八字以上」。

　　據《詩餘圖譜・凡例》云：

> 按詞體大略有二：一體婉約，一體豪放。婉約者，欲其辭
> 情醞藉；豪放者，欲其氣象恢弘。蓋亦存乎其人，如秦少
> 游之作，多是婉約；蘇子瞻之作，多是豪放。大抵詞體以
> 婉約爲正，……今所錄爲式者，必是婉約，庶得詞體，又
> 有惟取音節中調，不暇擇其詞之工者詳之。〔註 154〕

〔註 152〕〔明〕周瑛：〈詞學筌蹄序〉。見〔明〕周瑛：《詞學筌蹄》（據上海圖書館藏清初抄本影印），《續修四庫全書》，冊 1735，頁 392。

〔註 153〕〔明〕張綎、謝天瑞：《詩餘圖譜・凡例》。見〔明〕張綎、謝天瑞：《詩餘圖譜》（據北京圖書館藏明萬曆二十七年謝天瑞刻本影印），《續修四庫全書》，冊 1735，頁 473。

〔註 154〕〔明〕張綎、謝天瑞：《詩餘圖譜・凡例》。見〔明〕張綎、謝天瑞：

是知《詩餘圖譜》所錄之作品，悉爲「婉約」風格。而其所收晏幾道詞，亦符合此選錄標準。

此外，據蔣芝〈詩餘圖譜序〉云：

> 譜法前具，圖後繫詞，燦若黑白，俾填詞之客索駿有象，射鵰有的，殆於詞學章章也。余素非知音，玩斯圖也，稽虛待實，無不盡意。〔註155〕

又謝天瑞〈新鐫補遺詩餘圖譜序〉云：

> 予素潛心樂府，麤之音律，雖不能繼往聖之萬一，而將引初學之入門。謹按調而填詞，隨詞而叶韻，其四聲五音之當辨者，句分而字註之，一一詳載。凡有一詞，即著一譜，毫無遺漏，以爲初學之標的。同吾志者，熟玩而深味之。以此類推，千變萬化，豈能窮耶？其作之工拙，則在乎人而已。〔註156〕

此書編排方式，較《詞學筌蹄》完善，且圖譜之式樣，明確表示平仄、句讀與叶韻處，而令填詞者更爲得心應手。以《詩餘圖譜》所收晏幾道詞之詞調爲例：

其一、〈兩同心〉：

前段六句三韻三十三字

⌒●○○首句四字⌒○○●二句四字仄韻起⌒○●⌒●○○三句七字

⌒○●⌒○○●四句七字仄叶⌒○○●⌒○○五句七字⌒⌒○●六句四字仄叶

後段六句四韻三十五字

⌒●⌒○○●起句六字仄叶⌒○○○●二句四字仄叶⌒●●⌒●○○三句

《詩餘圖譜》（據北京圖書館藏明萬曆二十七年謝天瑞刻本影印），《續修四庫全書》，冊1735，頁473。

〔註155〕〔明〕蔣芝：〈詩餘圖譜序〉。見〔明〕張綖、謝天瑞：《詩餘圖譜》（據北京圖書館藏明萬曆二十七年謝天瑞刻本影印），《續修四庫全書》，冊1735，頁471。

〔註156〕〔明〕謝天瑞：〈新鐫補遺詩餘圖譜序〉。見〔明〕張綖、謝天瑞：《詩餘圖譜》（據北京圖書館藏明萬曆二十七年謝天瑞刻本影印），《續修四庫全書》，冊1735，頁470。

七字 ◓○●◓○○● 四句 七字仄叶 ◓◓○◓●○○ 五句 七字 ◓○○● 六

句 四字仄叶

以「○」表示平聲，以「●」表示仄聲；「◓」爲平而可仄者，「◓」
爲仄而可平者。此調共十二句七韻六十八字，繫詞 2 闋，其一爲柳永
「竚立東風」，其二爲晏幾道「楚鄉春晚」。而此譜係以柳詞爲基準，
押仄聲韻；晏詞與圖譜不合，且押平聲韻。

其二、〈秋蕊香〉與〈解佩令〉各繫晏詞一闋。

其三、〈少年遊〉繫詞 4 闋，其圖譜係就晏幾道「綠勾闌畔」一
詞而來，上下片各六句二韻二十六字。然晏幾道「雕梁燕去」與蘇軾
「去年相送」二詞，上片二十六字，下片二十五字而句式有異；張先
「碎霞浮動曉朦朧」一詞，上下片各二十五字。

其四、〈臨江仙〉繫詞 5 闋，其圖譜係就陳與義「憶昔午橋橋上
飲」一詞而來，上下片各五句三韻三十字。然晏幾道「鬥草階前初見」
及其餘諸詞與圖譜互有出入。

要之，謝天瑞稱「凡有一詞，即著一譜」，應指凡有一「調」，即
著一譜。《詩餘圖譜》每調之圖譜，以所繫之第一闋詞爲範式，其餘
詞篇多與圖譜不合。《詩餘圖譜·凡例》言「圖後錄一古名詞以爲式，
間有參差不同者，惟取其調之純者爲正，其不同者亦錄其詞於後，以
備參考」〔註 157〕。但《詩餘圖譜》並未明言何爲純調之依據？可見
此書於「同調之下尚有不同體式」之方面，仍未清楚分析。

綜上所述，觀《詩餘圖譜》所選晏幾道詞，集中於前三卷，而無
收錄長調作品，可見《詩餘圖譜》認爲晏幾道詞能用爲圖譜之例者，
當爲小令與中調部分。再者，《詩餘圖譜》於某些詞調之下僅繫一詞，
而大多於一調一譜之下，陳列數詞，閱讀者可藉以發現同調異體之問
題，而晏幾道詞亦存有此類情形。加之，有以晏幾道詞爲圖譜之準繩，

〔註 157〕 〔明〕張綖、謝天瑞：《詩餘圖譜·凡例》。見〔明〕張綖、謝天瑞：
《詩餘圖譜》（據北京圖書館藏明萬曆二十七年謝天瑞刻本影印），
《續修四庫全書》，冊 1735，頁 472。

有以晏幾道詞爲他例，其 6 闋中有 3 闋爲圖譜之依據，故《詩餘圖譜》對晏幾道詞之接受與傳播，自此而見。

（三）同調與異體：《文體明辨・詩餘》

《文體明辨》，徐師曾撰，凡八十四卷：正文六十一卷，卷首一卷，目錄六卷；附錄十四卷，附錄目錄二卷。全書歷時七十七年而成編，以吳訥《文章辨體》爲主，而加以損益；「所錄爲假文以辯體，非立體而選文」。〔註158〕徐師曾述作之意爲「明義理，抒性情，達意欲，應世用；上贊文治，中翼經傳，下綜藝林」。〔註159〕而「詩餘」部分，即「詞」，位於附錄卷三至卷十一，凡二十五類；其目錄位於附錄目錄卷之上。茲臚列「詩餘」二十五類如次：

詩餘一，歌行題；　　詩餘十四，宮室題；

詩餘二，令字題；　　詩餘十五，器用題；

詩餘三，慢字題；　　詩餘十六，花木題；

詩餘四，近字題；　　詩餘十七，珍寶題；

詩餘五；犯字題；　　詩餘十八，聲色題；

詩餘六，遍字題；　　詩餘十九，數目題；

詩餘七，兒字題；　　詩餘二十，通用題；

詩餘八，子字題；　　詩餘二十一，二字題；

詩餘九，天文題；　　詩餘二十二，三字題上中下；

詩餘十，地理題；　　詩餘二十三，四字題；

詩餘十一，時令題；　詩餘二十四，五字題；

詩餘十二，人物題；　詩餘二十五，七字題。

詩餘十三，人事題；

〔註158〕〔明〕徐師曾：〈文體明辨序〉。見〔明〕徐師曾：《文體明辨》（北京大學圖書館藏明萬曆建陽游榕銅活字印本），《四庫全書存目叢書》，冊 311，頁 360。

〔註159〕〔明〕徐師曾：〈文體明辨序〉。見〔明〕徐師曾：《文體明辨》（北京大學圖書館藏明萬曆建陽游榕銅活字印本），《四庫全書存目叢書》，冊 311，頁 360。

　　凡詞調之名稱各有其緣由，觀《文體明辨・詩餘》之目錄，係依詞調名稱而分類，然其分類之依據不統一。如一至六，依詞調之音樂性或曲調來源而編列；二十一至二十五，因難以分類而以詞調名稱之字數歸納；其餘多以首末二字分類。而「人物題」包含〈河瀆神〉、〈二郎神〉、〈鵲橋仙〉、〈臨江仙〉、〈瑞鶴仙〉、〈八拍蠻〉與〈菩薩蠻〉7調，據詞調之字面，「人物題」應以神、仙、佛為主體，然〈菩薩蠻〉之「菩薩」，並非指「菩薩」此人物，而是指唐朝蠻邦之樂隊〔註160〕；〈八拍蠻〉，「或即八拍之蠻歌」〔註161〕，此「八拍」亦非人物名。諸如此類，可見《文體明辨・詩餘》目錄之編次，仍有待商榷。

　　《文體明辨・詩餘》於「歌行體」前載有〈詩餘〉一文：

> 按詩餘者，古樂府之流別，而後世歌曲之濫觴也。……第作者既多，中間不無昧於音節，如蘇長公軾者，人猶以「鐵綽板唱〈大江東去〉」譏之，他復何言哉？由是詩餘復不行，而金元人始為套數。曲有南北二體，九宮三調，其去樂府，抑又遠矣。……要之，樂府、詩餘，同被管絃，特樂府以敫遙揚厲為工，詩餘以婉麗流暢為美，此其不同耳。然詩餘謂之填詞，則調有定格，字有定數，韻有定聲，至於句之長短，雖可損益，然亦不當率意而為之。譬諸醫家加減古方，不過，因其方而稍更之一或太過，則本方之意失矣，此《太和正音》及今圖譜之所為作也。然《正音》定擬四聲，失之拘泥；圖譜圈別黑白，又易謬誤。故今採諸調，直以平仄作譜，列之於前，而錄詞其後，若句有長短，復以各體別之。〔註162〕

〔註160〕唐・蘇鄂《杜陽雜編》云：「大中初，女蠻國入貢，危髻金冠，纓絡被體，號菩薩蠻隊，當時倡優遂製〈菩薩蠻〉曲，文士亦往往聲其詞。」見〔清〕王奕清等：《御定詞譜》，《景印文淵閣四庫全書》，冊1495，卷5，頁78。

〔註161〕〔清〕王奕清等：《御定詞譜》，《景印文淵閣四庫全書》，冊1495，卷1，頁22。

〔註162〕〔明〕徐師曾：〈詩餘〉。見〔明〕徐師曾：《文體明辨》（北京大學圖書館藏明萬曆建陽游榕銅活字印本），《四庫全書存目叢書》，冊

此文之重點有四：

其一、「詞」爲「古樂府之流別」。而《文體明辨》將「詩餘」部分編列於詩體之後，得見其源流。〔註163〕此與晏幾道之詞學觀念相合。

其二、強調詞以「婉麗流暢爲美」。此承襲《詩餘圖譜》之觀點，並凸出徐師曾之詞學觀點——以婉約爲正統。詞雖有婉約與豪放之別，「各因其質，而詞貴感人，要當以婉約爲正。否則，雖極精工，終乖本色，非有識之所取也」〔註164〕。而其所收晏幾道詞，亦符合此選錄標準。

其三、仄聲可分上、去、入三聲，而《太和正音譜》詳註之，可謂區分過細；圖譜形式，閱覽者須視圖而加以轉換平仄用法，容易出現偏差，故《文體明辨・詩餘》採取直接標明平仄之方式，以便讀者閱覽，並增加準確度。

其四、「若句有長短，復以各體別之」，此作法較《詞學筌蹄》與《詩餘圖譜》進步，既詳別「同調異體」，亦使「詞譜」之功能名副其實。

而《文體明辨》書成後，沈芬、沈騏加以刪減而另集爲《詩體明辯》二十六卷，題徐師曾纂，沈芬、沈騏同箋。全書目錄分列於各卷之前，而「詩餘」部分，即「詞」位於第十七卷至二十六卷，目錄與《文體明辨・詩餘》無異，然其一體之下僅列一詞，不似《文體明辨・

311，頁 545。

〔註163〕　〔明〕沈騏〈詩體明辯序〉：「若夫詩餘之體，肇于李白，盛于晚唐，然晚唐之詩不及其詞，亦各有其嫩也。宋興，其風彌盛，周美成、柳永、秦觀、張先諸人，皆以豔婉爲調；蘇軾特以豪曠見雄，亦詩餘之變格，才人之極致矣。而宋竟以此稱一代之制。此原集所以系詞于詩後也，爲之約略其源流如此。」見〔明〕徐師曾纂，沈芬、沈騏同箋：《詩體明辯・詩餘》（據中央圖書館藏明崇禎庚辰嘉興沈氏原刊本影印）（台北：廣文書局，1972 年 4 月），頁 27～29。

〔註164〕　〔明〕徐師曾：〈文體明辨序〉。見〔明〕徐師曾：《文體明辨》（北京大學圖書館藏明萬曆建陽游榕銅活字印本），《四庫全書存目叢書》，冊 311，頁 545。

詩餘》一體之下或有多詞以作例證。

此外,《詩體明辯‧詩餘》不僅具備「詞譜」功能,亦屬「評點詞選」之一員。書中以「。」或「、」之符號於右側圈選重要詞句,以凸顯精彩處,而以「眉批」形式爲其選詞作注。《詩體明辯‧詩餘》此編排方式,可謂集「詞譜」、「詞選」、「詞論」三功能於一身;既具備填詞之便利性,能知曉婉約詞之佳作,亦可明白其選詞之內容或字句意義。

茲就《文體明辨‧詩餘》所收晏幾道詞之詞調爲例(誤收詞除外),以瞭解《文體明辨‧詩餘》內容之編次。試析如次:

其一、〈解佩令〉,於詞調名之下,以小字標注「雙調○中調」:

仄可平平平仄四字句平可平平仄仄四字句平可仄平平可仄平可仄可平平平仄韻字八句仄可平仄平平四字句仄可平仄可平仄平可仄平平仄叶字七句仄可平平平仄平平仄叶字七句○後段同唯第三句作七字

詞宮詞

玉階秋感,年華暗去。掩深宮團扇無情緒。記得當時,自剪下機中輕素。點丹青畫成秦女。　　涼襟猶在,朱絃當作顏未改,忍霜紈飄零何處。自古悲涼,是情事輕如雲雨。倚么絃恨長難訴。〔註165〕

此譜僅繫晏幾道詞一闋。《文體明辨‧詩餘》對部分選詞標注題目,而晏幾道此詞被視作「宮詞」。然此調之譜式與《詩餘圖譜》有異:一爲上片第二句第一字,《詩餘圖譜》作「仄」聲;二爲上片第三句,《詩餘圖譜》作「七字仄韻起」,其句爲「掩深宮團扇無緒」;三爲上片第五句第二字,《詩餘圖譜》作「平而可仄」;四爲上片第六句第一字,《詩餘圖譜》作「仄」聲。

其二、〈生查子〉,於詞調名之下,以小字標注「凡四體並雙調○小令○與醉花間相近」。第一體以魏承班「煙雨晚晴天」一詞爲例,

〔註165〕此處所引晏詞爲《文體明辨‧詩餘》之版本。以下關於《文體明辨‧詩餘》譜式問題,所引之宋詞,皆爲《文體明辨‧詩餘》之版本。

仄聲韻，而晏幾道「金鞍美少年」與辛棄疾「昨宵醉裡行」二詞爲又例；又二詞之詞題分別爲「春恨」與「山行寄楊民瞻」。第二體以牛希濟「春山煙欲收」一詞爲例，仄聲韻，而孫光憲「金井墮高梧」爲又例；第三體以孫光憲「暖日策花驄」一詞爲例，仄聲韻；第四體以張泌「相見稀」一詞爲例，仄聲韻。

　　其三、〈臨江仙〉，於詞調名之下，以小字標注「凡七體並雙調」。第一至四體爲「小令」；第五至七體爲「中調」。而第四體以晏幾道「鬭草階前初見」爲例，平聲韻，有詞題作「憶舊」。按：第七體「東野亡來無麗句」一詞，《文體明辨‧詩餘》題名爲「晏殊」。

　　其四、〈鷓鴣天〉，於詞調名之下，以小字標注「雙調○小令」。此調繫詞二闋，以秦觀「枝上小鶯和淚聞」一詞爲例，平聲韻，詞題「春閨」，而晏幾道「綵袖慇懃捧玉鍾」一詞爲又例。

　　其五、〈秋蕊香〉繫晏詞「池苑清陰欲就」一闋，於詞調名之下，以小字標注「雙調○小令」。然此調之譜式與《詩餘圖譜》有異：一爲上片第二句第五字，《文體明辨‧詩餘》作「平」聲，而《詩餘圖譜》作「平而可仄」；二爲下片第一句第一字，《文體明辨‧詩餘》作「平而可仄」，而《詩餘圖譜》作「平」聲；三爲下片第三句第一字、第三字與第五字，《文體明辨‧詩餘》作「仄而可平」，而《詩餘圖譜》作「平而可仄」；四爲下片第四句第三字，《文體明辨‧詩餘》作「平而可仄」，而《詩餘圖譜》作「仄而可平」。

　　其六、〈少年遊〉，於詞調名之下，以小字標注「凡四體並雙調○小令」。第一體以林□□「霽霞散曉月猶明」爲例，平聲韻，而張先「碎霞浮動曉朦朧」爲又例；第二體以蘇軾「去年相送」爲例，平聲韻；第三體與第四體以晏幾道詞爲例，如下所示：

第三體

前段與第二體同○平可仄平仄可平仄_{四字句}平平仄仄_{四字句}平可仄仄平平叶_{字五句}仄平平可仄仄平平叶_{字七句}平可仄仄平平平叶_{字五句}

詞

雕梁燕去，裁詩寄遠，庭院舊風流。黃花醉了，碧梧題罷，閒臥對高秋。　　繁雲破後，分明素月，涼影掛金鈎。有人凝澹倚西樓，新樣兩眉愁。

第四體

前段與第二體同○後段同

詞

綠句欄畔，黃昏淡月，攜手對殘紅。紗窗影重，朦朧春睡，繁杏小屏風。　　須愁別後，天高海闊，何處更相逢。幸有花前，一杯芳酒，歸計莫匆匆。

要言之，《文體明辨·詩餘》所錄三百二十餘調，改進曩昔詞譜之缺失，並重申婉約詞之地位；尤以明析「同調異體」之情況貢獻卓著。因一體一譜，遂使閱讀者更加明白同一詞調之下可能有不同體例，並觀察或仿效詞篇之聲情，以收「按譜填詞，自道其意中事」〔註166〕之效。而此亦凸顯晏幾道詞於同一詞調喜填數體之情形。

（四）因襲與啟後：《嘯餘譜·詩餘譜》

《嘯餘譜》十一卷，程明善撰。除總目外，每卷亦分列目錄；全書總目：卷一，嘯旨、聲音數、律呂、樂府原題；卷二至卷三，詩餘譜一至十九；卷四，詩餘譜二十至二十四、致語；卷五，北曲譜；卷六，中原音韻、務頭；卷七至卷九，南曲譜；卷十，中州音韻；卷十一，切韻。

據程明善〈嘯餘譜序〉云：

人有嘯而後有聲，有聲而後有律，有樂流而爲樂府，爲詞曲，皆其聲之緒餘也。……故集若干卷，首嘯旨，次聲音數，次律呂，次樂府，次詩餘、致語、南北曲，而終之以切韻，名曰《嘯餘譜》。〔註167〕

〔註166〕〔明〕周瑛：〈詞學筌蹄序〉。見〔明〕周瑛：《詞學筌蹄》（據上海圖書館藏清初抄本影印），《續修四庫全書》，冊1735，頁392。

〔註167〕〔明〕程明善：〈嘯餘譜序〉。見〔明〕程明善：《嘯餘譜》（據明萬

又程明善《嘯餘譜・凡例》云：

> 今之詩餘，即古之樂府也。詩餘興而樂府亡矣。今之詩餘，
> 尚不合度，況樂府耶？僅按譜填詞，以俟世之有意於樂府
> 者。〔註168〕

由上列二文可知，程明善將「詞」與「樂府」視作同一體系，悉爲音
樂性強烈之文體。因「見天地之精氣嘯散於風，而人心彙天地之精氣
嘯散於韻」〔註169〕，遂「彙古來韻致若干卷，而總題其編曰『嘯餘』」。
〔註170〕更且樂律漸失，感慨時人詞作猶非合度，故編纂「詩餘譜」
以便於按譜填詞。

　　觀「詩餘譜」部分，幾乎襲自《文體明辨・詩餘》一書。二書之
目錄形式、排列順序、所收之詞調與體式相同，差異最大之處乃內容
編次部分，《文體明辨・詩餘》先載詞調，次列譜式，而繫詞於後；《嘯
餘譜・詩餘》亦先載詞調，而「譜詞合一」，於字下註明平仄、字句
與韻腳。

　　《嘯餘譜・凡例》有云：「詞只論平仄，故有可平可仄；曲有四聲，
不暇論；南曲間有之，亦以人之不能拘也。但以合譜者爲佳，平作｜，
上作卜，去作厶，入聲貼入平聲者乍……。」〔註171〕故知《嘯餘譜・
詩餘譜》改良前作，認爲「譜詞合一」之形式較佳。而凡遇下片與上片
譜式相同者，皆於詞調名或體式之下，以小字標注「後段同」。

　　茲以《嘯餘譜・詩餘譜》所收晏幾道詞之詞調爲例（誤收詞除外），
以明《嘯餘譜・詩餘譜》之體例與對晏幾道詞之接受情形，如下所示：

　　　　　　曆刻本影印），《續修四庫全書》，冊1736，頁1。
〔註168〕〔明〕程明善：《嘯餘譜・凡例》。見〔明〕程明善：《嘯餘譜》（據
　　　　　明萬曆刻本影印），《續修四庫全書》，冊1736，頁6。
〔註169〕〔明〕馬鳴廷：〈題嘯餘譜序〉。見〔明〕程明善：《嘯餘譜》（據明
　　　　　萬曆刻本影印），《續修四庫全書》，冊1736，頁3。
〔註170〕〔明〕馬鳴廷：〈題嘯餘譜序〉。見〔明〕程明善：《嘯餘譜》（據明
　　　　　萬曆刻本影印），《續修四庫全書》，冊1736，頁3。
〔註171〕〔明〕程明善：《嘯餘譜・凡例》。見〔明〕程明善：《嘯餘譜》（據
　　　　　明萬曆刻本影印），《續修四庫全書》，冊1736，頁7。

其一、〈解佩令〉，於詞調名之下，以小字標注「雙調○中調○宮詞○後段同唯第三句作七字」：

玉可平階秋感_{四字句}年可仄堇暗去_{四字句}。掩可仄深宮可仄團可仄扇可平無情緒_{韻字八句}記可平得當時_{四字句}自可平剪可平下機可仄中輕素_{叶字七句}點可平丹青畫成秦女_{叶字七句}○涼襟猶在朱絃當作顏未改忍霜紈飄零何處自古悲涼是情事輕如雲雨倚么絃恨長難訴。〔註172〕

此調僅晏幾道「玉階秋感」一體，而詞題為「宮詞」。

其二、〈生查子〉，於詞調名之下，以小字標注「凡四體並雙調○小令○與醉花間相近」。第一體以魏承班「煙雨晚晴天」一詞合譜，仄聲韻，而晏幾道「金鞍美少年」與辛棄疾「昨夜醉裡行」二詞為又例，然無譜，僅列詞作；又二詞之詞題分別為「春恨」與「山行寄楊民瞻」。第二體以牛希濟「春山煙欲收」一詞合譜，仄聲韻，而孫光憲「金井墮高梧」為又例；第三體以孫光憲「暖日策花驄」一詞合譜，仄聲韻；第四體以張泌「相見稀」一詞合譜，仄聲韻。

其三、〈鷓鴣天〉，於詞調名之下，以小字標注「春閨○雙調○小令○前段即七言絕句首句末用平韻」。其譜式及所繫之詞與《文體明辨・詩餘》同。

其四、〈臨江仙〉，於詞調名之下，以小字標注「凡七體並雙調」。其譜式及所繫之詞與《文體明辨・詩餘》同。

其五、〈秋蕊香〉，僅晏幾道「池苑清陰欲就」一體；於詞調名之下，以小字標注「雙調○小令」。其譜式及所繫之詞與《文體明辨・詩餘》同。

其六、〈少年遊〉，於詞調名之下，以小字標注「凡四體並雙調○小令○後段同唯首句末用仄字不叶韻」。其譜式及所繫之詞與《文體明辨・詩餘》同，唯第一體之作者名，詳細標出「林少瞻」。

〔註172〕此處所引晏詞為《嘯餘譜・詩餘譜》之版本。以下關於《嘯餘譜・詩餘譜》譜式問題，所引之宋詞，皆為《嘯餘譜・詩餘譜》之版本。

　　要之，《嘯餘譜‧詩餘譜》之特色在於「譜詞合一」，然而「於可平可仄，俱逐字分註，分句處亦然，詞章既遭割裂之病，覽觀亦有斷續之嫌。」〔註173〕雖然詞譜為填詞之工具書，首重其格律，但是聲情並茂，結構嚴謹之詞篇方為上者，非僅以「按譜填詞」即可立收辭情爛然之效。而據田同之《西圃詞說》云：

　　　　宋元人所撰詞譜流傳者少。自國初至康熙十年前，填詞家
　　　　多沿明人，遵守《嘯餘譜》一書。詞句雖勝於前，而音律
　　　　不協，即衍波亦不免矣，此《詞律》之所由作也。〔註174〕

徐師曾《文體明辨》流傳程度不如《嘯餘譜》，眾人提及詞譜，多稱《嘯餘譜》，似不明《嘯餘譜‧詩餘譜》乃襲自《文體明辯‧詩餘譜》。《嘯餘譜》一書影響廣遠，並於明末清初肩負詞壇工具書之重責，並開啟清代詞譜之發展。若就《嘯餘譜‧詩餘譜》所收晏幾道詞而言，此「譜詞合一」之形式，多少阻礙閱讀者對晏幾道詞之審美欣賞。

　　要言之，「詞譜」為明代詞壇之奇葩。不論其形式編排與內容準確度是否精細合宜，主要貢獻乃在於整理唐五代以來之詞調類別與格式，從而促進清代詞譜之發展，為後人留下填詞之範式。

　　而詞譜於接受史上之價值，體現於詞譜屬於「詞選」之一環，當為「譜體詞選」。〔註175〕以晏幾道詞而言，〈解佩令〉（玉階秋感）、〈秋蕊香〉（池苑清陰欲就）、〈臨江仙〉（鬥草階前初見）、〈少年遊〉（雕梁燕去）與〈少年遊〉（綠勾闌畔）五闋，被選為詞譜中之「正體」。詞譜之作者展現其對晏幾道詞欣賞之一面，而讀者於填詞之同時，亦對晏幾道詞有相當程度之熟識。是以詞譜之發展，為晏幾道《小山詞》增添不少精彩扉頁。

〔註173〕〔清〕萬樹：《詞律‧發凡》。見《景印文淵閣四庫全書》，冊1496，頁58。

〔註174〕〔清〕田同之：《西圃詞說》。見唐圭璋編：《詞話叢編》，冊5，頁1473。

〔註175〕蕭鵬：《群體的選擇──唐宋人選詞與詞選通論》（台北：文津出版社，1991年11月），頁244。

第五節　文本接受後之創作成果：和韻作品

本節係自明人詞作尋找《小山詞》之影響力，並從中探察明代接受《小山詞》之面向。

檢索《全明詞》〔註176〕與《全明詞補編》〔註177〕，明人對《小山詞》接受後之創作成果悉爲和韻作品，計有魏俌、王屋、彭孫貽與沈謙4人，共5闋。茲分述如下：

一、魏　俌

魏俌，字達卿，一字雲松安子。生卒年不詳，明成化二十二年（1486）貢士。

所和之詞爲〈點絳唇·江陰徐惟聲求余次韻晏叔原古作〉一闋，茲錄如下：

> 幾樹殘香，情人不見愁難掃。海棠開了。曉雨濛濛小。　　煙柳鶯聲，婉轉傷春調。音書少。誰消懷抱。白髮催人老。（《全明詞》，冊2，頁388）

此詞之韻腳爲「掃、了、小、調、少、抱、老」。詞題云「次韻」，是知此詞乃依晏詞之韻腳，而次第不變。

今觀《小山詞》，晏幾道〈點絳唇〉諸作之韻腳並無與魏詞相合者。而《詞學筌蹄》有〈點絳唇〉（鶯踏花飜）一詞，署名晏幾道，全詞爲：

> 鶯踏花飜，亂紅堆徑無人掃。杜鵑來了。梅子枝頭小。　　撥盡琵琶，總是相思調。知音少。暗傷懷抱。門掩青春老。〔註178〕

〔註176〕 饒宗頤初纂，張璋總纂：《全明詞》（北京：中華書局，2004年1月）。本論文所引明詞皆依據此書或《全明詞補編》，逕將冊數與頁碼標於引詞之後，不再一一附注。

〔註177〕 周明初、葉曄編：《全明詞補編》（杭州：浙江大學出版社，2007年1月）。

〔註178〕 〔明〕周瑛：《詞學筌蹄》（據上海圖書館藏清初抄本影印）。見《續修四庫全書》，冊1735，卷5，頁431。

宋明詞選與詞譜，將此詞歸爲晏幾道詞者，僅《詞學筌蹄》一書。而溯源自何士信《增修箋註妙選群英草堂詩餘》，此詞見於前集，卷下，並無題作者姓名；加之，吳訥《唐宋元明百家詞・小山詞》〔註 179〕與毛晉《宋名家詞・小山詞》〔註 180〕亦無收〈點絳唇〉（鶯踏花翻）一詞，故視《詞學筌蹄》爲誤題。

〈點絳唇〉（鶯踏花翻）一詞韻腳爲「掃、了、小、調、少、抱、老」，符合魏詞「次韻」之條件。魏儕似見《詞學筌蹄》後，爲之和作。

二、王　屋

王屋（1595～？），初名晼，字孝峙，又字蕙囊、鮮民、無名。

所和之詞爲〈鷓鴣天・和小山韻〉與〈兩同心・頃讀黃、柳作，既各和之。茲復和小晏作一闋，用俚語成篇，差爲小異，亦平調〉二闋。試析如次：

（一）〈鷓鴣天・和小山韻〉

見說新來小字工，頻將麗句寫幽悰。牋開柿葉層層綠，墨灑桃花片片紅。　　窗窈宨，蝶玲瓏。燕飛飛處雨融融。衝簾報有微香入，爲道簷鼺昨夜東。（《全明詞》，冊 4，頁 1645）

此詞之韻腳爲「工、悰、紅、瓏、融、東」，屬戈載《詞林正韻》第一部平聲韻。

檢索《小山詞》，韻部與王詞相同者有二：

其一、

曉日迎長歲歲同，太平簫鼓間歌鐘。雲高未有前村雪，梅小初開昨夜風。　　羅幕翠，綿筵紅，釵頭羅勝寫宜冬。從今屈指春期近，莫使金尊對月空。（《全宋詞》，冊 1，頁 292）

〔註 179〕〔明〕吳訥：《唐宋元明百家詞》（台北：廣文書局，1971 年 5 月），冊 2。

〔註 180〕〔明〕毛晉：《宋名家詞》（中國人民大學圖書館藏明崇禎毛氏汲古閣刻本），《四庫全書存目叢書》，冊 422。

此詞之韻腳爲「同、鐘、風、紅、冬、空」，屬第一部平聲韻。

其二、

> 彩袖殷勤捧玉鍾。當年拚卻醉顏紅。舞低楊柳樓心月，歌
> 盡桃花扇影風。　　從別後，憶相逢。幾回魂夢與君同。
> 今宵剩把銀釭照，猶恐相逢是夢中。(《全宋詞》，冊1，頁290)

此詞之韻腳爲「鍾、紅、風、逢、同、中」，屬第一部平聲韻。

蓋王詞與晏詞韻腳互有出入，而韻部相同，故屬「和韻」中之「依韻」。

（二）〈兩同心・頃讀黃、柳作，既各和之。茲復和小晏作一闋，用俚語成篇，差爲小異，亦平調〉：

> 儂唱蓮歌。郎唱菱歌。雖則共、水村長養，不曾慣、江上
> 風波。急迴橈，郎住塘坳，儂住林阿。　　潮平竝泛如梭。
> 轉箇陂陀。恰小妹、提筐索藕，正情哥、挽棹求荷。指西
> 頭，落日教看，來日晴多。(《全明詞》，冊4，頁1668)

此詞韻腳爲「歌、歌、波、阿、梭、陀、荷、多」，屬第九部平聲韻。

而晏幾道〈兩同心〉僅一闋：

> 楚鄉春晚，似入仙源。拾翠處、閒隨流水，踏青路、暗惹
> 香塵。心心在，柳外青簾，花下朱門。　　對景且醉芳尊。
> 莫話消魂。好意思、曾同明月，惡滋味、最是黃昏。相思
> 處，一紙紅箋，無限啼痕。(《全宋詞》，冊1，頁319)

此詞韻腳「塵、門、尊、魂、昏、痕」爲第六部平聲韻；「源」爲第七部平聲韻。

〈兩同心〉有仄韻與平韻兩調，仄韻創自柳永「佇立東風」一詞；又王屋詞題云「頃讀黃、柳作，既各和之」，應指仄韻調。而平韻創自晏幾道「楚鄉春晚」一詞；亦可分爲「上片起句用韻或不用韻」。王詞當屬「上片起句用韻」，韻腳八字；晏詞屬「上片起句不用韻」，韻腳七字。

王詞與晏詞之韻腳無一字相同，韻部亦有別，故知王屋所作，並未符合「和韻」中「依韻」、「次韻」、「用韻」之任一條件。又觀二詞

內容，雖皆爲男女戀情，然王詞歡快，晏詞傷懷；王詞且以俚語成篇，晏詞則用語淡雅。是以王詞亦無「仿擬」內容之現象；雖然，晏、王所作皆改屬「平聲韻」，且字數、句式悉同，故在體製上，或亦可視爲王屋仿晏幾道之作品也。

三、彭孫貽〔註181〕

彭孫貽，字仲謀，一字羿仁（《全清詞・順康卷》作「號羿仁」），鄉人私謚「孝介」。生卒年不詳（《全清詞・順康卷》作「生於明萬曆43年（1615），卒於清康熙初」），約明崇禎十年（1637）前後在世，明選貢生。

所和之詞爲〈六么令・和小晏春情〉一闋，茲錄如下：

> 春心無鎖，飛夢出樓閣。東飛西飛難定，輕薄絮相學。悄被流鶯喚住，半晌無人覺。落花三匝。滿地殘英，細數花鬚幾纖掐。　　小樣鶯箋寫恨，鄭重邀郎答。幾度臨發重開，紙尾還添押。憶別櫻桃花下，春去無多霎。流乾銀蠟。相思織寄，認取嘔絹舊衫角。（《全明詞》，冊4，頁1718）

此詞韻腳「閣、匝、掐、答、押、霎、蠟」爲第十九部入聲韻；「學、覺、角」爲第十六部入聲韻。據其詞題與韻腳，係和自晏幾道〈六么令〉（綠陰春盡）一詞，茲錄如下：

> 綠陰春盡，飛絮繞香閣。晚來翠眉宮樣，巧把遠山學。一寸狂心未說，已向橫波覺。畫簾遮匝。新翻曲妙，暗許閒人帶偷掐。　　前度書多隱語，意淺愁難答。昨夜詩有回紋，韻險還慵押。都待笙歌散了，記取留時霎。不消紅蠟。閒雲歸後，月在庭花舊闌角。（《全宋詞》，冊1，頁311）

因彭詞之韻腳與晏詞相同，而次第不變，故屬「和韻」中之「次韻」。

〔註181〕復見於南京大學中國語言文學系《全清詞》編纂研究室編：《全清詞・順康卷》（北京：中華書局，2002年5月），冊2。《全明詞》云彭孫貽於明亡後杜門奉母，終身不仕；《全清詞・順康卷》云彭孫貽於甲乙之際，父死難贛州，求遺骸不得，歸益發憤著書，清靜自守。故依其心態而歸爲「明人」。

四、沈　謙

沈謙（1620～1670），字去矜，號東江。

所和之詞爲〈六么令・次晏叔原韻〉一闋，茲錄如下：

> 隔簾疏雨，又被晚雲閣。病餘轉添腰細，羞把柳枝學。此
> 恨都無人曉，花底鸚哥覺。粉箋香匣。新詞在手，記取紅
> 么指尖搯。　　少蜂愁蝶怨，縷縷難酬答。多少水遠山長，
> 密密重簽押。似恁淒涼況味，端爲風流雲。月如銀蠟，卻
> 曾照過，私語喁喁畫樓角。（《全明詞》，冊5，頁2647）

此詞韻腳「閣、匣、搯、答、押、雲、蠟」爲第十九部入聲韻；「學、
覺、角」爲第十六部入聲韻。據其詞題與韻腳，係和自晏幾道〈六么
令〉（綠陰春盡）一詞，因韻腳與晏詞相同，且而次第不變，屬「和
韻」中之「次韻」。

要之，明人閱讀《小山詞》接受後之創作成果稀少，又有和《小
山詞》中未見之作品，可見《小山詞》於明代文人創作接受之地位，
未盡凸顯。

本章旨在探究明代對《小山詞》之接受情形，由「期待視野」部
分，得見明人之先天經驗與後在環境。因社經背景而使宋元善本、刻
本成爲收藏之珍稀物品；文學上之復古潮流，使詞壇上呈現以唐五代
詞與北宋詞爲宗之現象，如《類編草堂詩餘》與《花草稡編》，爲崇
拜《草堂詩餘》與《花間集》之產物。據《接受美學與接受理論》云：

> 一種過去文學的復歸，僅僅取決於新的接受是否恢復其現
> 實性，取決於一種變化了的審美態度是否願意轉回去對過
> 去作品再予欣賞，或者文學演變的一個新階段出乎意料地
> 把一束光投到被遺忘的文學上，使人們從過去沒有留心的
> 文學中找到某些東西。〔註182〕

「明詞」於詞史上地位不高，然明人將詞體溯源自《詩經》，可謂對
詞體相當尊崇。而明代於小說、戲曲興盛之際，尚有許多人將目光回

〔註182〕〔聯邦德國〕H.R.姚斯、〔美〕R.C.霍拉勃著，周寧、金元浦譯：《接
　　　　受美學與接受理論》，頁44。

歸唐宋詞，並進行編選與探討，從而產生多樣之詞選與詞譜專集。

　　於視野交融之下，明代產生之「詞論」不多，卻能增添《小山詞》接受史之內容。而「詞選」方面，明編詞選數量眾多，據王兆鵬《詞學史料學》所載，僅通代詞選即有 11 本〔註183〕，宋編詞選可謂遙不可及。就諸本選錄之晏幾道詞而言，明人之審美視角延伸至晏幾道「長調」作品，可見明人注意到《小山詞》中鮮未宋人所重之部分。又此「長調」之審美視角，亦為時人所接受，並進行再創作，如〈六么令〉（綠陰春盡）一詞為彭孫貽與沈謙所賞識，而進行「次韻」之創作。

　　要言之，明代對《小山詞》批評、傳播之接受成果清晰可見；創作之接受則略嫌不足。下章將視野移向清代，透析時空變遷下《小山詞》之影響力。

〔註183〕王兆鵬：《詞學史料學》，頁 343～351。

第四章　清代對《小山詞》之接受

　　晚唐五代文人以餘力填詞，而溫庭筠為首位致力於詞之作家，發展至清代，約八百年；其中歷經金、元、明詞之延續，逮清代，為先哲成就作一總括，並替清詞開創新風貌。

　　陳廷焯云：「復古之功，興於茗柯。必也，成於蒿庵乎。」〔註1〕蔣兆蘭言：「獨至詩餘一名，以《草堂詩餘》為最著，而誤人為最深。……既以詞為穢墟，寄其餘興，宜其去風雅日遠，愈久而彌左也。此有明一代詞學之蔽，成此者，升庵、鳳洲諸公，而致此者，實詩餘二字有以誤之也。今宜亟正其名曰『詞』，萬不可以詩餘二字自文淺陋，希圖卸責。」〔註2〕是知清代對推尊詞體相當重視。此尊體運動對於晏幾道《小山詞》之接受有何影響？又清代詞壇之批評論著，詞集總數與詞作量相當豐碩，其中有關晏幾道《小山詞》之資料亦稱富贍。是以本章針對清代有關《小山詞》之資料進行析論，期能窺知《小山詞》於清代之價值，以及瞭解清代對《小山詞》之接受成果。

第一節　期待視野：時代背景與詞學潮流

　　自先秦以迄清代，每一時代之期待視野悉與前朝之歷史經驗交

〔註1〕　〔清〕陳廷焯：《白雨齋詞話》。見唐圭璋編：《詞話叢編》，冊4，卷5，頁3877。
〔註2〕　蔣兆蘭：《詞說》。見唐圭璋編：《詞話叢編》，冊5，頁4631。

融，藉由時人之閱讀經驗與生活實踐而創造有別於前朝之期待視野。
而瞭解清代之期待視野，能與晏幾道《小山詞》在清代之接受情形作
一聯繫。茲分述如次：

一、時代背景

清代三百年，學術多方發展，茲就影響詞壇甚鉅者進行簡要論
述，如次：

（一）考據盛行

梁啓超《清代學術概論》云：「綜觀二百餘年之學史，其影響及
於全思想界者，一言蔽之，曰：『以復古爲解放』。……第三步，復西
漢之右，對於許、鄭而得解放。」〔註3〕此第三步即「考據之學」，因
盛行於清高宗乾隆（1735～1795）與清仁宗嘉慶（1796～1820）年間，
故又稱「乾嘉之學」。

明末清初顧炎武與閻若璩等人之治學精神爲清代考據學奠定根
基。顧炎武云：

> 聞之先人，自嘉靖以前，書之鋟本雖不精工，而其所不能
> 通之處，注之曰疑。今之鋟本加精，而疑者不復注，且徑
> 改之矣。以甚精之刻，而行其徑改之文，無怪乎舊本之日
> 微，而新說之愈鑿也。故愚以爲讀九經自考文始，考文自
> 知音始，以至諸子百家之書，亦莫不然。〔註4〕

顧炎武認爲刻印技術雖愈趨精細，然不通音韻訓詁，或自以爲是之人
常妄改前人著作，致使古籍錯訛日趨增多；而賴於傳播之助，古籍漸
失原貌。至於閻若璩，「以近代理明義精之學，用漢儒博物考古之功」，
〔註5〕對古籍進行整理、考辨。嗣後乾嘉學者承繼疑古辨僞之風氣，

〔註3〕 梁啓超：《清代學術概論》（台北：啓業書局，1972 年 12 月），頁 12。
〔註4〕 〔清〕顧炎武：《顧亭林詩文集・答李子德書》（台北：漢京文化事
業有限公司，1984 年 3 月），卷 4，頁 73。
〔註5〕 〔清〕閻若璩：《潛邱箚記》。見《清代學術筆記叢刊》（北京：學苑
出版社，2005 年），冊 5，卷 1，頁 42。

秉持「修學好古，實事求是」〔註6〕之態度，利用小學、歸納古書通例、以經解經等研究方法，使考據之學臻於巔峰。如惠棟重師法，明源流，擺脫後人附會之說，以求近古；又如戴震與錢大昕爲聲韻學大家，而戴震旁及天算與地理學，錢大昕則於目錄、版本、譜牒之考訂貢獻昭然。

　　考據學者對古文獻之整理、校勘，使先秦兩漢諸集得以保存與重現；而承上之餘，亦啟清中後期之學術文化。阮元成立編纂機構，刊行大型書籍，如《十三經注疏校勘記》、《皇清經解》等，既對乾嘉學術作一總結，亦傳播學術文化。

　　考據學雖以治經始，然其影響範圍廣大，不獨經書，史、子、集部之書皆可運用此方法而考核辨正，詮釋其義。而詞壇亦受考據之風影響，詞譜、詞韻之編纂即顯著之例。據〈御定詞譜提要〉云：

> 今之詞譜，皆取唐、宋舊詞，以調名相同者互校，以求其
> 句法字數；取句法字數相同者互校，以求其平仄。其句法
> 字數有異同者，則據而注爲又一體。其平仄有異同者，則
> 據而注爲可平可仄。自《嘯餘譜》以下，皆以此法推究。
> 得其崖略，定爲科律而已。然見聞未博，考證未精，又或
> 參以臆斷無稽之說，往往不合於古法。〔註7〕

由此可見詞譜考證之法，而詞譜後出轉精亦是援用考據之法而得之成果。至於詞譜與詞韻之相關著作，以詞譜而言，有舒夢蘭《白香詞譜》，清高宗乾隆三十一年（1766）刻本；陳栩、陳小蝶《考證白香詞譜》，清仁宗嘉慶十三年（1808）小酉山房刻本；許寶善《詞譜》，清高宗乾隆三十七年（1772）朱墨套印本等。詞韻方面則有吳寧《榕園詞韻》，清高宗乾隆四十九年（1784）多青山館刻本；王訥輯、陳祖耀校正《晚翠軒詞韻》，清仁宗嘉慶十三年（1808）小酉山房刻本。而清宣宗道

〔註6〕　〔漢〕班固等：《漢書·河間獻王德傳》。見《景印文淵閣四庫全書》，冊250，卷53，頁296。

〔註7〕　〔清〕紀昀等：〈御定詞譜提要〉。見《景印文淵閣四庫全書》，冊1495，頁2～3。

光（1820～1850）年間，詞譜、詞韻出版數量亦相當豐富。〔註8〕

（二）《四庫》問世

清高宗乾隆三十八年（1773）設立「四庫全書館」，負責《四庫全書》之編纂；以愛新覺羅永瑢爲主要負責人，召集總纂官紀昀、陸錫熊、孫士毅等修訂，而參與纂修之人員爲數眾多，可謂傾心竭力。蓋《四庫全書》依清廷藏書，自明編《永樂大典》輯出善本，從坊肆徵書，經民間獻書，整理分類而成經、史、子、集四部，凡 44 類；歷時九年成編，分「著錄書」與「存目書」，而「存目書」不收全書，僅摘錄部分內容。誠如梁啓超所言：「吾輩尤有一事當感謝清儒者，曰輯佚。書籍經久，必漸散亡，取各史藝文經籍等志，校其存佚易見也；膚蕪之作，存亡固無足輕重；名著失墮，則國民之遺產損焉。」〔註9〕《四庫全書》大體保存先秦至清乾隆初期之文獻資料，爲清人及後人提供豐富圖書資源與研究題材。

而《四庫全書》編修過程與考據學相互影響，因大量書籍再現，使戴震、周永年等入館修書之人得以目睹珍異書籍而進行考證；又因詳加校訂，使《四庫全書》具備相當精確性。《四庫全書》之缺失在所難免，然其中注語與辯證，頗具參考價值。據《纂修四庫全書檔案》記載，「每書必校其得失，撮舉大旨，敘於本書卷首之處」〔註10〕，是知《四庫全書》所收之書悉有一簡明提要，既爲總評之用，亦便於讀者提綱挈領。

而清高宗「令承辦各員將書中要旨隱括，總敘崖略」〔註11〕，「另編目錄一書，具載部分卷數、撰人姓名，垂示永久」〔註12〕。據《四

〔註8〕 王兆鵬：《詞學史料學》，頁 12～24。
〔註9〕 梁啓超：《清代學術概論》（台北：啓業書局，1972 年 12 月），頁 98～99。
〔註10〕 中國第一歷史檔案館編：《纂修四庫全書檔案》（上海：上海古籍出版社，1997 年 7 月），冊上，頁 55。
〔註11〕 中國第一歷史檔案館編：《纂修四庫全書檔案》，冊上，頁 56。
〔註12〕 中國第一歷史檔案館編：《纂修四庫全書檔案》，冊上，頁 54。

庫全書總目提要》，可知全書分類體系爲「部——類——屬」，而與詞學相關者，爲「集部——詞曲類——詞集」。《四庫全書總目提要》之「詞曲類」位於集部第一百九十八至二百卷，其下包含別集、總集、詞話、詞譜與詞韻五類，是以進行詞學相關研究時，《四庫全書總目提要》可爲參酌之用。更且〈集部總敘〉云：

> 集部之目，楚辭最古，別集次之，總集次之，詩文評又晚出，詞曲則其閏餘也。……至於倚聲末技，分派詩歌，其間周、柳、蘇、辛，亦遞爭軌轍。然其得其失，不足重輕，姑附存以備一格而已。〔註13〕

又〈集部詞曲類〉云：

> 詞、曲二體，在文章、技藝之間。厥品頗卑，作者弗貴，特才華之士以綺語相高耳。然《三百篇》變而古詩，古詩變而近體，近體變而詞，詞變而曲，層累而降，莫知其然。究厥淵源，實亦樂府之餘音，風人之末派。其於文苑，尚屬附庸，亦未可全斥爲俳優也。今酌取往例，附之篇終。〔註14〕

由上述引文可見時人對詞體之態度，至少清乾隆初期，詞爲小道、末技此一觀念尚存於人心。

二、詞學潮流

　　清代之詞學潮流爲前朝傳統之繼續，亦爲前朝敝端之提出改正。而清代詞學不僅具備歷時性之傳承，其共時性之開拓亦燦然可觀。蓋有下列兩端：

（一）詞派林立

　　明末清初，以陳子龍、宋徵輿與李雯爲首之「雲間詞派」，爲清代以地域概念集結詞派之先導。雲間詞派以南唐北宋詞爲宗，認爲「風

〔註13〕〔清〕永瑢、紀昀等：《武英殿本四庫全書總目提要・集部・總敘》，冊4，頁1～2。

〔註14〕〔清〕永瑢、紀昀等：《武英殿本四庫全書總目提要・集部・詞曲類》，冊5，卷198，頁280。

騷之旨，皆本言情；言情之作，必託於閨襜之際」〔註15〕，而深沉之思寄寓於婉約詞風，是以「託貞心於妍貌，隱摯念於佻言」〔註16〕。雲間詞派既有理論，亦有創作實踐，尤以雲間三子成就最高；其唱和活動頻繁，填寫不少唱和詞，有《幽蘭草》、《唱和詩餘》等，亦引領清代唱和詞之創作。而龍沐勛予以陳子龍高評，言：「詞學衰於明代，至子龍出，宗風大振，遂開三百年來詞學中興之盛。」〔註17〕是知清代詞學所以繁榮，雲間詞派為功臣之一。

　　清初，以陳維崧、萬樹、蔣景祁等人為主之「陽羨詞派」，一改「雲間詞派」妍麗之風，陳維崧以遺民詞人身分抒發沉鬱悲慨之情，其詞「至千八百首之多，尤前此未有也」〔註18〕；萬樹與蔣景祁為陽羨詞派鼎盛期代表，而萬樹之創作雖為陳廷焯所批，云：「萬紅友《香膽詞》，頗多別調，語欠雅訓，音律亦多不協處。」〔註19〕然其所編《詞律》一出，「《嘯餘》之雲霧掃矣」〔註20〕，堪謂當時考訂精詳之詞譜，亦影響後起詞譜之編訂；蔣景祁詞風則近陳維崧，具強烈歷史感。陽羨詞派群體創作之數量可觀，後起之浙西詞派難以與之比擬；更且陽羨詞派編纂規模甚大之詞總集與選本，如陳維崧主編《今詞苑》，曹亮武主編《荊溪詞初集》，蔣景祁編《瑤華集》與《名媛詞選》等，保留不少清初詞人作品。〔註21〕

〔註15〕〔明〕陳子龍：〈三子詩餘序〉。見上海文獻叢書編委會編：《陳子龍文集》，冊上，卷2，頁54。

〔註16〕〔明〕陳子龍：〈三子詩餘序〉。見上海文獻叢書編委會編：《陳子龍文集》，冊上，卷2，頁54。

〔註17〕龍沐勛：《近三百年名家詞選・陳子龍小傳》（台北：宏業出版社，1979年1月），頁4。

〔註18〕清史稿校註編纂小組編纂：《清史稿校註・文苑》（台北：國史館，1986年2月），冊14，卷491，頁11151。

〔註19〕〔清〕陳廷焯：《白雨齋詞話》。見唐圭璋編：《詞話叢編》，冊4，卷3，頁3846。

〔註20〕〔清〕梁章鉅：〈天籟軒詞譜序〉。見〔清〕葉申薌：《天籟軒詞譜》（清道光間刊本），頁4。

〔註21〕嚴迪昌：《清詞史》（南京：江蘇古籍出版社，2001年7月），頁170。

徐珂《近詞叢話》云：

> 乾嘉之際，作詞者約分浙西、常州二派。浙西派始於厲鶚，
> 常州派始於武進張惠言。……其效常州派者，光緒朝有丹
> 徒莊棫、仁和譚獻、金壇馮煦諸家。……光宣間之倚聲大
> 家，則推臨桂王鵬運、況周頤、歸安朱祖謀、漢軍鄭文焯。
> 〔註22〕

據此可知清高宗乾隆以降詞派大抵以浙西、常州派為主脈。

徐珂雖言「浙西派始於厲鶚」，然厲鶚「詞宗彝尊」〔註23〕，嚴
迪昌《清詞史》亦認為朱彝尊為「浙派宗主」〔註24〕，是知朱彝尊為
浙派元勛。因龔翔麟選錄朱彝尊、李良年、李符、沈皞日、沈岸登與
己作而編成《浙西六家詞》〔註25〕，遂有「浙西詞派」之稱。朱彝尊
「大雅閎達，辭而闢之，詞體為之一正」〔註26〕，提倡詞宗南宋，首
推姜夔、張炎；其「《詞綜》出，而《草堂》之蕪穢汰矣」〔註27〕。
厲鶚「數用新事，世多未見，故重其富，後生效之，每以掜摭為工，
後遂浸淫，而及於大江南北」〔註28〕；馮煦予以「金風亭長詩無敵，
更有詞名壓浙西」〔註29〕之評價。

清仁宗嘉慶（1796～1820）、宣宗道光（1820～1850）年間為「常
州詞派」盛行時期，以張惠言為創始者。蓋張惠言及其弟張琦「流窮
源，躋之風雅，獨闢門徑，而詞學以尊」〔註30〕；所編《詞選》一書

〔註22〕 徐珂：《近詞叢話》。見唐圭璋編：《詞話叢編》，冊5，頁4223～4224。
〔註23〕 徐珂：《近詞叢話》。見唐圭璋編：《詞話叢編》，冊5，頁4223。
〔註24〕 嚴迪昌：《清詞史》（南京：江蘇古籍出版社，2001年7月），頁254。
〔註25〕 〔清〕龔翔麟：《浙西六家詞》（據遼寧大學圖書館藏清康熙龔氏玉
　　　　玲瓏閣刻本影印）。見《四庫全書存目叢書》，冊425。
〔註26〕 蔣兆蘭：《詞說》。見唐圭璋編：《詞話叢編》，冊5，頁4633。
〔註27〕 〔清〕梁章鉅：〈天籟軒詞譜序〉。見〔清〕葉申薌：《天籟軒詞譜》
　　　　（清道光間刊本），頁4。
〔註28〕 徐珂：《近詞叢話》。見唐圭璋編：《詞話叢編》，冊5，頁4223。
〔註29〕 〔清〕馮煦：〈論詞絕句〉十六首之十六。見〔清〕馮煦：《蒿盦類
　　　　稿》，《近代中國史料叢刊第三十三輯》（台北：文海出版社，1969年
　　　　3月），冊1，卷7，頁458。
〔註30〕 蔣兆蘭：《詞說》。見唐圭璋編：《詞話叢編》，冊5，頁4637。

「屏去雜流，途軌最正。」〔註31〕而周濟編選《宋四家詞選》，「議論透闢，步驟井然，洵乎闇室之明燈，迷津之寶筏」〔註32〕；且「窮正變，分家數，爲學人導先路，而詞學始有統系，有歸宿。」〔註33〕。常州詞派強調詞應具備意內言外、寄情託興之深刻蘊涵，且以韻味無窮爲佳作。

　　至於追隨常州詞派者，著名有譚獻與馮煦。由譚獻《譚評詞辨》、《復堂日記》、《篋中詞》等書可窺得其詞學思想，大抵志繼周濟。馮煦則爲「填詞大手」，《蒙香室詞》一書，「多其少作，幽咽怨斷，感遇爲多」〔註34〕；且刻有《宋六十一家詞選》，其〈宋六十一家詞選例言〉，「可謂囊括先民之矩矱，開通後學之津梁，字字可寶矣」〔註35〕；而〈論詞絕句〉十六首亦爲精彩詞論。

　　清末諸家亦承常州詞派餘緒，觀蔣兆蘭《詞說》云：

　　　清季詞家，蔚然稱盛，大抵宗二張、止庵之說，又竭畢生心力爲之。本立言之義，比風雅之旨，直欲突過清初，抗衡兩宋。後有作者，試研幾張景祁、譚獻、許增、鄭文焯及四中書端木埰、許玉瑑、王鵬運、況周頤、張仲炘、朱孝臧諸賢所作，當知吾言之不謬也。〔註36〕

又陳銳《襃碧齋詞話》言：

　　　王幼霞詞，如黃河之不，泥沙俱下，以氣勝者也。鄭叔問詞，剝膚存液，如經冬老樹，時一著花，其人品亦與白石爲近。朱古微詞，墨守一家之言，葦實並茂，詞場之宿將也。……況夔笙詞，手眼不必甚高，字字銖兩求合，其涉獵之精，非餘子可及。……。之數君者，投分既深；故能

〔註31〕蔣兆蘭：《詞說》。見唐圭璋編：《詞話叢編》，冊5，頁4631。
〔註32〕蔣兆蘭：《詞說》。見唐圭璋編：《詞話叢編》，冊5，頁4631。
〔註33〕蔣兆蘭：《詞說》。見唐圭璋編：《詞話叢編》，冊5，頁4637。
〔註34〕冒廣生：《小三吾亭詞話》。見唐圭璋編：《詞話叢編》，冊5，頁4722。
〔註35〕〔清〕陳銳：《襃碧齋詞話》。見唐圭璋編：《詞話叢編》，冊5，頁4700。
〔註36〕蔣兆蘭：《詞說》。見唐圭璋編：《詞話叢編》，冊5，頁4633。

管窺及之，而竊歎爲不可及。〔註37〕

王鵬運字幼霞，況周頤字夔笙，朱祖謀（一名孝臧）字古微，鄭文焯號叔問。據上文所述，可知清末四家之填詞之功力。又清末四家極其推崇北宋諸家，王鵬運、況周頤與朱祖謀崇尙蘇軾之清雄；鄭文焯則讚揚柳永高健雄闊之骨氣與幽深蒼渺之美感，對蘇軾、柳永詞重新評價，甚而影響民初詞學研究。〔註38〕

（二）詞集叢編

自南宋長沙劉氏書坊輯刻《百家詞》後，詞集叢編陸續問世。《百家詞》原書雖已散佚，然對詞集進行整理輯刊而促進傳播，實具莫大功勞。元代無詞集叢編，逮明代，除以吳訥《唐宋元明百家詞》與毛晉《宋名家詞》、《詞苑英華》爲叢刊之代表外，尙有《宋二十家詞》、《宋明九家詞》等叢鈔。至若清代，詞集叢編蔚然成風，叢刻與叢鈔約三十部，而多以宋詞爲主。〔註39〕

清代詞集叢刊始於清聖祖康熙二十八年（1689）侯文燦《十名家詞集》，具輯佚之功，然非善本。迄晚清德宗光緒（1875～1908）年間，王鵬運先後輯刻《四印齋所刻詞》、《四印齋匯刻宋元三十一家詞》，因采用珍本、善本，力存原輸風貌，蒐佚補全，校勘精確，故有連城之價。又江標《宋元名家詞》以毛晉汲古閣精鈔本爲底本，其中不少詞集爲江標首刻；善本雖多，然校勘不詳，甚爲遺憾。〔註40〕

蓋清代爲詞學復興時期，而詞集叢編大量出現，亦爲詞學興盛表徵之一。再者，詞集叢編助於詞之傳播，傳播之餘，影響文人創作，而文人相繼創作，亦促成詞集叢編發行，可謂相爲表裡。此外，綜觀清代詞集叢編，大抵以宋詞爲主，可見清代崇尙宋詞，此現象亦可與

〔註37〕〔清〕陳銳：《袌碧齋詞話》。見唐圭璋編：《詞話叢編》，冊 5，頁 4198。
〔註38〕卓清芬：《清末四大家詞學及詞作研究》（台北：國立台灣大學出版委員會，2003 年 3 月），頁 390～392、405～406。
〔註39〕王兆鵬：《詞學史料學》，頁 110～134。
〔註40〕王兆鵬：《詞學史料學》，頁 127～129。

各詞派理論參看。其四，詞集叢編問世年代集中於清德宗光緒（1875
～1908）年間，據此可見晚清詞壇重視詞集校勘與編輯，而此成就亦
推動民初詞學研究。

要之，清代詞壇無論個人創作、別集或合集刊行，詞集叢編輯刻，
堪爲歷來成果最富。而詞派眾多，既促進詞學理論發展，亦帶動創作風
氣。此外，考據、校讎之研究方法引進詞壇，使古文獻得以再現與保存。

第二節　閱讀具體化：審美標準與接受程度 ——詞論篇

本節針對清人閱讀《小山詞》所下之評論，探討清人對《小山詞》
之接受。

元人張可久有《小山樂府》行世，爲散曲大家；清人王時翔有《小
山詩餘》，「其詞淒惋動人」〔註41〕，而諸評論中，常見以「小山」稱
此兩人，故檢索「小山」之關鍵詞時，不得不愼察。蒐羅清代有關《小
山詞》之評論，有承襲宋明之思想，有獨到創新之見解，茲歸納並析
論如次：

一、約情而合中——吞吐含蓄

《花間集》作品「頌酒賡色，務裁豔語」〔註42〕，使軟玉溫香，
風花雪月之內容成爲詞作之重要題材。又因此題材及內容常涉男女情
思，詞語旖旎，甚或流於淫褻，故成爲後人評論、批駁之標的。加以
「詞」爲「詩餘」，導源於《詩三百》之說，爲清代詞壇重要觀念，
故《詩三百》之「雅正合中」，樂府之「因事寄興」，遂成清人論詞之
焦點。於是詞人之情感抒寫，是否含蓄蘊藉，或直白露骨，亦頗受評
論家側重。

據陳廷焯《白雨齋詞話》云：

〔註41〕徐珂：《近詞叢話》。見唐圭璋編：《詞話叢編》，冊5，頁4223。
〔註42〕〔明〕王世貞：《藝苑巵言》。見唐圭璋編：《詞話叢編》，冊1，頁385。

閒情之作，雖屬詞中下乘，然亦不易工。蓋摹色繪聲，礙難著筆。第言姚冶，易近纖佻。兼寫幽貞，又病迂腐。然則何爲而可，曰：「根柢於風騷，涵泳於溫、韋，以之作正聲也可，以之作豔體亦無不可。」……晏小山之「落花人獨立，微雨燕雙飛」。又「當時明月在，曾照采雲歸」。又「從別後，憶相逢。幾回魂夢與君同。今宵剩把銀缸照，猶恐相逢是夢中。」又「春思重，曉妝遲。尋思殘夢時。」……似此則婉轉纏綿，情深一往，麗而有則，耐人玩味。〔註43〕

又言：

《詩》三百篇，大旨歸於無邪。北宋晏小山工於言情，出元獻、文忠之右，然不免思涉於邪，有失風人之旨。而措詞婉妙，則一時獨步。〔註44〕

陳廷焯《詞則》分錄《大雅集》、《放歌集》、《別調集》與《閑情集》四集。其中《閑情集》多悲婉哀怨，綺羅粉黛而涉於邪思之作，其編旨乃「願學者情有所閑，而求合於正，亦聖人思無邪旨」〔註45〕上文亦指出閒情之作，屬「詞中下乘」，是知陳廷焯重視辭情雅正之作品。

　　溫、韋之詞，因「本諸風騷，正其情性。溫厚以爲體，沉鬱以爲用」〔註46〕，屬詞之正聲；且因具備楚騷之香豔，妖嬈華麗，故可以豔體視之。然「長短句於遣詞中最爲難工，自有一種風格，稍不如格，便覺齟齬」〔註47〕；欲「略用情意，或要入閨房之意」，或使用「淫豔之語，當自斟酌」〔註48〕。否則「流爲淺薄一路，則鄙俚不堪入調」

〔註43〕　〔清〕陳廷焯：《白雨齋詞話》。見唐圭璋編：《詞話叢編》，冊4，卷5，頁3885～3886。

〔註44〕　〔清〕陳廷焯：《白雨齋詞話》。見唐圭璋編：《詞話叢編》，冊4，卷1，頁3782。

〔註45〕　〔清〕陳廷焯：《詞則・閑情集序》，冊下，頁841。

〔註46〕　〔清〕陳廷焯：《白雨齋詞話・自敘》。見唐圭璋編：《詞話叢編》，冊4，頁3751。

〔註47〕　〔宋〕李之儀：《姑溪居士文集・跋吳思道小詞》（清鈔本）。見《宋集珍本叢刊》（北京：線裝書局，2004年），冊27，卷40，頁89。

〔註48〕　〔宋〕沈義父：《樂府指迷》。見唐圭璋編：《詞話叢編》，冊1，頁281。

〔註49〕，失去風騷眞意。是以塡側豔之詞，「簸弄風月，陶寫性情」
〔註50〕之餘，務求「約情合中」〔註51〕。陳廷焯所錄晏詞，率爲「婉
轉纏綿，情深一往，麗而有則，耐人玩味」之作，「大抵人自情中生，
焉能無情，但不過焉而已」〔註52〕。

又觀況周頤《蕙風詞話》云：

　　《小山詞・阮郎歸》云：「天邊金掌露成霜。雲隨雁字長。綠
　　杯紅袖趁重陽。人情似故鄉。蘭佩紫，菊簪黃。殷勤理舊狂。
　　欲將沉醉換悲涼。清歌莫斷腸。」「綠杯」二句，意已厚矣。
　　「殷勤理舊狂」，五字三層意。「狂」者，所謂一肚皮不合時
　　宜，發見於外者也。狂已舊矣，而理之，而殷勤理之，其狂
　　若有甚不得已者。「欲將沉醉換悲涼」，是上句注腳。「清歌莫
　　斷腸」，仍含不盡之意。此詞沉著厚重，得此結句，便覺竟體
　　空靈。小晏神仙中人，重以名父之貽，賢師友相與沆瀣，其
　　獨造處，豈凡夫肉眼所能見及。「夢魂慣得無拘管，又逐揚花
　　過謝橋」，以是爲至，烏足與論《小山詞》耶？〔註53〕

此係析論晏幾道〈阮郎歸〉（天邊金掌露成霜）一詞所具備「沉鬱」、
「言之不盡」之層次。猶如查禮《銅鼓書堂詞話》所云：「情有文不
能達，詩不能道者，而獨於長短句中，可以委宛形容之。」〔註54〕晏
幾道以重陽習俗結合身世遭遇而暗喻自我品格之高潔，表達對人情炎
涼之感嘆。至於「欲將沉醉換悲涼，清歌莫斷腸」兩句，是自傷，是
無奈。全詞充分展現「一唱三歎，總以不盡爲佳」〔註55〕之效果。

〔註49〕〔清〕徐釚：《詞苑叢談》（北京：人民文學出版社，2006年6月），
　　　　卷4，頁254。
〔註50〕〔宋〕張炎：《詞源》。見唐圭璋編：《詞話叢編》，冊1，頁263。
〔註51〕〔明〕楊慎：《詞品》。見唐圭璋編：《詞話叢編》，冊1，卷3，頁467。
〔註52〕〔明〕楊慎：《詞品》。見唐圭璋編：《詞話叢編》，冊1，卷3，頁467。
〔註53〕〔清〕況周頤：《蕙風詞話》。見唐圭璋編：《詞話叢編》，冊5，卷2，
　　　　頁4426。
〔註54〕〔清〕查禮：《銅鼓書堂詞話》。見唐圭璋編：《詞話叢編》，冊2，頁
　　　　1481。
〔註55〕〔清〕鄒祇謨：《遠志齋詞衷》。見唐圭璋編：《詞話叢編》，冊1，頁
　　　　651。

再如郭麐《靈芬館詞話》云：

　　詠酒醉之詩，唐人有「不知誰送出深松」，宋人有「阿誰扶
　　我上雕鞍」，皆善於描寫。叔原〈玉樓春〉詞云：「當年信
　　道情無價。桃葉尊前論別夜。臉紅心緒學梅妝，眉翠工夫
　　如月畫。　　　來時醉倒旗亭下。知是阿誰扶上馬。憶曾挑
　　盡五更燈，不記臨分多少話。」眞能委曲言情。〔註56〕

「不知誰送出深松」句，係出自于鵠〈醉後寄山中友人〉，全詩如下：

　　昨日山家春酒濃，野人相勸久從容。獨憶卸冠眠細草，不
　　知誰送出深松。都忘醉後逢廉度，不省歸時見魯恭。知己
　　尚嫌身酩酊，路人應恐笑龍鍾。〔註57〕

而「阿誰扶我上雕鞍」句則出自華岳〈醉歸〉一詩，如下：

　　紅猊燒盡夜堂寒，銀燭生花玉漏殘。沉醉歸來渾不記，阿
　　誰扶我上雕鞍。〔註58〕

于、華兩詩悉描繪酩酊大醉後，精神恍惚，不知何人幫忙攙扶，送離
醉酒處。蓋「不知誰送出深松」與「阿誰扶我上雕鞍」爲詩中警句，
充分表達詩人神智不清之狀態。而晏幾道〈玉樓春〉（當年信道情無
價）一詞，上片明寫自己爲情感豐富之人，女子亦交心以待。女子於
分離前夜梳妝打扮，爲使晏幾道留下深刻印象，表現自己對晏幾道之
重視。而別後多年，晏幾道猶記當時情景，足見兩人交往之用心。下
片則描寫晏幾道己身頹倒酒館旁，以「知是阿誰扶上馬」之疑問語氣，
生動傳達爛醉而朦朦朧朧之狀態，僅於迷茫中憶起兩人共聚之景象，
而忘卻話別之語。要之，晏幾道因情深而借酒澆愁，下片以醉醺醺之
模樣與首句「情無價」呼應；此醉中相別，無法憶起臨別情話之窘態，
看似無心，實則愈見用情至深。是以郭麐稱此詞「眞能委曲言情」。

─────────────

〔註56〕〔清〕郭麐：《靈芬館詞話》。見唐圭璋編：《詞話叢編》，冊 2，頁
　　　　1530。

〔註57〕〔唐〕于鵠：〈醉後寄山中友人〉。見清聖祖御定：《全唐詩》，冊 5，
　　　　卷 310，頁 3504。

〔註58〕〔宋〕華岳：〈醉歸〉。見〔宋〕華岳：《翠微南征錄》，《景印文淵閣
　　　　四庫全書》，冊 1176，卷 11，頁 682。

　　至若《詞則》所選晏幾道詞，以《閑情集》選錄最多（詳參第四章第三節），雖屬「豔體」之作，然其藝術成就斐然，能將「燕酣之樂，別離之愁，回文題葉之思」〔註59〕，以委婉之技巧，餘韻之效果呈顯而出，引人遐想。此「語盡而意不盡，意盡而情不盡」〔註60〕之手法，成就《小山詞》吞吐含蓄之風格，亦使讀者「不免思涉於邪」。故《小山詞》中涉及思邪部分，有相當程度由「作者之用心未必然，而讀者之心何必不然」〔註61〕所造成。

　　此外，晏幾道以「聰俊」〔註62〕、「貴異」〔註63〕展現其「措詞婉妙」之文采，使《小山詞》中「美人含嬌掩媚，秋波微轉，正視之一態，旁觀之又一態，近窺之一態，遠窺之又一態」〔註64〕，「一肌一容，盡態極妍」〔註65〕。如賀裳《皺水軒詞筌》稱晏幾道〈浣溪沙〉（日日雙眉鬥畫長）：「潑酒滴殘歌扇字，弄花熏得舞衣香」二句，云：「真覺儼然如在目前，疑於化工之筆」〔註66〕。

　　要之，《小山詞》不論人物刻畫，景物描摹，抑或情感宣洩，能使人如臨其境，感受其魅力，堪為「說得情出，寫得景明」〔註67〕。

二、古之傷心人──情溢乎辭

　　魏晉時代有「九品官人法」以品第人才，而清人陳廷焯以「文質」，

〔註59〕〔宋〕張炎：《詞源》。見唐圭璋編：《詞話叢編》，冊1，頁264。

〔註60〕〔宋〕李之儀：《姑溪居士文集・跋吳思道小詞》（清鈔本）。見《宋集珍本叢刊》（北京：線裝書局，2004年），冊27，卷40，頁89。

〔註61〕〔清〕譚獻：《復堂詞錄序》。見唐圭璋編：《詞話叢編》，冊4，頁3987。

〔註62〕〔清〕田同之：《西圃詞說》。見唐圭璋編：《詞話叢編》，冊2，頁1458。

〔註63〕〔清〕劉熙載：《詞概》。見唐圭璋編：《詞話叢編》，冊1，頁3692。

〔註64〕〔清〕謝章鋌：《賭棋山詞話》。見唐圭璋編：《詞話叢編》，冊4，頁3408。

〔註65〕〔唐〕杜牧：《樊川文集・阿房宮賦》（台北：漢京文化事業有限公司，1983年11月），卷1，頁1。。

〔註66〕〔清〕賀裳：《皺水軒詞筌》。見唐圭璋編：《詞話叢編》，冊1，頁700。

〔註67〕〔清〕李漁：《窺詞管見》。見唐圭璋編：《詞話叢編》，冊1，頁554。

即辭情之關係評騭長短句，據其《白雨齋詞話》云：

> 詞有表裡俱佳，文質適中者，溫飛卿、秦少游、周美成、黃公度、姜白石、史梅溪、吳夢窗、陳西麓、王碧山、張玉田、莊中白是也。詞中之上乘也。
>
> 有質過於文者，韋端己、馮正中、張子野、蘇東坡、賀方回、辛稼軒、張皋文是也。亦詞中之上乘也。
>
> 有文過於質者，李後主、牛松卿、晏元獻、歐陽永叔、晏小山、柳耆卿、陳子高、高竹屋、周草窗、汪叔耕、李易安、張仲舉、曹珂雪、陳其年、朱竹垞、屬太鴻、過湘雲、史位存、趙璞函、蔣鹿潭是也。詞中之次乘也。
>
> 有有文無質者，劉改之、施浪仙、楊升庵、彭羨門、尤西堂、王漁洋、丁飛濤、毛會侯、吳薗次、徐電發、嚴藕漁、毛西河、董蒼水、錢保龢、汪晉賢、董文友、王小山、王香雪、吳竹嶼、吳穀人諸人是也。詞中之下乘也。
>
> 有質亡而並無文者，則馬浩瀾、周冰持、蔣心餘、楊荔裳、郭頻伽、袁蘭邨輩是也。並不得謂之詞也。論詞者本此類推，高下自見。〔註68〕

陳廷焯品第諸家詞作，將「文質適中」與「質過於文」者，視為「詞中之上乘」；「文過於質」者，列為「詞中之次乘」；「有文無質」者，乃「詞中之下乘」；至於「質亡而並無文」者，「不得謂之詞也」。

　　乘此原則，遂將晏幾道《小山詞》置於第二等——文過於質，陳廷焯予以如下答案：

> 晏元獻、歐陽文忠皆工詞，而皆出小山下。專精之詣，固應讓渠獨步。然小山雖工詞，而卒不能比肩溫、韋，方駕正中者，以情溢詞外，未能意蘊言中也。故悅人甚易，而復古則不足。〔註69〕

〔註68〕〔清〕陳廷焯：《白雨齋詞話》。見唐圭璋編：《詞話叢編》，冊4，卷8，頁3968～3969。

〔註69〕〔清〕陳廷焯：《白雨齋詞話》。見唐圭璋編：《詞話叢編》，冊4，卷7，頁3952。

陳廷焯認爲晏幾道致力於詞，超出群倫，然「情溢詞」，其作品之內容與形式無法並重，且缺乏深刻意涵，故不足與溫庭筠、韋莊、馮延巳諸詞家齊驅並駕。茲以陳廷焯之論點爲主，參酌他評，探析《小山詞》「文過於質」、「情溢乎辭」之緣由，如次：

其一、晏幾道出身富貴，盡豫遊之樂，享宴飲之趣，逮其父仙逝，家境不如往昔寬裕，加以性格耿介，不願倚託他人，遂蹣跚於世。因終生歷經繁華與貧苦，故後人論及其詞，或因此闡述《小山詞》寄寓身世之慨。又有依據《小山詞‧自序》與黃庭堅〈小山詞序〉而針對《小山詞》作出比興寄託之評論。

據郭麐《靈芬館詞話》云：

叔原《小山詞》，其〈自敘〉以爲：「浮沉酒中，病世之歌詞，不足以析酲解慍。試續南部諸賢餘緒，作五七字語，期以自娛。不獨敘其所爲，兼寫一時杯酒間聞見所及。」又云：「始時沈十二廉叔、陳十君寵，家有蓮、鴻、蘋、雲，品清謳娛客，每得一解，即以草授諸兒。吾三人持酒聽之，爲一笑樂。」蓋其寄託如此，其所稱蓮、鴻、蘋、雲者，詞中往往見之。

〈臨江仙〉云：「記得小蘋初見，兩重心字羅衣。」

〈蝶戀花〉云：「笑豔秋蓮生綠浦，紅臉青腰，舊識凌波女。」

〈鷓鴣天〉云：「梅蕊新妝桂葉眉。小蓮風韻出瑤池。」又「守得蓮開約伴遊，約開蘋葉上蘭舟。來時浦口雲隨棹，采罷江連月滿樓。」又「手撚香箋憶小蓮。欲將遺恨倩誰傳。」

〈虞美人〉云：「蘋香已有蓮開信。兩漿佳期近。」又「有期無定是無期。說與小雲新恨也眉低。」又「問誰同是憶花人。賺得小鴻眉黛也低顰。」

〈浣溪沙〉云：「床上銀屏幾點山。鴨爐香過瑣窗寒。小雲雙枕恨春閒。」

〈清平樂〉云：「春雲綠處。又見歸鴻去。」

〈玉樓春〉云：「小蘋若解愁春暮。一笑留春春也住。」又
「小蓮未解論心素。狂似鈿箏絃底柱。」

皆寓諸伎之名也。〔註70〕

此係以《小山詞・自序》闡述《小山詞》寄託之意，並徵引諸詞以明
「蓮、鴻、蘋、雲」之重要性。「蓮、鴻、蘋、雲」為晏幾道熟稔之
歌妓；於其生活順遂時，「蓮、鴻、蘋、雲」之存在或許只是遣興、
怡情之對象，而至落拓失意時，「蓮、鴻、蘋、雲」成為其遣懷、「移」
情之對象。

　　《小山詞》多以純真優美之形象描繪「蓮、鴻、蘋、雲」，如「梅
蕊新妝桂葉眉。小蓮風韻出瑤池」（〈鷓鴣天〉，《全宋詞》，冊 1，頁
290）；「問誰同是憶花人。賺得小鴻眉黛、也低顰」（〈虞美人〉，《全
宋詞》，冊 1，頁 321）；「小顰〔註71〕微笑盡妖繞，淺注輕勻長淡淨」
（〈玉樓春〉，《全宋詞》，冊 1，頁 304～305）；「鴨爐香過瑣窗寒。小
雲雙枕恨春閑」，（〈浣溪沙〉，《全宋詞》，冊 1，頁 308）。此表現晏幾
道對「蓮、鴻、蘋、雲」接觸之緊密，亦顯示回憶美化之現象，而透
露昔日生活之歡樂。

　　而命運之不幸，化作離別相思之苦痛，以男女離情暗含身世遭
遇。晏幾道將己身「槃跚勃窣」、人情冷暖之悲感，與「天涯流落思
無窮。既相逢。卻匆匆。摧手佳人，和淚折殘紅」〔註72〕之愁情相繫。
如「離歌自古最消魂，聞歌更在魂消處。南樓楊柳多情緒。不繫行人
住。人情卻似飛絮。悠揚便逐春風去」（〈梁州令〉，《全宋詞》，冊 1，
頁 332；「欲把相思說似誰。淺情人不知」（〈長相思〉，《全宋詞》，冊
1，頁 329）；「舊香殘粉似當初。人情恨不如。一春猶有數行書。秋
來書更疏」（〈阮郎歸〉，《全宋詞》，冊 1，頁 307）；「可恨良辰天不與。

〔註70〕〔清〕郭麐：《靈芬館詞話》。見唐圭璋編：《詞話叢編》，冊 2，頁
　　　　1529～1530。

〔註71〕「小顰」即「小蘋」。見陳永正：《晏殊晏幾道詞選》，頁 87。

〔註72〕〔宋〕蘇軾：〈江神子・恨別〉（天涯流落思無窮）。見《全宋詞》，
　　　　冊 1，頁 386。

才過斜陽，又是黃昏雨。朝落暮開空自許。竟無人解知心苦」（〈蝶戀花〉，《全宋詞》，冊 1，頁 289）；「彩箋書盡浣溪紅。深意難通。強歡殢酒圖消遣，到醒來、愁悶還重。若是初心未改，多應此意須同」（〈風入松〉，《全宋詞》，冊 1，頁 328）等詞句即可窺見。

　　再者，「蓮、鴻、蘋、雲」爲《小山詞》寄寓之對象，加以《小山詞》中多見「蓮、鴻、蘋、雲」之自然意象，可見《小山詞》頻繁運用「比興」技巧。如「飛雲過盡，歸鴻無信，何處寄書得」（〈思遠人〉，《全宋詞》，冊 1，頁 328）；「幾處歌雲夢雨，可憐便、流水西東。別來久，淺情未有，錦字繫征鴻」（〈滿庭芳〉，《全宋詞》，冊 1，頁 327）；「雲箋字字縈方寸」（〈踏莎行〉，《全宋詞》，冊 1，頁 326）；「晚綠寒紅。芳意匆匆。惜年華、今與誰同。碧雲零落，數字征鴻。看渚蓮凋，宮扇舊，怨秋風。」（〈行香子〉，《全宋詞》，冊 1，頁 331）；「雨罷蘋風吹碧漲。脈脈荷花，淚臉紅相向。斜貼綠雲新月上。彎環正是愁眉樣」（〈蝶戀花〉，《全宋詞》，冊 1，頁 287）。此係嵌入歌妓名，暗指自己與歌妓之境遇。

　　此外，從《小山詞》運用「追憶」手法，強烈對比今昔，可瞭解晏幾道內心之悽愴。此「對尊前。惜流年」〔註73〕之內容，屢見於《小山詞》。如「墜鞭人意自淒涼。淚眼回腸。斷雲殘雨當年事，到如今、幾處難忘」（〈風入松〉，《全宋詞》，冊 1，頁 328）；「年年歲歲登高節，歡事旋成空。幾處佳人此會同。今在淚痕中」（〈武陵春〉，《全宋詞》，冊 1，頁 331）；「從來往事都如夢。傷心最是醉歸時，眼前少個人人送」（〈踏莎行〉，《全宋詞》，冊 1，頁 326）；「去年謝女池邊醉，晚雨霏微。記得歸時。旋折新荷蓋舞衣」（〈采桑子〉，《全宋詞》，冊 1，頁 325）；「鶯花見盡當時事，應笑如今。一寸愁心。日日寒蟬夜夜砧」（〈采桑子〉，《全宋詞》，冊 1，頁 324）；「今感舊，欲沾衣。可憐人似水東西。回頭滿眼淒涼事，秋月春風豈得知」（〈鷓鴣天〉，《全宋詞》，

〔註73〕〔宋〕蘇軾：〈江神子‧冬景〉（相逢不覺又初寒）。見《全宋詞》，冊 1，頁 386。

冊 1，頁 291；「清潁尊前酒滿衣。十年風月舊相知。憑誰細話當時事，
腸斷山長水遠詩」（〈鷓鴣天〉，《全宋詞》，冊 1，頁 291）等詞，在在
凸顯晏幾道「欲將沉醉換悲涼」（〈阮郎歸〉，《全宋詞》，冊 1，頁 301）
之酸楚。

　　其二、陳廷焯融合浙西詞派與常州詞派之理論，注重作品有無「沉
鬱」特質，而所謂「沉鬱」，乃「意在筆先，神餘言外」，〔註74〕並且
認爲：

> 唐五代詞，不可及處，正在沉鬱。宋詞不盡沉鬱，然如子
> 野、少游、美成、白石、碧山、梅溪諸家，未有不沉鬱者。
> 即東坡、方回、稼軒、夢窗、玉田等，似不必盡以沉鬱勝，
> 然其佳處，亦未有不沉鬱者。〔註75〕

是知陳廷焯著重之「沉鬱」，乃作品之內質，而此內質重於文采，故
稱「文質適中」與「質過於文」同爲「詞中之上乘」。

　　陳廷焯亦強調「凡交情之冷淡，身世之飄零，皆可於一草一木
發之。而發之又必若隱若見，欲露不露，反覆纏綿，終不許一語道
破，匪獨體格之高，亦見性情之厚。」〔註76〕《小山詞》之比興寄
託，見於自然意象中，雖流露摯情，然其美人香草之喻，難見君臣
之跡。《小山詞》雖弦外有音，寄慨身世，然其內容所蘊含之餘意不
夠深長，侷限於個人際遇，而無憂世之寬闊胸懷，格局不似溫、韋、
馮宏廣。溫庭筠「名宦不進，坎壈終身」〔註77〕，「自笑謾懷經濟策，
不將心事許煙霞」〔註78〕。韋莊飽經離亂，傷時憂國；自比爲妾，「擬

〔註74〕〔清〕陳廷焯：《白雨齋詞話》。見唐圭璋編：《詞話叢編》，冊 4，卷
　　　　1，頁 3777。
〔註75〕〔清〕陳廷焯：《白雨齋詞話》。見唐圭璋編：《詞話叢編》，冊 4，卷
　　　　1，頁 3777。
〔註76〕〔清〕陳廷焯：《白雨齋詞話》。見唐圭璋編：《詞話叢編》，冊 4，卷
　　　　1，頁 3777。
〔註77〕〔後晉〕劉昫：《舊唐書》。見《景印文淵閣四庫全書》，冊 271，卷
　　　　190，頁 615。
〔註78〕〔唐〕溫庭筠：〈郊居秋日有懷一二知己〉。見清聖祖御定：《全唐詩》
　　　　（台北：明倫出版社，1976 年 5 月），冊 9，卷 578，頁 6718。

將身嫁與，一生休。縱被無情棄，不能羞」〔註79〕。馮延巳貴爲宰相，於內憂外患之際，「滿目悲涼，縱有笙歌亦斷腸」〔註80〕。蓋三人作品「託爲男女之辭，而寓意於君，非以直指而名之也」〔註81〕。觀《白雨齋詞話》所言：

> 飛卿〈菩薩蠻〉十四章，全是變化楚騷，古今之極軌也。徒賞其芊麗，誤矣。

> 飛卿〈更漏子〉首章云：「驚塞雁，起城烏。畫屏金鷓鴣。」此言苦者自苦，樂者自樂。次章云：「蘭露重，柳風斜。滿庭堆落花。」此又言盛者自盛，衰者自衰。亦即上章苦樂之意。顛倒言之，純是風人章法，特改換面目，人自不覺耳。

> 韋端己詞，似直而紆，似達而鬱，最爲詞中勝境。

> 端己〈菩薩蠻〉四章，惓惓故國之思，而意婉詞直，一變飛卿面目，然消息正自相通。

> 馮正中詞，極沉鬱之致，窮頓挫之妙，纏綿忠厚，與溫、韋相伯仲也。〈蝶戀花〉四章，古今絕構。

> 正中〈蝶戀花〉四闋，情詞悱惻，可群可怨。〔註82〕

由此可見陳廷焯推崇唐五代詞之緣由，而「唐代詞人，自以飛卿爲冠」〔註83〕。溫、韋、馮詞之優點，正是《小山詞》所不及處。《小山詞》「沉鬱」之內涵，遜於溫、韋、馮詞。

其三、《小山詞·自序》明指「嘗思感物之情，古今不易，竊以謂篇中之意，昔人所不遺。」晏幾道亦對「天與多情，不與長相守」

〔註79〕 〔唐〕韋莊：〈思帝鄉〉。見張璋、黃畬編：《全唐五代詞》（台北：文史哲出版社，1976年10月），卷5，頁552。

〔註80〕 〔五代〕馮延巳：〈采桑子〉。見張璋、黃畬編：《全唐五代詞》（台北：文史哲出版社，1976年10月），卷4，頁379。

〔註81〕 〔宋〕朱熹：《楚辭辯證》。見《景印文淵閣四庫全書》，冊1062，卷上，頁382。

〔註82〕 〔清〕陳廷焯：《白雨齋詞話》。見唐圭璋編：《詞話叢編》，冊4，卷1，頁3778～3780。

〔註83〕 〔清〕陳廷焯：《白雨齋詞話》。見唐圭璋編：《詞話叢編》，冊4，卷1，頁3778。

（〈點絳唇〉，《全宋詞》，冊1，頁318）表現怨懟：「天將離恨惱疏狂」（〈鷓鴣天〉，《全宋詞》，冊1，頁291）。陳廷焯亦認爲「情有所感，不能無所寄。意有所鬱，不能無所洩。古之爲詞者，自抒其性情，所以悅己也。今之爲詞者，多爲其粉飾，務以悅人，而不恤其喪己。」〔註84〕並提出「李後主、晏叔原皆非詞中正聲，而其詞則無人不愛，以其情勝也。情不深而爲詞，雖雅不韻，何足感人。」〔註85〕兩人同主張感物傷懷，自寫性情。

　　晏幾道詞多風月情思與侑酒承歡之題材，主要表現於對戀情癡迷不捨，心心念念往日情景，流露眞性情。此兒女私情爲天下普遍之情懷，易引起共鳴，能感人，能悅人，然《小山詞》之層次終究不敵王沂孫詞「沉著痛快，而無處不鬱，無處不厚。反覆吟詠數十過，有不知涕之何從者」〔註86〕。陳廷焯視王沂孫詞，乃「品最高，味最厚，意境最深，力量最重。感時傷世之言，而出以纏綿忠愛。詩中之曹子建、杜子美也」〔註87〕。

　　其四、陳廷焯對《小山詞》整體雖予以「文過於質」、「情溢於詞」之評價，然亦指出《小山詞》文質並茂之處。如：

> 《小山詞》，如「去年春恨卻來時。落花人獨立，微雨燕雙飛。」又「當時明月在，曾照彩雲歸。」既閒婉，又沉著，當時更無敵手。又「明年應賦送君詩。細從今夜數，相會幾多時。」淺處皆深。又「曉霜紅葉舞歸程。客情今古道，秋夢短長亭。」又「少陵詩思舊才名。雲鴻相約處，煙霧九重城。」亦復情詞兼勝。又「從別後、憶相逢。幾回魂

〔註84〕　〔清〕陳廷焯：《白雨齋詞話》。見唐圭璋編：《詞話叢編》，冊4，卷8，頁3968。

〔註85〕　〔清〕陳廷焯：《白雨齋詞話》。見唐圭璋編：《詞話叢編》，冊4，卷1，頁3782。

〔註86〕　〔清〕陳廷焯：《白雨齋詞話》。見唐圭璋編：《詞話叢編》，冊4，卷6，頁3932。

〔註87〕　〔清〕陳廷焯：《白雨齋詞話》。見唐圭璋編：《詞話叢編》，冊4，卷2，頁3808。

夢與君同。今宵剩把銀釭照，猶恐相逢是夢中。」曲折深
婉，自有豔詞，更不得不讓伊獨步。〔註88〕

所引諸例，皆爲《小山詞》中饒富韻致，具備感染力之代表；能以委
婉含蓄之語言描繪男女戀情，使其呈顯婉轉閒雅之風貌；且藉由「淺
語」表現「深情」，自是辭情俱佳之作。

又如晏幾道〈清商怨〉（庭花香信尚淺）〔註89〕一詞，陳廷焯言：
「夢生於情，『依舊』二字中，一波三折。」〔註90〕而結尾「要問相
思，天涯獨自短」二句，實爲晏幾道歷經相思煎熬之自白。

而〈鷓鴣天〉（小令尊前見玉簫）一詞，宋人程頤欣賞而笑曰：
「鬼語也。」時至清代，亦是諸公交口稱譽之詞，如沈謙《填詞雜
說》云：「『又踏楊花過謝橋』，即伊川亦爲歡賞，近于我見猶憐矣。」
〔註91〕厲鶚〈論詞絕句〉讚嘆道：「鬼語分明愛賞多，小山小令擅
清歌。世間不少分襟處，月細風尖喚奈何。」〔註92〕沈謙與厲鶚附
和程頤之語，王僧保則針對整闋詞流露之情意與晏幾道之成就結
合，而有「夢魂又踏楊花去，不愧風流濟美名」〔註93〕之褒語。再
者，沈道寬亦云「世儒也愛玲瓏句，夢躡楊花過謝橋」〔註94〕，是
知此詞辭情俱佳。

〔註88〕〔清〕陳廷焯：《白雨齋詞話》。見唐圭璋編：《詞話叢編》，冊4，卷
1，頁3782。

〔註89〕〔宋〕晏幾道〈清商怨〉：「庭花香信尚淺。最玉樓先暖。夢覺春衾，
江南依舊遠。　　回紋錦字暗翦。漫寄與、也應歸晚。要問相思，
天涯獨自短。」（《全宋詞》，冊1，頁328）

〔註90〕〔清〕陳廷焯：《詞則‧閒情集》，冊下，頁880。

〔註91〕〔清〕沈謙：《填詞雜說》。見唐圭璋編：《詞話叢編》，冊1，頁634。

〔註92〕〔清〕厲鶚：〈論詞絕句十二首〉之三。見〔清〕厲鶚：《樊榭山房
集》，《景印文淵閣四庫全書》，冊1328，卷7，頁87。

〔註93〕〔清〕王僧保：〈論詞絕句〉三十六首之十七。見〔清〕況周頤：《阮
盦筆記五種‧選巷叢談》，見《清代學術筆記叢刊》（北京：學苑出
版社，2005年），冊68，卷2，頁19。

〔註94〕〔清〕沈道寬：〈論詞絕句〉，《話山草堂詩鈔》，卷1。見吳熊和主編：
《唐宋詞匯評‧兩宋卷》（杭州：浙江教育出版社，2004年12月），
冊5，附錄吳熊和、陶然輯「清人論詞絕句」，頁4408。

　　要之，「詞之言情，貴得其眞」〔註95〕。晏幾道「多寫高堂華燭
酒闌人散之空虛」〔註96〕，將「感光陰之易遷，歎境緣之無實」之情
思藉由長短句抒發出來，而《小山詞》「高華綺麗之外表不能掩其蒼
涼寂寞之內心」〔註97〕。陳廷焯言《小山詞》「文過其質」、「情勝乎
辭」，並非詆毀《小山詞》，而是凸顯《小山詞》工於言情，以至情感
人之特點。是以馮煦將晏幾道視爲「眞古之傷心人」，並總結《小山
詞》之辭情──「淡語皆有味，淺語皆有致」〔註98〕。

三、詩詞之分際──借鑑技巧

　　此係清人對《小山詞》以詩爲詞之評述，茲析論如次：

（一）劉體仁《七頌堂詞繹》云：

　　「夜闌更秉燭，相對如夢寐」，叔原則云：「今宵剩把銀釭
　　照，猶恐相逢是夢中。」此詩與詞之分疆也。〔註99〕

此中所引「夜闌更秉燭，相對如夢寐」句，出自杜甫〈羌村〉〔註100〕
詩。而「今宵剩把銀釭照，猶恐相逢是夢中」則爲晏幾道〈鷓鴣天〉
（彩袖殷勤捧玉鍾）之結句。

　　宋代俞琰《書齋夜話》嘗言：「談者但稱晏詞之美，不知其出於
杜詩」，係指出晏詞「化用唐詩句意」。逮清代，劉體仁則視之爲「詩
與詞之分疆」，明確區分詩體與詞體。蓋晏詞之形象較杜詩鮮明，原
因有三：

　　其一、杜詩「夜闌更秉燭」句之情意較薄弱，「更秉燭」爲動作

〔註95〕　〔清〕沈祥龍：《論詞隨筆》。見唐圭璋編：《詞話叢編》，冊5，頁
　　　　　4053。
〔註96〕　鄭騫：《景午叢編・成府談詞》，上編，頁252。
〔註97〕　鄭騫：《景午叢編・成府談詞》，上編，頁252。
〔註98〕　〔清〕馮煦《蒿庵論詞》。見唐圭璋編：《詞話叢編》，冊4，頁3587。
〔註99〕　〔清〕劉體仁：《七頌堂詞繹》。見唐圭璋編：《詞話叢編》，冊1，頁
　　　　　619。
〔註100〕　〔唐〕杜甫：〈羌村〉。見清聖祖御定：《全唐詩》，冊4，卷217，
　　　　　頁2277。

之增加，而晏詞「今宵剩把銀釭照」句顯示所有動作僅存「把銀釭照」，將周遭一切視同敝屣，足見情感強烈。

其二、杜詩「相對如夢寐」句採用「明喻法」，手法較直接，而晏詞「猶恐相逢是夢中」句充滿擔心、不確定感，凸顯驚喜之分量。

其三、形式上之勝出，因晏詞將杜詩由五言擴展至七言，故所容納之辭情較豐厚。

其四、杜詩「係寫久亂家人團聚之珍惜，晏詞則引伸轉寫男女珍惜重逢之情衷」〔註101〕。

要之，「今宵剩把銀釭照，猶恐相逢是夢中」具備詞體繾綣難捨，纏綿悱惻之特質。

（二）沈雄《古今詞話》云：

沈雄曰：「衍詞有三種：賀方回衍『秋盡江南葉未凋』，陳子高衍「李夫人病已經秋」，全用舊詩而爲添聲也。〈花非花〉，張子野衍之爲〈御街行〉；〈水鼓子〉，范希文衍之爲〈漁家傲〉，此以短句而衍爲長言也。至溫飛卿詩云：『合歡桃核眞堪恨，裡許原來別有人。』山谷衍爲詞云：『似合歡桃核，眞堪人恨，心兒裡有兩箇人人。』古詩云：『夜闌如秉燭，相對如夢寐。』叔原衍爲詞云：『今宵剩把銀缸照，猶恐相逢是夢中。』以此見爲詩之餘也。」〔註102〕

沈雄所稱之「衍詞」三種，可以「借鑑」技巧概括而論，探析如下：

其一、檢索「秋盡江南葉未凋」與「李夫人病已經秋」兩句之原文，分別出自杜牧〈寄揚州韓綽判官〉：

青山隱隱水迢迢，秋盡江南草木凋。二十四橋明月夜，玉人何處教吹簫。〔註103〕

〔註101〕王偉勇：《宋詞與唐詩之對應研究・綜論兩宋詞人借鑑唐詩之技巧》，頁40。

〔註102〕〔清〕沈雄：《古今詞話》。見唐圭璋編：《詞話叢編》，冊1，頁842～843。

〔註103〕〔唐〕杜牧：〈寄揚州韓綽判官〉。見清聖祖御定：《全唐詩》，冊8，卷523，頁5982。

與王渙〈惆悵詩〉十二首之二：

> 李夫人病已經秋，漢武看來不舉頭。得所濃華銷歇盡，楚
> 魂湘血一生休。〔註104〕

　　而檢索《全宋詞》，陳克及其他作者未有關於「李夫人病已經秋」之作。至於賀鑄〈晚雲高〉全文則如下所示：

> 秋盡江南葉未凋。晚雲高。青山隱隱水迢迢。接亭皋。　　二
> 十四橋明月夜，弭蘭橈。玉人何處教吹簫。可憐宵。（《全宋
> 詞》，冊1，頁648～649）

因不詳以王渙〈惆悵詩〉十二首之二而「衍詞」之作品，故就杜牧〈寄揚州韓綽判官〉與賀鑄〈晚雲高〉之關聯性論述：賀鑄〈晚雲高〉「係櫽括杜牧七言絕句，對調其首兩句；且在各句間夾入三組三字句，以成其作」〔註105〕。而杜詩句「草木凋」，賀詞「改易」為「葉未凋」，並未影響全文意境。又因賀鑄以杜詩為框架而構築其詞，故沈雄稱此乃附和舊詩而為添聲。

　　其二、白居易〈花非花〉全詩如下：

> 花非花，霧非霧。夜半來，天明去。來時春夢幾多時，去
> 似朝雲無覓處。〔註106〕

張先〈御街行〉全詞如下：

> 天非花豔輕非霧。來夜半、天明去。來如春夢不多時，去
> 似朝雲何處。遠雞棲燕，落星沈月，統統城頭鼓。　　參
> 差漸辨西池樹。珠閣斜開戶。綠苔深徑少人行，苔上屐痕
> 無數。餘香遺粉，剩衾閑枕，天把多情付。（《全宋詞》，冊1，
> 頁648～649）

《全唐詩・雜曲歌辭・水鼓子》全文如下：

〔註104〕　〔唐〕王渙：〈惆悵詩〉十二首之二。見清聖祖御定：《全唐詩》，
　　　　　冊10，卷690，頁7919。

〔註105〕　王偉勇：〈賀鑄《東山詞》借鑑唐詩之探析——兩宋詞人借鑑唐詩
　　　　　之奇葩〉。見王偉勇：《宋詞與唐詩之對應研究》，頁217。

〔註106〕　〔唐〕白居易：〈花非花〉。見清聖祖御定：《全唐詩》，冊7，卷435，
　　　　　頁4822。《全唐五代詞》亦收此作品，見卷1，頁119。

雕弓白羽獵初回，薄夜牛羊復下來。夢水河邊秋草合，黑
山峰外陣雲開。〔註107〕

范仲淹〈漁家傲・秋思〉全詞如下：
塞下秋來風景異。衡陽雁去無留意。四面邊聲連角起。千
嶂裡。長煙落日孤城閉。　　濁酒一杯家萬里。燕然未勒
歸無計。羌管悠悠霜滿地。人不寐。將軍白髮征夫淚。(《全
宋詞》，冊1，頁14)

張先〈御街行〉櫽括白居易〈花非花〉整首，以之作爲抒情開端，將
其納入自身創作之一部分；將白詩之朦朧感具現爲男女別離相思之情
意。而范仲淹〈漁家傲〉爲詞之創作題材添入「邊塞風光」，傳達戌
守邊疆，未能返鄉之苦痛，係開創慷慨蒼涼之詞風。然觀〈水鼓子〉
詩與范詞，僅題材相同，詞風相似，而無借鑑之關聯性。據魏泰《東
軒筆錄》言范仲淹「作〈漁家傲〉樂歌數闋，皆以『塞下秋來』爲首
句」〔註108〕，又楊愼《升庵詩話》云：
「雕弓白羽獵初回，薄夜牛羊復下來。青塚路邊芳草合，
黑山峰外陣雲開。」〈水鼓子〉後轉爲〈漁家傲〉。〔註109〕

再依沈雄將范仲淹〈漁家傲〉與張先〈御街行〉並列爲「衍詞」之第
二種形式，故知沈雄所稱之范仲淹〈漁家傲〉，應非「塞下秋來風景
異」一詞，當是范仲淹失傳之他闋〈漁家傲〉，且櫽括無名氏〈水鼓
子〉全詩。

　　要之，張先〈御街行〉與范仲淹〈漁家傲〉櫽括前人作品而「由
簡入繁」，故沈雄稱此爲「以短句而衍爲長言也」。

　　其三、「衍詞」第三種形式，即詩體與詞體之分際，在於詞體書
寫細膩，情意深婉，較詩體具備柔情密意。沈雄舉兩例作爲說明：一

〔註107〕〔唐〕無名氏：〈水鼓子〉。見清聖祖御定：《全唐詩》，冊1，卷27，
　　　　頁388。

〔註108〕〔宋〕魏泰：《東軒筆錄》。見《景印文淵閣四庫全書》，冊1037，
　　　　卷11，頁479～480。

〔註109〕〔明〕楊愼著，王仲鏞箋證：《升庵詩話箋證》(上海：上海古籍出
　　　　版社，1987年12月)，卷1，頁397。

爲晏幾道〈鷓鴣天〉（彩袖殷勤捧玉鍾）結尾「今宵剩把銀釭照，猶恐相逢是夢中」兩句，化用杜甫〈羌村〉中「夜闌如秉燭，相對如夢寐」之意，屬「引伸唐詩句意」之借鑑技巧。二爲徵引黃庭堅〈少年心〉（對景惹起愁悶）〔註110〕一詞「似合歡桃核，眞堪人恨。心兒裡、有兩個人人」三句，並指出黃詞化用溫庭筠〈南歌子詞〉〔註111〕（一作〈添聲楊柳枝辭〉）二首之一：「合歡桃核終堪恨，裡許元來別有人」句意，屬「襲其意而易其語」之借鑑技巧。

綜而言之，「衍詞」之三種形式係與借鑑「唐詩」相關，由詩衍爲詞，故沈雄視「詞」爲「詩之餘」。而第一種形式所舉之詞例，因屬「全闋隱括之作品，則可稱之爲『隱括詞』」〔註112〕。

（三）許昂霄《詞綜偶評》云：

晏幾道〈蝶戀花〉：「紅燭自憐無好計。夜寒空替人垂淚。」

杜牧之詩：「蠟燭有心還惜別，替人垂淚到天明。」〔註113〕

「紅燭自憐無好計。夜寒空替人垂淚」二句爲晏幾道〈蝶戀花〉（醉別西樓醒不記）〔註114〕之結尾。而「蠟燭有心還惜別，替人垂淚到天明」二句爲杜牧〈贈別〉〔註115〕之下聯。

〔註110〕〔宋〕黃庭堅〈少年心〉：「對景惹起愁悶。染相思、病成方寸。是阿誰先有意，阿誰薄幸。鬥頓恁、少喜多嗔。　合下休傳音問。你有我、我無你分。似合歡桃核，眞堪人恨。心兒裡、有兩個人人。」（《全宋詞》，冊1，頁528）

〔註111〕〔唐〕溫庭筠〈南歌子詞〉二首之一：「一尺深紅勝麴塵，天生舊物不如新。合歡桃核終堪恨，裡許元來別有人。」見清聖祖御定：《全唐詩》，冊9，卷583，頁6764。

〔註112〕王偉勇：《宋詞與唐詩之對應研究‧綜論兩宋詞人借鑑唐詩之技巧》，頁52。

〔註113〕〔清〕許昂霄《詞綜偶評》。見唐圭璋編：《詞話叢編》，冊2，頁1551。

〔註114〕〔宋〕晏幾道〈蝶戀花〉：「醉別西樓醒不記。春夢秋雲，聚散眞容易。斜月半窗還少睡。畫屛閑展吳山翠。　衣上酒痕詩裏字。點點行行，總是淒涼意。紅燭自憐無好計。夜寒空替人垂淚。」（《全宋詞》，冊1，頁288）

〔註115〕〔唐〕杜牧〈贈別〉二首之二：「多情卻似總無情，唯覺尊前笑不成。蠟燭有心還惜別，替人垂淚到天明。」見清聖祖御定：《全唐

杜詩之「心」「雙關」燭心與人心，爲移情作用，而晏詞亦使用此手法，表現多情愁傷，係「化用」杜詩句意，屬「襲其意而易其語」之借鑑技巧。

（四）鄭文焯〈評小山詞〉云：

晏小山〈留春令〉：「樓下分流水聲中，有當日、憑高淚」二語，亦襲馮延巳〈三臺令〉：「流水！流水！中有傷心雙淚」。宋人所承如是，但乏質茂氣耳。〔註116〕

晏幾道〈留春令〉全詞如下：

畫屏天畔，夢回依約，十洲雲水。手撚紅箋寄人書，寫無限、傷春事。　　別浦高樓曾漫倚。對江南千里。樓下分流水聲中，有當日、憑高淚。（《全宋詞》，冊1，頁253）

而馮延巳〈三臺令〉全詞爲：

南浦。南浦。翠鬟離人何處。當時攜手高樓。　　依舊樓前水流。流水。流水。中有傷心雙淚。〔註117〕

鄭文焯言晏詞「樓下分流水聲中，有當日、憑高淚」二句沿襲馮詞之意而改易其語，然統觀晏、馮兩詞全文，晏詞之借鑑技巧應爲「檃括」馮詞。晏幾道將馮詞檃括入其詞之下片：「別浦高樓曾漫倚。對江南千里。樓下分流水聲中，有當日、憑高淚。」屬「局部檃括」，同是借眼前景物而蘊含不盡情意，表現物是人非之傷感。不知晏詞爲何缺「乏質茂氣」，就兩詞而言，馮詞較晏詞直白。

此例雖非借鑑「唐詩」，無法表現「詩」與「詞」間之關係，然可顯示晏幾道之借鑑功力。

要之，以詩體與詞體之分疆而言，前三例可見晏幾道之縝密深情與婉約美感。若就借鑑技巧而言，上揭晏詞皆爲結尾句，是以「字字

詩》，冊8，卷523，頁5988。
〔註116〕〔清〕鄭文焯：〈評小山詞〉。見吳熊和主編：《唐宋詞匯評·兩宋卷》（杭州：浙江教育出版社，2004年12月），冊1，頁359。
〔註117〕〔五代〕馮延巳：〈三臺令〉。見張璋、黃畬編：《全唐五代詞》（台北：文史哲出版社，1986年10月），卷4，頁422。

皆有據，而其妙見於卒章，語盡而意不盡，意盡而情不盡。」〔註 118〕

四、繼體與超越——嗣響遺風

自《花間集》出，歷來詞壇莫不奉爲圭臬，視作詞體發展之重要源頭；諸家軒輊，各派論著，無不因踵繼《花間集》與否而多方品題，鑿鑿有據。如謝章鋌《賭棋山詞話》云：「晏、秦之妙麗，源於李太白、溫飛卿。」〔註 119〕將晏幾道與秦觀之詞風與《花間集》相繫。又如張祥齡《詞論》云：「南唐二主，馮延巳之屬，固爲詞家宗主，然是勾萌，枝葉未備。小山、耆卿，而春矣。」〔註 120〕係以李璟、李煜與馮延巳爲詞體發展初始階段之代表作家，而晏幾道與柳永等人爲詞體蓬勃發展階段之功臣。而傅占衡〈鷓鴣天·偶爲癡山牽率，強作小詞，因簡先君予鶴園詩餘百首，泫然不已，乃賦鷓鴣天殿其後，並示癡山雲〉一詞，提及「如今老學《花間》語，可是趍庭晏叔原」〔註 121〕（按：「趍庭」即「趨庭」），益見晏幾道追步《花間集》之程度。

另有將詞體發展導源於風騷，著重感物言志，緣情體物之內涵，認爲塡詞並非小道，因而評述紛紜。如田同之《西圃詞說》云：「夫屈、宋，《三百》之苗裔，蘇、李，五言之鼻祖，而謂晏、賀之詞似之。」〔註 122〕此係認爲晏幾道詞繼軌風騷。而李調元《雨村詞話》言：

> 晏幾道《小山詞》似古樂府。余絕愛其〈生查子〉云：「長恨涉江遙，移近溪頭住。閒蕩木蘭舟，臥入雙鴛浦。　無

〔註 118〕〔宋〕李之儀：《姑溪居士文集·跋吳思道小詞》（清鈔本）。見《宋集珍本叢刊》（北京：線裝書局，2004 年），冊 27，卷 40，頁 89。

〔註 119〕〔清〕謝章鋌：《賭棋山詞話》。見唐圭璋編：《詞話叢編》，冊 4，頁 3444。

〔註 120〕〔清〕張祥齡：《詞論》。見唐圭璋編：《詞話叢編》，冊 5，頁 4212。

〔註 121〕〔清〕傅占衡〈鷓鴣天·偶爲癡山牽率，強作小詞，因簡先君予鶴園詩餘百首，泫然不已，乃賦鷓鴣天殿其後，並示癡山雲〉：「一卷遺詞涕淚連。風煙空在鶴無園，如今老學《花間》語，可是趍庭晏叔原。　壺擊唾，鼓榿邊。樵夫錯上捕魚船。閒人自聒閒山水，莫問耆卿與稼軒。」（《全清詞·順康卷》，冊 1，頁 363）

〔註 122〕〔清〕田同之：《西圃詞說》。見唐圭璋編：《詞話叢編》，冊 5，頁 1473。

端輕薄雲，暗作廉纖雨。翠袖不勝寒，欲向荷花語。」公自
序云：「《補亡》一篇，補樂府之亡也。」可以當之。〔註123〕
〈生查子〉首句「長恨涉江遙」，隱括《古詩十九首》中〈涉江采芙蓉〉：
「涉江采芙蓉，蘭澤多芳草。采之欲遺誰？所思在遠道。」〔註124〕以
「芙蓉」諧音「夫容」，於〈生查子〉之意境，則是女子愛慕之人。而
爲睹男子身影，女子「移近溪頭住」，可見女子熱切又積極。〈生查子〉
下片轉寫男子薄情，因愛意難以傳達至男子心中，只能獨自痛苦傷心。
〈生查子〉呈現古樂府中女子渴望戀情而主動追求之大膽精神，亦表
現被棄之後貞潔自守，獨自承受傷痛之堅強。如詞中「木蘭舟」、「荷
花」與「翠袖不勝寒」之意象即是用以暗指女子品格。而〈生查子〉
詞末「欲向荷花語」句，「荷花」爲「芙蓉」別名，可見晏幾道作詞首
尾呼應而不著痕跡之功力。是以李調元評《小山詞》似古樂府，並以
〈生查子〉（長恨涉江遙）一詞爲其絕愛。

《小山詞》中尚有保留民歌原始風貌之作品，如陳廷焯《白雨齋
詞話》云：

> 晏小山〈長相思〉云：「長相思。長相思。若問相思甚了期。
> 除非相見時。長相思、長相思。欲把相思說似誰。淺情人
> 不知。」此亦小山集中別調，與其年贈別楊枝之作，筆墨
> 相近。〔註125〕

〈長相思〉以民歌複沓吟詠之形式展現誠樸率眞之形象，保有詩歌體
裁初具模型之簡單風韻。

《小山詞》除步趨風騷與《花間集》外，尚紹承晏殊《珠玉集》。
如曹貞吉言：「喜風流旖旎，《小山》《珠玉》。」〔註126〕將《小山詞》

〔註123〕〔清〕李調元：《雨村詞話》。見唐圭璋編：《詞話叢編》，冊 2，頁
1390～1391。
〔註124〕〔漢〕佚名：〈涉江采芙蓉〉。見〔唐〕李善注：《文選》，冊上，卷
29，頁 743。
〔註125〕〔清〕陳廷焯：《白雨齋詞話》。見唐圭璋編：《詞話叢編》，冊 4，
卷 7，頁 3938。
〔註126〕〔清〕曹貞吉：〈沁園春・讀子厚新詞卻寄〉三首之二。見《全清

與《珠玉集》並稱，同歸爲柔媚，具男女情韻之詞風。郭麐亦言：「叔原自許續南部餘緒，故所作足闚《花間》之室。以視《珠玉集》，無愧也。」〔註127〕此係道出《花間集》、《珠玉集》與《小山詞》同宗同氣。又江昱〈論詞十八首〉之二云：

> 臨淄格度本南唐，風雅傳家小晏強。更有門牆歐范在，春蘭秋菊卻同芳。〔註128〕

亦指臨淄公晏殊《珠玉集》爲南唐餘緒，而晏幾道不愧家世，父子兩人於歐陽脩與范仲淹之成就下，尚能與之爭勝，綻放風采。

再觀樊增祥〈微雲榭詞選自敍〉云：

> 余始自弱齡，殫心詞苑，竊以作者雖繁，其同類而殊出者，要可指而數也。……北宋之世，蔚若興雲；南渡以後，夏聲益大；綜其失得，可略而言。盛宋名臣，多嫻斯制，間爲綺語，未是專家。小山有作，始空群驥；伊川正色，且移情於謝橋，洛浦幽思，將並名於團扇，豈非同叔之鳳毛，而潁昌之麟角乎。子野歌詞，亞於小晏，晁无咎稱其高韻，耆卿所無，韙哉言已。……〔註129〕

樊增祥對《小山詞》之評論，繼承程頤與黃庭堅之論點，並認爲《小山詞》出，「始空群驥」，張先與柳永非其敵手；亦指出《小山詞》發揚《珠玉集》，具有父風，堪稱「鳳毛濟美」。

至若柯煜，亦褒贊《小山詞》，予以「《小山》大好追《珠玉》，繼體風騷。續得鸞膠。誰向君家鬮綵毫」〔註130〕之評價。焦袁熹〈採桑子·晏叔原〉甚稱：

　　　詞·順康卷》，冊 11，頁 6516。

〔註127〕〔清〕郭麐：《靈芬館詞話》。見唐圭璋編：《詞話叢編》，冊 2，頁1530。

〔註128〕〔清〕江昱：〈論詞十八首〉之二。見〔清〕江昱：《松泉詩集》，《四庫全書存目叢書》，冊 280，卷 1，頁 2。

〔註129〕〔清〕樊增祥：〈微雲榭詞選自敍〉。見施蟄存主編：《詞籍序跋萃編》，卷 9，頁 811。

〔註130〕〔清〕柯煜：〈采桑子·五君詠·周鷹垂〉。見《全清詞·順康卷》，冊 18，頁 10840。

小山更覺篇篇好，歌酒當場。斷盡回腸。雛鳳清於老鳳皇。

　　一般氣味千般俊，言語尋常。金管淒鏘。露咽三危九

竅香。（《全清詞・順康卷》，冊 18，頁 10579）

此以「論詞長短句」之形式總括《小山詞》藝術成就，概述《小山詞》

內容意涵，並以「金管淒鏘。露咽三危九竅香」道出《小山詞》之聲

情與感染力。而「雛鳳清於老鳳皇」更是讚譽之詞，直指晏幾道優於

其父晏殊。

　　要之，《小山詞》與《詩三百》、《古詩十九首》、樂府詩及《珠玉

集》之相承關係、鎔鑄手法與開拓性，清晰可見。然《小山詞》隨其

父名而傳世，《小山詞》於詞壇之地位多與其父並談，況周頤對此現

象頗有指摘：

晏叔原詞〈自序〉曰：「始時沈十二廉叔、陳十君龍或作寵

家有蓮、鴻、蘋、雲，清謳娛客。」廉叔、君龍殆亦風雅

之士，竟無篇闋流傳，並其名亦不可考。宋興百年已還，

凡著名之詞人，十九《宋史》有傳，或附見父若兄傳，大

抵黃閣鉅公，烏衣華冑，即名位稍遜者，亦不獲二三焉。

當時詞稱極盛，乃至青樓之妙姬，秋墳之靈鬼，亦有名章

俊語，載之囊籍，流爲美談。萬不至章甫縫掖之士，尺板

斗食者流，獨無含咀宮商、規撫秦柳者。矧天子右文，群

公操雅，提倡甚非無人，而卒無補於湮沒不彰，何耶。國

初顧梁汾有言：「燠涼之態，浸淫而入於風雅。」良可浩歎。

即北宋詞人以觀，蓋此風由來舊矣。即如叔原，其才庶幾

跨竈，其名殆猶恃父以傳。夫傳不傳亦何足重輕之有，唯

是自古迄今，不知埋沒幾許好詞。而其傳者，或反不如不

傳者之可傳。是則重可惜耳！〔註131〕

縱使「自古迄今，不知埋沒幾許好詞」，晏幾道之詞名「猶恃父以

傳」，然況周頤認爲晏幾道「其才庶幾跨竈」，此讚語已對《小山詞》

與《珠玉集》作一高下之評。待後人關注每一文體之獨特性，重視

─────────────

〔註131〕〔清〕況周頤：《蕙風詞話》。見唐圭璋編：《詞話叢編》，冊 5，卷

　　　 2，頁 4425。

每一作品之勝處，而非貫徹貴古賤今之思想，或是以比興寄託強論
作品優劣。

五、本色獨造語──摛章繪句

此係清人對《小山詞》藝術技巧之分析，茲論述如次：

（一）用　調

徐珂《近詞叢話》云：

> 古人填詞，好用熟調，如草窗諸老，熟於一調，必屢填之，
> 以和其手腕，此長調也。小山於小令，亦填一調至十數，
> 蓋亦避生就熟，易於著筆耳。〔註132〕

此係說明晏幾道《小山詞》小令調數眾多且詞調重複之原因。蓋「詞
調有生熟，有諧拗，熟者多諧，生者多拗。」〔註133〕晏幾道好用熟
調，亦是《小山詞》出色之要素。

而謝章鋌《賭棋山詞話》云：

> 北宋多工短調，南宋多工長調。北宋多工軟語，南宋多工
> 硬語。然二者偏至，終非全才。歐陽、晏、秦，北宋之正
> 宗也。柳耆卿失之濫，黃魯直失之傖。白石、高、史，南
> 宋之正宗也。吳夢窗失之澀，蔣竹山失之流。若蘇、辛自
> 立一宗，不當儕於諸家派別之中。〔註134〕

就北宋「工短調」、「工軟語」而言，晏幾道符合此條件而無偏頗，故
謝章鋌視晏幾道為北宋正宗之一。

（二）警　句

晏幾道〈臨江仙〉（夢後樓臺高鎖）：「落花人獨立，微雨燕雙
飛。」譚獻評為「名句千古，不能有二。所謂柔厚在此。」〔註135〕

〔註132〕徐珂：《近詞叢話》。見唐圭璋編：《詞話叢編》，冊5，頁4230。

〔註133〕〔清〕沈祥龍：《論詞隨筆》。見唐圭璋編：《詞話叢編》，冊5，頁4059。

〔註134〕〔清〕謝章鋌：《賭棋山詞話》。見唐圭璋編：《詞話叢編》，冊4，頁3470。

〔註135〕〔清〕譚獻：《復堂詞話》。見唐圭璋編：《詞話叢編》，冊4，頁3990。

而陳廷焯《詞則・大雅集》云：「『落花』十字，自是天生好言詩。」
〔註136〕又於《白雨齋詞話》兩見關於「落花人獨立，微雨燕雙飛。」
之評，如下：

> 晏小山之「落花人獨立，微雨燕雙飛」。又「當時明月在，
> 曾照采雲歸」。……似此則婉轉纏綿，情深一往，麗而有則，
> 耐人玩味。〔註137〕

> 《小山詞》，如「去年春恨卻來時。落花人獨立，微雨燕雙
> 飛。」又「當時明月在，曾照彩雲歸。」既閑婉，又沉著，
> 當時更無敵手。〔註138〕

由此可見「落花人獨立，微雨燕雙飛」成爲警句之因，乃具有溫柔敦
厚，「自中乎節，纏綿沉鬱，胥洽乎情」〔註139〕之特色。

「用成語，貴渾成，脫化如出諸己」，〔註140〕「落花人獨立，微
雨燕雙飛」兩句雖出於翁宏〈春殘〉詩頸聯，然宋、明評論家除卓人
月嘗指出此爲「晚唐麗句」外，其餘諸家無不將晏幾道視爲此語原作，
足見晏幾道之才情。

（三）結　句

沈謙《填詞雜說》云：

> 填詞結句，或以動蕩見奇，或以迷離稱雋，著一實語，敗
> 矣。……晏叔原「紫騮認得舊遊蹤，嘶過畫橋東畔路」……，
> 深得此法。〔註141〕

「紫騮認得舊遊蹤，嘶過畫橋東畔路」爲〈木蘭花〉（秋千院落重簾

〔註136〕〔清〕陳廷焯：《詞則・大雅集》，冊上，頁47。
〔註137〕〔清〕陳廷焯：《白雨齋詞話》。見唐圭璋編：《詞話叢編》，冊4，
　　　　卷5，頁3885～3886。
〔註138〕〔清〕陳廷焯：《白雨齋詞話》。見唐圭璋編：《詞話叢編》，冊4，
　　　　卷1，頁3782。
〔註139〕〔清〕沈祥龍：《論詞隨筆》。見唐圭璋編：《詞話叢編》，冊5，頁
　　　　4047。
〔註140〕〔清〕沈祥龍：《論詞隨筆》。見唐圭璋編：《詞話叢編》，冊5，頁
　　　　4059。
〔註141〕〔清〕沈謙：《填詞雜說》。見唐圭璋編：《詞話叢編》，冊1，頁633。

暮）一詞之結句。黃蘇亦析論：「末二句言重經其地，馬尚有情，況於人乎。似爲遊冶思其舊好而言。」〔註142〕沈義父甚云：「結句須要放開，含有餘不盡之意，以景結尾最好。」〔註143〕是知借馬喻人，以景語作結，爲此詞「以迷離稱雋」之因。

要之，《小山詞》之藝術技巧伴隨內容情韻而愈發出眾。

綜而論之，「作詞之法，首貴沉鬱。沉則不浮，鬱則不薄」〔註144〕；詞風應「清而腴，麗而則，逸而斂，婉而莊」〔註145〕；用語首重雅致精鍊；情韻當於言外細嚼。若能「景中帶情，而存騷雅」，「屏去浮豔，樂而不淫」，存「漢魏樂府之遺意」〔註146〕則最佳。「通過闡釋工作建立起意義層次上完成的整體，……這一意義整體，只有通過視角的選擇才能建立。」〔註147〕清人運用其歷史經驗與閱讀實踐而對《小山詞》產生諸多評論，要皆與浙西、常州詞論之提出具有相當關聯性。

清人多認爲《小山詞》爲「情眞而調逸，思深而言婉」〔註148〕之作品；對《小山詞》繼武前人，並跨越藩籬之成就有相當論述。而「將身世之感打併入豔情」〔註149〕此一論點，亦是《小山詞》成敗

〔註142〕〔清〕黃蘇：《蓼園詞評》。見唐圭璋編：《詞話叢編》，冊 4，頁 3044。

〔註143〕〔宋〕沈義父：《樂府指迷》。見唐圭璋編：《詞話叢編》，冊 1，頁 279。

〔註144〕〔清〕陳廷焯：《白雨齋詞話》。見唐圭璋編：《詞話叢編》，冊 4，卷 1，頁 3776。

〔註145〕〔宋〕林景熙：〈胡汲古樂府序〉，《霽山集》，卷 5。見張惠民編：《宋代詞學資料匯編》（汕頭：汕頭大學出版社，2003 年 6 月），頁 241。

〔註146〕〔宋〕張炎：《詞源》。見唐圭璋編：《詞話叢編》，冊 1，頁 264。

〔註147〕〔聯邦德國〕H.R.姚斯、〔美〕R.C.霍拉勃著，周寧、金元浦譯：《接受美學與接受理論》，頁 183。

〔註148〕〔宋〕晁謙之：〈花間集跋〉。見施蟄存主編：《詞籍序跋萃編》，卷 8，頁 632。

〔註149〕〔清〕周濟：〈宋四家詞選目錄序論〉。見〔清〕周濟：《宋四家詞選》（據清同治十二年潘祖蔭刻澇喜齋叢書本影印），《續修四庫全書》，冊 1732，頁 599。

得失之要素。晏幾道寄慨身世，抒發摯情眞性，然政教之思或經世濟民之志殆非其重點，故清人品《小山詞》等第，略遜於寓亡國之痛，存經濟抱負而溫婉雅妍之作。

此外，尚可從清人對當朝作家之評論窺得《小山詞》之風貌。如鄒祗謨評曹爾堪《南溪詞》「能取眼前景物，隨手位置，所製自成勝寄。如晏小山善寫杯酒間一時意中事，當使蓮、鴻、蘋、雲別按紅牙以歌之。」〔註150〕又如朱祖謀〈望江南・雜題我朝諸名家詞集後〉之七，評納蘭性德，云：「蘭錡貴，肯作稱家兒。解道紅羅亭上語，人閒寧獨《小山詞》。冷煖自家知。」〔註151〕斯可見《小山詞》對清代詞壇之創作具有影響力。

第三節　閱讀具體化：審美標準與接受程度 ──詞選篇

本節針對清人閱讀具體化後所編之詞選，探討清人對《小山詞》之接受。

翻閱清人所編之詞選，其中收錄晏幾道詞有十四〔註152〕：朱彝尊《詞綜》〔註153〕、先著與程洪《詞潔》〔註154〕、沈辰垣與王奕清等《御選歷代詩餘》〔註155〕、沈時棟輯，尤侗與朱彝尊參訂《古今

〔註150〕〔清〕沈雄：《古今詞話》。見唐圭璋編：《詞話叢編》，冊 1，頁1039。

〔註151〕〔清〕朱祖謀：《彊村語業》。見陳乃乾主編：《清詞別集》（台北：鼎文書局，1956 年 6 月），冊 12，頁 6665。

〔註152〕以初次刊刻年代爲準。因朱祖謀《宋詞三百首》初刊本爲民國十三年（1924），故不列入。

〔註153〕〔清〕朱彝尊編：《詞綜》。見《景印文淵閣四庫全書》，冊 1493。

〔註154〕〔清〕先著、程洪輯，劉崇德、徐文武點校：《詞潔》（保定：河北大學出版社，2007 年 9 月）。本論文所引《詞潔》皆依據此版本。

〔註155〕〔清〕沈辰垣、王奕清等奉敕編：《御選歷代詩餘》。見《景印文淵閣四庫全書》，冊 1491～1493。

詞選》〔註156〕、夏秉衡《歷朝名人詞選》〔註157〕、黃蘇《蓼園詞選》〔註158〕、張惠言《詞選》〔註159〕、周濟《詞辨》〔註160〕、陳廷焯《詞則・大雅集》〔註161〕、陳廷焯《詞則・別調集》〔註162〕、陳廷焯《詞則・閑情集》〔註163〕、梁令嫻《藝蘅館詞選》〔註164〕、周濟《宋四家詞選》〔註165〕、馮煦《宋六十一家詞選》〔註166〕。

一、選錄情形

本節將上揭十四本詞選與唐圭璋編纂、王仲聞參訂、孔凡禮補輯《全宋詞》選錄之晏幾道作品，逐一比較，發現有六本詞選出現互異之情況。茲表列分述如次：

（一）《詞綜》

收有晏幾道詞22闋，取之與《全宋詞》相較，相異者整理如次：

〔註156〕〔清〕沈時棟輯，尤侗、朱彝尊參訂：《古今詞選》（台北：台灣東方書店，1956年5月）。本論文所引《古今詞選》皆依據此版本。

〔註157〕〔清〕夏秉衡：《歷朝名人詞選》。見《中華古籍叢刊》（台北：大西洋圖書公司，1968年5月），冊22。本論文所引《歷朝名人詞選》皆依據此版本。

〔註158〕〔清〕黃蘇：《蓼園詞選》。見〔清〕黃蘇、周濟、譚獻選評，尹志騰校點：《清人選評詞集三種》（濟南：齊魯書社，1988年9月）。本論文所引《清人選評詞集三種》皆依據此版本。

〔註159〕〔清〕張惠言輯：《詞選》（據上海圖書館藏清道光十年宛鄰書屋刻本影印）。見《續修四庫全書》，冊1732。

〔註160〕〔清〕周濟：《詞辨》（據中國科學院圖書館藏清光緒四年刻本影印）。見《續修四庫全書》，冊1732。

〔註161〕〔清〕陳廷焯：《詞則・大雅集》（上海：上海古籍出版社，1984年5月）。本論文所引《詞則》皆依據此版本。

〔註162〕〔清〕陳廷焯：《詞則・別調集》。

〔註163〕〔清〕陳廷焯：《詞則・閑情集》。

〔註164〕梁令嫻：《藝蘅館詞選》（台北：台灣中華書局，1970年10月）。本論文所引《藝蘅館詞選》皆依據此版本。

〔註165〕〔清〕周濟：《宋四家詞選》（據清同治十二年潘祖蔭刻滂喜齋叢書本影印）。見《續修四庫全書》，冊1732。

〔註166〕〔清〕馮煦：《宋六十一家詞選》（台北：文化圖書公司，1956年6月）。

表十五　《詞綜》與《全宋詞》互見表

詞牌　首句 作者　詞選	詞　綜	全宋詞	附　　注
玉樓春　秋千院落重簾暮	晏幾道	晏幾道	《全宋詞》詞牌作〈木蘭花〉

（二）《詞潔》

收有晏幾道詞 21 闋，取之與《全宋詞》相較，相異者整理如次：

表十六　《詞潔》與《全宋詞》互見表

詞牌　首句 作者　詞選	詞　潔	全宋詞	附　　注
玉樓春　秋千院落重簾暮	晏幾道	晏幾道	《全宋詞》詞牌作〈木蘭花〉

（三）《御選歷代詩餘》

收有晏幾道詞 188 闋，取之與《全宋詞》相較，相異者整理如次：

表十七　《御選歷代詩餘》與《全宋詞》互見表

詞牌　首句 作者　詞選	御選歷代詩餘	全宋詞	附　　注
探春令　綠楊枝上曉鶯啼	晏幾道	×	無名氏作。見《增修箋註妙選群英草堂詩餘》前集，卷下
洞仙歌　江南臘盡	晏幾道	蘇軾	
滿江紅　七十人稀	晏幾道	蕭泰來	
眞珠髻　重重山外	晏幾道	×	無名氏作。見《梅苑》卷一

（四）《蓼園詞選》

收有晏幾道詞 4 闋，取之與《全宋詞》相較，相異者整理如次：

表十八　《蓼園詞選》與《全宋詞》互見表

詞牌　首句 作者　詞選	蓼園詞選	全宋詞	附　　注
玉樓春　秋千院落重簾暮	晏幾道	晏幾道	《全宋詞》詞牌作〈木蘭花〉

（五）《閑情集》

收有晏幾道詞 30 闋，取之與《全宋詞》相較，相異者整理如次：

表十九　《閑情集》與《全宋詞》互見表

詞牌　首句	作者　詞選	閑情集	全宋詞	附　　注
玉樓春	秋千院落重簾暮	晏幾道	晏幾道	《全宋詞》詞牌作〈木蘭花〉

（六）《宋六十一家詞選》

收有晏幾道詞 87 闋，取之與《全宋詞》相較，相異者整理如次：

表二十　《宋六十一家詞選》與《全宋詞》互見表

詞牌　首句	作者　詞選	宋六十一家詞選	全宋詞	附　　注
玉樓春	秋千院落重簾暮 風簾向曉寒成陣 玉眞能唱朱簾靜	晏幾道	晏幾道	《全宋詞》詞牌作〈木蘭花〉

由表十一至表十六，得見各本選錄情形如次：

其一、〈玉樓春〉之詞牌名，《全宋詞》悉作〈木蘭花〉。

其二、僅《御選歷代詩餘》有誤收詞。

除去誤收、詞調名稱不同之情況，茲統計各本所選晏幾道詞如次：

表二十一　清代詞選收錄晏幾道詞一覽表

《小山詞》序號　詞牌　首句	詞綜	詞潔	御選歷代詩餘	古今詞選	歷朝名人詞選	蓼園詞選	詞選	詞辨	詞則‧大雅集	詞則‧別調集	詞則‧閑情集	藝蘅館詞選	宋四家詞選	宋六十一家詞選	統計（次）
1　臨江仙　鬥草階前初見			∨	∨											2
2　臨江仙　身外閑愁空滿			∨							∨				∨	3
3　臨江仙　淡水三年歡意			∨							∨				∨	3

																總計
4	臨江仙	淺淺餘寒春半			✓												1
5	臨江仙	長愛碧闌干影			✓												1
6	臨江仙	旖旎仙花解語			✓												1
7	臨江仙	夢後樓臺高鎖	✓	✓	✓	✓			✓	✓	✓		✓	✓	✓	10
8	臨江仙	東野亡來無麗句			✓												1
9	蝶戀花	卷絮風頭寒欲盡			✓							✓			✓	3
10	蝶戀花	初撚霜紈生悵望			✓												1
11	蝶戀花	庭院碧苔紅葉遍	✓	✓	✓			✓				✓			✓	6
12	蝶戀花	喜鵲橋成催鳳駕	✓		✓							✓				3
13	蝶戀花	碧草池塘春又晚			✓							✓			✓	3
14	蝶戀花	醉別西樓醒不記	✓	✓	✓					✓			✓	✓	✓	7
15	蝶戀花	欲減羅衣寒未去								✓					✓	2
16	蝶戀花	千葉早梅誇百媚			✓												1
17	蝶戀花	金翦刀頭芳意動			✓												1
18	蝶戀花	笑豔秋蓮生綠浦			✓												1
19	蝶戀花	碧落秋風吹玉樹			✓										✓	2
20	蝶戀花	碧玉高樓臨水住	✓		✓							✓			✓	4
21	蝶戀花	夢入江南煙水路			✓										✓	2
22	蝶戀花	黃菊開時傷聚散			✓												1
23	鷓鴣天	彩袖殷勤捧玉鍾		✓	✓	✓	✓	✓				✓			✓	7
24	鷓鴣天	一醉醒來春又殘			✓										✓	2
25	鷓鴣天	梅蕊新妝桂葉眉			✓												1
26	鷓鴣天	守得蓮開結伴遊			✓										✓	2
27	鷓鴣天	鬥鴨池南夜不歸													✓	1
28	鷓鴣天	當日佳期鵲誤傳			✓												1
29	鷓鴣天	題破香箋小研紅			✓												1
30	鷓鴣天	清穎尊前酒滿衣			✓												1
31	鷓鴣天	醉拍春衫惜舊香			✓												1
32	鷓鴣天	小令尊前見玉簫			✓							✓			✓	3
33	鷓鴣天	楚女腰肢越女腮			✓												1
34	鷓鴣天	十里樓臺倚翠微			✓										✓	2

#	詞調	首句												數
35	鷓鴣天	陌上濛濛殘絮飛			✓					✓			✓	3
36	鷓鴣天	曉日迎長歲歲同			✓									1
37	鷓鴣天	小玉樓中月上時			✓									1
38	鷓鴣天	手撚香箋憶小蓮			✓									1
39	鷓鴣天	九日悲秋不到心			✓									1
40	鷓鴣天	碧藕花開水殿涼			✓									1
41	鷓鴣天	綠橘梢頭幾點春			✓					✓			✓	3
42	生查子	金鞭美少年	✓	✓	✓		✓			✓		✓	✓	7
43	生查子	關山魂夢長											✓	1
44	生查子	墜雨已辭雲											✓	1
45	生查子	輕輕製舞衣			✓									1
46	生查子	紅塵陌上游			✓									1
47	生查子	長恨涉江遙			✓								✓	2
48	生查子	春從何處歸			✓									1
49	南鄉子	淥水帶青潮		✓	✓									2
50	南鄉子	小蕊受春風			✓									1
51	南鄉子	花落未須悲			✓								✓	2
52	南鄉子	新月又如眉		✓	✓								✓	3
53	清平樂	留人不住	✓	✓	✓				✓		✓	✓	✓	7
54	清平樂	千花百草			✓									1
55	清平樂	煙輕雨小			✓									1
56	清平樂	紅英落盡											✓	1
57	清平樂	春雲綠處	✓		✓								✓	3
58	清平樂	波紋碧皺	✓	✓	✓								✓	4
59	清平樂	西池煙草								✓			✓	2
60	清平樂	么弦寫意	✓	✓	✓								✓	4
61	清平樂	暫來還去											✓	1
62	清平樂	雙紋彩袖			✓									1
63	清平樂	寒催酒醒											✓	1
64	清平樂	蓮開欲遍			✓								✓	2
65	木蘭花	秋千院落重簾暮	✓	✓	✓		✓			✓		✓	✓	7

序	詞牌	首句								數
66	木蘭花	小顰若解愁春暮		✓						1
67	木蘭花	小蓮未解論心素		✓						1
68	木蘭花	風簾向曉寒成陣		✓					✓	2
69	木蘭花	念奴初唱離亭宴		✓						1
70	木蘭花	玉眞能唱朱簾靜		✓					✓	2
71	木蘭花	阿茸十五腰肢好		✓						1
72	木蘭花	初心已恨花期晚		✓						1
73	減字木蘭花	長亭晚送	✓	✓					✓	3
74	減字木蘭花	留春不住		✓						1
75	泛清波摘遍	催花雨小		✓					✓	2
76	洞仙歌	春殘雨過		✓						1
77	菩薩蠻	來時楊柳東橋路	✓	✓						2
78	菩薩蠻	鶯啼似作留春語							✓	1
79	菩薩蠻	春風未放花心吐		✓						1
80	菩薩蠻	嬌香淡染胭脂雪		✓						1
81	菩薩蠻	香蓮燭下匀丹雪		✓						1
82	菩薩蠻	哀箏一弄湘江曲		✓					✓	2
83	菩薩蠻	江南未雪梅花白		✓					✓	2
84	玉樓春	雕鞍好爲鶯花住		✓						1
85	玉樓春	瓊酥酒面風吹醒		✓						1
86	玉樓春	清歌學得秦娥似		✓						1
87	玉樓春	旗亭西畔朝雲住		✓						1
88	玉樓春	離鸞照罷塵生鏡		✓				✓	✓	3
89	玉樓春	東風又作無情計		✓				✓	✓	3
90	玉樓春	斑騅路與陽臺近		✓						1
91	玉樓春	紅綃學舞腰肢軟		✓						1
92	玉樓春	當年信道情無價		✓						1
93	玉樓春	采蓮時候慵歌舞	✓	✓				✓		3
94	玉樓春	輕風拂柳冰初綻		✓					✓	2

序號	詞牌	詞句															數
95	阮郎歸	粉痕閑印玉尖纖			✓											✓	2
96	阮郎歸	來時紅日弄窗紗			✓												1
97	阮郎歸	舊香殘粉似當初			✓											✓	2
98	阮郎歸	天邊金掌露成霜			✓											✓	2
99	阮郎歸	晚妝長趁景陽鐘			✓												1
100	歸田樂	試把花期數			✓												1
101	浣溪沙	臥鴨池頭小苑開			✓											✓	2
102	浣溪沙	二月和風到碧城			✓											✓	2
103	浣溪沙	白紵春衫楊柳鞭			✓												1
104	浣溪沙	床上銀屏幾點山											✓			✓	2
105	浣溪沙	家近旗亭酒易酤			✓	✓	✓										3
106	浣溪沙	午醉西橋夕未醒			✓	✓										✓	3
107	浣溪沙	已拆秋千不奈閑			✓												1
108	浣溪沙	團扇初隨碧簟收			✓								✓			✓	3
109	浣溪沙	翠閣朱闌倚處危			✓								✓			✓	3
110	浣溪沙	唱得紅梅字字香			✓												1
111	浣溪沙	小杏春聲學浪仙			✓												1
112	浣溪沙	銅虎分符領外台			✓												1
113	浣溪沙	浦口蓮香夜不收			✓											✓	2
114	浣溪沙	樓上燈深欲閉門											✓			✓	2
115	六么令	綠陰春盡	✓	✓	✓								✓	✓	✓	✓	7
116	六么令	雪殘風信	✓	✓	✓									✓	✓	✓	6
117	六么令	日高春睡			✓												1
118	更漏子	檻花稀			✓											✓	2
119	更漏子	柳間眠		✓	✓												2
120	更漏子	柳絲長		✓	✓								✓			✓	4
121	更漏子	露華高		✓	✓								✓			✓	4
122	河滿子	對鏡偷勻玉箸			✓												1
123	河滿子	綠綺琴中心事			✓												1
124	于飛樂	曉日當簾			✓												1
125	愁倚闌令	憑江閣			✓												1

序號	詞牌	首句									次數
126	愁倚闌令	花陰月								✓	1
127	御街行	年光正似花梢露			✓					✓	2
128	御街行	街南綠樹春饒絮			✓					✓	2
129	浪淘沙	高閣對橫塘			✓						1
130	浪淘沙	小綠間長紅		✓	✓		✓			✓	4
131	浪淘沙	麗曲醉思仙			✓						1
132	浪淘沙	翠幕綺筵張			✓						1
133	訴衷情	渚蓮霜曉墜殘紅								✓	1
134	訴衷情	憑觴靜憶去年秋			✓					✓	2
135	訴衷情	小梅風韻最妖嬈			✓						1
136	訴衷情	長因蕙草記羅裙			✓					✓	2
137	破陣子	柳下笙歌庭院		✓	✓			✓	✓		4
138	好女兒	綠遍西池			✓						1
139	好女兒	酌酒殷勤			✓						1
140	點絳唇	花信來時			✓			✓		✓	3
141	點絳唇	明日征鞭		✓	✓			✓			3
142	點絳唇	妝席相逢		✓	✓			✓	✓		4
143	點絳唇	湖上西風			✓					✓	2
144	兩同心	楚鄉春晚			✓			✓			2
145	少年游	綠勾闌畔			✓						1
146	少年游	西溪丹杏			✓						1
147	少年游	離多最是			✓	✓					2
148	少年游	西樓別後			✓					✓	2
149	少年游	雕梁燕去			✓					✓	2
150	虞美人	閑敲玉鐙隋堤路	✓	✓	✓					✓	4
151	虞美人	飛花自有牽情處			✓						1
152	虞美人	曲闌干外天如水			✓			✓		✓	3
153	虞美人	疏梅月下歌金縷			✓						1
154	虞美人	玉簫吹遍煙花路			✓					✓	2
155	虞美人	秋風不似春風好			✓						1
156	虞美人	濕紅箋紙回紋字			✓			✓		✓	3

序號	詞牌	詞句	1	2	3	4	5	6	7	8	9	10	11	12	13	14	計
157	虞美人	一弦彈盡仙韶樂			✓												1
158	采桑子	秋千散後朦朧月	✓											✓	✓		3
159	采桑子	宜春苑外樓堪倚														✓	1
160	采桑子	白蓮池上當時月				✓											1
161	采桑子	前歡幾處笙歌地			✓	✓										✓	3
162	采桑子	無端惱破桃源夢				✓											1
163	采桑子	年年此夕東城見				✓											1
164	采桑子	西樓月下當時見				✓											1
165	采桑子	湘妃浦口蓮開盡				✓										✓	2
166	采桑子	紅窗碧玉新名舊				✓											1
167	采桑子	金風玉露初涼夜														✓	1
168	踏莎行	柳上煙歸				✓											1
169	踏莎行	宿雨收塵				✓										✓	2
170	踏莎行	綠徑穿花				✓											1
171	踏莎行	雪盡寒輕				✓											1
172	滿庭芳	南苑吹花				✓							✓			✓	3
173	留春令	畫屏天畔				✓										✓	2
174	留春令	采蓮舟上				✓											1
175	留春令	海棠風橫				✓											1
176	風入松	柳陰庭院杏梢牆				✓											1
177	風入松	心心念念憶相逢				✓											1
178	清商怨	庭花香信尙淺	✓			✓							✓			✓	4
179	秋蕊香	池苑清陰欲就				✓											1
180	秋蕊香	歌徹郎君秋草				✓											1
181	思遠人	紅葉黃花秋意晚				✓							✓			✓	3
182	碧牡丹	翠袖疏紈扇	✓			✓								✓	✓	✓	5
183	長相思	長相思											✓				1
184	醉落魄	滿街斜月				✓											1
185	醉落魄	鷺孤月缺				✓											1
186	醉落魄	天教命薄				✓											1
187	醉落魄	休休莫莫				✓											1

序	詞牌	首句	1	2	3	4	5	6	7	8	9	10	11	12	13	次數
188	望仙樓	小春花信日邊來			v											1
189	鳳孤飛	一曲畫樓鐘動			v											1
190	西江月	愁黛顰成月淺			v											1
191	西江月	南苑垂鞭路冷			v									v		2
192	武陵春	綠蕙紅蘭芳信歇			v											1
193	武陵春	煙柳長堤知幾曲			v											1
194	解佩令	玉階秋感			v											1
195	行香子	晚綠寒紅		v	v											2
196	慶春時	倚天樓殿			v											1
197	慶春時	梅梢已有			v											1
198	喜團圓	危樓靜鎖			v											1
199	憶悶令	取次臨鸞匀畫淺			v											1
200	梁州令	莫唱陽關曲			v	v										2
201	燕歸來	蓮葉雨			v									v		2
總計（闋）			22	21	184	6	3	4	1	1	5	3	30	8	10	87

據上表統計，可知〈臨江仙〉（夢後樓臺高鎖）一詞入選次數最多，達 10 次；其次則為〈蝶戀花〉（醉別西樓醒不記）、〈鷓鴣天〉（彩袖殷勤捧玉鍾）、〈生查子〉（金鞭美少年）、〈清平樂〉（留人不住）、〈木蘭花〉（秋千院落重簾暮）、〈六么令〉（綠陰春盡）六闋，入選次數各 7 次。

二、分見各本概況

茲分類並試析各本選錄標準如次：

（一）去宋明詞選陋習：《詞綜》、《詞潔》

1、《詞綜》，三十卷，朱彝尊編；編選年代自唐至元，凡 531 家〔註167〕，共 1922 闋。其中宋詞高達 1387 闋，比例超過全書七成。因《詞綜》「於專集諸選本之外，凡稗官野紀中有片詞足錄者，輒為採掇，故多他選未見之作」〔註168〕。

〔註167〕王兆鵬：《詞學史料學》，頁 353。
〔註168〕〔清〕紀昀等：〈詞綜提要〉。見《景印文淵閣四庫全書》，冊 1493，頁 427。

　　全書目錄列於各卷之前，而以時代順序排列各卷。每卷先題收詞總數，後以人名爲類，並於人名之下以小字標注錄詞數，如卷五，選錄宋詞七十首，含晏幾道二十二首、張先二十七首、柳永二十一首。內容方面，詞人底下附有小傳，除載錄原詞外，或亦標注詞題；此詞題爲詞人原題，然「宋人詞集大約無題，自《花庵》、《草堂》增入閨情、閨思、四時景等題，深爲可憎」〔註169，〕故朱彝尊將之刪去。

　　晏幾道部分，既有生平介紹，亦有黃庭堅、陳振孫與程叔微（《詞綜》作「程叔徹」）之詞論；又全無詞題，係還原《小山集》本來面目。

　　朱彝尊於《詞綜・發凡》云：「世人言詞必稱北宋，然詞至南宋，始極其工；至宋季而始極其變，姜堯章氏最爲傑出。」〔註170〕觀《詞綜》所選，以南宋詞最多，而吳文英居冠。朱彝尊以姜夔詞爲上乘，而姜夔詞僅選22闋，不及吳文英詞二分之一，此係「《白石樂府》五卷，今僅存二十餘闋也」〔註171〕，足見姜夔詞於朱彝尊心中之地位。《詞綜》雖以南宋詞爲主，然五百餘詞家中，收詞達二十闋以上者，晏幾道亦名列其中〔註172〕，數量仍有可觀。

　　再者，《詞綜》選詞，著眼於醇雅，朱彝尊言：「言情之作，易流於穢，此宋人選詞以雅爲目。」〔註173〕又言：「古詞選本，……獨《草堂詩餘》所收，最下、最傳，三百年來學者守爲《兔園冊》，無惑乎詞之不振也。」〔註174〕雖然《草堂詩餘》於朱彝尊眼中爲不登大雅

〔註169〕〔清〕朱彝尊編：《詞綜・發凡》。見《景印文淵閣四庫全書》，冊1493，頁434。

〔註170〕〔清〕朱彝尊編：《詞綜・發凡》。見《景印文淵閣四庫全書》，冊1493，頁431。

〔註171〕〔清〕朱彝尊編：《詞綜・發凡》。見《景印文淵閣四庫全書》，冊1493，頁431。

〔註172〕陶子珍：《明代詞選研究》，頁487。

〔註173〕〔清〕朱彝尊編：《詞綜・發凡》。見《景印文淵閣四庫全書》，冊1493，頁434。

〔註174〕〔清〕朱彝尊編：《詞綜・發凡》。見《景印文淵閣四庫全書》，冊1493，頁432。

之作，然《增修箋註妙選群英草堂詩餘》收有晏幾道〈鷓鴣天〉（彩袖殷勤捧玉鍾）、〈生查子〉（金鞭美少年）、〈蝶戀花〉（庭院碧苔紅葉遍）、〈木蘭花〉（秋千院落重簾暮）四闋，《詞綜》除〈鷓鴣天〉（彩袖殷勤捧玉鍾）一詞未收外，其餘三闋皆入選。是知晏幾道〈生查子〉（金鞭美少年）、〈蝶戀花〉（庭院碧苔紅葉遍）、〈木蘭花〉（秋千院落重簾暮），仍屬醇雅之詞。

蔣兆蘭稱：「清人選宋詞，博而且精者，無過朱竹垞《詞綜》一書。」〔註175〕而汪森言《詞綜》「庶幾可一洗《草堂》之陋，而倚聲者知所宗矣。」〔註176〕故《詞綜》所選晏幾道詞 22 闋，當是「覽觀宋元詞集一百七十家，傳記、小說、地志共三百餘家」〔註177〕後之精華，足以作為宋詞代表。而《詞綜》問世後，猶如《草堂詩餘》席捲明代詞壇般，續、補《詞綜》，或以「詞綜」命名之書，一一而出，斯可見《詞綜》於清代之影響力，而此影響力亦成散播《小山詞》之助力。

2、《詞潔》六卷，先著、程洪輯；「專錄宋一代之詞，宋以前則取《花間》原本，稍微遴撮。蓋以太白、後主之前集，譬五言之有漢、魏，本其始也。金、元不能別具卷帙，則附諸宋後」〔註178〕，凡 631 闋。全書目錄以詞調為類，底下分列諸詞，「主錄詞，不主備調」〔註179〕；內容部分，除載錄原詞外，或有評論。

據《詞潔·發凡》云：

> 黃叔暘雖繫宋人手眼，然宋末名家未備。張玉田極稱周草窗選為精粹，其時已云板不存矣。近日有鋟藏本以行世者，似從陸輔之《詞旨》拈出名句，依序排次，載以全詞，初覺姓氏絢然可觀，細閱之，未必確為舊本。蓋好事者為之，

〔註175〕蔣兆蘭：《詞說》。見唐圭璋編：《詞話叢編》，冊 5，頁 4631。

〔註176〕〔清〕汪森：〈詞綜序〉。見施蟄存主編：《詞籍序跋萃編》，卷 9，頁 748。

〔註177〕〔清〕汪森：〈詞綜序〉。見施蟄存主編：《詞籍序跋萃編》，卷 9，頁 748。

〔註178〕〔清〕先著、程洪輯，劉崇德、徐文武點校：《詞潔·發凡》，頁 2。

〔註179〕〔清〕先著、程洪輯，劉崇德、徐文武點校：《詞潔·發凡》，頁 1。

使周選若此亦不足尚也。《草堂》流傳耳目，庸陋取譏，續
集尤爲無識。《粹編》不分珉玉，雜采取盈，掛漏復多。至
若分人序代，不便卒讀。

黃昇《花庵詞選》所錄宋詞不甚完備，書成於南宋淳祐九年（1249），
難能窺見南宋末期之佳作。而周密《絕妙好詞》選錄南宋諸家，多遺
民詞人，「繫情舊京，凡言歸路，言家山，言故國，皆恨中原隔絕」
〔註180〕；「去取謹嚴，猶在曾慥《樂府雅詞》、黃昇《花庵詞選》之
上。」〔註181〕然原版已不存，「恐墨本亦有好事者藏之」〔註182〕。
而文中指「近日有錄藏本以行世者」，此刻本應是柯煜「小幔亭本」
（清康熙二十四年（1684）印行），或是高士奇據柯煜小幔亭本校訂
而印行之「清吟堂本」（清康熙三十三年（1684）印行）。因疑非周密
《絕妙好詞》舊本，故不足以推崇。此外，《草堂詩餘》與《花草粹
編》多蕪雜疏漏之選，誠非優秀之選本。《詞潔》則「去取清濁之界，
特爲屬意」〔註183〕，「寧嚴勿濫，不敢遍收」〔註184〕。

　　何以命名爲「詞潔」？其意在於：

　　　恐詞之或即於淫鄙穢雜，而因以見宋人知所爲，故自有眞
　　　耳。夫果出於閩方，花出於中州，至矣，執是以例其餘，
　　　爲花木者，不凡窮乎？雖則柤梨皆可於口，苟非蘋菜皆悅
　　　於目，摶土塗丹以爲實，剪采刻楮以爲花，非不能爲肖也，
　　　而實之眞質，花之生氣，不與俱焉。懸古人以爲之歸，而
　　　不徒爲摶土剪采之所爲，雖微詞而已，他又何能限之。是
　　　則所以《詞潔》之意也。〔註185〕

故知《詞潔》所選，爲情眞而不鄙俗，質美而有生氣之作品，堪爲他

〔註180〕　〔清〕宋翔鳳：《樂府餘論》。見唐圭璋編：《詞話叢編》，冊3，頁
　　　　　2502。
〔註181〕　〔清〕永瑢、紀昀等：《武英殿本四庫全書總目提要‧絕妙好詞箋》，
　　　　　冊5，卷199，頁320。
〔註182〕　〔宋〕張炎：《詞源》。見唐圭璋編：《詞話叢編》，冊1，頁266。
〔註183〕　〔清〕先著、程洪輯，劉崇德、徐文武點校：《詞潔‧發凡》，頁2。
〔註184〕　〔清〕先著、程洪輯，劉崇德、徐文武點校：《詞潔‧發凡》，頁1。
〔註185〕　〔清〕汪森：〈詞潔序〉。見《詞潔》，頁1。

詞仿效之對象。由是可知《詞潔》對晏幾道詞之接受，在於品質純雅，情境生動；嘗言：「如小山父子及德麟輩，用筆亦未嘗不輕，但有厚薄濃淡之分，後人一再過，不復留餘味，而古人雋永不已」〔註186〕，是知晏幾道詞爲耐人尋味，饒富韻致之作。又如〈減字木蘭花〉（長亭晚送）〔註187〕一詞，《詞潔》予以「輕而不浮，淺而不露。美而不豔，動而不流。字外盤旋，句中含吐。小詞能事備矣」〔註188〕之評價。而〈南鄉子〉（新月又如眉）〔註189〕一詞，則是「情事較新」〔註190〕之作品。

（二）婉約與豪放兼備：《御選歷代詩餘》、《古今詞選》

1、《御選歷代詩餘》一百二十卷，沈辰垣與王奕清等奉敕輯，選錄唐、宋、元、明詞共 9009 闋，凡 1540 調。全書目錄依詞句字數升冪排列，自十六字至二百四十字，並於詞調之下標注其異名，「不沿《草堂詩餘》強分小令、中調、長調之名，更一洗舊本之陋」〔註191〕。卷一至卷一百載「詞」；卷一百零一至卷一百一十爲「詞人姓氏」，以時代爲序，計 957 人；餘十卷爲「詞話」，收錄 763 則。

據〈御選歷代詩餘提要〉云：

自宋初以逮明季，沿波迭起，撰述彌增，然求其括歷代之精華，爲諸家之總彙者，則多窺半豹，未睹全牛，罕能博且精也。我聖祖仁皇帝游心藝苑，於文章之體，一一究其

〔註186〕〔清〕先著、程洪輯，劉崇德、徐文武點校：《詞潔》，頁 80。
〔註187〕〔宋〕晏幾道〈減字木蘭花〉：「長亭晚送。都似綠窗前日夢。小字還家。恰應紅燈昨夜花。　　良時易過。半鏡流年春欲破。往事難忘。一枕高樓到夕陽。」（《全宋詞》，冊 1，頁 302）
〔註188〕〔清〕先著、程洪輯，劉崇德、徐文武點校：《詞潔》，頁 16。
〔註189〕〔宋〕晏幾道〈南鄉子〉：「新月又如眉。長笛誰教月下吹。樓倚暮雲初見雁，南飛。漫道行人雁後歸。　　意欲夢佳期。夢裏關山路不知。卻待短書來破恨，應遲。還是涼生玉枕時。」（《全宋詞》，冊 1，頁 297）
〔註190〕〔清〕先著、程洪輯，劉崇德、徐文武點校：《詞潔》，頁 60。
〔註191〕〔清〕永瑢、紀昀等：《武英殿本四庫全書總目提要·御選歷代詩餘》，冊 5，卷 199，頁 322。

正變，核其源流，兼括洪纖，不遺一技，乃命侍讀學士沈
辰垣等蒐羅舊集，定著斯編。凡柳、周婉麗之音，蘇、辛
奇恣之格，兼收兩派，不主一隅；旁及元人小令，漸變繁
聲；明代新腔，不因舊譜者，苟一長可取，亦眾美胥收。
至於考求爵里，可以為論世之資；辯證妍媸，可以為倚聲
之律者，網羅宏富，尤極精詳。自有詞選以來，可云集其
大成矣。〔註192〕

明代詞選巨編為《花草粹編》，清代詞選巨編則為《御選歷代詩餘》，
而《花草粹編》錄詞三千七百餘闋，僅《御選歷代詩餘》三分之一強，
足見《御選歷代詩餘》收羅之廣。今觀《花草粹編》與《御選歷代詩
餘》所選小山詞（誤收詞除外），《御選歷代詩餘》多收八十三闋，而
長調〈泛清波摘遍〉（催花雨小）、〈六么令〉（綠陰春盡）、〈六么令〉
（雪殘風信）、〈六么令〉（日高春睡）與〈滿庭芳〉（南苑吹花）五闋，
悉數收錄，即知晏幾道長調作品受到肯定；加以中調作品入選甚多，
可謂不獨厚小令，是以自《御選歷代詩餘》能略見《小山詞》之雛形。
　　《御選歷代詩餘》之選詞目的為「鼓吹風雅」〔註193〕；風格方
面，婉約與豪放詞俱收，「錄其風華典麗而不失於正者為準式；其沉
鬱排宕，寄託深遠，不涉綺靡，卓然名家者尤多收錄」〔註194〕。蓋
「詞」為「詩之餘」，可溯源於《詩三百》；體製雖變，實為一脈相承，
故「風雅」遺音仍存乎詞。而《小山詞》成書目的在於補樂府之亡失，
亦有「鼓吹風雅」之意，是以《御選歷代詩餘》與《小山詞》立意相
通。又《御選歷代詩餘》載錄晏幾道詞之總數，比例超乎《小山詞》
百分之七十，可知《御選歷代詩餘》對《小山詞》接受程度相當高。
　　2、《古今詞選》十二卷，沈時棟輯，尤侗與朱彝尊參訂；選詞時

〔註192〕〔清〕永瑢、紀昀等：《武英殿本四庫全書總目提要・御選歷代詩
餘》，冊5，卷199，頁322。
〔註193〕〔清〕沈辰垣、王奕清等奉敕編：《御選歷代詩餘・欽定凡例》。見
《景印文淵閣四庫全書》，冊1491，頁3。
〔註194〕〔清〕沈辰垣、王奕清等奉敕編：《御選歷代詩餘・欽定凡例》。見
《景印文淵閣四庫全書》，冊1491，頁3。

代橫跨唐至清諸朝，計 994 闋，凡 199 調。全書以詞調分類，依字數多寡先後排列；「調名一遵於舊，而不尚新，惟取世俗習聞而易曉者，俾閱者易辨」〔註195〕。另有「歷代詞名家目」置於卷首，係爲詞人名號或作品集之介紹。

據顧貞觀〈古今詞選序〉云：

> 今雄奇磊落、激昂慷慨者，任其才之所至，氣之所行，而長短、宮商、遲促、陰陽諸律，置焉不問，則是狐其裘而羔其袖也。詞之道，不又因是蕩然乎？吳江焦音沈君，深有感焉，曰：「吾將以持其中，於是彙唐宋以來迄本朝若干人，列其詞而核之，合正變二體之長，而汰其放縱不入律者。」……集爲卷十二，其體備而格不傷，其羅廣而賞不濫。〔註196〕

可知《古今詞選》重視詞有無合律，而婉約與豪放詞兼收，「雄奇、香豔者俱錄」〔註197〕。此外，清詞選錄甚多，達 100 家，並「從秘本鈔輯，新穎奪目，有未經傳誦於世者，庶自古迄今，上下蒐羅，略無遺憾」〔註198〕，歷時三十餘年而成書。更且「不因人而濫選，亦不以人而廢詞。若章法不亂，情致動人者，即非作手，概錄不遺」〔註199〕，此爲《古今詞選》之長處。

《古今詞選》所載之詞，或標示詞題。觀其所選晏幾道詞，六闋中即有四闋署有詞題，如下所示：

卷一，〈浣溪沙〉（午醉西橋夕未醒）之詞題爲「遠歸」；

〈浣溪沙〉（家近旗亭酒易酤）之詞題爲「春宴」；

卷三，〈鷓鴣天〉（彩袖殷勤捧玉鍾）之詞題爲「佳會」；

卷三，〈臨江仙〉（夢後樓臺高鎖）之詞題爲「憶舊」。

〔註195〕〔清〕沈時棟輯，尤侗、朱彝尊參訂：《古今詞選·選略八則》，頁 2。

〔註196〕〔清〕沈時棟輯，尤侗、朱彝尊參訂：《古今詞選》，頁 1。

〔註197〕〔清〕沈時棟輯，尤侗、朱彝尊參訂：《古今詞選·選略八則》，頁 1。

〔註198〕〔清〕沈時棟輯，尤侗、朱彝尊參訂：《古今詞選·選略八則》，頁 1。

〔註199〕〔清〕沈時棟輯，尤侗、朱彝尊參訂：《古今詞選·選略八則》，頁 1。

　　蓋詞選之編輯者為其選詞標明題目，可藉以瞭解編輯者對其選詞之「接受」角度。故《古今詞選》對晏幾道詞之接受，可從「詞題」窺得一二。

（三）淡雅為選錄準的：《歷朝名人詞選》

　　《歷朝名人詞選》十三卷，又名《清綺軒詞選》，夏秉衡輯；編選時代為唐至清，收詞 847 闋〔註200〕，而清詞「幾於美不勝收，故集中所登與兩宋相埒」〔註201〕。目錄散於各卷之前，延續《草堂詩餘》「小令、中調、長調」之分調法，卷一至卷至六為「小令」，卷七至卷八為「中調」，卷九至卷十三為「長調」。因同調異名情況甚多，故於目錄注明「某調又名某調，庶不致蒙混龐雜，難於識認」〔註202〕，如卷三，〈浣溪沙〉四十二首，或作〈浣紗溪〉，又名〈小庭花〉。

　　內容部分，詞調之下諸詞各有「詞題」，此書所選，「於有題者悉仍其舊，無題者細玩詞中之意，以一二字標而識之」〔註203〕。而《歷朝名人詞選》所選晏幾道詞三闋，〈浣溪沙〉（家近旗亭酒易酤）之詞題為「春宴」；〈梁州令〉（莫唱陽關曲）之詞題為「送別」；〈鷓鴣天〉（彩袖殷勤捧玉鍾）之詞題為「佳會」。又此三闋分布於卷三與卷六，故知此選欣賞晏幾道之「小令」作品。再者，〈梁州令〉（莫唱陽關曲）一詞，清代詞選除《御選歷代詩餘》外，僅《歷朝名人詞選》選錄；明編詞選中，亦僅《花草稡編》收錄，而無詞題，是以〈梁州令〉（莫唱陽關曲）之詞題為夏秉衡自題。

　　據夏秉衡〈歷朝名人詞選序〉云：
　　　我國家右文興治，歷百有餘年，文人才士，潛心力學於詩、

〔註200〕王兆鵬：《詞學史料學》，頁 357。
〔註201〕〔清〕夏秉衡：《歷朝名人詞選·發凡》。見《中華古籍叢刊》，冊22，頁 1。
〔註202〕〔清〕夏秉衡：《歷朝名人詞選·發凡》。見《中華古籍叢刊》，冊22，頁 1。
〔註203〕〔清〕夏秉衡：《歷朝名人詞選·發凡》。見《中華古籍叢刊》，冊22，頁 1。

古文外，每精研音律譜，爲新聲，……駸駸乎方駕兩宋矣。
嗚呼！何其盛歟，余嘗有志倚聲，竊恠自本選本，詞律嚴
矣，而失之鑿汲；古備矣，而失之煩他。若《嘯餘》、《草
堂》諸選，更拉雜不足爲法，惟朱竹垞《詞綜》一選，最
爲醇雅，但自唐及元而止，猶未爲全書也。因不揣固陋，
網羅我朝百餘年來宗工名作，薈萃得若干首，合唐宋元明，
共成十三卷，意在選詞，不備調，故寧隘毋濫。〔註204〕

夏秉衡注重詞律，奉南宋格律詞爲圭臬，認爲詞「至南北宋而作者日
盛，如清眞、石帚、竹山、梅溪、玉田諸集，雅正超忽，可謂詞家上
乘矣」。〔註205〕更且鄙薄《嘯餘譜》、《草堂詩餘》諸本，而推崇朱彝
尊《詞綜》一書，據以增減，「務求雅音，調不必備」〔註206〕，遂成
《歷朝名人詞選》。此外，夏秉衡強調「詞雖宜於豔冶，亦不可流於穢
褻」〔註207〕，故《歷朝名人詞選》所選雅詞，「以淡雅爲宗」〔註208〕。
今觀其選錄之晏幾道詞，悉無淫褻語，亦非濃豔之作，誠符合《歷朝
名人詞選》「淡雅」之宗旨。

　　至若《歷朝名人詞選》另一特色，爲標示句讀，以「。」或「、」
之符號圈點佳句，使讀者方便閱讀。如晏幾道〈浣溪沙〉：

家近旗亭酒易酤。花時長得醉工夫。伴人歌笑懶妝梳。

　　戶外綠楊春繫馬，床前紅燭夜呼盧。相逢還解有情

無。（《全宋詞》，冊1，頁309）

〔註204〕〔清〕夏秉衡：〈歷朝名人詞選序〉。見〔清〕夏秉衡：《歷朝名人
　　　　詞選》，《中華古籍叢刊》，冊22，頁2。

〔註205〕〔清〕夏秉衡：〈歷朝名人詞選序〉。見〔清〕夏秉衡：《歷朝名人
　　　　詞選》，《中華古籍叢刊》，冊22，頁2。

〔註206〕〔清〕沈德潛：〈歷朝名人詞選序〉。見〔清〕夏秉衡：《歷朝名人
　　　　詞選》，《中華古籍叢刊》，冊22，頁1。

〔註207〕〔清〕夏秉衡：《歷朝名人詞選·發凡》。見《中華古籍叢刊》，冊
　　　　22，頁1。

〔註208〕〔清〕夏秉衡：《歷朝名人詞選·發凡》。見《中華古籍叢刊》，冊
　　　　22，頁1。

此詞之圈點部分緊扣詞題——「春宴」。惟無眉批或評論，若能加以說明，則更能收取「觸目洞然」〔註209〕之效。

（四）推尊詞體主寄託：《蓼園詞選》、《詞選》、《詞辨》、《宋四家詞選》、《宋六十一家詞選》

1、《蓼園詞選》，黃蘇輯。全書取材於沈際飛評選《草堂詩餘正集》，而「汰其近俳近俚者」〔註210〕；計選錄唐宋詞88家，共213闋，而偏重北宋，以周邦彥23闋詞最多。〔註211〕全書目錄依「小令」、「中調」、「長調」而分；內容部分，「每闋綴以小箋，意在引掖初學」〔註212〕，或考究詞人行實，或箋釋詞語出處，或歸納詞旨，探究詞意，諸詞評語詳略不一，然多有精闢之解。而據《蓼園詞選》之箋語，可見黃蘇強調作品應具備意內言外，比興寄託之深意；重視高昂眞切之格調，貶抑空泛虛浮之語。更且比較同一詞人之不同作品，或對照不同作者之同調詞，指明異同，析論優劣，誠屬佳評。〔註213〕

於清代詞壇批評《草堂詩餘》之聲浪中，《蓼園詞選》脫胎於《草堂詩餘正集》，堪屬特異。郭麐《靈芬館詞話》云：「《草堂詩餘》玉石雜糅，蕪陋特甚，近皆知厭棄之矣。然竹垞之論爲出以前，諸家頗沿其習。」〔註214〕由於《蓼園詞選》與《草堂詩餘》關係緊密，是以成爲《蓼園詞選》未傳誦於當代之重要因素。

《蓼園詞選》既以《草堂詩餘正集》爲選源，而對照二書，所選晏幾道詞悉數相同。就《蓼園詞選》箋評晏幾道詞而言：

〔註209〕〔清〕夏秉衡：《歷朝名人詞選・發凡》。見《中華古籍叢刊》，冊22，頁1。

〔註210〕〔清〕況周頤：〈蓼原詞選序〉。見《清人選評詞集三種》，頁4。

〔註211〕〔清〕黃蘇、周濟、譚獻選評，尹志騰校點：《清人選評詞集三種・前言》，頁2～3。

〔註212〕〔清〕況周頤：〈蓼原詞選序〉。見《清人選評詞集三種》，頁4。

〔註213〕〔清〕黃蘇、周濟、譚獻選評，尹志騰校點：《清人選評詞集三種・前言》，頁3～4。

〔註214〕〔清〕郭麐：《靈芬館詞話》。見唐圭璋編：《詞話叢編》，冊2，卷1，頁1505。

其一、〈生查子〉（金鞭美少年）〔註215〕一詞中，「『去躍』二字，從婦人目中看出，深情摯語。末聯『無處』二字，意致悽然，妙在含蓄」。〔註216〕此係分析晏幾道之用字技巧，進而讚賞其藝術成就。

其二、〈鷓鴣天〉（彩袖殷勤捧玉鍾）〔註217〕一詞，引述《雪浪齋日記》與晁无咎之評語，並藉以強調此詞「舞低楊柳樓心月，歌盡桃花扇影風」二句，比「『笙歌歸院落，燈火下樓臺』，更覺濃至。惟愈濃情愈深，今昔之感，更覺悽然。」〔註218〕此係比較不同作者之詞句，並從中見得高下。

其三、〈木蘭花〉（秋千院落重簾暮）〔註219〕一詞，黃蘇評析甚詳，如下所示：

> 題爲憶歸而作。前闋首二句，別後想其院宇深沉，門闌緊閉。接言牆內之人，如雨餘之花。門外行蹤，如風後之絮。次闋起二句，言此後杳無音信。末二句言重經其地，馬尚有情，況於人乎？似爲遊冶思其舊好而言。然叔原嘗言其先公不作婦人語，則叔原又豈肯爲狹邪之事，或亦有所寄託言之也。〔註220〕

黃蘇析論全詞內容涵義，可見此詞之佳。而將此詞視爲寄託之作，係黃蘇推尊詞體，評詞多「強調知人論世，能從作者的身世和作詞的具

〔註215〕〔宋〕晏幾道〈生查子〉：「金鞭美少年，去躍青驄馬。牽繫玉樓人，繡被春寒夜。　消息未歸來，寒食梨花謝。無處説相思，背面秋千下。」（《全宋詞》，冊1，頁294）

〔註216〕〔清〕黃蘇：《蓼園詞評》。見唐圭璋編：《詞話叢編》，冊4，頁3025。

〔註217〕〔宋〕晏幾道〈鷓鴣天〉：「彩袖殷勤捧玉鍾。當年拚卻醉顏紅。舞低楊柳樓心月，歌盡桃花扇影風。　從別後，憶相逢。幾回魂夢與君同。今宵剩把銀釭照，猶恐相逢是夢中。」（《全宋詞》，冊1，頁290）

〔註218〕〔清〕黃蘇：《蓼園詞評》。見唐圭璋編：《詞話叢編》，冊4，頁3042。

〔註219〕〔宋〕晏幾道〈鷓鴣天〉：「秋千院落重簾暮。彩筆閒來題繡戶。墻頭丹杏雨餘花，門外綠楊風後絮。　朝雲信斷知何處。應作襄王春夢去。紫騮認得舊遊蹤，嘶過畫橋東畔路。」（《全宋詞》，冊1，頁300）

〔註220〕〔清〕黃蘇：《蓼園詞評》。見唐圭璋編：《詞話叢編》，冊4，頁3044。

體環境，探其寄託所在，提出塡詞必寫『眞意』，『讀詞必先瞭解命意』
的主張」，〔註221〕故認爲男女戀情之下應潛藏身世之思。然黃蘇並未
具體明言晏幾道寄情託興之事由。

其四、〈蝶戀花〉（庭院碧苔紅葉遍）〔註222〕一詞，黃蘇綜述其
意境，云「前面平平敘來，至末二句，引入深處，幾有北風其涼之思
矣。雲而曰護霜，寫得凜栗，此蘆管之所以愁怨也」。〔註223〕藉秋景
而生濃濃怨情，言秋即言愁。

要之，《蓼園詞選》稱譽晏幾道詞之藝術技巧與內容精神，此爲
黃蘇對晏幾道詞之接受層面。

2、《詞選》二卷，張惠言及其弟張琦編選。全書目錄按朝代序列，
以詞人爲類，計錄唐宋詞44家，116闋，而溫庭筠詞18闋居冠。

張惠言認爲溫庭筠詞「深美閎約」〔註224〕，爲詞家最高，而宋
詞盛極，人才輩出，然「後進彌以馳逐，不務原其指意；破析乖刺，
壞亂而不可紀」〔註225〕，遂編選《詞選》二卷，「義有幽隱，並爲指
發，幾以塞其下流，導其淵源，無使風雅之士懲於鄙俗之音，不敢與
詩賦之流同類，而風誦之也。」〔註226〕是以《詞選》編選宗旨在於

〔註221〕〔清〕黃蘇、周濟、譚獻選評，尹志騰校點：《清人選評詞集三種‧
前言》，頁3。

〔註222〕〔宋〕晏幾道〈蝶戀花〉：「庭院碧苔紅葉遍。金菊開時，已近重陽
宴。日日露荷凋綠扇。粉塘煙水澄如練。　　試倚涼風醒酒面。雁
字來時，恰向層樓見。幾點護霜雲影轉。誰家蘆管吹秋怨。」（《全
宋詞》，冊1，頁287）

〔註223〕〔清〕黃蘇：《蓼園詞評》。見唐圭璋編：《詞話叢編》，冊4，頁3052。

〔註224〕〔清〕張惠言：〈詞選敘〉。見〔清〕張惠言輯：《詞選》（據上海圖
書館藏清道光十年宛鄰書屋刻本影印），《續修四庫全書》，冊1732，
頁536。

〔註225〕〔清〕張惠言：〈詞選敘〉。見〔清〕〕張惠言輯：《詞選》（據上海
圖書館藏清道光十年宛鄰書屋刻本影印），《續修四庫全書》，冊
1732，頁536。

〔註226〕〔清〕張惠言：〈詞選敘〉。見〔清〕〕張惠言輯：《詞選》（據上海
圖書館藏清道光十年宛鄰書屋刻本影印），《續修四庫全書》，冊
1732，頁536。

正本清源，「塞其歧途，必且嚴其科律」〔註227〕；強調實質與形式兼具，注重體物寫志，有所喻託，使作品含蓄雋永。陳廷焯嘗予以《詞選》高評，曰：「皋文《詞選》，精於竹垞《詞綜》十倍。去取雖不免稍刻，而輪扶大雅，卓乎不可磨滅。古今選本，以此為最。」〔註228〕

《詞選》不僅為詞之選本，亦屬「評點詞選」之一員。書中以「。」或「‧」之符號於右側圈選重要詞句，而以小字於原詞末附注其評語。觀其所選晏幾道〈臨江仙〉（夢後樓臺高鎖）一詞，僅以「。」之符號圈選「去年春恨卻來時。落花人獨立，微雨燕雙飛」三句，並無任何注語。故無從得知張惠言是否認為此詞具有言外深意，而此寄託又為何？

雖然晏幾道詞於《詞選》僅見一闋，就總數而言，比例極低，但是《詞選》所錄詞家，四十四人中即有二十六人只收一闋詞，斯可見晏幾道詞之數量於此書並不突兀。加之《詞選》去取甚嚴，所收皆為婉雅精醇之作，「無一首不可讀，無一首有流弊」〔註229〕，故知〈臨江仙〉（夢後樓臺高鎖）一詞之卓越，亦凸顯晏幾道於詞壇之地位。

3、《詞辨》，原分十卷，「一卷起飛卿，為正；二卷起南唐後主，為變；名篇之稍有疵累者，為三、四卷；平妥清通，纔及格調者，為五、六卷；大體紕繆，精彩間出，為七八卷；本事、詞話為九卷；庸選惡札，迷誤後生，大聲疾呼，以昭炯戒，為十卷」〔註230〕。然尚未付梓，因故亡失，「既無副本，悵歡而已。爾後稍稍追憶，僅存正變兩卷，尚有遺落」〔註231〕。

〔註227〕〔清〕金應珪：〈詞選後序〉。見施蟄存主編：《詞籍序跋萃編》，卷9，頁800。

〔註228〕〔清〕陳廷焯：《白雨齋詞話》。見唐圭璋編：《詞話叢編》，冊4，卷5，頁3889。

〔註229〕陳匪石：《聲執》。見唐圭璋編：《詞話叢編》，冊5，卷下，頁4964。

〔註230〕〔清〕周濟：《詞辨‧介存齋論詞雜著》（據中國科學院圖書館藏清光緒四年刻本影印）。見《續修四庫全書》，冊1732，頁579。

〔註231〕〔清〕周濟：《詞辨‧介存齋論詞雜著》（據中國科學院圖書館藏清光緒四年刻本影印）。見《續修四庫全書》，冊1732，頁579。

　　《詞辨》今存二卷，無目錄，卷一起自溫庭筠，迄至李清照；卷二起自李煜，迄至康與之，凡 32 家，錄詞 94 闋。《詞辨》一書，卷前除潘增瑋與周濟二序外，尚有〈介存齋論詞雜著〉，係周濟之詞學思想。周濟論詞，受張惠言影響，主寄託，重比興；「其所選與張氏略有出入，要其大旨，固深惡夫昌狂雕琢之習而不反，而亟思有以釐定之，是固張氏之意也。」〔註232〕

　　觀《詞辨》所選晏幾道詞，與張惠言《詞選》相同，僅〈臨江仙〉（夢後樓臺高鎖）一闋。然《詞辨》僅載錄原詞而無注語，無圈點；〈介存齋論詞雜著〉中，亦無關乎晏幾道詞之評論，是以無從知曉周濟對晏幾道詞之詳細看法，只能以精妍雅正概括之。逮《宋四家詞選》成編，可從中得見周濟對晏幾道詞之接受面向。

　　4、《宋四家詞選》，周濟輯；不分卷，選錄宋詞凡 239 闋。書雖名爲「四家」，實以周邦彥、辛棄疾、王沂孫、吳文英爲四大家，而底下分領晏殊、徐昌圖、林逋、張昇等四十七家（含無名氏一家）。據周濟〈宋四家詞選目錄序論〉云：

> 清眞，集大成者也。稼軒斂雄心，抗高調，變溫婉，成悲涼。碧山饜心切理，言近指遠，聲容調度，一一可循。夢窗奇思壯采，騰天潛淵，返南宋之清泚，爲北宋之穠摯。
> 是爲四家，領袖一代。〔註233〕

可知周濟視周邦彥、辛棄疾、王沂孫、吳文英爲宋詞之代表，尤推崇南宋。其中周邦彥詞 26 闋、辛棄疾詞 24 闋、王沂孫詞 20 闋、吳文英詞 22 闋，分布堪稱平均。而其餘諸家選詞十闋以上者，僅晏幾道、柳永、秦觀與姜夔。斯可見晏幾道詞於《宋四家詞選》仍占有相當比例。

〔註232〕〔清〕潘曾瑋：〈詞辨序〉。見〔清〕周濟：《詞辨》（據中國科學院圖書館藏清光緒四年刻本影印），《續修四庫全書》，冊 1732，頁 575。

〔註233〕〔清〕周濟：〈宋四家詞選目錄序論〉。見〔清〕周濟：《宋四家詞選》（據清同治十二年潘祖蔭刻滂喜齋叢書本影印），《續修四庫全書》，冊 1732，頁 592。

　　譚獻嘗言：「以予所見，周氏撰定《詞辨》、《宋四家詞筏》，推明張氏之旨而廣大之，此道遂興於著作之林，與詩賦文筆同其正變也。」〔註234〕又言《宋四家詞選》「陳義甚高，勝于宛鄰《詞選》，即潘四農亦無可詆諆矣。以有寄託入，以無寄託出，千古辭章之能事盡，豈獨塡詞爲然？」〔註235〕潘四農即潘德輿，對張惠言及其弟編選之《詞選》頗爲不滿，認爲張惠言「抗志希古，標高揭己；宏音雅調，多被排擯」〔註236〕，而五代、北宋以來傳誦之佳篇，「非徒隻句之警者，張氏亦多恝然置之」〔註237〕。然周濟《宋四家詞選》勝於張惠言《詞選》，故譚獻認爲潘德輿亦無從詆毀。藉由譚獻之語，可知張惠言《詞選》影響周濟《詞辨》、《宋四家詞選》之成編；周濟詞學思想與張惠言同出一脈，甚而有闡發、修正之績。

　　《宋四家詞選》所選諸詞，周濟多予以眉批。然觀其選錄之晏幾道詞，僅〈清平樂〉（留人不住）〔註238〕一闋有「結語殊怨，然不忍割」之評。若綜觀晏詞十闋之內容，悉與離別相思有關，流露惆悵苦悶之情。周濟云：「北宋主樂章，故情景但取當前，無窮高極深之趣。南宋則文人弄筆，彼此爭名，故變化益多，取材益富。」〔註239〕似可見周濟認爲晏幾道詞即景抒情，融情於景，能從其詞句推知內蘊。此

〔註234〕〔清〕譚獻：《篋中詞》（據清光緒八年（1882）刻本影印）。見《續修四庫全書》，冊1732，卷3，頁659。

〔註235〕〔清〕譚獻：《復堂日記》（據清光緒十三年（1887）仁和譚氏刻本影印）。見《歷代日記叢鈔》（北京：學苑出版社，2006年），冊63，卷3，頁199。

〔註236〕〔清〕譚獻：《篋中詞》（據清光緒八年（1882）刻本影印）。見《續修四庫全書》，冊1732，卷3，頁661。

〔註237〕〔清〕譚獻：《篋中詞》（據清光緒八年（1882）刻本影印）。見《續修四庫全書》，冊1732，卷3，頁661。

〔註238〕〔宋〕晏幾道〈清平樂〉：「留人不住。醉解蘭舟去。一棹碧濤春水路。過盡曉鶯啼處。　　渡頭楊柳青青。枝枝葉葉離情。此後錦書休寄，畫樓雲雨無憑。」（《全宋詞》，冊1，頁297）

〔註239〕〔清〕周濟：〈宋四家詞選目錄序論〉。見〔清〕周濟：《宋四家詞選》（據清同治十二年潘祖蔭刻滂喜齋叢書本影印），《續修四庫全書》，冊1732，頁592。

外，周濟言：「感慨所寄，不過盛衰，……隨其人之性情、學問、境地，莫不有由衷之言。……若乃離別懷思，感士不遇，陳陳相因，唾瀋互拾，便思高揖溫、韋，不亦恥乎？」〔註240〕據此可知晏幾道詞之離別相思，寄託其身世感懷，而詞中描述之春愁秋怨，可謂其境遇之感喟。再者，晏幾道詞之題材與溫、韋相似，使用之詞調多相同，表現手法亦相近，而周濟更言：「晏氏父子仍步溫、韋，小晏精力尤勝」〔註241〕，乃將晏幾道詞視爲唐五代詞餘緒，並讚揚其才氣。是知晏幾道詞足以「高揖溫、韋」，保有詞體承繼詩體而來之緣情體物，比興寄託之特徵。

　　5、《宋六十一家詞選》十二卷，馮煦編，受毛晉《宋名家詞》之影響，「從之甄采」，「就各家本色擷精舍粗」〔註242〕，而選錄宋詞1250闋。其中吳文英詞139闋，晏幾道詞87闋，周邦彥詞64闋，史達祖49闋，分列前四名；據此可見馮煦之選詞標準以婉約詞風爲主軸。

　　徐珂《近詞叢談》云：「效常州派者，光緒朝有丹徒莊棫、仁和譚獻、金壇馮煦諸家。」〔註243〕故馮煦論詞直承張惠言、周濟一脈，崇雅尊古，重視源流正變。而《宋六十一家詞選》中，晏幾道詞總數排名第二，又晏幾道於〈小山詞自序〉言己「試續南部諸賢緒餘，作五、七字語」，加以周濟稱晏幾道趨步溫、韋，更且馮煦贊同毛晉褒揚「晏氏父子，具足追配李氏父子」之語，言毛晉「誠爲知言」，〔註244〕斯可見馮煦認爲晏幾道詞未脫柔婉幽思之傳統軌跡。

（五）尊雅而廣納詞風：《詞則》

　　《詞則》二十四卷，陳廷焯編；編選時代自唐至清，錄詞2360

〔註240〕　〔清〕周濟：《詞辨・介存齋論詞雜著》（據中國科學院圖書館藏清光緒四年刻本影印）。見《續修四庫全書》，冊1732，頁577。

〔註241〕　〔清〕周濟：〈宋四家詞選目錄序論〉。見〔清〕周濟：《宋四家詞選》（據清同治十二年潘祖蔭刻滂喜齋叢書本影印），《續修四庫全書》，冊1732，頁592。

〔註242〕　〔清〕馮煦：《蒿庵論詞》。見唐圭璋編：《詞話叢編》，冊4，頁3599。

〔註243〕　徐珂：《近詞叢談》。見唐圭璋編：《詞話叢編》，冊5，頁4224。

〔註244〕　〔清〕馮煦：《蒿庵論詞》。見唐圭璋編：《詞話叢編》，冊4，頁3587。

闋。而《詞則》實由四集組成，全書總目簡略介紹《大雅集》、《放歌集》、《別調集》與《閑情集》之卷數與收詞總數，詳細目錄則依時代分列於各集之下。

　　茲分述四集成編之意，並以晏幾道詞之收錄情形爲例，探究各集接受晏幾道詞之情況：

　　其一，《大雅集》六卷，「擇其尤雅者」〔註245〕，共 571 闋，而「長吟短諷，覺南闉雅化，湘漢騷音，至今猶在人間」〔註 246〕。據〈大雅集序〉云：

> 詞至兩宋，而後幾成絕響。古之爲詞者，志有所屬，而故鬱其辭；情有所感，而或隱其義。而要皆本諸風騷，歸於忠厚。〔註247〕

陳廷焯編《大雅集》之意，在於選錄具有中正和平之音，忠實寬厚內容之詞篇，以存國風、〈離騷〉之教。「詞」爲「詩」之流派，自「溫、韋發其端，兩宋名賢暢其緒，風雅正宗，於斯不墜」〔註248〕。

　　觀《大雅集》，錄晏幾道詞 5 闋，集中於〈臨江仙〉與〈蝶戀花〉之詞牌，而此二調爲唐五代詞家常填者。此外，陳廷焯推重張惠言《詞選》一書，言其書使「宗風賴以不滅，可謂獨具隻眼」〔註 249〕，而〈臨江仙〉（夢後樓臺高鎖）一詞，《大雅集》亦收錄，並加以評曰：「『落花』十字，自是天生好言詩」，又針對末二句「當時明月在，曾照彩雲歸」，言「回首可憐」。

　　餘如〈臨江仙〉（身外閑愁空滿）一詞，陳廷焯稱「淺處皆深」；〈蝶戀花〉（醉別西樓醒不記）一詞，則「一字一淚，一字一珠」，用字精當，淒楚感人。

　　要之，《大雅集》對晏幾道之接受面向在於：內容純雅，且「思

〔註245〕〔清〕陳廷焯：《詞則‧總序》，冊上，頁 1。
〔註246〕〔清〕陳廷焯：《詞則‧總序》，冊上，頁 1～2。
〔註247〕〔清〕陳廷焯：《詞則‧大雅集序》，冊上，頁 7。
〔註248〕〔清〕陳廷焯：《詞則‧總序》，冊上，頁 1。
〔註249〕〔清〕陳廷焯：《詞則‧總序》，冊上，頁 1。

無邪」﹝註250﹞；字字句句係屬眞情流露，思深而淒切。

其二、《放歌集》六卷，「爰取縱橫排奡，感激豪宕者」﹝註251﹞，共 449 闋。書名係由杜甫〈自京赴奉先詠懷五百字〉中「放歌頗愁絕」﹝註252﹞句而來（按：〈放歌集序〉作「放歌破愁絕」）。據〈放歌集序〉云：

> 若瑰奇磊落之士，鬱鬱不得志，情有所激，不能一軌於正，而胥於詞發之。風雷之在天，虎豹之在山，蛟龍之在淵，恣其意之所向，而不可以繩尺求。酒酣耳熱，臨風浩歌，亦人生肆志之一端也。﹝註253﹞

《放歌集》係豪放詞之選集，多是情感奔放率勁，或不受限於音律之作品，藉以遣散鬱悶。

而《放歌集》中未收錄晏幾道詞，可見《小山詞》中無此屬性之作品。

其三、《別調集》六卷，選錄「清圓柔脆，爭其鬥巧者」﹝註254﹞，共 685 闋。據〈別調集序〉云：

> 人情不能無所寄，而又不能使天下同出一途。大雅不多見，而繁聲於是乎作矣。……直抒所事，而比興之義亡；侈陳其感，而怨慕之情失。辭極其工，意極其巧，而不可語大雅，而亦不能盡廢也。﹝註255﹞

《別調集》之作品多直陳其事而不加隱瞞，直抒懷抱而少寄寓，不符合「大雅」眞意。然所選悉爲善於屬文，辭工意巧，藝術技巧佳之作，誠難恝置不顧。

﹝註250﹞ 語出《詩經·魯頌·駉》。見周嘯天：《詩經鑑賞集成》（台北：五南圖書出版股份有限公司，2006 年 10 月），冊下，頁 1204。
﹝註251﹞ 〔清〕陳廷焯：《詞則·總序》，冊上，頁 2。
﹝註252﹞ 〔唐〕杜甫：〈自京赴奉先縣詠懷五百字〉。見清聖祖御定：《全唐詩》，冊 4，卷 216，頁 2265。
﹝註253﹞ 〔清〕陳廷焯：《詞則·放歌集序》，冊上。
﹝註254﹞ 〔清〕陳廷焯：《詞則·總序》，冊上，頁 2。
﹝註255﹞ 〔清〕陳廷焯：《詞則·別調集序》，冊下，頁 531。

觀《別調集》，錄晏幾道詞 3 闋，除〈清平樂〉（西池煙草）一詞無眉批外，餘二闋皆有評論。〈清平樂〉（留人不住）一詞，陳廷焯針對末二句「此後錦書休寄，畫樓雲雨無憑」評爲「怨語，然自是淒絕」，此係同周濟「結語殊怨，然不忍割」之評，指出多情者難以坦率割捨戀情，結語二句當是充滿淒楚痛切之反語。而〈浪淘沙〉（小綠間長紅）〔註 256〕一詞，女子甘願忍受長年別離之苦，因情感深刻，哀婉動人，故陳廷焯言此詞「纏綿悱惻」。

要之，《別調集》對晏幾道之接受面向在於：詞篇所傳達之意義與情感，同字面、情節所述，而過程之交代流暢，形象之刻畫生動。

其四、《閑情集》六卷，「取盡態極妍，哀戚頑豔者」〔註 257〕，共 655 闋。書名係自陶潛〈閑情賦并序〉〔註 258〕而來。據〈閑情集序〉云：

> 閑情云者，閑其情使不得逸也，是以歷寫諸願，而終以所願必違，其不仕劉宋之心，言外可見。……茲編之選，綺說邪思，皆所不免，然夫子刪詩，並存鄭衛，知所懲勸，於義何傷？〔註 259〕

陳廷焯論詞，強調寄情託興，借題發揮；且認爲陶潛〈閑情賦并序〉明寫男女之情，暗喻政治立場。故陳廷焯視《閑情集》諸詞多爲喻託之作。此外，《閑情集》雖有治豔題材，綺媚語句，然其成編之主旨，乃是「願學者情有所閑，而求合於正，亦聖人思無邪旨」〔註 260〕。

觀《閑情集》，錄晏幾道詞 30 闋，其中九闋無眉批。而統觀陳廷

〔註 256〕〔宋〕晏幾道〈浪淘沙〉：「小綠間長紅。露蕊煙叢。花開花落昔年同。惟恨花前攜手處，往事成空。　山遠水重重。一笑難逢。已拚長在別離中。霜鬢知他從此去，幾度春風。」（《全宋詞》，冊 1，頁 315）

〔註 257〕〔清〕陳廷焯：《詞則・總序》，冊上，頁 2。

〔註 258〕〔晉〕陶潛撰，陶樹注：《靖節先生集・閑情賦并序》（台北：華正書局，1993 年 10 月），卷 5，頁 5～9。

〔註 259〕〔清〕陳廷焯：《詞則・閑情集序》，冊下，頁 841。

〔註 260〕〔清〕陳廷焯：《詞則・閑情集序》，冊下，頁 841。

焯對晏幾道詞之評語，內容部分多呈現「幽怨」、「淒婉」、「思深」之
情意；風格爲「婉約」、「宛雅」；表現手法則是「情味自永」，「姿態
橫生」。而晏幾道詞中之「香澤字面」或「清詞麗句」，能展現「纏綿
往復」，「淒咽芊綿」之效果。是以《閑情集》選錄之晏幾道詞，情景
相生，而措辭綺麗，人物形象嬌豔，筆調悽惻動人。

綜而言之，《詞則》一書冀予後人填詞、鑑賞之準則。至若陳廷
焯對《小山詞》整體之審美評價與接受情形，於《閑情集》最能顯現。
晏幾道之至情，可由《閑情集》窺見；其藝術成就，亦可自《閑情集》
得知。陳廷焯稱「豔詞至小山，全以情勝」，又讚揚〈鷓鴣天〉（彩袖
殷勤捧玉鍾）一詞「眞不厭百回讀也，言情之作，至斯已極」；且直
指「北宋豔詞，自以小山爲冠，耆卿、少游，皆不及也。」將《小山
詞》之成就提至高處。

（六）斟酌於繁簡之間：《藝蘅館詞選》

《藝蘅館詞選》五卷，梁令嫻編；選錄時代自唐至清，凡 179
家，共 689 闋。甲卷爲唐五代詞，乙卷爲北宋詞，丙卷爲南宋詞，丁
卷爲清詞，戊卷則爲補遺。因金、元、明詞佳作少，故不選錄。而梁
令嫻認爲「詞之有宋，如詩之有唐；南宋則其盛唐也」〔註261〕，是
以《藝蘅館詞選》以宋詞收錄最多。另有附錄「詞論」，係自歷代選
錄較具代表性之評論。

朱彝尊《詞綜》與王昶《明詞綜》過於浩瀚，張惠言《詞選》與
周濟《宋四家詞選》精粹而偏嚴，故《藝蘅館詞選》一書「斟酌於繁
簡之間」，「盡正變之軌」。〔註262〕內容部分，以人編次，於諸家姓名
下，以小字簡述其生平，或附有詞論。《藝蘅館詞選》一書亦具備評
點功能，以「。」或「◎」爲圈選之符號，而評語以「眉批」形式顯
示，或於原詞末以小字作注語。

〔註261〕梁令嫻：《藝蘅館詞選・例言》。
〔註262〕梁令嫻：《藝蘅館詞選・自序》。

　　觀其選錄之晏幾道詞八闋，每詞幾乎句句皆以「。」或「◎」之符號圈選，可見梁令嫻認爲晏幾道詞不僅有佳篇，亦句句是佳句。而八闋中僅兩闋有眉批：其一，〈臨江仙〉（夢後樓臺高鎖）係引其父梁啟超之語：「康南海謂『起二句純是華嚴境界』。」其二，〈清平樂〉（留人不住）則轉載周濟「結語殊怨，然不忍割」之評，悉無梁令嫻自身之評論，故知梁令嫻對晏幾道詞之接受，受到他人觀感之影響。

　　綜觀清代詞選，多能提出宋明詞選之得失，並加以改進且注入新意而成編。此中，《草堂詩餘》最受清代詞壇蔑視，該書縱橫宋元明代數百年，「凡歌欄酒榭，絲而竹之者，無不拊髀雀躍。及至寒窗腐儒，挑燈閑看，亦未欠伸魚睍。」〔註 263〕時至清代，受浙西詞派影響，《草堂詩餘》被貶爲下品；而明詞衰頹，「鄙俚褻狎，風雅蕩然」〔註 264〕，亦歸咎於《草堂詩餘》。

　　浙西詞派推舉南宋詞，崇尚高雅清空之格調；常州詞派起而針砭浙西詞派末流陋習，導源風雅，瞻仰溫韋。蓋清代詞選成編之旨，與浙西詞派、常州詞派關係密切。至於「審美感覺不是無時間有效性的普遍的密碼，而是像所有的審美經驗一樣，交融著歷史經驗。」〔註 265〕先著、程洪、沈時棟、夏秉衡、黃蘇、周濟、陳廷焯、梁令嫻與馮煦等人無不繼軌朱彝尊、張惠言之言論，從而闡發、修正。是以浙西詞派、常州詞派之詞論，左右清代對《小山詞》之接受。

　　此外，收錄晏幾道詞之十四本詞選中，僅《御選歷代詩餘》錯誤較多，故知清編詞選采錄嚴謹，考訂周密，不似明編詞選謬誤百出。

〔註 263〕〔明〕毛晉：〈草堂詩餘跋〉。見施蟄存主編：《詞籍序跋萃編》，卷8，頁 670～671。

〔註 264〕〔清〕高佑釲：〈湖海樓詞序〉。見〔清〕陳維崧：《湖海樓詞集》，《四部備要》（台北：台灣中華書局，1981 年 6 月），冊 559，頁 2。

〔註 265〕〔聯邦德國〕H.R.姚斯、〔美〕R.C.霍拉勃著，周寧、金元浦譯：《接受美學與接受理論》，頁 186。

第四節　閱讀具體化：審美標準與接受程度
——詞譜篇

　　本節針對清人閱讀具體化後所編之詞譜，探討清人對《小山詞》之接受。

　　翻閱清人所編纂之詞譜，計有十本收錄晏幾道詞：賴以邠《填詞圖譜》〔註266〕、賴以邠《填詞圖譜續集》〔註267〕、吳綺《選聲集》〔註268〕、萬樹《詞律》〔註269〕、郭鞏《詩餘譜式》〔註270〕、王奕清等《御定詞譜》〔註271〕、徐本立《詞律拾遺》〔註272〕、秦巘《詞繫》〔註273〕、葉申薌《天籟軒詞譜》〔註274〕、謝元淮《碎金詞譜》〔註275〕。

一、選錄情形

　　本節將上揭十本詞譜與唐圭璋編纂、王仲聞參訂、孔凡禮補輯《全宋詞》選錄之晏幾道作品，逐一比較，發現有九本詞譜出現互異之情

〔註266〕　〔清〕賴以邠：《填詞圖譜》（北京大學圖書館藏清康熙十八年刻詞學全書本）。見《四庫全書存目叢書》（台南：莊嚴文化事業有限公司，1997年6月），冊426。

〔註267〕　〔清〕賴以邠：《填詞圖譜續集》（北京大學圖書館藏清康熙十八年刻詞學全書本）。見《四庫全書存目叢書》，冊426。

〔註268〕　〔清〕吳綺：《選聲集》（中國人民大學圖書館藏清大來堂刻本）。見《四庫全書存目叢書》，冊424。

〔註269〕　〔清〕萬樹：《詞律》。見《景印文淵閣四庫全書》，冊1496。

〔註270〕　〔清〕郭鞏：《詩餘譜式》（清康熙可亭刻本）。見《四庫未收書輯刊》（北京：北京出版社，2000年1月），拾輯，冊30。

〔註271〕　〔清〕王奕清等奉敕輯：《御定詞譜》。見《景印文淵閣四庫全書》，冊1495。

〔註272〕　〔清〕徐本立：《詞律拾遺》（據遼寧省圖書館藏清同治十二年刻本影印）。見《續修四庫全書》，冊1736。

〔註273〕　〔清〕秦巘：《詞繫》（北京：北京師範大學出版社，1996年9月）。本論文所引《詞繫》皆依據此版本。

〔註274〕　〔清〕葉申薌：《天籟軒詞譜》（清道光間刊本）。

〔註275〕　〔清〕謝元淮：《碎金詞譜》（據湖北省圖書館藏清道光刻朱墨套印本影印）。見《續修四庫全書》，冊1737。

況。茲表列分述如次：

（一）《填詞圖譜》

收有晏幾道詞 7 闋，取之與《全宋詞》相較，相異者整理如次：

表二十二　《填詞圖譜》與《全宋詞》互見表

詞牌 / 首句	作者 詞選	填詞圖譜	全宋詞	附　　注
探春令	綠楊枝上曉鶯啼	晏幾道	✕	無名氏作。見《增修箋註妙選群英草堂詩餘》前集，卷下

（二）《選聲集》

收有晏幾道詞 4 闋，取之與《全宋詞》相較，相異者整理如次：

表二十三　《選聲集》與《全宋詞》互見表

詞牌 / 首句	作者 詞選	選聲集	全宋詞	附　　注
風入松	畫堂紅袖倚清酣	晏幾道	✕	元・虞集作。見《全金元詞》〔註276〕

（三）《詞律》

收有晏幾道詞 19 闋，取之與《全宋詞》相較，相異者整理如次：

表二十四　《詞律》與《全宋詞》互見表

詞牌 / 首句	作者 詞選	詞律	全宋詞	附　　注
探春令	綠楊枝上曉鶯啼	晏幾道	✕	無名氏作。見《增修箋註妙選群英草堂詩餘》前集，卷下
喜遷鶯	蓮葉雨	晏幾道	晏幾道	《全宋詞》詞牌爲〈燕歸來〉

（四）《詩餘譜式》

收有晏幾道詞 3 闋，取之與《全宋詞》相較，相異者整理如次：

〔註276〕唐圭璋編：《全金元詞》（台北：洪氏出版社，1980 年 11 月），頁862。

表二十五　《詩餘譜式》與《全宋詞》互見表

詞牌　首句	作者　詞選	詩餘譜式	全宋詞	附　　注
探春令	綠楊枝上曉鶯啼	晏幾道	×	無名氏作。見《增修箋註妙選群英草堂詩餘》前集，卷下

（五）《御定詞譜》

收有晏幾道詞 24 闋，取之與《全宋詞》相較，相異者整理如次：

表二十六　《御定詞譜》與《全宋詞》互見表

詞牌　首句	作者　詞選	御定詞譜	全宋詞	附　　注
探春令	綠楊枝上曉鶯啼	晏幾道	×	無名氏作。見《增修箋註妙選群英草堂詩餘》前集，卷下
春光好	花陰月	晏幾道	晏幾道	《全宋詞》詞牌爲〈愁倚闌令〉
胡搗練	小春花信日邊來	晏幾道	晏幾道	《全宋詞》詞牌爲〈望仙樓〉

（六）《詞律拾遺》

收有晏幾道詞 10 闋，，取之與《全宋詞》相較，相異者整理如次：

表二十七　《詞律拾遺》與《全宋詞》互見表

詞牌　首句	作者　詞選	詞律拾遺	全宋詞	附　　注
眞珠髻	重重山外	晏幾道	×	無名氏作。見《梅苑》卷一
喜遷鶯	蓮葉雨	晏幾道	晏幾道	《全宋詞》詞牌爲〈燕歸來〉

（七）《詞繫》

收有晏幾道詞 27 闋，，取之與《全宋詞》相較，相異者整理如次：

表二十八　《詞繫》與《全宋詞》互見表

詞牌　首句（作者　詞選）		詞　繫	全宋詞	附　注
洞仙歌	江南臘盡	晏幾道	蘇軾	
一斛珠	滿街斜月	晏幾道	晏幾道	《全宋詞》詞牌爲〈醉落魄〉
涼州令	莫唱陽關曲	晏幾道	晏幾道	《全宋詞》詞牌爲〈梁州令〉
探春令	綠楊枝上曉鶯啼	晏幾道	×	無名氏作。見《增修箋註妙選群英草堂詩餘》前集，卷下
眞珠髻	重重山外	晏幾道	×	無名氏作。見《梅苑》卷一

（八）《天籟軒詞譜》

收有晏幾道詞 18 闋，取之與《全宋詞》相較，相異者整理如次：

表二十九　《天籟軒詞譜》與《全宋詞》互見表

詞牌　首句（作者　詞選）		天籟軒詞譜	全宋詞	附　注
探春令	綠楊枝上曉鶯啼	晏幾道	×	無名氏作。見《增修箋註妙選群英草堂詩餘》前集，卷下

（九）《碎金詞譜》

收有晏幾道詞 8 闋，取之與《全宋詞》相較，相異者整理如次：

表三十　《碎金詞譜》與《全宋詞》互見表

詞牌　首句（作者　詞選）		碎金詞譜	全宋詞	附　注
探春令	綠楊枝上曉鶯啼	晏幾道	×	無名氏作。見《增修箋註妙選群英草堂詩餘》前集，卷下

由表十八至表二十六，得見各本選錄情形如次：

其一、〈探春令〉（綠楊枝上曉鶯啼）誤收次數最多，達 7 次。

其二、多有詞調異名之情形。

除去誤收、詞調名稱不同之情況，茲更統計各本所選晏幾道詞如

次：

表三十一　清代詞譜收錄晏幾道詞一覽表

序號	詞牌	句	填詞圖譜	填詞圖譜續集	選聲集	詞律	詩餘譜式	御定詞譜	詞律拾遺	詞繫	天籟軒詞譜	碎金詞譜	統計（次）
1	臨江仙	鬥草階前初見	✓		✓								2
2	又	東野亡來無麗句				✓					✓	✓	3
3	鷓鴣天	彩袖殷勤捧玉鍾						✓			✓		2
4	生查子	金鞭美少年			✓								1
5	泛清波摘遍	催花雨小				✓		✓	✓	✓	✓		5
6	洞仙歌	春殘雨過						✓					1
7	歸田樂	試把花期數				✓		✓	✓		✓		4
8	六么令	綠陰春盡									✓		1
9	于飛樂	曉日當簾				✓		✓		✓	✓	✓	5
10	愁倚闌令	花陰月						✓					1
11	又	憑江閣									✓		1
12	好女兒	綠遍西池				✓		✓	✓		✓	✓	5
13	兩同心	楚鄉春晚				✓		✓	✓	✓	✓	✓	6
14	少年游	綠勾闌畔	✓					✓		✓			3
15	又	西樓別後				✓					✓		2
16	又	雕梁燕去	✓										1
17	滿庭芳	南苑吹花						✓		✓	✓		3
18	留春令	畫屏天畔						✓		✓	✓		3
19	風入松	柳陰庭院杏梢牆						✓			✓		2
20	清商怨	庭花香信尚淺				✓					✓	✓	3
21	秋蕊香	池苑清陰欲就	✓				✓						2
22	思遠人	紅葉黃花秋意晚				✓		✓	✓	✓	✓		5
23	碧牡丹	翠袖疏紈扇		✓				✓	✓		✓	✓	5
24	醉落魄	滿街斜月									✓		1

25	長相思	長相思							✓				1
26	望仙樓	小春花信日邊來				✓				✓	✓	✓	4
27	鳳孤飛	一曲畫樓鐘動				✓		✓		✓	✓		4
28	解佩令	玉階秋感	✓			✓	✓	✓		✓			5
29	行香子	晚綠寒紅								✓			1
30	慶春時	倚天樓殿				✓		✓		✓	✓	✓	5
31	喜團圓	危樓靜鎖	✓		✓	✓		✓	✓	✓	✓	✓	8
32	憶悶令	取次臨鸞勻畫淺				✓		✓	✓	✓	✓	✓	6
33	梁州令	莫唱陽關曲				✓		✓		✓	✓	✓	5
34	燕歸來	蓮葉雨				✓			✓				2
35	望仙樓	小春花信日邊來							✓				1
36	撲蝴蝶	風梢雨葉								✓			1
總計（闋）			6	1	3	18	2	23	9	24	17	7	

據上表，十本詞譜中，〈喜團圓〉（危樓靜鎖）一闋收錄比例最高，達百分之八十；〈兩同心〉（楚鄉春晚）、〈憶悶令〉（取次臨鸞勻畫淺）居次，計6次。

而明編詞譜較受歡迎之〈解佩令〉（玉階秋感）一詞，於清代仍受重視。

二、分見各本概況

茲就前舉詞譜，試析各本選錄標準如次：

（一）踵武張綖：《填詞圖譜》、《填詞圖譜續集》

《填詞圖譜》六卷、《填詞圖譜續集》三卷，賴以邠著，查繼超增輯，查曾榮、王又華同輯，查王望鑑定，毛先舒、仲恒參訂。全書目錄依詞調而分，按小令、中調、長調序列，計錄 545 調。正集部分，卷一與卷二為小令，卷三與卷四為中調，卷五與卷六為長調。續集部分，上、中、下三卷各為小令、中調、長調之作品。一調之下僅繫一詞，而同調異體者，因字數不同，故未羅列一處。

圖譜之式樣，同《詩餘圖譜》，先列調名，次列圖譜，後列原詞。

而全書有「亂分字句，亂注平仄」〔註277〕之情形，「顛倒錯亂，罅漏百出」〔註278〕。然亦有優點，據《填詞圖譜・凡例》云：

> 長短之句，字數雖同，其讀斷各別，當詳摹之。如四字句有二二，有一三；如五字句有二三，有三二；如七字句有四三，有三四。其餘字句之間，亦各有異同處，不能縷舉，恐太煩，令人拘苦。總之，神而明之，存乎其人耳。〔註279〕

《填詞圖譜》指出句法各有異同，讀者應自行判別。雖無詳細注明同一詞調，諸詞句法各異之情形，然替往後之詞譜開一先河，使之藉以辨明同調異體。

　　而《填詞圖譜》與《填詞圖譜續集》對晏幾道詞（誤收詞除外）之接受情形，歸納如次：

　　其一、〈喜團圓〉（危樓靜鎖）與〈碧牡丹〉（翠袖疏紈扇）二闋，明編詞譜並未收錄，而《填詞圖譜》與《填詞圖譜續集》首開其例，留意及晏幾道此二詞之獨特性。

　　其二、〈少年游〉（雕梁燕去）一詞為第三體，〈少年游〉（綠勾闌畔）一詞為第四體，〈臨江仙〉（鬥草階前初見）為第四體。此與《嘯餘譜・詩餘譜》所列之體式相同。

　　其三、無收錄「長調」作品。而七闋詞中有五闋分布於卷一與卷二，是以《填詞圖譜》與《填詞圖譜續集》側重晏幾道「小令」作品。

（二）三分平仄：《選聲集》

　　《選聲集》三卷，附詞韻簡一卷，吳綺輯。全書目錄依詞調而分，按「單調」小令、「雙調」小令、中調、長調序列，計錄 253 調。吳綺強調「調有定格，字有定數，韻有定聲」〔註280〕，並認

〔註277〕　〔清〕萬樹：《詞律》。見《景印文淵閣四庫全書》，冊 1496，頁 381。
〔註278〕　〔清〕永瑢、紀昀等：《武英殿本四庫全書總目提要・填詞圖譜》，冊 5，卷 200，頁 344。
〔註279〕　〔清〕賴以邠：《填詞圖譜》（北京大學圖書館藏清康熙十八年刻詞學全書本）。見《四庫全書存目叢書》，冊 426，頁 1。
〔註280〕　〔清〕吳綺〈選聲集序〉。見〔清〕吳綺：《選聲集》（中國人民大

為「倘操觚之家，率意短長，任加損益，則是不筏問津，無翼冲舉者也」〔註281〕，當依照譜律而填詞。而詞譜為填詞之工具，學者按譜填詞，或有模擬之跡，如秦、柳婉約之詞情，蘇、辛豪放之韻致，悉為仿效之典範。然「詞非譜出，而譜不盡詞也」〔註282〕，富有才氣之人，自可屢創佳作。

《選聲集》所選皆為「五代、宋人之詞，標舉平仄以為式。其字旁加方匡者，皆可平可仄之字，餘則平仄不可易者也。」〔註283〕此「囗」符號乃是簡略「平而可仄」、「仄而可平」後，「可平可仄」之用法，影響後起之詞譜，將平仄問題歸為「平」、「仄」與「可平可仄」三類。

吳綺雖然瞭解「同調異體」之情形，但是《選聲集》只取「一體入譜，既法省而易諧」〔註284〕。茲以《選聲集》所收晏幾道詞之詞調為例（誤收詞除外），以明《選聲集》之體例與對晏幾道詞之接受情形，如〈生查子〉：

> 囗 囗 囗 囗　　　囗　　　　囗　　　　囗　　　囗
> 金鞍美少年句去躍青驄馬韻牽繫玉樓人句翠被春寒夜叶○消
> 　　　囗 囗 囗　　　囗　　　　囗　　　囗
> 息未歸來句寒食梨花謝叶無處說相思句背面秋千下叶〔註285〕

此調於《嘯餘譜·詩餘譜》分為四體，而《選聲集》僅錄晏幾道一體，足見此詞卓然出群。而「譜詞合一」之形式，係接納《嘯餘譜·詩餘譜》之作法。

學圖書館藏清大來堂刻本），《四庫全書存目叢書》，冊424，頁436。

〔註281〕 〔清〕吳綺〈選聲集序〉。見〔清〕吳綺：《選聲集》（中國人民大學圖書館藏清大來堂刻本），《四庫全書存目叢書》，冊424，頁437。

〔註282〕 〔清〕吳綺〈選聲集序〉。見〔清〕吳綺：《選聲集》（中國人民大學圖書館藏清大來堂刻本），《四庫全書存目叢書》，冊424，頁437。

〔註283〕 〔清〕永瑢、紀昀等：《武英殿本四庫全書總目提要·選聲集》，冊5，卷200，頁340。

〔註284〕 〔清〕吳綺：《選聲集·凡例》（中國人民大學圖書館藏清大來堂刻本）。見《四庫全書存目叢書》，冊424，頁438。

〔註285〕 此處所引晏詞為《選聲集》之版本。

再者，《選聲集》「專取音節諧暢，可誦可歌，以毋失樂府審聲之旨」〔註286〕，故知吳綺除重視詞之格律，亦著重詞之音律。是以《選聲集》選錄之三闋晏幾道詞，當具有文學與樂聲之韻律美。

（三）立範後世：《詞律》、《御定詞譜》

1、《詞律》二十卷，萬樹撰；選錄唐、宋、元詞，凡660調，計1180體。《詞律》係萬樹覽觀明編詞譜，遍閱歷代詞籍，並斟酌《選聲集》等書，「糾正《嘯餘譜》及《填詞圖譜》之訛，以及諸家詞集之舛異」〔註287〕；「考調名之新舊，證傳寫之舛訛，辨元人曲、詞之分，斥明人自度腔之謬」〔註288〕；「推尋本源，期於合轍，而止未嘗深刻以繩世自命爲才人宿學者」〔註289〕。全書目錄依正體之詞句字數升冪排列，自〈竹枝〉十四字至〈鶯啼序〉二百四十字，並於詞調之下標注其異名與平仄韻格。蓋「調有異同，體無先後」〔註290〕，故不以次第列體，而以「又一體」名之。

萬樹詆諆《詩餘圖譜》、《填詞圖譜》以黑白圈爲平仄圖譜，又詞責《嘯餘譜》割裂作品聲情。至於《詞律》呈現之方式爲何？茲以所收晏幾道詞之詞調爲例（誤收詞除外），以明《詞律》之譜式及其對晏幾道詞之接受：

其一、〈思遠人〉：

句　　　　韻　　　句　　　句　　　　叶

紅葉黃花秋意晚千里念行客飛雲過盡歸鴻無信何處寄書得

可仄　可仄　　　可仄

〔註286〕〔清〕吳綺：《選聲集‧凡例》（中國人民大學圖書館藏清大來堂刻本）。見《四庫全書存目叢書》，冊424，頁438。

〔註287〕〔清〕永瑢、紀昀等：《武英殿本四庫全書總目提要‧詞律》，冊5，卷199，頁328。

〔註288〕〔清〕永瑢、紀昀等：《武英殿本四庫全書總目提要‧詞律》，冊5，卷199，頁328。

〔註289〕〔清〕吳興祚：〈詞律序〉。見〔清〕萬樹：《詞律》，《景印文淵閣四庫全書》，冊1496。

〔註290〕〔清〕永瑢、紀昀等：《武英殿本四庫全書總目提要‧詞律》，冊5，卷199，頁327。

淚彈不盡臨牕滴就硯旋研墨漸寫到別來此情深處紅牋爲無

（叶　叶　句　句）
可平可仄　　　可平　去聲　　　　可平

（叶）
色〔註291〕

萬樹不按《嘯餘譜》於每字之「下」分注句、韻，而是吸收《嘯餘譜》於字「旁」標明平仄之方式，改於每字之「左右」顯示譜式，使「句不破碎，聲可照塡；開卷朗然，不致龐雜」〔註292〕。

此詞尚附注「前後第二句、四句、五句同。『旋』字去聲，『念』、『寄』、『旋』、『爲』四字皆用去聲，不可誤」。萬樹認爲「論聲雖以一平對三仄，歌論則當以去對平上入也。當用去者非去，則激不起，用入且不可斷，斷勿用平上也」〔註293〕。塡詞須照古詞而塡，每調有其風度，不可妄自更改，以致支離而影響聲情。

其二、〈清商怨〉：

（韻　　叶　　句　　叶）
庭花香信尚淺最玉樓先暖夢覺春衾江南依夢遠　　　迴文錦
　　　　　　　　　　　　　　可仄　　　叶　　　作平

（叶　豆　　叶　　句　　叶）
字暗剪謾寄與也應歸晚要問相思天涯猶自短
可平可平可仄

《塡詞圖譜》已提出句法判讀之問題，而未詳加區分。至《詞律》，除使用「句」字外，尚以「豆」字標示斷句，以明示句法或「語氣折下者」〔註294〕。

此詞注明「『錦』字上聲可借作平，不可用去聲也。『尚淺』、『夢遠』、『自短』，皆去上妙妙。片玉亦然。無怪兩公之樹幟騷壇也」。萬

〔註291〕此處所引晏詞爲《詞律》之版本。以下關於《詞律》譜式問題，所引宋詞皆爲《詞律》之版本。
〔註292〕〔清〕萬樹：《詞律・發凡》。見《景印文淵閣四庫全書》，冊1496，頁58。
〔註293〕〔清〕萬樹：《詞律・發凡》。見《景印文淵閣四庫全書》，冊1496，頁57。
〔註294〕〔清〕萬樹：《詞律・發凡》。見《景印文淵閣四庫全書》，冊1496，頁55。

樹稱賞晏幾道與周邦彥詞聲律和諧，辭意暢達，此爲確立兩人詞壇地位之要素。又清編詞譜中，僅《詞律》收錄此詞，然《詞綜》、《御選歷代詩餘》、《閑情集》與《宋六十一家詞選》皆有選錄，足見〈清商怨〉（庭花香信尚淺）一詞有其傳播之優點。

其三、〈泛清波摘遍〉（催花雨小）一詞自《詞律》首次編入詞譜，而《御定詞譜》、《詞律拾遺》、《詞繫》、《天籟軒詞譜》繼之，是以《詞律》具有傳播〈泛清波摘遍〉（催花雨小）此一長調之功。萬樹所以選錄此詞，在於「丰神婉約，律度整齊」，並疑惑塡此調之作者爲何寥寥可數？「而各譜中失收更不可解」。可見此詞備受萬樹讚賞。

其四、由《詞律》開先例，選入詞譜，並於十本詞譜中，收錄次數爲五次以上之作品，除〈泛清波摘遍〉（催花雨小）、〈思遠人〉（紅葉黃花秋意晚）外，爲〈于飛樂〉（曉日當簾）、〈好女兒〉（綠遍西池）、〈兩同心〉（楚鄉春晚）、〈慶春時〉（倚天樓殿）、〈憶悶令〉（取次臨鸞匀畫淺）、〈梁州令〉（莫唱陽關曲）六闋。

要之，《詞律》成編後，影響詞壇發展，除建立較完善之詞譜體例，爲後人所吸收外，其注語亦引導創作者學習塡詞之法，使讀者能賞閱其選詞之優劣。吳衡照云：「萬紅友當輳轃榛楛之時，爲詞宗護法，可謂功臣。」〔註295〕《詞律》之成就成爲傳播《小山詞》之助力。

2、《御定詞譜》四十卷，王奕清等奉敕輯纂。據〈御定詞譜提要〉云：

> 惟近時萬樹作《詞律》，析疑辨誤，所得爲多，然仍不免於舛漏。……又以詞亦詩之餘派，其音節亦樂之支流，爰命儒臣輯爲此譜，凡八百二十六調，二千三百六體。凡唐至元之遺篇，靡弗採錄。元人小令，其言近雅者，亦間附之。唐宋大曲則彙爲一卷，綴於末。每調各注其源流，每字各

〔註295〕〔清〕吳衡照：《蓮子居詞話》。見唐圭璋編：《詞話叢編》，冊3，卷1，頁2403。

圖其平仄，每句各注其韻叶，分刊節度，窮極窈眇，倚聲
家可永守法程。〔註296〕

由提要可知《御定詞譜》之內容與體例，且較《詞律》多出 166 調，1126
體。《御定詞譜》再次申明「詞之有圖譜，猶詩之有體格」〔註297〕，強
調格律譜之重要，藉以顯示詞律之嚴謹性；注重音韻之諧和，希冀填詞
之餘，能從中窺見「古昔樂章之遺響」〔註298〕。

全書目錄散見於各卷，「調以長短分先後，若同一調名，則長短
彙列，以又一體別之」〔註299〕。此分法同於《詞律》，惟《御定詞譜》
較簡略，未於目錄詳標字數，而係統合言之：卷一「起十四字至二十
八字」，卷二「起二十九字至三十六字」……卷三十九「起一百六十
九字至二百四十字」；卷四十為「附編」。

《御定詞譜》仿效《詞律》之體例而略作更動，其「譜詞合一」
之形式雖同於《詞律》，然其譜為「圖譜」，並非「文字譜」；係採《詩
餘圖譜》之樣式，「以虛實朱圈分別平仄。平用虛圈，仄用實圈。字
本平而可仄者，上虛下實；字本仄而可平者，上實下虛」〔註300〕。
茲以《御定詞譜》所收晏幾道詞之詞調為例（誤收詞除外），以明《御
定詞譜》之譜式及其對晏幾道詞之接受：

其一、〈春光好〉一調，以和凝「紗窗暖」詞為「正體」，而晏幾
道「花陰月」詞為「又一體」之一。茲錄全詞如下：

花陰月句柳梢鶯韻近清明韻長恨去年今夜雨句灑離亭韻

〔註296〕 〔清〕紀昀等：〈御定詞譜提要〉。見《景印文淵閣四庫全書》，冊
1495，頁 3。

〔註297〕 〔清〕王奕清等：〈御定詞譜序〉。見〔清〕王奕清等奉敕輯：《御
定詞譜》，《景印文淵閣四庫全書》，冊 1495，頁 1。

〔註298〕 〔清〕王奕清等：〈御定詞譜序〉。見〔清〕王奕清等奉敕輯：《御
定詞譜》，《景印文淵閣四庫全書》，冊 1495，頁 2。

〔註299〕 〔清〕王奕清等奉敕輯：《御定詞譜·凡例》。見《景印文淵閣四庫
全書》，冊 1495，頁 4。

〔註300〕 〔清〕王奕清等奉敕輯：《御定詞譜·凡例》。見《景印文淵閣四庫
全書》，冊 1495，頁 5。

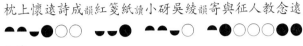

枕上懷遠詩成_韻紅箋紙讀小硏吳綾_韻寄與征人敎念遠

句莫無情_韻〔註301〕

●○○

《御定詞譜》每體列一譜，以合譜形式展現，而「譜內以整句爲句，半句爲讀；直截者爲句，蟬聯不斷者爲讀，逐一注明行間」〔註302〕。晏幾道此體塡有三闋詞，其中「春羅薄」一詞裡有「拚卻一襟懷遠淚，倚闌看」句，〈春光好〉遂有〈愁倚闌令〉、〈愁倚闌〉或〈倚闌令〉之異名。晏幾道此詞雖非正體，然因佳句而使詞牌產生別名，亦見其影響力。

　　其二、〈胡搗練〉，以晏殊「夜來江上見寒梅」詞爲「正體」，而晏幾道「小春花信日邊來」詞爲「又一體」之一。茲錄全詞如下：

小春花信日邊來_句隴上江梅先坼_韻今歲東君消息_韻還自南

●○○○●●　●○○○●　●○○○●　○●○○

枝得_韻　　素衣染盡天香_句玉酒添成國色_韻一自故溪疎隔

○●　　●○○○●○　●○○○●　●●○○○○

_韻腸斷長相憶_韻

○●○○●

《御定詞譜》於〈胡搗練〉附注「〈望仙樓〉調本此減字。」又於晏詞注明「此詞一名〈望仙樓〉，……惟後段起句少一字。《梅苑》本作『素衣洗盡九天香』，仍七字句。因《花草粹編》與本集同，故從本集。」而觀《花草粹編》，分收〈胡搗練〉（小春花信雪中來）與〈望仙樓〉（小春花信日邊來）兩詞，《御定詞譜》所錄〈望仙樓〉之詞句與《花草粹編》稍有差異（詳見第三章表六）。《御定詞譜‧凡例》雖云：「引用之詞皆宋元選本及各人本集，其無名氏詞亦注明出某書以便校勘」〔註303〕，然毛晉汲古閣本〈望仙樓〉之詞句又與《御定詞

〔註301〕　此處所引晏詞爲《御定詞譜》之版本。以下關於《御定詞譜》譜式問題，所引宋詞皆爲《御定詞譜》之版本。

〔註302〕　〔清〕王奕清等奉敕輯：《御定詞譜‧凡例》。見《景印文淵閣四庫全書》，冊1495，頁5。

〔註303〕　〔清〕王奕清等奉敕輯：《御定詞譜‧凡例》。見《景印文淵閣四庫

譜》有別，故不知《御定詞譜》所據之《小山詞》本集版本及其〈望
仙樓〉本來面貌。

其三、《御定詞譜》「每調選用唐、宋、元詞一首，必以創始之人
所作本詞爲正體」。〔註304〕觀其所選晏幾道詞，以之爲「正體」者，
計有〈憶悶令〉、〈慶春時〉、〈喜團圓〉、〈鳳孤飛〉、〈留春令〉、〈梁州
令〉、〈思遠人〉、〈鷓鴣天〉、〈解佩令〉、〈于飛樂〉、〈碧牡丹〉、〈風入
松〉、〈滿庭芳〉、〈泛清波摘遍〉14 調。足見晏幾道創調之功。

其四、〈長相思〉一調以白居易「汴水流」詞爲「正體」，而晏幾
道「長相思」詞爲「又一體」之一。而宋、明、清編詞選與詞譜中，
僅《御定詞譜》選錄。

要之，《御定詞譜》雖不免有其缺失，「較《詞律》所載稍寬，而
詳於源流，分別正變，且字句多寡，聲調異同，以至平仄，無不一一
注明，較對之間，一望了然。所謂塡詞必當遵古，從其多者，從其正
者，尤當從其所共用者，捨《詞譜》則無所措手」〔註305〕。此外，《御
定詞譜》爲官方編纂之書，是以取材宏富，文獻資料多私家編書者所
未見，且「主備體，非選詞」〔註306〕。雖不注重選詞之功能，然在
「備體」之基礎上，可見《小山詞》之獨創性，亦替《小山詞》中鮮
爲詞選、詞譜所收之詞盡傳播之力。

（四）紹述《嘯餘》：《詩餘譜式》

《詩餘譜式》二卷，郭鞏撰，「悉尊《嘯餘》古本，刪其大繁，
非別有所增飾，亦不另入近來詞調」〔註307〕，更且「一依原本闕疑，

全書》，冊 1495，頁 4。

〔註304〕〔清〕王奕清等奉敕輯：《御定詞譜・凡例》。見《景印文淵閣四庫
全書》，冊 1495，頁 4。

〔註305〕〔清〕田同之：《西圃詞說》。見唐圭璋編：《詞話叢編》，冊 5，頁。

〔註306〕〔清〕王奕清等奉敕輯：《御定詞譜・凡例》。見《景印文淵閣四庫
全書》，冊 1495，頁 4。

〔註307〕〔清〕郭鞏：〈詩餘譜式引〉。見〔清〕郭鞏：《詩餘譜式》（清康熙
可亭刻本），《四庫未收書輯刊》，拾輯，冊 30，頁 442。

不敢擅改，取罪前人」〔註308〕，斯可見《詩餘譜式》沿襲《嘯餘譜‧
詩餘譜》之程度。然《詩餘譜式》亦有別於《嘯餘譜‧詩餘譜》處，
茲以所收晏幾道詞之詞調爲例（誤收詞除外），以明《詩餘譜式》之
體例與對晏幾道詞之接受情形，如下所示：

　　其一、《嘯餘譜‧詩餘譜》最大之特色爲「譜詞合一」，而《詩餘
譜式》改動爲「譜詞分離」之形式，將「詞」置於上層，「譜」列於
下層。如晏幾道〈解佩令〉，於詞調名之下，以小字標注「雙調　中
調　宮詞　後段同，唯第三句作七字」：

　　　玉階秋感年華暗去掩深宮團扇無緒記得當時自剪下機中輕
　　　素點丹青畫成秦女　　涼襟猶在朱絃當作顏未改忍霜紈飄零
　　　何處自古悲涼是情事輕如雲雨倚絲絃恨長難訴〔註309〕

　　　◗○○●四字句○○●●四字句◗●◗◗○○●韻八字句◗●○○四字
句◗◗◗○○●叶七字句○○○●○○●叶七字句後段同

此調僅晏幾道「玉階秋感」一體。而《嘯餘譜‧詩餘》上片第二句第
一字作「平而可仄」。以「○」表示平聲，以「●」表示仄聲；「◗」
表示可平可仄。此虛實圈法與譜詞分離之形式，「較之原編，約而實
該，博而有要，俾讀者一見了然」〔註310〕。

　　其二、《嘯餘譜‧詩譜餘》一調之下多載數體，《詩餘譜式》「則
擇其簡易之調載之，如於中更韻多者，不載作者用第幾體，即於本題
下書明某調第幾體」〔註311〕。此導致《嘯餘譜‧詩譜餘》與《詩餘
譜式》選錄晏幾道詞之闋數不同：《嘯餘譜‧詩餘譜》選錄晏幾道詞
七闋，《詩餘譜式》僅收兩闋（誤收詞除外）。（詳參第三章第四節）

〔註308〕〔清〕郭鞏：《詩餘譜式‧譜例》（清康熙可亭刻本）。見《四庫未
　　　　收書輯刊》，拾輯，冊30，頁443。
〔註309〕此處所引晏詞爲《詩餘譜式》之版本。
〔註310〕〔清〕郭鵬：〈詩餘譜式序〉。見〔清〕郭鞏：《詩餘譜式》（清康熙
　　　　可亭刻本），《四庫未收書輯刊》，拾輯，冊30，頁441。
〔註311〕〔清〕郭鞏：《詩餘譜式‧譜例》（清康熙可亭刻本）。見《四庫未
　　　　收書輯刊》，拾輯，冊30，頁443。

　　要之，《詩餘譜式》較《嘯餘譜・詩餘譜》精簡，所收之晏幾道詞數少，是以傳播《小山詞》之影響力不及《嘯餘譜・詩餘譜》。再者，清代詞壇對《嘯餘譜・詩餘譜》指摘頗多，而《詩餘譜式》未針對原書進行補正，故不利於《詩餘譜式》之流布，甚而難起傳播《小山詞》之效。此外，《詞律》成編於清聖祖康熙二十六年（1687），《詩餘譜式》成書於清聖祖康熙五十一年（1712），於《詞律》長年主導詞壇填詞風氣之情況下，《詩餘譜式》難爲世所重，遑論促進清人對《小山詞》之接受。

（五）校補《詞律》：《天籟軒詞譜》、《詞律拾遺》、《詞繫》

　　1、《天籟軒詞譜》五卷，葉申薌撰。此書係依《詞律》堆絮園刊本「而編調、選詞、辨韻、分句，則有《詞律》之精覈，而無其拘；有《詞律》之博綜，而刪其冗。誠藝苑之圭臬，而詞壇之矩矱也。上追唐賢樂府，下汰元人雜曲」〔註312〕；又「博采群書，有調必收，即缺落錯訛者，無不畢列茲譜」〔註313〕，計771調，繫詞1194闋；並匡謬正訛，「去其不可句讀者，都爲一集，字題曰《天籟軒詞譜》」〔註314〕。

　　全書目錄分散於各卷，以詞調分類，未注明詞調異名，亦無詳列「又體」資料，如〈憶江南〉三首，以「三首」表示〈憶江南〉一調收錄「三體」。至於各卷，按字數多寡集之：卷一「起十六字，迄五十字」，卷二「起五十一字，迄八十字」，卷三「起八十一字，迄一百字」，卷四「起百一字，迄兩百四十字」；卷五爲「補遺」，附詞人姓名爵里。是以目錄相當精簡。茲以《天籟軒詞譜》所收晏幾道詞之詞調爲例（誤收詞除外），以明《天籟軒詞譜》之體例與對晏幾道詞之接受情形，如下所示：

〔註312〕〔清〕顧蒔：〈天籟軒詞譜序〉。見〔清〕葉申薌：《天籟軒詞譜》（清道光間刊本），頁3。

〔註313〕〔清〕葉申薌：《天籟軒詞譜・發凡》（清道光間刊本），頁6。

〔註314〕〔清〕梁章鉅：〈天籟軒詞譜序〉。見〔清〕葉申薌：《天籟軒詞譜》（清道光間刊本），頁4。

其一、〈清商怨〉，於詞調名之下，以小字標注「四十二字，仄六韻，又名〈傷情怨〉」：

　　庭花春信尚淺最玉樓先暖夢覺香衾江南依舊遠　　回文錦
　　　　　　　　　　　◎　　　　　　　　　　　　◎
　　字暗剪漫寄與也應歸晚要問相思天涯獨自短〔註315〕
　　　　◎　　　　　　◎　　　○　　　　　　◎

《天籟軒詞譜》使用之符號，僅「○」與「◎」兩種；以「○」斷句，而「◎」表示用韻處。此書僅於調名之下標明「平幾韻，仄幾韻，幾換韻及平仄通叶者」〔註316〕，既無詳細分析每字平仄用法，亦無眉批以示填詞要項，是以不僅有別於《詞律》體例，亦異於歷來詞譜體式。

其二、因《天籟軒詞譜》「以原製之詞及名人佳作為譜」〔註317〕，「同是一調而字數參差者，自應先列首製原詞，再依序分列各體」〔註318〕，故所列之詞與《詞律》有異。晏幾道〈鷓鴣天〉（彩袖殷勤捧玉鍾）、〈六么令〉（綠陰春盡）與〈滿庭芳〉（南苑吹花）三詞為《詞律》所未收，而〈鷓鴣天〉（彩袖殷勤捧玉鍾）與〈六么令〉（綠陰春盡）列為正體；〈滿庭芳〉（南苑吹花）則為又體。

若依《御定詞譜》「必以創始之人所作本詞為正體」而言，《御定詞譜》中〈六么令〉一調以柳永「澹煙殘照」詞為正體，而「又體」未見晏幾道詞；加之〈六么令〉（綠陰春盡）一詞，於明、清所編詞譜中，僅見於《天籟軒詞譜》，是知〈六么令〉（綠陰春盡）為葉申薌主觀選擇下所收之作品，可見此詞聲情並茂，受葉申薌喜愛。

至於〈滿庭芳〉一調，《御定詞譜》以晏幾道「南苑吹花」與周邦彥「風老鶯雛」為正體，而黃公度「一徑叉分」為又體；然《天籟軒詞譜》以黃公度「一徑叉分」為正體，將晏詞列為又體，故不知《御定詞譜》與《天籟軒詞譜》何者考證精確。

〔註315〕此處所引晏詞為《天籟軒詞譜》之版本。
〔註316〕〔清〕葉申薌：《天籟軒詞譜・發凡》（清道光間刊本），頁6。
〔註317〕〔清〕葉申薌：《天籟軒詞譜・發凡》（清道光間刊本），頁6。
〔註318〕〔清〕葉申薌：《天籟軒詞譜・發凡》（清道光間刊本），頁6。

其三、《天籟軒詞譜》所收之調、詞總數較《詞律》爲多，而所收之晏幾道總詞數比《詞律》少一闋，且收錄情況略有差異，故知葉申薌於刪選、增訂《詞律》之餘，展現己身與萬樹對晏幾道詞之不同接收度。

要之，《天籟軒詞譜》之體例，與「擇其音調和雅且無錯落者方收」〔註319〕之特點，使其詞選性質儼然勝過詞譜功能。

2、《詞律拾遺》八卷，徐本立撰。此書係以《詞律》爲底本，而「補調」、「補體」六卷，「補注」二卷；計補 165 調，495 體。據俞樾〈詞律拾遺序〉云：

> 至萬氏出而規矩先民，張皇幽眇，爲詞家功臣。今徐君拾遺補闕，繩愆糾繆，又爲萬氏功臣。從此兩書并行，用示詞林正軌，俾後之論詞者，知我朝詞學之盛，直接兩宋，亦猶經學之盛，直接兩漢也，則又不獨有功萬氏而已。〔註320〕

此書之編纂宗旨由上文清晰可見。《詞律拾遺》志繼《詞律》，補苴調脈，於全書目錄標明「補調」或「補體」，如「補調添字采桑子四十八字」，「補體哨徧一百九十九字」。而改動之處在於「平換仄，仄換平，同在此韻者，謂之通叶；用他韻者，謂之互叶」〔註321〕。

徐本立編纂《詞律拾遺》時，未見《御定詞譜》一書，其「各詞從《御選歷代詩餘》及葉小庚《天籟軒詞譜》補入爲多」〔註322〕。至於「補注」二卷，係於《詞律》「原注有應增損者，雜采諸家緒論，間附臆見」〔註323〕而成編；以諸本所撰寫之字詞與《詞律》相校，

〔註319〕〔清〕葉申薌：《天籟軒詞譜・發凡》（清道光間刊本），頁 6。
〔註320〕〔清〕俞樾：〈詞律拾遺序〉。見〔清〕徐本立：《詞律拾遺》（據遼寧省圖書館藏清同治十二年刻本影印）。見《續修四庫全書》，冊 1736，頁 548。
〔註321〕〔清〕徐本立：《詞律拾遺・凡例》（據遼寧省圖書館藏清同治十二年刻本影印）。見《續修四庫全書》，冊 1736，頁 549。
〔註322〕〔清〕徐本立：《詞律拾遺・凡例》（據遼寧省圖書館藏清同治十二年刻本影印）。見《續修四庫全書》，冊 1736，頁 550。
〔註323〕〔清〕徐本立：《詞律拾遺・凡例》（據遼寧省圖書館藏清同治十二年刻本影印）。見《續修四庫全書》，冊 1736，頁 549。

而明示其異同。

　　關於《詞律拾遺》卷五「補調眞珠髻一百五字」，將「重重山外」一詞署名晏幾道，此誤收情形係自《花草粹編》始，亦見收錄於《御選歷代詩餘》。若除去誤收詞，《詞律拾遺》對於晏幾道詞之增補，集中於卷七與卷八之「補注」部分。

　　3、《詞繫》二十四卷，秦巘編。此書係「以《詞律》爲藍本，於其缺者增之，訛者正之。非敢大肆譏評，聊爲補闕拾遺之一助」。〔註 324〕全書目錄依唐、五代、宋、金、元爲序，以人物排列，而人名底下分列詞調，並標明體式總數。

　　據《詞繫・凡例》云：

> 《草堂》計數列調，《嘯餘》分類標題，萬氏專從《草堂》，第分類不能明晰，不若計數爲宜。茲譜專敍時代，即所列又一體，亦按世次。……古人拈調填詞，以調爲題，所謂「本意」是也。宋人多注題目，與調無關。《詞律》削而不載，幾不知命意所在，何由辨其字句？茲譜概從原集詳錄。……詞之字數多寡不一，《詞律》所列「又一體」是也。《圖譜》強分第一、第二體，甚謬。然《詞律》缺遺之體甚多，今皆補入，不勝其數。舊譜平仄或用○、●，或用𬗋、｜，易致淆亂，不若《詞律》明注字左，可平可仄及入作平作上，較爲明顯。其餘句讀、叶韻、疊韻，亦遵其例，詳注字右。有必不可易移之字，平聲加○，上聲加◖，去聲加◗，入聲加●，凡仄聲◖、◗，特爲標明，俾閱者著眼，不致誤填。〔註 325〕

由此文可知《詞繫》最大特色乃以時代爲序，按世次編列。《詞繫》編纂之體例，多據《詞律》而有所駁斥，提出「四缺六失」〔註 326〕；

〔註 324〕　〔清〕秦巘：《詞繫・凡例》，頁 2。

〔註 325〕　〔清〕秦巘：《詞繫・凡例》，頁 2～7。

〔註 326〕　〔清〕秦巘：《詞繫・凡例》，頁 1～2。原文爲：「惜乎援據不博，校讎不審，其中不無缺失：如宮調不明，竟無一語論及，其缺一；調下不載原題，幾不知詞意所在，其缺二；專以汲古閣《六十家詞》、

並加以修改，採摭群言，參閱史傳，辨體明調，行校勘輯軼之功，輔以知人論世之績；而調凡 1140，較《詞律》多出 369 調；體凡 2214，較《詞律》多出 1020 體。

因未能閱覽原鈔本，故無以目睹其圖譜式樣。茲以北京師範大學出版社出版之排印本為據，歸納《詞繫》對晏幾道詞之接受情形如次：

其一、〈臨江仙〉（東野亡來無麗句）、〈愁倚闌令〉（憑江閣）、〈醉落魄〉（滿街斜月）、〈清商怨〉（庭花香信尚淺）、〈少年游〉（綠勾闌畔）、〈梁州令〉（莫唱陽關曲）、〈于飛樂〉（曉日當簾）、〈行香子〉（晚綠寒紅）、〈碧牡丹〉（翠袖疏紈扇）、〈兩同心〉（楚鄉春晚）、〈滿庭芳〉（南苑吹花）等十一闋，為「又一體」，其餘十三闋（誤收詞除外）皆屬「正體」，故知晏幾道自創之調凡十三。然《詞繫》與《御定詞譜》之考證有差異處。

其二、〈撲蝴蝶〉（風梢雨葉）一詞於歷代詞選、詞譜，僅見載於《陽春白雪》與《詞繫》。《詞繫》於此詞注云：「《樂府雅詞》作晏小山，今從之。」然今查《樂府雅詞》，並未見此詞。姑且不論《詞繫》注語之真實性，就〈撲蝴蝶〉（風梢雨葉）一詞而言，於宋編詞選《陽春白雪》選錄後，至清宣宗道光（1820～1850）、清文宗咸豐（1850～1861）年間，《詞繫》成書，歷經數百年，方受《詞繫》重視，而考之為「正體」。

其三、〈歸田樂〉（試把花期數），《詞繫》注云：「此調各家不合。姑按時代序列，不知何人創始。」是知秦巘無從證明〈歸田樂〉一調創始者為誰。據《詞繫》所載，此調之下除晏幾道「試把花期數」一

《詞綜》為主，他書未經寓目，憑虛擬議，其缺三：調名遺漏甚多，其缺四。不論宮調，專以字數比較，是為舍本逐末，其失一；所錄之詞，任意取擇，未為定式，其失二；調名原多歧出，務欲歸併，而考據不詳，顛倒時代，反賓為主，其失三；所據之本不精，字句訛謬，全憑臆度，其失四；前後段字數，必欲比同，甚至改換字句以牽合，殊涉穿鑿，其失五；《圖譜》等書，原多可議，曉曉辨論，未免太煩，其失六。」

詞外，另繫有黃庭堅「對景還消瘦」與「引掉得甚」詞、蔡伸「風生
蘋末蓮香細」詞、無名氏「水繞溪橋綠」詞。因作者時代而將「正體」
歸爲晏幾道詞。

其四、〈眞珠髻〉（重重山外）一詞，《詞繫》注云：「調見《梅苑》、
《花草粹編》、《詞譜》，俱缺名。《小山詞》不載。愚按：『辭意不類
小山，姑從《陽春白雪》本。《詞律》未收。』」今查《陽春白雪》，
未收〈眞珠髻〉（重重山外）；又查《花草粹編》，〈眞珠髻〉（重重山
外）題名「晏幾道」，未如秦巘所言：「缺名」；復查《御定詞譜》，注
云：「此調只有此詞，無別首可校。……今從《梅苑》詞訂正。」是
知〈眞珠髻〉（重重山外）於《梅苑》與《御定詞譜》均爲「缺名」，
至於秦巘所據，不知爲《花草粹編》或《陽春白雪》？

再者，秦巘認爲此詞「辭意不類小山」，實已道出心聲；又言「《小
山詞》不載」，已然有所考，然據《陽春白雪》本而將〈眞珠髻〉（重
重山外）列入晏幾道詞，斯見秦巘最後妥協於文獻。

要之，《詞繫》於清代爲「未刊稿」，迄西元 1996 年，始由北京
師範大學出版社出版發行。即因《詞繫》以鈔本傳世，對清代詞壇之
影響力不如其他刊刻本，以致減弱對晏幾道詞之傳播功能。

（六）融貫宮調：《碎金詞譜》

《碎金詞譜》十四卷，謝元淮撰。此書初刻本（清宣宗道光二十
三年（1843））爲六卷，而重刻本（清宣宗道光二十八年（1848））係
遵照《御定詞譜》與《御選歷代詩餘》，「詳加參訂，又得注宮調可按
者如干首，補成一十四卷」〔註327〕。全書總目以「宮調」爲大類，「詞
調」爲子目；凡 449 調，詞 558 闋。

據謝元淮〈碎金詞譜自序〉云：

蓋唐人之詩以入唱爲佳，自宋以詞鳴，而歌詩之法廢；金、

〔註327〕〔清〕謝元淮：〈碎金詞譜自序〉。見〔清〕謝元淮：《碎金詞譜》（據
　　　　湖北省圖書館藏清道光刻朱墨套印本影印），《續修四庫全書》，冊
　　　　1737，頁 6。

元以北曲鳴，而歌詞之法廢；明以南曲鳴，而北曲之法又廢也。世風迭變，舍舊翻新，勢有不得不然。至於清濁相宣，諧會歌管，雖去古人於千百世之下，必將無有不同者。茲譜之作，即以歌曲之法歌詞，亦冀由今之聲以通於古樂之意焉。〔註328〕

由此文可知，《碎金詞譜》以新曲譜舊詞，猶如今之老歌新唱。《碎金詞譜》仿姜夔《白石道人歌曲》自注節拍，而爲古詞「被諸管絃，將見有井水處皆能歌之」〔註329〕，亦同柳永之功。「聲歌遞變，古今雖別，宮商節奏之用，豈有異哉？」〔註330〕同爲娛樂人心，和平其情。謝元淮尚認爲「以歌曲之法歌詞，既能協律和聲，由此進而歌唐詩，歌樂府，歌《三百篇》，當亦鮮不協和者」〔註331〕；雖難以全盤復古，然繼志之心已備，箇中精神已具。

　　《碎金詞譜》將詞之「音律」與「格律」合譜，於「每一字之旁，左列四聲，右具工尺〔註332〕，俾覽者一目了然」〔註333〕。其音律譜以《九宮大成南北詞宮譜》爲底本，凡《九宮大成南北詞宮譜》（簡

〔註328〕〔清〕謝元淮：〈碎金詞譜自序〉。見〔清〕謝元淮：《碎金詞譜》（據湖北省圖書館藏清道光刻朱墨套印本影印），《續修四庫全書》，冊1737，頁6～7。

〔註329〕〔清〕陳方海：〈碎金詞譜序〉。見〔清〕謝元淮：《碎金詞譜》（據湖北省圖書館藏清道光刻朱墨套印本影印），《續修四庫全書》，冊1737，頁3～4。

〔註330〕〔清〕陳方海：〈碎金詞譜序〉。見〔清〕謝元淮：《碎金詞譜》（據湖北省圖書館藏清道光刻朱墨套印本影印），《續修四庫全書》，冊1737，頁4。

〔註331〕〔清〕謝元淮：〈碎金詞譜自序〉。見〔清〕謝元淮：《碎金詞譜》（據湖北省圖書館藏清道光刻朱墨套印本影印），《續修四庫全書》，冊1737，頁7。

〔註332〕工尺，常見爲上、尺、工、凡、合、四、乙等七個音階符號。約產生於隋唐時代，由管樂器之指法記號逐漸演變而來。以此編成之曲譜，稱爲「工尺譜」、「工尺字兒」，或作「笛色譜」、「管色譜」。《碎金詞譜》即附有「笛圖」以明工尺。

〔註333〕〔清〕謝元淮：〈碎金詞譜自序〉。見〔清〕謝元淮：《碎金詞譜》（據湖北省圖書館藏清道光刻朱墨套印本影印），《續修四庫全書》，冊1737，頁6。

稱《九宮譜》）「原錄詞調俱有者，則於調首以 原 字識之；《九宮譜》
有調無詞，而各詞自注，及有宮調可按者，以 增 字別之；其《九宮譜》
所未載，及竝無宮調可查現爲補度工尺者，以 補 字記之」〔註334〕茲
以《碎金詞譜》所收晏幾道詞之詞調爲例（誤收詞除外），以明《碎
金詞譜》之體例與對晏幾道詞之接受情形：

　　其一、〈憶悶令〉，位於卷九「南高大石調」。於調名之上標上 原，
而於調名之下，標注「引子」及「六字調」，並說明「調見《小山樂
府》」。雙調四十五字前後段各四句三仄韻：

取次臨鸞勻畫淺韻酒醒遲 來 晚韻多情愛惹閒愁句長黛眉低

斂韻　　月底相逢見韻有深深良 願韻願期信讀似月如花句

須更教長 遠韻〔註335〕

《碎金詞譜》有別於前述詞譜，除與音律譜合一之外，字字標明「平、
上、去、入」四聲調，乃其顯著特色。以往詞譜使用「平」、「仄」、
「可平可仄」標示格律，而無明確規定上、去、入聲，《詞律》等書
雖有強調「去」聲之重要性，或是於格律「不易處」特別加注，然
未如《碎金詞譜》精細。《碎金詞譜》相當重視填詞之嚴謹性，認爲
「學者欲從何體，只宜照譜填詞，不得因圖譜有可平可仄之說，自
爲牽就」〔註336〕。是以「每調必須專從一人之詞爲定體，四聲縱難
竝講，而平仄不容遊移，此爲不易之格」。〔註337〕

〔註334〕〔清〕謝元淮：《碎金詞譜‧凡例》（據湖北省圖書館藏清道光刻朱
　　　　　墨套印本影印）。見《續修四庫全書》，冊1737，頁14～15。
〔註335〕此處所引晏詞爲《碎金詞譜》之版本。
〔註336〕〔清〕謝元淮：《碎金詞譜‧凡例》（據湖北省圖書館藏清道光刻朱
　　　　　墨套印本影印）。見《續修四庫全書》，冊1737，頁8～9。
〔註337〕〔清〕謝元淮：《碎金詞譜‧凡例》（據湖北省圖書館藏清道光刻朱
　　　　　墨套印本影印）。見《續修四庫全書》，冊1737，頁15。

其二、《碎金詞譜》所收晏幾道詞（誤收詞除外）中，按《九宮大成南北詞宮譜》原有宮調而增詞、注譜者，計有〈好女兒〉（綠遍西池）、〈梁州令〉（莫唱陽關曲）、〈兩同心〉（楚鄉春晚）、〈于飛樂〉（曉日當簾）四闋。

其三、《碎金詞譜・凡例》云：「《九宮譜》所載諸詞，均未載明題目，致令讀者茫然，不能醒暢心目。今皆檢查各集，一一注出。」〔註338〕而觀《碎金詞譜》所錄晏幾道詞，載有詞題者，僅〈慶春時〉（倚天樓殿）一詞，詞題為「慶賞春讌」。另有附注，云：「調見《小山樂府》。凡二首，俱慶賞春時讌樂之詞。」

其四、謝元淮於《填詞淺說》云：「一調數體者，自應取創始之詞，及宋詞之最佳者作為正體。其餘字數多寡不同，或字數難同，而句韻各異者，概列為又一體。」〔註339〕而《碎金詞譜》將晏幾道詞列為「正體」者，乃〈梁州令〉（莫唱陽關曲）、〈憶悶令〉（取次臨鸞勻畫淺）、〈慶春時〉（倚天樓殿）、〈喜團圓〉（危樓靜鎖）、〈于飛樂〉（曉日當簾）五闋。

要之，謝元淮強調「詞有一定之句讀，一定之平仄，稍加增損，便是換調移宮」〔註340〕，並認為詞人「即自作各詞，亦字斟句酌，務求復古，故不得不瑣屑推敲，覽者幸勿嗤為膠柱」〔註341〕。此為對前人創作之尊重，亦是講樂聲之和諧。而將曲譜之宮調套用於「詞」，此雖不能完整重現古樂之風，然時人藉樂譜而傳唱，此亦促進名詞佳作之流傳，故《碎金詞譜》對《小山詞》之傳播接受，仍有其助益。

綜觀上述詞譜，汲取明編詞譜之精華，刪汰其蕪雜，而注入新意，補偏救弊，規模遠舉，俾學者矩步方行。以《詞律》與《御訂詞譜》

〔註338〕〔清〕謝元淮：《碎金詞譜・凡例》（據湖北省圖書館藏清道光刻朱墨套印本影印）。見《續修四庫全書》，冊1737，頁13。
〔註339〕〔清〕謝元淮：《填詞淺說》。見唐圭璋編：《詞話叢編》，冊3，頁2514。
〔註340〕〔清〕謝元淮：《碎金詞譜・凡例》（據湖北省圖書館藏清道光刻朱墨套印本影印）。見《續修四庫全書》，冊1737，頁9。
〔註341〕〔清〕謝元淮：《填詞淺說》。見唐圭璋編：《詞話叢編》，冊3，頁2521。

影響深遠，晚出之詞譜，多據以互校、參補。

　　清編詞譜所收之調與所繫之詞，數量遠勝於明編詞譜，且多是主備體，非選詞之書，故難能全面以「譜體詞選」論之。然《選聲集》、《詩餘譜式》、《天籟軒詞譜》等書之編纂要旨，擇雅、收錄佳作爲其中要項，是以可將之視爲「譜體詞選」，進而瞭解諸位編者對晏幾道詞之主觀接受。至於爲求備調分體之詞譜，因其蒐羅豐富，故能知曉晏幾道自創之數量，亦能藉此觀察後人以其自創調填詞之愛好程度。此外，對於考證精詳，注語繁博之詞譜，可窺見編者對晏幾道詞之批評接受，更且讀者能從中探究晏幾道詞之格律、填法與精緻處，而學習、效法，故影響時人對《小山詞》之創作接受。

　　至若誤收詞部分，收錄晏幾道詞之十本詞譜中，有九本出現此情形，故清編詞譜不如詞選嚴謹。而因詞譜之編者多據《御選歷代詩餘》收詞、補遺，是以《御選歷代詩餘》之誤收詞，亦見於諸詞譜。

第五節　文本接受後之創作成果：仿擬、和韻與集句作品

　　本節係自清人詞作尋找《小山詞》之影響力，並從中探察清代接受《小山詞》之面向。

　　檢索《全清詞・順康卷》〔註342〕、《全清詞・順康卷補編》〔註343〕與《清詞別集》〔註344〕，清人對《小山詞》接受後之創作成果，仿擬作品，計有3人，共3闋；和韻作品，計有16人，共23闋；集句作品，

〔註342〕南京大學中國語言文學系《全清詞》編纂研究室編：《全清詞・順康卷》（北京：中華書局，2002年5月）。本論文所引清詞皆依據《全清詞・順康卷》、《全清詞・順康卷補編》或《清詞別集》，逕將冊數與頁碼標於引詞之後，不再一一附注。

〔註343〕張宏生主編：《全清詞・順康卷補編》（南京：南京大學出版社，2008年5月）。

〔註344〕陳乃乾：《清詞別集》（楊家駱主編：《清詞別集百三十四種》）（台北：鼎文書局，45年6月）。

計有 1 人，共 1 闋。茲分述如下：

一、仿 擬

（一）賀 裳

賀裳，生卒年不詳，字黃公，號檗齋。

仿擬之作爲〈生查子・戲效小晏體〉一闋，茲錄如下：

郎不怨投梭，儂敢嗔針棘。錯認惡姻緣，翻得成歡悅。　郎贈定情篇，儂報同心結。趁取鵲爐溫，去拜花陰月。（《全清詞・順康卷》，冊 4，頁 2404）

此詞係仿效自晏幾道：

長恨涉江遙，移近溪頭住。閒盪木蘭舟，誤入雙鴛浦。　無端輕薄雲，暗作廉纖雨。翠袖不勝寒，欲向荷花語。（《全宋詞》，冊 1，頁 295）

就韻腳而言：

其一、晏詞韻腳，「住、浦、雨、語」爲戈載《詞林正韻》第四部仄聲韻。

其二、賀詞韻腳，「棘」爲第十七部入聲韻；「悅、結、月」爲十八部入聲韻。

就內容而言：

其一、晏詞言女子誤入情網，爲了心心念念之男子而就近住於溪邊，因「溪水流入江中，也將會流入所思之處」〔註 345〕。無奈男子薄情，所遇非人，徒自將悲情化作如雨之淚滴，默默向荷花傾訴傷懷。以女子如「木蘭舟」、「荷花」與「翠袖不勝寒」之美好與堅貞，對比男子如「雲」輕、飄之不專情。

其二、賀詞之女子亦墜入情網，於不知男子心意前，備受煎熬。然而此「惡因緣」卻成爲彼此情投意合之「歡悅」戀情。趁此情意尚熱烈時，於花前月下卿卿我我，享受兩人世界。

〔註 345〕陳永正：《晏殊晏幾道詞選》，頁 165。

綜而言之：

其一、兩詞韻腳與韻部各不相同，無「和韻」現象。

其二、內容同爲描述男女戀情，而晏詞用語較含蓄，以自然意象暗喻男女形象及其交往過程。賀詞則以方言入詞，詞語較直白。

其三、晏詞之男子形象不佳，直指男子浮薄，女子因此痛苦傷心；賀詞之男子則以「定情篇」給予女子承諾。

其四、晏詞之女子形象爲落寞寡歡，而貞潔自持；賀詞之女子則醉心於短暫甜蜜時光。

其五、兩詞皆提及女子於不確定男子情意時，忐忑不安之心情。

其六、兩詞之結局各異，晏詞爲悲，賀詞爲喜。

（二）鄒祇謨

鄒祇謨（？～1670），清順治十五年（1658）進士。字訏士，號程村，別號麗農山人。

仿擬之作爲〈生查子・戲效小晏體〉一闋，茲錄如下：

> 影傍青鸞怯，香趁金猊洩。着意爲郎謀，先整龍紋席。　溫柔宿暖風，綺豔留香雪。莫待菊花開，吹冷紅簷鐵。（《全清詞・順康卷》，冊 5，頁 3035）

此詞係仿效自晏幾道：

> 官身幾日閑，世事何時足。君貌不長紅，我鬢無重綠。　榴花滿盞香，金縷多情曲。且盡眼中歡，莫歎時光促。（《全宋詞》，冊 1，頁 295）

就韻腳而言：

其一、晏詞韻腳爲「足、綠、曲、促」，屬第十五部入聲韻。

其二、鄒詞韻腳，「席」爲第十七部入聲韻；「洩、雪、鐵」爲十八部入聲韻。

就內容而言：

其一、鄒詞上片前二句運用青鳥喜歡對鏡起舞之典故，而以「青鸞」稱代「鏡子」；以香爐之薰煙飄散，指時光流逝。第二句「香趁

金猊洩」補足「影傍青鸞怯」之意，言對鏡照影，察覺歲月不待人，令人心生畏怯。此二句意同晏詞上片「君貌不長紅，我鬢無重綠」。

其二、鄒詞下片「溫柔宿暖風，綺豔留香雪」承接上片後二句「着意為郎謀，先整龍紋席」之意，表達女子用心為男子籌畫閨閤之趣使之滿足歡樂。此處雖不同於晏詞中以「榴花滿盞香，金縷多情曲」來歡度時光，然鄒詞仍表現出晏詞「世事何時足」、「且盡眼中歡」之意。

其三、鄒詞以「莫待菊花開，吹冷紅簹鐵」作結，即晏詞「莫歎時光促」所表達把握當下之意。

綜而言之：

其一、鄒詞僅仿效晏詞內容，而無「和韻」現象。

其二、晏詞語言平易，鄒詞用語精美。

（三）焦袁熹

焦袁熹（1660～1735），字南浦，號廣期。

仿擬之作為〈長相思・效小山體〉一闋，茲錄如下：

> 長相思。長相思。若道相思有盡期。江流卻向西。　　長相思。長相思。如此相思訴與誰。春花秋月知。（《全清詞・順康卷》，冊18，頁10570）

此詞係仿效自晏幾道：

> 長相思。長相思。若問相思甚了期。除非相見時。　　長相思。長相思。欲把相思說似誰。淺情人不知。（《全宋詞》，冊1，頁329）

就韻腳而言：

其一、晏詞韻腳為「思、期、時、誰、知」，屬第三部平聲韻。

其二、焦詞韻腳為「思、期、西、誰、知」，屬第三部平聲韻。

就內容而言：

其一、兩詞皆重複六次「相思」，具有民歌疊詠之特色。而藉反覆吟詠「相思」一詞，情感越發濃烈。

其二、晏詞自問自答，表達相思之盡期在於兩人聚首時；說明相

思之愁苦，僅深情之人方可體會。

其三、焦詞表達相思無盡期，回憶如流水向西回流，足以翻騰人心。而焦詞亦自問自答，其問題為：相思之深長將說與誰？只有光景為己之知音。

綜而言之：

其一、兩詞韻腳有「時」、「西」一字之差，然韻部相同，屬「和韻」中之「依韻」。

其二、兩詞語言直露，情感率眞；皆流露「相思」惱人之情懷。

其三、焦詞既仿效晏詞內容，亦和其韻。

要之，清人仿擬晏詞之情況凡二：一為僅仿效內容，而無關韻腳，如賀裳〈生查子・戲效小晏體〉、鄒祗謨〈生查子・戲效小晏體〉；二為內容與韻腳皆模擬，如焦袁熹〈長相思・效小山體〉。

二、和　韻

（一）王　庭

王庭（1607～1693），字監卿，號言遠，又號邁人。

王庭和晏幾道詞，凡三闋，試析如次：

1、〈御街行・郊步，用晏小山韻〉：

> 東風陣陣吹飛絮。堆滿橋頭路。綠橋南上幾家村，靜掩水邊蓬戶。短墻低見，鞦韆場畔，尚有開花樹。　　但逐岐途隨意去。小焙微零雨。綠陰深處半柔柔，有女攜筐來駐。酒旗遙指，春游稀到，犬吠人行處。（《全清詞・順康卷》，冊1，頁287）

此詞之韻腳為「絮、路、戶、樹、去、雨、駐、處」，屬戈載《詞林正韻》第四部仄聲韻。

檢索《小山詞》，王庭係和晏幾道〈御街行〉（街南綠樹春饒絮）韻，茲錄全詞如下：

> 街南綠樹春饒絮。雪滿游春路。樹頭花豔雜嬌雲，樹底人

家朱戶。北樓閒上，疏簾高卷，直見街南樹。　　闌干倚
盡猶慵去。幾度黃昏雨。晚春盤馬踏青苔，曾傍綠陰深駐。
落花猶在，香屏空掩，人面知何處。(《全宋詞》，冊 1，頁 315)

王詞用晏詞原韻，且次第不變，屬「和韻」中之「次韻」。

2、〈生查子・老嘆，用晏小山韻〉：

一

嘗因愁嘆多，遂覺歡歌少。何事最傷懷，只爲人當老。　　白
髮便蒙頭，莫向朱顏道。請看落殘花，曾占春風好。(《全清
詞・順康卷》，冊 1，頁 287)

二

去時云已多，來日知應少。便是百年人，那得身長老。　　亦
有少年郎，夭折曾何道。晚節看黃花，耐得風霜好。(《全清
詞・順康卷》，冊 1，頁 287～288)

此二詞之韻腳皆爲「少、老、道、好」，屬第八部仄聲韻。

檢索《小山詞》，王庭二詞悉和晏幾道〈生查子〉(關山魂夢長)
韻，茲錄全詞如下：

關山魂夢長，魚雁音塵少。兩鬢可憐青，只爲相思老。　　歸
夢碧紗窗，說與人人道。眞個別離難，不似相逢好。(《全宋
詞》，冊 1，頁 194)

因王詞韻腳與晏詞相同，且次第不變，故屬「和韻」中之「次韻」。

（二）梁清標

梁清標（1620～1691），字玉立，號蕉林，一號蒼巖。

其和詞爲〈探春令・閨情，用晏叔原韻〉一闋，茲錄如下：

瑣窗黃鳥，傍人啼逗，懨懨天氣。送離愁、一寸柔腸裡。
偏不分、鸚哥睡。　　畫闌風雨催花墜。欹枕非關醉。算
春光九十，匆匆過了，多少閨中淚。(《全清詞・順康卷》，冊 4，
頁 2256)

此詞之韻腳爲「氣、裡、睡、墜、醉、淚」，屬第三部仄聲韻。

今觀《小山詞》，並無〈探春令〉之詞調。而自顧從敬刊刻《類

編草堂詩餘》，將〈探春令〉（綠楊枝上曉鶯啼）一詞署名晏幾道後，明清詞選與詞譜，悉將之視爲晏幾道詞。然〈探春令〉（綠楊枝上曉鶯啼）一詞於《增修箋註妙選群英草堂詩餘》前集，卷下，並無題作者姓名，茲錄全詞如下：

> 綠楊枝上曉鶯啼。報融合天氣。被數聲、吹入沙恩裡。又驚起、嬌娥睡。　綠雲斜軃金釵墜。惹芳心如醉。爲少年、濕了鮫綃帕，上都是、相思淚。〔註346〕

此詞之韻腳爲「氣、裡、睡、墜、醉、淚」，屬第三部仄聲韻。

　　蓋梁清標〈探春令〉（瑣窗黃鳥）與無名氏〈探春令〉（綠楊枝上曉鶯啼）二詞，韻腳悉同，且次第不變，當屬「和韻」中之「次韻」。然而體式不同，梁清標〈探春令〉（瑣窗黃鳥）爲雙調五十二字，前段後段各五句，共六仄韻；無名氏〈探春令〉（綠楊枝上曉鶯啼）爲雙調五十二字，前後段各四句，共六仄韻。是知梁清標〈探春令〉（瑣窗黃鳥）一詞僅就韻腳方面相仿，而無關體式。

（三）鄒祗謨

　　其和詞爲〈思遠人・本意，和宋晏小山韻〉一闋，茲錄如下：

> 雁字魚函渾未寄，腸斷遼西客。金鞭微響，玉驄空鬧，聽馬蹄得得。　雨聲偏向芭蕉滴。把淚珠和墨。學寄畫崔徽，添些紅暈，怕黛朱無色。（《全清詞・順康卷》，冊5，頁2999）

此詞之韻腳爲「客、得、滴、墨、色」，屬第十七部入聲韻。

　　而晏幾道〈思遠人〉僅一闋，即：

> 紅葉黃花秋意晚，千里念行客。飛雲過盡，歸鴻無信，何處寄書得。　淚彈不盡臨窗滴。就硯旋研墨。漸寫到別來，此情深處，紅箋爲無色。（《全宋詞》，冊1，頁328～329）

鄒詞之韻腳與晏詞全同，且順序一致，故爲「和韻」中之「次韻」。

　　晏幾道〈思遠人〉之內容與詞牌名相符，而鄒祗謨〈思遠人〉亦

〔註346〕　〔宋〕何士信：《增修箋註妙選群英草堂詩餘》（據上海圖書館藏明洪武二十五年（1392）遵正書堂刻本影印）。見《續修四庫全書》，冊1728，前集，卷下，頁32。

然。由鄒祗謨〈思遠人〉之詞題爲「本意，和宋晏小山韻」，可知鄒詞仿效晏詞「思遠人」之意旨，更且依晏詞韻腳之次第而成篇。

（四）丁　澎

丁澎（1622～1685），字飛濤，號藥園。

其和詞爲〈秋蕊香・當壚，和晏叔原韻〉一闋，茲錄如下：

> 小閣綠陰遮就。每到踏青時候。遊人共約燒香偶。蕭九娘
> 家沽酒。　　當壚未老人依舊。雙纖手。銀瓶淺汲紅珠久。
> 低說儂家只有。（《全清詞・順康卷》，冊6，頁3161）

此詞之韻腳爲「就、候、偶、酒、舊、手、久、有」，屬第十二部仄聲韻。

檢索《小山詞》，丁詞悉和晏幾道〈秋蕊香〉（池苑清陰欲就）韻，茲錄全詞如下：

> 池苑清陰欲就。還傍送春時候。眼中人去難歡偶。誰共一
> 杯芳酒。　　朱闌碧砌皆如舊。記攜手。有情不管別離久。
> 情在相逢終有。（《全宋詞》，冊1，頁328～329）

因丁詞韻腳與晏詞相同，且次第不變，故屬「和韻」中之「次韻」。

（五）董元愷

董元愷（？～1687），字舜民，號子康。清順治十七年（1660）舉人。

其和詞爲〈思遠人・得閨信，和晏小山韻〉一闋，茲錄如下：

> 劈開雙鯉粧臺信，報與平安客。相思一點，傷心兩字，遠
> 寄何由得。　　東風淚裡珍珠滴。和入烏絲墨。染處忽驚
> 紅，似濃如淡，映桃花箋色。（《全清詞・順康卷》，冊6，頁3256）

此詞之韻腳爲「客、得、滴、墨、色」，屬第十七部入聲韻；係次晏幾道〈思遠人〉（紅葉黃花秋意晚）韻。

晏詞內容爲女子思念遠方之人，終未得其音訊，徒自傷心，從而提筆書寫情意，淚濕紅箋。而董詞主題爲「得閨信」，以男子立場獲得遠方女子之信件，並從中瞭解女子之深情。是以董詞爲晏詞之續作。

（六）仲　恒

仲恒，約生於明天啟年間（1621～1627），清康熙三十三年（1694）年逾七十，尚在人世。字道久，號雪亭，晚號漁隱道人。

其和詞為〈玉樓春・小春，步晏叔原韻〉一闋，茲錄如下：

> 寒鴉繞樹飛成陣。羨煞春光今漸近。不從隄畔柳枝猜，且
> 向嶺頭梅萼問。　　小園尋遍無花信。宿樹空留嬌鳥恨。
> 奈他一夜朔風吹，敗葉殘枝寒落盡。（《全清詞・順康卷》，冊8，
> 頁4837）

此詞之韻腳為「陣、近、問、信、恨、盡」，屬第六部仄聲韻。詞題云「步韻」，即是次韻，依晏詞韻腳之原字與先後次第而成篇。

檢索《小山詞》，〈玉樓春〉諸闋並無「陣、近、問、信、恨、盡」之韻腳，而是見於〈木蘭花〉（風簾向曉寒成陣）一詞。蓋宋人〈玉樓春〉與〈木蘭花〉二調相混而填，且《小山詞》中〈玉樓春〉與〈木蘭花〉二調之體式皆同。茲錄晏幾道〈木蘭花〉（風簾向曉寒成陣）全詞如下：

> 風簾向曉寒成陣。來報東風消息近。試從梅蒂紫邊尋，更
> 繞柳枝柔處問。　　來遲不是春無信。開晚卻疑花有恨。
> 又應添得幾分愁，二十五弦彈未盡。（《全宋詞》，冊1，頁301）

仲詞不僅次晏詞韻，亦仿晏詞內容，充滿迎春之期盼，對花信來遲而感到些許惆悵。

（七）錢芳標

錢芳標（？～1678），初名鼎瑞，字寶汾；後易今名，字葆粉。明刑部侍郎士貴子。清康熙十七年（1678）薦舉博學鴻詞，因逢母喪，不赴；哀毀內傷而卒。

錢芳標和晏幾道詞，凡二闋，試析如次：

1、〈泛清波摘遍・帆影，用晏小山韻〉

> 水葓香小，岸柳絲輕，五兩恰逢風力好。波紋欹側，似解
> 歸程客心早。三湘道。千檣迤邐，六幅低迷，遙映亂峰青

未了。蕩婦凭樓，脈脈斜暉，數盡多少。　　暮煙渺。吹
去漸隨渚鴻，落後慢依沙草。歷遍潮生夜闌，月沉霜曉。
舊遊杳。隋苑剪錦頓非，吳娃采蒓空到。載得漁簑無恙，
濁醪須倒。（《全清詞‧順康卷》，冊 13，頁 7598）

此詞之韻腳爲「好、早、道、了、少、渺、草、曉、杳、到、倒」，
屬第八部仄聲韻。

　　而晏幾道〈泛清波摘遍〉僅一闋，即：
催花雨小，著柳風柔，都似去年時候好。露紅煙綠，盡有
狂情鬥春早。長安道。秋千影裏，絲管聲中，誰放豔陽輕
過了。倦客登臨，暗惜光陰恨多少。　　楚天渺。歸思正
如亂雲，短夢未成芳草。空把吳霜鬢華，自悲清曉。帝城
杳。雙鳳舊約漸虛，孤鴻後期難到。且趁朝花夜月，翠尊
頻倒。（《全宋詞》，冊 1，頁 302）

錢詞之韻腳與晏詞全同，且順序一致，故爲「和韻」中之「次韻」。
然錢詞上片有十二句，晏詞上片僅十一句，體式不同。

2、〈夜遊宮‧狎客周生，出故人寄妓手書，偶用晏小山韻，檃括其意〉

一櫂紅橋箭遠。酒醒後、香衾難暖。不恨相思不相見。見
雖頻，奈東墻，登較晚。　　合是書仙伴。莫吹做、柳綿
撩亂。誰到來生尚緣淺。驗魚牋，減深紅，知淚點。（《全清
詞‧順康卷》，冊 13，頁 7654）

此詞之韻腳爲「遠、暖、見、晚、伴、亂、淺、點」。

　　今觀《小山詞》，並無〈夜遊宮〉之詞調，亦無以「伴、點」爲
韻腳之作品，而以「遠、暖、見、晚、亂、淺」等字爲韻腳者多有。
是知詞題云「用晏小山韻」之條件不成立，加以詞題標明「檃括其意」，
係爲檃括周生故人書信之意旨，與晏詞無關。

　　檢索《御定詞譜》，〈夜遊宮〉一調以毛滂「長記勞君送遠」一詞
爲正體，〔註347〕茲錄如下：

〔註347〕〔清〕王奕清等：《御定詞譜》。見《景印文淵閣四庫全書》，冊 1495，

長記勞君送遠。柳煙重、桃花波暖。花外溪城望不見。古
槐邊，故人稀，秋鬢晚。　　我有凌霄伴。在何處、山寒
雲亂。何不隨君弄清淺。見伊時，話陽春，山數點。(《全宋
詞》，冊 2，頁 874)

錢詞與毛詞韻腳悉同，且次第不變，是以錢詞應是「次毛詞韻」，而
將毛詞誤記為晏詞。

（八）陳玉璂

陳玉璂，生卒年不詳，清康熙六年進士。字賡明，號椒峰，又號
夫椒山人。

其和詞為〈思遠人・和晏小山詞〉一闋，茲錄如下：

綠池煙冷殘霞鎖，人作天涯客。途長雁倦，霜濃馬滑，遠信
從何得。　　被頭溼盡雙珠滴。正秋窗如墨。央夢到郎邊。
郎情難測，須辨他顏色。(《全清詞・順康卷》，冊 13，頁 7770)

此詞之韻腳為「客、得、滴、墨、色」，屬第十七部入聲韻；係次晏
幾道〈思遠人〉(紅葉黃花秋意晚) 韻。

陳詞與晏詞內容悉為女子思念遠方良人，而未得音信。然兩詞之
差別在於：陳詞之結語為「郎情難測，須辨他顏色」，言明須察看男
子臉色方能得知其心意，似懷疑男子有不忠之情形；晏詞則以女子悲
傷至極，甚而流出血淚與紅箋相和作結，表達女子對男子情深意濃。

（九）董儒龍

董儒龍，生於清順治五年（1648），清康熙五十七年（1718）以
後逝世。字蓉仙，號神庵。

其和詞為〈六么令・秋閨，用晏叔原春情韻〉一闋，茲錄如下：

菊花黃到，煙靄接樓閣。竹窗紙條聲碎，檻外莎雞學。欲掩
離懷別苦，塞雁來先覺。海棠開匣。嬌含宿淚，似恨癡鬟雨
中掐。　　珍重郎投翡翠，戲采芙蓉答。恐怕風攪玲瓏，滿
把茱萸押。飄葉時敲繡戶，夢斷幽歡靨。淚珠和蠟。流時相

卷 12，頁 217～218。

對，遠聽吹來一聲角。(《全清詞‧順康卷》，冊 15，頁 8584)

此詞韻腳「閣、匝、掐、答、押、霎、蠟」為第十九部入聲韻；「學、覺、角」為第十六部入聲韻。據其詞題與韻腳，係和自晏幾道〈六么令〉(綠陰春盡)一詞，茲錄如下：

> 綠陰春盡，飛絮繞香閣。晚來翠眉宮樣，巧把遠山學。一寸狂心未說，已向橫波覺。畫簾遮匝。新翻曲妙，暗許閒人帶偷掐。　　前度書多隱語，意淺愁難答。昨夜詩有回紋，韻險還慵押。都待笙歌散了，記取留時霎。不消紅蠟。閒雲歸後，月在庭花舊闌角。(《全宋詞》，冊 1，頁 311)

因董詞之韻腳與晏詞相同，且次第不變，故屬「和韻」中之「次韻」。

（十）張　榮

張榮，(1659～？)，清雍正六年(1728)已屆古稀。字景桓，號空明。

其和詞為〈六么令‧和晏叔原春情韻〉一闋，茲錄如下：

> 一番春到，紅紫映高閣。閣邊小鶯初囀，如把笙簧學。石屋溪流斜抱，花落游魚覺。青樓少婦。玉蔥微露，冷覷狂徒暗中掐。　　燈下殷勤密語，此意何時答。記取千萬盟言，字字同心押。休放嬋娟笑我，辜負韶光霎。且添銀蠟。窗前小飲，月印梅梢照墻角。(《全清詞‧順康卷》，冊 18，頁 10269～10270)

此詞韻腳「閣、匝、掐、答、押、霎、蠟」為第十九部入聲韻；「學、覺、角」為第十六部入聲韻。據其詞題與韻腳，係和自晏幾道〈六么令〉(綠陰春盡)一詞，因韻腳及其次第與晏詞相同，故屬「和韻」中之「次韻」。此外，張詞與晏詞之主題雖皆為「春情」，然張詞之時序為「初春」，而晏詞之季節為「暮春」。

（十一）朱　經

朱經(1666～？)，字恭亭。

其和詞為〈少年遊‧和叔原詞〉一闋，茲錄如下：

金飛玉走，鴻來燕去，天末亂飄紅。枝頭宿鳥，初驚曉夢，
無意喚春風。　　須知此後，良辰美景，回首甚難逢。不
如滿酌，郵筒芳酒，歲序任匆匆。（《全清詞‧順康卷》，冊 19，
頁 10783）

此詞韻腳「紅、風、逢、匆」為第一部平聲韻。

檢索《小山詞》，朱詞係和自晏幾道〈少年遊〉（綠勾闌畔）一詞，
茲錄如下：

綠勾闌畔，黃昏淡月，攜手對殘紅。紗窗影裏，朦朧春睡，
繫杏小屏風。　　須愁別後，天高海闊，何處更相逢。幸
有花前，一杯芳酒，歡計莫匆匆。（《全宋詞》，冊 1，頁 319）

朱詞之韻腳與晏詞全同，且順序一致，故為「和韻」中之「次韻」。
蓋朱、晏兩詞悉有把握當下，舉酒暢飲之意。然朱詞意旨在於斗轉星
移，美景難再，當及時行樂，而晏詞著重離別後，難再逢，當於分別
之前盡情享受歡聚時光。

（十二）盛　禾

盛禾，約生於清康熙初年，雍正三年（1725）始為《棣華樂府》
合集讎校，乾隆二年（1737）刻成時已下世。字玉山，號稼村。

其和詞為〈蝶戀花‧用小山韻〉一闋，茲錄如下：

照影清漪香隔浦。颭颭盈盈，妬殺溪邊女。翠羽飛來相並
語。商量好作煙波主。　　玉露金風空借與。淚臉嬌凝，
莫是緣疏雨。佳月涼天還爾許。心心玉的辭房苦。（《全清詞‧
順康卷》，冊 19，頁 10960）

此詞之韻腳為「浦、女、語、主、與、雨、許、苦」，屬第四部仄聲韻。

檢索《小山詞》，盛詞係和自晏幾道〈蝶戀花〉（笑豔秋蓮生綠浦）
一詞，茲錄如下：

笑豔秋蓮生綠浦。紅臉青腰，舊識凌波女。照影弄妝嬌欲
語。西風豈是繁花主。　　可恨良辰天不與。才過斜陽，
又是黃昏雨。朝落暮開空自許。竟無人解知心苦。（《全宋詞》，
冊 1，頁 289）

盛詞之韻腳及其次第與晏詞一致，故爲「和韻」中之「次韻」。

（十三）王 岱

王岱，生卒年不詳，字山長，號了庵，別號九青石史。明崇禎十二年（1639）舉人，卒於廣東澄海知縣任內。

其和詞爲〈鷓鴣天・題晏小山楊花謝橋圖，用原調原韻〉一闋，茲錄如下：

> 何處重生舊玉簫。風流不讓董妖嬈。無端惹得蘇州惱，此恨於今尚未消。　　情默默，夢迢迢。相思瘦盡沈郎腰。鍾情自古多才子，何減當時過謝橋。（《全清詞補編・順康卷》，冊1，頁220）

此詞韻腳爲「簫、嬈、消、迢、腰、橋」，屬第八部平聲韻。

檢索《小山詞》，王岱係和晏幾道〈鷓鴣天〉（小令尊前見玉簫）韻，茲錄全詞如下：

> 小令尊前見玉簫。銀燈一曲太妖嬈。歌中醉倒誰能恨，唱罷歸來酒未消。　　春悄悄，夜迢迢。碧雲天共楚宮遙。夢魂慣得無拘檢，又踏楊花過謝橋。（《全宋詞》，冊1，頁292）

此詞韻腳「簫、嬈、消、迢、遙、橋」爲第八部平聲韻。

王詞與晏詞之韻腳有「腰」、「遙」一字之差，然韻部相同，故屬「和韻」中之「依韻」。王岱詞題云「用原調原韻」，此處之「原韻」，當指「原作之韻部」。而王詞之主題爲「題晏小山楊花謝橋圖」，觀其內容，係以「沈郎」比「小晏」，皆是爲相思所苦之鍾情才子。

（十四）蔣敦復

蔣敦復（1808～1867），字劍人，自號江東老劍，又號麗農山人。初名金和，避仇爲僧，返初服後，始改今名。

其和詞爲〈探春令・儗小山即用其均〉一闋，茲錄如下：

> 蝶衣紅曬畫闌西，引羅窗花氣。奈峭風、吹滿重樓裡。又還是、傷春睡。　　錦茵狼藉鉛華墜。任韶芳如醉。算那人不管，鴛衾鳳枕，償了相思淚。（《清詞別集・芬陀利室詞六

種》，冊 10，頁 5429）

此詞之韻腳爲「氣、裡、睡、墜、醉、淚」，屬第三部仄聲韻。

　　因《小山詞》並無〈探春令〉之詞調，故蔣敦復所和乃是《增修箋註妙選群英草堂詩餘》中無名氏〈探春令〉（綠楊枝上曉鶯啼）一詞〔註 348〕。而蔣詞依原作韻腳，且順序不變，屬「和韻」中之「次韻」。

（十五）王鵬運

　　王鵬運（1849～1904），字幼遐，號半塘，晚號鶩翁。精研詞學，爲「清末四大家」之一。

　　其和詞爲〈玉樓春‧和小山韻〉三闋，析論如次：

　　1、一

　　　　落花風緊紅成陣。睡重不知春遠近。箏絃聲澀鎮慵調，燕
　　　　語情多羞借問。　　屏山苦隔天涯信。咫尺關河千萬恨。
　　　　樓前芳草遠連天，望眼不隨芳草盡。（《清詞別集‧半塘定稿》，
　　　　冊 12，頁 6402）

此詞之韻腳爲「陣、近、問、信、恨、盡」，屬第六部仄聲韻。

　　檢索《小山詞》，王詞係和自〈木蘭花〉（風簾向曉寒成陣）一詞。因王詞之韻腳與晏詞全同，且順序一致，故爲「和韻」中之「次韻」。

　　2、二

　　　　閒雲何止催春晚。遮斷望京樓上眼。犀簾有隙漏香多，鮫
　　　　帕無情盛淚滿。　　柔腸已逐鵾絃斷。風外闌干憑不煖。
　　　　歸來十九醉如泥，禁得良宵更漏短。（《清詞別集‧半塘定稿》，
　　　　冊 12，頁 6403）

此詞之韻腳爲「晚、眼、滿、斷、煖、短」，屬第七部仄聲韻；係和自晏幾道〈木蘭花〉（初心已恨花期晚）一詞，茲錄如下：

〔註 348〕　〔宋〕何士信：《增修箋註妙選群英草堂詩餘》（據上海圖書館藏明
　　　　　　洪武二十五年（1392）遵正書堂刻本影印）。見《續修四庫全書》，
　　　　　　冊 1728，前集，卷下，頁 32。

初心已恨花期晚。別後相思長在眼。蘭衾猶有舊時香，每
到夢回珠淚滿。　　多應不信人腸斷。幾夜夜寒誰共暖。
欲將恩愛結來生，只恐來生緣又短。(《全宋詞》，冊 1，頁 301)

因王詞韻腳及其次第與晏詞相同，故屬「和韻」中之「次韻」。

3、三

不辭沉醉東風裡。笑解金魚能值幾。四條絃語輕於煙，一
桁簾痕清似水。　　醉調銀甲寒侵指。只有翠尊知客意。
酒雲紅暈覷微渦，解向歌塵凝處起。(《清詞別集·半塘定稿》，
冊 12，頁 6403)

此詞之韻腳為「裡、幾、水、指、意、起」，屬第三部仄聲韻；係和
自晏幾道〈玉樓春〉(一尊相遇春風裡) 一詞，茲錄如下：

一尊相遇春風裡。詩好似君人有幾。吳姬十五語如弦，能
唱當時樓下水。　　良辰易去如彈指。金盞十分須盡意。
明朝三丈日高時，共拚醉頭扶不起。(《全宋詞》，冊 1，頁 304)

王詞用晏詞韻腳，且順序不變，屬「和韻」中之「次韻」。

（十六）朱祖謀

朱祖謀 (1857～1931)，字古微，改名孝臧，號漚尹，又號彊
村。早年工詩，因與王鵬運交遊，遂致力於詞，為「清末四大家」
之一。

其和詞為〈玉樓春·分和小山韻同半塘伯崇〉三闋，茲錄如下：

1、一

目成已是斜陽暮。誰分合懽花下住。心知明月有圓時，身
似斷雲無定路。　　當時不合多情遇。風卷紅英隨水去。
莫敧單枕故相尋，夢裡已無攜手處。(《清詞別集·彊村語業》，
冊 12，頁 6598)

此詞之韻腳為「暮、住、路、遇、去、處」，屬第四部仄聲韻。

檢索《小山詞》，朱詞係和自〈木蘭花〉(小顰若解愁春暮) 一詞，
茲錄如下：

小顰若解愁春暮。一笑留春春也住。晚紅初減謝池花，新

翠已遮瓊苑路。　　溷裙曲水曾相遇。挽斷羅巾容易去。

啼珠彈盡又成行，畢竟心情無會處。（《全宋詞》，冊1，頁300）

因朱詞之韻腳與晏詞全同，且順序一致，故爲「和韻」中之「次韻」。

　　2、二

觴聲鴉軋吳音似。不寄吳娘機上字。只憑樓下去來潮，將
取尊前新舊淚。　　浴蘭攜手年年事。消盡笙歌沈醉意。
花時不是不傷春，說與春愁真解未。（《清詞別集‧彊村語業》，
冊12，頁6599）

此詞韻腳「似、字、淚、事、意、未」爲第三部仄聲韻。

　　檢索《小山詞》，朱詞係和自〈玉樓春〉（小蠻若解愁春暮）一詞，
茲錄如下：

清歌學得秦娥似。金屋瑤台知姓字。可憐春恨一生心，長
帶粉痕雙袖淚。　　從來懶話低眉事。今日新聲誰會意。
坐中應有賞音人，試問回腸曾斷未。（《全宋詞》，冊1，頁305）

朱詞和晏詞原韻，且次第不變，屬「和韻」中之「次韻」。

　　3、三

少年不作消春計。孤負酒旗歌板地。好天良夜杜鵑啼，今
日逢春須著意。　　斜陽煙柳迴腸事。小雨闌花千點淚。
等閒尋到眼前來，欲避春愁除是醉。（《清詞別集‧彊村語業》，
冊12，頁6599）

此詞之韻腳爲「計、地、意、事、淚、醉」，屬第三部仄聲韻；係和
自晏幾道〈玉樓春〉（東風又作無情計）一詞，茲錄如下：

東風又作無情計。豔粉嬌紅吹滿地。碧樓簾影不遮愁，還
似去年今日意。　　誰知錯管春殘事。到處登臨曾費淚。
此時金盞直須深，看盡落花能幾醉。（《全宋詞》，冊1，頁305）

王詞依晏詞韻腳，且順序相同，屬「和韻」中之「次韻」。

　　要之，清人和晏詞韻之作品，除去〈探春令〉及〈夜遊宮〉之外，
「依韻」者一，「次韻」者十九。

三、集　句

董儒龍〈醉花陰〉（細雨夢回雞塞遠）一闋，詞題為「集句」，清楚可知此為集句之作。茲錄全詞如下：

細雨夢回雞塞遠，（李煜〈攤破浣溪沙〉）

羅幕春寒殘。（秦觀〈生查子〉）

擁被換殘香，（朱敦儒〈浪淘沙〉）

春困懨懨，（柳永〈鬥百花〉）

不是寒宵短。（朱敦儒〈滿路花〉）

畫簾半卷東風軟。（陳亮〈水龍吟〉）

觸目愁腸斷。（李煜〈清平樂〉）

無處說相思，（晏幾道〈生查子〉）

守著窗兒，（李清照〈聲聲慢〉）

花落庭陰晚。（張泌〈生查子〉）（《全清詞‧順康卷》，冊15，頁8561）

此詞下片第三句係集自晏幾道〈生查子〉（金鞭美少年）下片第三句。以借鑑技巧而言，屬「句意借鑑」中之「襲用成句」，符合全詞意境。

本論文迄今所得歷代集晏詞之作品，凡宋代石孝友〈浣溪沙〉（宿醉離愁慢髻鬟）與清代董儒龍〈醉花陰〉（細雨夢回雞塞遠）兩闋。

要言之，清人閱讀《小山詞》後之創作，產量為歷代最豐，尤以「和韻」作品數量最多。《小山詞》中為清人所仿，所和，所集之「詞調」，以〈玉樓春〉（含〈木蘭花〉）拔得頭籌，凡7闋；其次為〈生查子〉，凡4闋。而清人所仿，所和，所集之《小山詞》「詞作」方面，以〈思遠人〉（紅葉黃花秋意晚）一詞居冠，計3次；〈六么令〉（綠陰春盡）與〈玉樓春〉（〈木蘭花〉）（風簾向曉寒成陣）為第二，各2次。

綜觀本章，清代有關晏幾道《小山詞》之文獻資料相當豐富，整體超越宋明兩朝。而清代對晏幾道《小山詞》之接受要可分為以下數端：

其一、因清代之期待視野為歷代之總合，彼此影響而推陳出新；又「立足於作品的歷代闡釋，往往是作品『意義整體』不可缺少的構

成部分」〔註 349〕，是以清代對晏幾道《小山詞》之接受包含宋至明代之接受成果。

其二、「論詞絕句乃詞學批評形式之一種，與論詩絕句之作用相同，均以格律詩之形式進行批評或理論探索。」〔註 350〕而論詞長短句之作用亦如是。清代對晏幾道《小山詞》之批評接受，出現不同以往之形式，即以「論詞絕句」與「論詞長短句」爲晏幾道其人其詞作一總括，或與他人合論，而比較彼此優劣。

其三、詞派理論之實踐，多訴諸詞選之編纂，是以詞選之序跋、例言左右其箋注與選錄情形。清代對晏幾道《小山詞》之批評與傳播接受，受「詞派」影響深刻。

其四、以詞選與詞譜而言，清代收錄晏幾道詞之情形多不同於明代。極受清代選本重視者，依序爲〈臨江仙〉（夢後樓臺高鎖）、〈碧牡丹〉（翠袖疏紈扇）、〈鷓鴣天〉（採袖殷勤捧玉鍾）與〈喜團圓〉（危樓靜鎖）。而〈臨江仙〉（夢後樓臺高鎖）一詞爲詞論與選本出現次數最高之作品，是知清代對晏幾道《小山詞》之批評與傳播接受聯繫密切。

其五、整體而言，清代認爲晏幾道《小山詞》含風騷之意，具備樂府精神，且爲《花間集》餘緒。

其六、清人取法晏幾道《小山詞》之創作成果爲歷來最豐。而受清人喜愛之詞與前朝不同，此係與選本有關，如〈思遠人〉（紅葉黃花秋意晚）一詞即是其例。故知清代對晏幾道《小山詞》之傳播與創作接受相互影響。

〔註349〕 陳文忠：《中國古典詩歌接受史研究》（合肥：安徽大學出版社，1998年 8 月），頁 18。

〔註350〕 王偉勇、王曉雯：〈馮煦〈論詞絕句〉十六首探析〉。見《近世文學國際學術研討會論文集之三‧清代文學與學術》（台北：新文豐出版公司，2007 年 3 月），頁 224。

第五章 結 論

　　本論文針對歷代有關《小山詞》之資料，分類整理為「詞論」、「詞選」、「詞譜」與「文人之創作」四大部分。因金、元資料幾乎無關《小山詞》，故些許詞論相關資料附於宋代詞論，而以宋、明、清代為主脈，分見各朝對《小山詞》之接受情形。主文部分已呈現各朝代不同之閱讀視野、諸多闡釋活動之風貌，與創作活動下對《小山詞》之崇敬。是以結論部分乃就歷代對《小山詞》之接受成果，概括為三大接受面向，分別為「批評接受」、「傳播接受」與「創作接受」，以綜合晏幾道《小山詞》之接受史。茲總結如次：

一、批評接受

　　綜觀宋、明、清關於《小山詞》之評論，以宋、清兩代資料最豐，而明代對《小山詞》之批評接受相當薄弱。因各朝之期待視野、閱讀經驗與審美視角不同，故對《小山詞》批評接受之面向亦不相同，茲歸納如次：

　　其一、人品方面，宋代對晏幾道性格與事蹟有所記載，大抵持正面論述。而作反面指責者，皆係「以詞論人」，亦即由《小山詞》綺豔詞風評論其人德行不厚。明清兩朝論《小山詞》而兼及其為人，亦多承自宋代。

其二、詞品方面,「不以人品分升降」﹝註1﹞而純以《小山詞》論《小山詞》之優劣者,為主要之評述。首先,宋清兩朝悉就《小山詞》之體製與內蘊而分析、評判《小山詞》紹承樂府,追配《花間集》之種種。尤以清代對《小山詞》踵武風騷,繼軌《珠玉詞》之評論最多。大體認為《小山詞》獨步群倫,既承先亦別有格局。再者,宋明清三代對《小山詞》批評接受之面向,相同者為用語含蓄,辭情相勝,而「以詩為詞」之成就最顯著。此外,宋明清三代亦對《小山詞》之句法、用字等形式技巧方面有所闡述,或於詞選、詞譜中箋評,或於詞話、詩話中舉例說明。至若明清兩朝,咸以「詞之正宗」、「詞中正聲」等論點品第《小山詞》,或歸屬其派別。

其三、清代以「論詞絕句」與「論詞長短句」之形式對《小山詞》進行批評接受,此為前朝所未見,對《小山詞》之批評接受有一定之效果與影響。

其四、散見於詞選與詞譜之箋評、附注,補足《小山詞》之批評接受。

要之,透過歷代讀者之闡釋,足以呈現《小山詞》不同意義之層次;而藉由歷代讀者視野之差距,亦可完整《小山詞》之藝術成就。

二、傳播接受

詞選與詞譜主要由作者意志編選而成,或因經濟利益而成編,或為普遍讀物,或為工具書,或具存史之功,要皆具備傳播功能,而成為《小山詞》傳播接受之重要來源。

而詞話、詩話、野史、筆記等多與詞選、詞譜以專書刊行之形式相同,故透過購買、傳鈔、閱讀等傳播方式,使箇中有關《小山詞》之評論、例詞展現於讀者,深入讀者內心,亦起傳播《小山詞》之功用。

茲以歷代選本(含詞選與詞譜)擇錄《小山詞》之情況,透過歸

﹝註1﹞ 〔清〕馮煦:《蒿庵論詞》。見唐圭璋編:《詞話叢編》,冊4,頁3587。

納、計量分析而得見《小山詞》之傳播接受如次：

其一、收錄《小山詞》之宋、明、清編詞選與詞譜共 40 本，而〈鷓鴣天〉（彩袖殷勤捧玉鍾）一詞入選 20 次，超過總數二分之一，可見此詞於歷代最受歡迎。而排名第二為〈生查子〉（金鞭美少年）一詞，計 18 次，然入選比例未超過二分之一。排名第三則是〈木蘭花〉（秋千院落重簾暮），計 14 次。

其二、入選零次之闋數總計 40 闋，約占《小山詞》百分之十五。可知《小山詞》中有 40 闋作品未見傳播接受。

其三、僅入選一次之作品為數眾多，計 74 闋。其中見於宋編選本為〈生查子〉（一分殘酒霞）一詞，係由《唐宋諸賢絕妙詞選》選錄；見於明編選本為〈生查子〉（遠山眉黛長）、〈生查子〉（官身幾日閑）、〈清平樂〉（沈思暗記）、〈清平樂〉（鶯來燕去）、〈清平樂〉（長楊輦路）、〈減字木蘭花〉（心期休問）、〈菩薩蠻〉（相逢欲話相思苦）、〈浣溪沙〉（日日雙眉鬥畫長）、〈浣溪沙〉（綠柳藏烏靜掩關）、〈采桑子〉（蘆鞭墜遍楊花陌）、〈采桑子〉（日高庭院楊花轉）、〈采桑子〉（征人去日殷勤囑）、〈采桑子〉（花時惱得瓊枝瘦）、〈采桑子〉（秋來更覺消魂苦）、〈采桑子〉（誰將一點淒涼意）、〈采桑子〉（雙螺未學同心綰）、〈武陵春〉（九日黃花如有意）17 闋，幾乎為《花草稡編》所選；其餘 56 闋係多見於《御選歷代詩餘》。是知大型詞選亦為《小山詞》盡傳播之力。

其四、收錄《小山詞》之選本總數為 40 本，清代即占 24 本，足見清代對《小山詞》之傳播接受為歷來最高。加之宋、明選本多流傳至清代，亦有重新刊刻之情形，又多為《四庫全書》所收編，故知清代傳播《小山詞》之功甚鉅。

其五、以詞選而言，歷代入選比例最高者為〈鷓鴣天〉（彩袖殷勤捧玉鍾）與〈生查子〉（金鞭美少年）兩詞，各計 15 次；其次為〈木蘭花〉（秋千院落重簾暮），計 13 次；第三則是〈蝶戀花〉（庭院碧苔紅葉遍）一詞，計 12 次。

其六、以詞譜而言，歷代入選比例最高者爲〈喜團圓〉（危樓靜鎖）與〈解佩令〉（玉階秋感）兩詞，各計 8 次；其次爲〈兩同心〉（楚鄉春晚），計 7 次。而〈喜團圓〉（危樓靜鎖）一詞僅見於清編詞譜，足見此詞受清代詞譜編纂者喜愛。

其七、「誤收詞」亦爲《小山詞》傳播接受之一環。誤收晏幾道詞之歷代選本計 20 本，而〈探春令〉（綠楊枝上曉鶯啼）一詞有 15 本選入，比例超過百分之七十。此詞之誤收情形自明代《類編草堂詩餘》始，而明、清兩代幾乎將之視爲晏幾道作品，故知《類編草堂詩餘》傳播《小山詞》之影響力。劉體仁《七頌堂詞繹》云：「晏叔原熨帖悅人，如『爲少年濕了，鮫綃帕上，都是相思淚』，便一直說去，了無風味，此詞家最忌。」〔註2〕此係傳播接受影響批評接受之例。

要之，歷代讀者偏好之詞殆皆相同。《小山詞》雖有兩百六十闋，然受歡迎者，僅數詞，可見歷經時代淬煉而獲普遍接受之作品仍爲少數。

三、創作接受

除經由歷代對《小山詞》之批評接受可窺見《小山詞》對當代或後世文人創作之影響外，亦可藉整理歷代仿擬、和韻與集句作品而探析文人對《小山詞》之創作接受。茲概括如次：

其一、仿擬作品：明代未見此類作品，而宋代有兩人仿擬《小山詞》，計 13 闋；清代有三人，共 3 闋。宋人仿擬《小山詞》之詞牌悉爲〈鷓鴣天〉，清人則以〈生查子〉爲主。

其二、和韻作品：宋、明、清皆有此作品。而宋代僅一人，4 闋；明代有 4 人，計 5 闋；清代則數量眾多，計 16 人，凡 23 闋。宋人所和之詞牌悉爲〈鷓鴣天〉，明人所和之詞牌以〈六么令〉最多，而清人所和之詞調以〈玉樓春〉（含〈木蘭花〉）最受喜愛。

其三、集句作品：明代未見此類作品，而宋、清代各見一闋。宋

〔註2〕 〔清〕劉體仁：《七頌堂詞繹》。見唐圭璋編：《詞話叢編》，冊 1，頁 618。

代爲石孝友集晏幾道〈浣溪沙〉（已拆秋千不奈閑）中「綠窗紅豆憶前
歡」句，與〈西江月〉（愁黛顰成月淺）中「綠江春水寄書難」句。清
代則是董儒龍集晏幾道〈生查子〉（金鞭美少年）中「無處說相思」句。

　　要之，以歷代仿擬、和韻與集句作品之總數而言，晏幾道〈六么
令〉（綠陰春盡）一詞最受歡迎。而《小山詞》之創作接受部分，乃
晏幾道《小山詞》接受史較薄弱之一環，然仿擬、和韻與集句作品之
創作成果，乃讀者欣賞、推崇《小山詞》內蘊與藝術成就之具體再現。

　　總而言之，《小山詞》之批評、傳播與創作接受，悉至清代臻於
鼎盛。其次，《小山詞》之批評接受與傳播接受之緊密度較高，互有
影響。歷來較爲批評接受所重視之詞，如〈鷓鴣天〉（彩袖殷勤捧玉
鍾）與〈臨江仙〉（夢後樓臺高鎖），於傳播接受之部分亦見凸顯，然
於創作接受未見關聯性。而《小山詞》創作接受所凸顯之面向，與傳
播接受之聯繫較深刻。無論如何，歷代對《小山詞》之接受所呈現之
多方期待、要求與附和，在在展現歷代各具特色之期待視野與審美趣
味；打破諸多闡釋侷限，而爭妍鬥奇，甚且有所傳承。《小山詞》在
歷時與共時疊映下，通過讀者不斷批評、選擇與模仿，而交融出以讀
者爲中心之晏幾道《小山詞》接受史。

參考文獻

一、專　書

（一）晏幾道詞集、研究專著

【詞集】

1. 〔明〕吳訥輯刻：《小山詞》，《唐宋元明百家詞》本，台北：廣文書局，1971 年 5 月。
2. 〔明〕毛晉輯刻：《小山詞》，《宋名家詞》本，《四庫全書存目叢書》，台南：莊嚴文化事業有限公司，1997 年 6 月。
3. 朱祖謀輯刻：《小山詞》，《彊村叢書》本，台北：廣文書局，1970 年 3 月。
4. 唐圭璋編：《小山詞》，《全宋詞》本，北京：中華書局，2005 年 1 月。
5. 李明娜：《小山詞校箋注》，台北：文津出版社，1981 年 6 月。
6. 陳永正：《晏殊晏幾道詞選》，台北：遠流出版事業有限公司，2005 年 7 月。
7. 王雙啓：《晏幾道詞新釋輯評》，北京：中國書店，2007 年 1 月。
8. 張草紉：《二晏詞箋注》，上海：上海古籍出版社，2009 年 4 月。

【專著】

1. 楊繼修：《小山詞研究》，台北：黎明文化事業股份有限公司，1980 年 3 月。

（二）其他詞、曲集

【總集】

1. 〔後蜀〕趙崇祚編:《花間集》,《景印文淵閣四庫全書》本,台北: 台灣商務印書館,1983 年 6 月。

2. 陳乃乾:《清詞別集》(楊家駱主編:《清詞別集百三十四種》),台北: 鼎文書局,1956 年 6 月。

3. 唐圭璋編:《全金元詞》,台北:洪氏出版社,1980 年 11 月。

4. 曾昭岷、王兆鵬等編:《全唐五代詞》,北京:中華書局,1999 年 12 月。

5. 南京大學中國語言文學系《全清詞》編纂研究室編:《全清詞‧順康卷》,北京:中華書局,2002 年 5 月。

6. 饒宗頤初纂、張璋總纂:《全明詞》,北京:中華書局,2004 年 1 月。

7. 唐圭璋編:《全宋詞》,北京:中華書局,2005 年 1 月。

8. 周明初、葉曄編:《全明詞補編》,杭州:浙江大學出版社,2007 年 1 月。

9. 張宏生主編:《全清詞‧順康卷補編》,南京:南京大學出版社,2008 年 5 月。

【選集】

1. 不著撰人:《尊前集》,《景印文淵閣四庫全書》本,台北:台灣商務印書館,1983 年 6 月。

2. 〔宋〕孔夷:《蘭畹曲會》,《唐宋金元詞鉤沉》,上海:商務印書館,1937 年 7 月。

3. 〔宋〕黃大輿:《梅苑》,《景印文淵閣四庫全書》本,台北:台灣商務印書館,1983 年 6 月。

4. 〔宋〕黃昇:《花菴詞選‧唐宋以來諸賢絕妙詞選》,《景印文淵閣四庫全書》本,台北:台灣商務印書館,1983 年 6 月。

5. 〔宋〕何士信:《增修箋註妙選群英草堂詩餘》,《續修四庫全書》,上海:上海古籍出版社,2002 年 3 月。

6. 〔宋〕趙聞禮:《陽春白雪》,《續修四庫全書》,上海:上海古籍出版社,2002 年 3 月。

7. 〔明〕程敏政編:《天機餘錦》,明藍格鈔本。

8. 〔明〕陸雲龍:《詞菁》,據復旦大學圖書館藏明崇禎崢霄館藏翠娛閣選評本影印。

9. 〔明〕顧從敬編、沈際飛評點:《古香岑草堂詩餘》,明崇禎間太末翁少麓刊本。

10. 〔明〕潘游龍:《精選古今詩餘醉》,據明崇禎丁丑(10 年)海陽胡氏十竹齋刊本影印。

11. 〔明〕不著撰人:《類編草堂詩餘》,《景印文淵閣四庫全書》本,台北:台灣商務印書館,1983 年 6 月。

12. 〔明〕陳耀文編:《花草粹編》,《景印文淵閣四庫全書》本,台北:台灣商務印書館,1983 年 6 月。

13. 〔明〕楊慎:《詞林萬選》,《四庫全書存目叢書》,台南:莊嚴文化事業有限公司,1997 年 6 月。

14. 〔明〕茅暎輯評:《詞的》,《四庫未收書輯刊》,北京:北京出版社,2000 年 1 月。

15. 〔明〕卓人月、徐士俊輯:《古今詞統》,《續修四庫全書》,上海:上海古籍出版社,2002 年 3 月。

16. 〔明〕楊慎:《百琲明珠》,《楊升庵叢書》,成都:天地出版社,2002 年 12 月。

17. 〔清〕沈時棟輯,尤侗、朱彝尊參訂:《古今詞選》,台北:台灣東方書店,1956 年 5 月。

18. 〔清〕馮煦:《宋六十一家詞選》,台北:文化圖書公司,1956 年 6 月。

19. 〔清〕夏秉衡:《歷朝名人詞選》,《中華古籍叢刊》,台北:大西洋圖書公司,1968 年 5 月。

20. 〔清〕朱彝尊編:《詞綜》,《景印文淵閣四庫全書》本,台北:台灣商務印書館,1983 年 6 月。

21. 〔清〕沈辰垣、王奕清等奉敕編:《御選歷代詩餘》,《景印文淵閣四庫全書》本,台北:台灣商務印書館,1983 年 6 月。

22. 〔清〕陳廷焯:《詞則》,上海:上海古籍出版社,1984 年 5 月。

23. 〔清〕黃蘇:《蓼園詞選》,《清人選評詞集三種》,濟南:齊魯書社,1988 年 9 月。

24. 〔清〕龔翔麟:《浙西六家詞》,《四庫全書存目叢書》,台南:莊嚴文化事業有限公司,1997 年 6 月。

25. 〔清〕周濟:《宋四家詞選》,《續修四庫全書》,上海:上海古籍出版社,2002 年 3 月。

26. 〔清〕周濟:《詞辨》,《續修四庫全書》,上海:上海古籍出版社,2002 年 3 月。

27. 〔清〕張惠言輯：《詞選》,《續修四庫全書》,上海：上海古籍出版社,2002 年 3 月。

28. 〔清〕先著、程洪輯,劉崇德、徐文武點校：《詞潔》,保定：河北大學出版社,2007 年 9 月。

29. 梁令嫻：《藝蘅館詞選》,台北：台灣中華書局,1970 年 10 月。

30. 龍榆生：《近三百年名家詞選》,台北：宏業出版社,1979 年 1 月。

31. 陳匪石：《宋詞舉》,台北：正中書局,1983 年 1 月。

【別集】

1. 〔宋〕姜夔：《白石道人歌曲》,《景印文淵閣四庫全書》本,台北：台灣商務印書館,1983 年 6 月。

2. 〔宋〕張炎：《山中白雲詞》《景印文淵閣四庫全書》本,台北：台灣商務印書館,1983 年 6 月。

3. 〔清〕陳維崧撰：《湖海樓詞》,《四部備要》,台北：中華書局,1981 年。

4. 〔清〕譚獻：《篋中詞》,《續修四庫全書》,上海：上海古籍出版社,2002 年 3 月。

【詞譜】

1. 〔明〕周瑛：《詞學荃蹄》,《續修四庫全書》,上海：上海古籍出版社,2002 年 3 月。

2. 〔明〕張綎、謝天瑞：《詩餘圖譜》,《續修四庫全書》,上海：上海古籍出版社,2002 年 3 月。

3. 〔明〕程明善：《嘯餘譜》,《續修四庫全書》,上海：上海古籍出版社,2002 年 3 月。

4. 〔清〕葉申薌：《天籟軒詞譜》,清道光間刊本。

5. 〔清〕王奕清等奉敕輯：《御定詞譜》,《景印文淵閣四庫全書》本,台北：台灣商務印書館,1983 年 6 月。

6. 〔清〕萬樹：《詞律》,《景印文淵閣四庫全書》本,台北：台灣商務印書館,1983 年 6 月。

8. 〔清〕秦巘：《詞繫》,北京：北京師範大學出版社,1996 年 9 月。

8. 〔清〕吳綺：《選聲集》,《四庫全書存目叢書》,台南：莊嚴文化事業有限公司,1997 年 6 月。

9. 〔清〕賴以邠：《填詞圖譜》,《四庫全書存目叢書》,台南：莊嚴文化事業有限公司,1997 年 6 月。

10. 〔清〕賴以邠:《填詞圖譜續集》,《四庫全書存目叢書》,台南:莊嚴文化事業有限公司,1997 年 6 月。

11. 〔清〕郭鞏:《詩餘譜式》,《四庫未收書輯刊》,北京:北京出版社,2000 年 1 月。

12. 〔清〕徐本立:《詞律拾遺》,《續修四庫全書》,上海:上海古籍出版社,2002 年 3 月。

13. 〔清〕謝元淮:《碎金詞譜》,《續修四庫全書》,上海:上海古籍出版社,2002 年 3 月。

【詞韻】

1. 〔元〕周德清:《中原音韻》,台北:藝文印書館,1979 年 3 月。

2. 〔清〕戈載:《詞林正韻》,《續修四庫全書》,上海:上海古籍出版社,2002 年 3 月。

【樂譜】

1. 〔明〕朱權:《臞仙神奇秘譜》,《續修四庫全書》,上海:上海古籍出版社,2002 年 3 月。

(三)詩文集、全集

【總集】

1. 〔梁〕蕭統編,〔唐〕李善注:《文選》,台北:五南圖書出版有限公司,1994 年 10 月。

2. 〔宋〕朱熹:《楚辭辯證》,《景印文淵閣四庫全書》本,台北:台灣商務印書館,1983 年 6 月。

3. 〔宋〕郭茂倩:《樂府詩集》,《景印文淵閣四庫全書》本,台北:台灣商務印書館,1983 年 6 月。

4. 〔明〕楊慎:《楊升庵叢書》,成都:天地出版社,2002 年 12 月。

5. 〔清〕清聖祖御定:《全唐詩》,台北:明倫出版社,1976 年 5 月。

6. 北京大學古文獻研究所編:《全宋詩》,北京:北京大學出版社,1998 年 12 月。

7. 尚聖德主編:《中華經典蒙書集注》,北京:華文出版社,2002 年 1 月。

8. 周嘯天:《詩經鑑賞集成》,台北:五南圖書出版股份有限公司,2006 年 10 月。

【別集】

1. 〔晉〕陶潛撰，陶樹注：《靖節先生集》，台北：華正書局，1993 年 10 月。

2. 〔唐〕杜甫撰，無名氏編：《集千家註杜工部文集》，《景印摛藻堂四庫全書薈要》，台北：世界書局，1988 年 2 月。

3. 〔唐〕元稹：《元氏長慶集》，《景印文淵閣四庫全書》本，台北：台灣商務印書館，1983 年 6 月。

4. 〔唐〕杜牧：《樊川文集》，台北：漢京文化事業有限公司，1983 年 11 月。

5. 〔唐〕白居易：《白居易集》，台北：漢京文化事業有限公司，1984 年 3 月。

6. 〔宋〕黃庭堅：《山谷集》，《景印文淵閣四庫全書》本，台北：台灣商務印書館，1983 年 6 月。

7. 〔宋〕黃庭堅：《山谷外集》，《景印文淵閣四庫全書》本，台北：台灣商務印書館，1983 年 6 月。

8. 〔宋〕黃庭堅：《山谷別集》，《景印文淵閣四庫全書》本，台北：台灣商務印書館，1983 年 6 月。

9. 〔宋〕華岳：《翠微南征錄》，《景印文淵閣四庫全書》本，台北：台灣商務印書館，1983 年 6 月。

10. 〔宋〕李之儀：《姑溪居士文集》，《宋集珍本叢刊》，北京：線裝書局，2004 年。

11. 〔明〕陳子龍：《陳子龍文集》，上海：華東師範大學出版社，1988 年 11 月。

12. 〔清〕馮煦：《蒿盦類稿》，《近代中國史料叢刊》，台北：文海出版社，1969 年 3 月。

13. 〔清〕厲鶚：《樊榭山房集》，《景印文淵閣四庫全書》本，台北：台灣商務印書館，1983 年 6 月。

14. 〔清〕顧炎武：《顧亭林詩文集》，台北：漢京文化事業有限公司，1984 年 3 月。

15. 〔清〕江昱：《松泉詩集》，《四庫全書存目叢書》，台南：莊嚴文化事業有限公司，1997 年 6 月。

16. 〔清〕譚獻：《復堂日記》，《歷代日記叢鈔》，北京：學苑出版社，2006 年。

（四）筆記雜錄

1. 〔唐〕皇甫枚：《飛煙傳》，《中國文言小說百部經典》，北京：北京出版社，2000 年 3 月。

2. 〔五代〕王仁裕《開元天寶遺事》，《景印文淵閣四庫全書》本，台北：台灣商務印書館，1983 年 6 月。

3. 〔宋〕俞文豹：《吹劍續錄》，《宋人箚記八種》，台北：世界書局，1963 年 5 月。

4. 〔宋〕王銍：《默記》，《景印文淵閣四庫全書》本，台北：台灣商務印書館，1983 年 6 月。

5. 〔宋〕王應麟：《玉海》，《景印文淵閣四庫全書》本，台北：台灣商務印書館，1983 年 6 月。

6. 〔宋〕江少虞：《事實類苑》，《景印文淵閣四庫全書》本，台北：台灣商務印書館，1983 年 6 月。

7. 〔宋〕朱弁：《曲洧舊聞》，《景印文淵閣四庫全書》本，台北：台灣商務印書館 1983 年 6 月。

8. 〔宋〕吳曾：《能改齋漫錄》，《景印文淵閣四庫全書》本，台北：台灣商務印書館，1983 年 6 月。

9. 〔宋〕岳珂：《桯史》，《景印文淵閣四庫全書》本，台北：台灣商務印書館，1983 年 6 月。

10. 〔宋〕邵博《聞見後錄》，《景印文淵閣四庫全書》本，台北：台灣商務印書館，1983 年 6 月。

11. 〔宋〕周密：《齊東野語》，《景印文淵閣四庫全書》本，台北：台灣商務印書館，1983 年 6 月。

12. 〔宋〕周煇：《清波雜志》，《景印文淵閣四庫全書》本，台北：台灣商務印書館，1983 年 6 月。

13. 〔宋〕陸游：《老學庵筆記》，《景印文淵閣四庫全書》本，台北：台灣商務印書館，1983 年 6 月。

14. 〔宋〕張邦基《墨莊漫錄》，《景印文淵閣四庫全書》本，台北：台灣商務印書館，1983 年 6 月。

15. 〔宋〕張舜民《畫墁錄》，《景印文淵閣四庫全書》本，台北：台灣商務印書館，1983 年 6 月。

16. 〔宋〕陳鵠：《耆舊續聞》，《景印文淵閣四庫全書》本，台北：台灣商務印書館，1983 年 6 月。

17. 〔宋〕葉夢得：《避暑錄話》，《景印文淵閣四庫全書》本，台北：台

灣商務印書館，1983 年 6 月。

18. 〔宋〕趙令畤：《侯鯖錄》，《景印文淵閣四庫全書》本，台北：台灣
商務印書館，1983 年 6 月。

19. 〔宋〕歐陽脩：《歸田錄》，《景印文淵閣四庫全書》本，台北：台灣
商務印書館，1983 年 6 月。

20. 〔元〕陸友仁：《研北雜志》，《景印文淵閣四庫全書》本，台北：台
灣商務印書館，1983 年 6 月。

21. 〔明〕胡應麟：《少室山房筆叢正集》，《景印文淵閣四庫全書》本，
台北：台灣商務印書館，1983 年 6 月。

22. 〔清〕潘永因：《宋稗類鈔》，《景印文淵閣四庫全書》本，台北：台
灣商務印書館，1983 年 6 月。

23. 〔清〕況周頤：《選巷叢談》，《清代學術筆記叢刊》，北京：學苑出
版社，2005 年。

24. 〔清〕閻若璩：《潛邱箚記》，《清代學術筆記叢刊》，北京：學苑出
版社，2005 年。

（五）經、史部諸集

【經】

1. 〔周〕公羊高撰，〔漢〕何休解詁，〔唐〕徐彥疏，陸德明音義：《春
秋公羊傳注疏》，《景印文淵閣四庫全書》本，台北：台灣商務印書
館，1983 年 6 月。

2. 〔宋〕朱熹：《詩集傳》，《四庫叢刊廣編》，台北：台灣商務印書館，
1983 年 2 月。

3. 〔宋〕朱熹：《四書章句集注》，《景印文淵閣四庫全書》本，台北：
台灣商務印書館，1983 年 6 月。

4. 〔清〕惠周惕：《詩說》，《景印文淵閣四庫全書》本，台北：台灣商
務印書館，1983 年 6 月。

【史】

1. 〔漢〕班固等：《漢書》，《景印文淵閣四庫全書》本，台北：台灣商
務印書館，1983 年 6 月。

2. 〔後晉〕劉昫：《舊唐書》，《景印文淵閣四庫全書》本，台北：台灣
商務印書館，1983 年 6 月。

3. 〔宋〕朱熹：《宋朝名臣言行錄》，《景印文淵閣四庫全書》本，台北：
台灣商務印書館，1983 年 6 月。

4. 〔宋〕李燾:《續資治通鑑長編》,《景印文淵閣四庫全書》本,台北:台灣商務印書館,1983 年 6 月。

5. 〔宋〕孟元老:《東京夢華錄》,《景印文淵閣四庫全書》本,台北:台灣商務印書館,1983 年 6 月。

6. 〔宋〕鄭樵:《通志》《景印文淵閣四庫全書》本,台北:台灣商務印書館,1983 年 6 月。

7. 〔元〕托克托等:《宋史》,《景印文淵閣四庫全書》本,台北:台灣商務印書館,1983 年 6 月。

8. 〔元〕馬端臨:《文獻通考》,《景印文淵閣四庫全書》本,台北:台灣商務印書館,1983 年 6 月。

9. 〔清〕張廷玉等:《明史》,《景印文淵閣四庫全書》本,台北:台灣商務印書館,1983 年 6 月。

10. 清史稿校註編纂小組編纂:《清史稿校註》,台北:國史館,1986 年 2 月。

11. 中國第一歷史檔案館編:《纂修四庫全書檔案》,上海:上海古籍出版社,1997 年 7 月。

（六）評論資料

1. 〔梁〕劉勰:《文心雕龍》,《景印文淵閣四庫全書》本,台北:台灣商務印書館,1983 年 6 月。

2. 〔宋〕胡仔:《苕溪漁隱叢話》,台北:木鐸出版社,1982 年 8 月。

3. 〔宋〕朱弁:《風月堂詩話》,《景印文淵閣四庫全書》本,台北:台灣商務印書館,1983 年 6 月。

4. 〔宋〕吳可:《藏海詩話》,《景印文淵閣四庫全書》本,台北:台灣商務印書館,1983 年 6 月。

5. 〔宋〕吳开:《優古堂詩話》,《景印文淵閣四庫全書》本,台北:台灣商務印書館,1983 年 6 月。

6. 〔宋〕陳師道:《後山詩話》,《景印文淵閣四庫全書》本,台北:台灣商務印書館,1983 年 6 月。

7. 〔宋〕曾季貍《艇齋詩話》,《叢書集成新編》,台北:新文豐出版股份有限公司,1985 年 1 月。

8. 〔宋〕魏慶之:《詩人玉屑》,《景印文淵閣四庫全書》本,台北:台灣商務印書館,1983 年 6 月。

9. 〔明〕李東陽:《懷麓堂詩話》,《景印文淵閣四庫全書》本,台北:台灣商務印書館,1983 年 6 月。

10. 〔明〕瞿佑:《歸田詩話》,《筆記小說大觀》,台北:新興書局有限公司,1986 年 3 月。

11. 〔明〕楊慎著,王仲鏞箋證:《升庵詩話箋證》,上海:上海古籍出版社,1987 年 12 月。

12. 〔明〕徐渭:《南詞敘錄》,《續修四庫全書》,上海:上海古籍出版社,2002 年 3 月。

13. 〔明〕王驥德:《曲律》,北京:中國人民大學出版社,2004 年 9 月。

14. 〔清〕方東樹:《昭昧詹言》,台北:漢京文化事業有限公司,1985 年 9 月。

15. 〔清〕徐釚:《詞苑叢談》,北京:人民文學出版社,2006 年 6 月。

16. 陸心源:《宋詩記事小傳補正》,台北:台灣中華書局,1971 年 12 月。

17. 黃侃:《文選平點》,上海:上海古籍出版社,1985 年 7 月。

18. 郭紹虞輯:《宋詩話輯佚》,北京:中華書局,1987 年 5 月:

    〔宋〕王直方:《王直方詩話》。

    〔宋〕嚴有翼:《藝苑雌黃》。

19. 葉德輝:《書林清話》,台北:文史哲出版社,1988 年 4 月。

20. 張惠民:《宋代詞學資料匯編》,汕頭:汕頭大學出版社,1993 年 11 月。

21. 施蟄存:《詞籍序跋萃編》,北京:中國社會科學出版社,1994 年 12 月。

22. 吳文治主編:《宋詩話全編》,南京:江蘇古籍出版社,1998 年。

23. 唐圭璋:《詞話叢編》,北京:中華書局,2005 年 10 月:

    〔宋〕楊湜:《古今詞話》。

    〔宋〕王灼:《碧雞漫志》。

    〔宋〕吳曾:《能改齋漫錄》。

    〔宋〕張炎:《詞源》。

    〔宋〕沈義父:《樂府指迷》。

    〔明〕王世貞:《藝苑卮言》。

    〔明〕楊慎:《詞品》。

    〔清〕李漁:《窺詞管見》。

    〔清〕劉體仁:《七頌堂詞繹》。

    〔清〕沈謙:《填詞雜說》。

    〔清〕鄒祗謨:《遠志齋詞衷》。

〔清〕王士禎：《花草蒙拾》。

〔清〕賀裳：《皺水軒詞筌》。

〔清〕沈雄：《古今詞話》。

〔清〕李調元：《雨村詞話》。

〔清〕田同之：《西圃詞說》。

〔清〕查禮：《銅鼓書堂詞話》。

〔清〕郭麐：《靈芬館詞話》。

〔清〕許昂霄《詞綜偶評》。

〔清〕吳衡照：《蓮子居詞話》。

〔清〕宋翔鳳：《樂府餘論》。

〔清〕謝元淮：《填詞淺說》。

〔清〕黃蘇：《蓼園詞評》。

〔清〕謝章鋌：《賭棋山莊詞話》。

〔清〕馮煦：《蒿庵論詞》。

〔清〕劉熙載：《詞概》。

〔清〕陳廷焯：《白雨齋詞話》。

〔清〕譚獻：《復堂詞話》。

〔清〕沈祥龍：《論詞隨筆》。

〔清〕張德瀛：《詞徵》。

〔清〕陳銳：《袌碧齋詞話》。

〔清〕張祥齡：《詞論》。

〔清〕況周頤：《蕙風詞話》。

徐珂：《近詞叢話》。

蔣兆蘭：《詞說》。

冒廣生：《小三吾亭詞話》。

陳匪石：《聲執》。

24. 吳熊和主編：《唐宋詞匯評‧兩宋卷》，杭州：浙江教育出版社，2004
年 12 月。

（七）詞學專著

1. 鄭騫：《景午叢編》，台北：台灣中華書局，1972 年 1 月。

2. 張夢機：《詞律探原》，台北：文史哲出版社，1981 年 11 月。

3. 吳熊和：《唐宋詞通論》，杭州：浙江古籍出版社，1985 年 1 月。

4. 蕭鵬：《群體的選擇──唐宋人選唐宋詞》，台北：文津出版社，1992 年 11 月。

5. 黃文吉：《北宋十大詞家研究》，台北：文史哲出版社，1996 年 3 月。

6. 張宏生：《清代詞學的建構》，南京：江蘇古籍出版社，1999 年 9 月。

7. 王兆鵬：《唐宋詞史論》，北京：人民文學出版社，2000 年 1 月。

8. 嚴迪昌：《清詞史》，南京：江蘇古籍出版社，2001 年 7 月。

9. 蔣哲倫、傅蓉蓉：《中國詩學史‧詞學卷》，廈門：鷺江出版社，2002 年。

10. 張仲謀：《明詞史》，北京：人民文學出版社，2002 年 2 月。

11. 謝桃坊：《中國詞學史》，成都：巴蜀書社，2002 年 12 月。

12. 卓清芬：《清末四大家詞學及詞作研究》，台北：國立台灣大學出版委員會，2003 年 3 月。

13. 黃文吉：《黃文吉詞學論集》，台北：台灣學生書局，2003 年 11 月。

14. 王國維：《宋元戲曲史》，台北：台灣古籍出版有限公司，2003 年 6 月。

15. 陶子珍：《明代詞選研究》，台北：秀威資訊科技股份有限公司，2003 年 7 月。

16. 王偉勇：《宋詞與唐詩之對應研究》，台北：文史哲出版社，民 2004 年 3 月。

17. 王兆鵬：《詞學史料學》，北京：中華書局，2004 年 5 月。

18. 陶爾夫、諸葛憶兵：《北宋詞史》，哈爾濱：黑龍江人民出版社，2005 年 1 月。

19. 王兆鵬：《唐宋詞史的還原與建構》，武漢：湖北人民出版社，2005 年 6 月。

20. 王易：《詞曲史》，北京：團結出版社，2006 年 3 月。

21. 劉揚忠：《唐宋詞流派史》，北京：中國社會科學出版社，2007 年 4 月。

22. 王兆鵬：《詞學研究方法十講》，北京：北京大學出版社，2008 年 6 月。

（八）文學理論

1. 〔明〕徐師曾：《文體明辨》，《四庫全書存目叢書》，台南：莊嚴文化事業有限公司，1997 年 6 月。

2. 〔明〕徐師曾纂，沈芬、沈騏同箋：《詩體明辯》，台北：廣文書局，1972 年 4 月。

3. 〔聯邦德國〕H.R.姚斯、〔美〕R.C.霍拉勃著，周寧、金元浦譯：《接受美學與接受理論》，瀋陽：遼寧人民出版社，1987 年 9 月。

4. 陳文忠：《中國古典詩歌接受史研究》，合肥：安徽大學出版社，1998 年 8 月。

5. 金元浦：《接受反應文論》，濟南：山東教育出版社，1998 年 10 月。

（九）其他專著

1. 梁啟超：《清代學術概論》，台北：啟業書局，1972 年 12 月。

2. 蕭水順：《青紅皂白》，台北：月房子出版社，1994 年 1 月。

3. 焦樹安：《中國古代藏書史話》，台北：台灣商務印書館，1994 年 5 月。

4. 任繼愈主編：《中國藏書樓》，瀋陽：遼寧人民出版社，2001 年 1 月。

5. 羅仲輝：《印刷史話》，台北：國家出版社，2003 年 7 月。

6. 李劍亮：《唐宋詞與唐宋歌妓制度》，杭州：浙江大學出版社，2006 年 10 月。

7. 沈松勤：《唐宋詞社會文化學研究》，杭州：浙江大學出版社，2007 年 9 月

（十）目　錄

1. 〔宋〕晁公武：《郡齋讀書志》，《景印文淵閣四庫全書》本，台北：台灣商務印書館，1983 年 6 月。

2. 〔宋〕陳振孫：《直齋書錄解題》，《景印文淵閣四庫全書》本，台北：台灣商務印書館，1983 年 6 月。

3. 〔清〕永瑢、紀昀等：《武英殿本四庫全書總目提要》，台北：台灣商務印書館，1983 年 10 月。

4. 王重民：《中國善本書提要》，台北：明文書局，1984 年 12 月。

5. 林玫儀主編：《詞學論著總目（1901～1992）》，台北：中研院中國文哲研究所籌備處，1995 年。

二、論　文

（一）晏幾道研究

【碩士論文】

1. 黃玫娟：《晏幾道與秦觀詞之比較研究》，彰化：彰化師範大學碩士論文，1998 年。

2. 王卿敏：《《小山詞》的接受史》，上海：華東師範大學碩士論文，2006 年。

3. 黎蓉：《二晏詞接受史論》，武漢：湖北大學碩士論文，2007 年。

4. 劉嘉熙：《晏幾道《小山詞》研究，台中：中興大學碩士論文，2008 年。

【期刊論文】

1. 涂水木：〈關於晏幾道的生卒年和排行年譜〉，《文學遺產》，1997 年 1 月，第 1 期。

2. 覃媛元：〈晏幾道年譜〉，《廣西教育學院學報》，2005 年 5 月，第 5 期。

3. 卓清芬：〈「奪胎換骨」的新變──晏幾道《小山詞》「詩人句法」之借鑑詩句探析〉，《中央大學人文學報》，2007 年 7 月，第 31 期。

4. 卓清芬：〈「以詩為詞」的實踐──談晏幾道《小山詞》的「詩人句法」〉，香港中文大學《中國文化研究所學報》，2008 年 01 月，第 48 期。

5. 鄭亮、唐紅衛：〈晏幾道生卒年之質疑〉，《海南大學學報人文社會科學版》，2008 年 8 月，第 26 卷 4 期。

【專書論文】

1. 夏承燾：〈二晏年譜〉，《珠玉詞・六一詞》，台北：世界書局，1981 年 11 月。

2. 葉嘉瑩：〈論晏幾道詞在詞史中之地位〉，《唐宋詞名家論稿》，石家莊：河北教育出版社，1997 年 7 月。

（二）其 他

1. 龍沐勛：〈選詞標準論〉，《龍榆生詞學論文集》，上海：上海古籍出版社，1997 年 7 月。

2. 王偉勇、王曉雯合撰：〈馮煦〈論詞絕句〉十六首探析〉，《近世文學國際學術研討會論文集之三・清代文學與學術》，台北：新文豐出版公司，2007 年 3 月。

3. 王偉勇：〈兩宋詞人仿蘇辛體析論〉，《宋代文學研究叢刊》，高雄：麗文文化事業公司，2007 年 6 月，第 14 期。

4. 王偉勇：〈清代論詞絕句之整理、研究及價值〉，《兩岸韻文學術研討會論文集》，台北：世新大學出版，2009 年 5 月。

附錄一　歷代選本收錄晏幾道詞簡表

序號	詞牌	首句	宋編詞選	明編詞選	明編詞譜	清編詞選	清編詞譜	統計	排名
1	臨江仙	鬥草階前初見	0	2	3	2	2	9	8
2	又	身外閒愁空滿	0	0	0	3	0	3	
3	又	淡水三年歡意	0	0	0	3	0	3	
4	又	淺淺餘寒春半	0	0	0	1	0	1	
5	又	長愛碧闌干影	0	0	0	1	0	1	
6	又	旖旎仙花解語	0	0	0	1	0	1	
7	又	夢後樓臺高鎖	1	2	0	10	0	13	4
8	又	東野亡來無麗句	0	1	0	1	3	5	
9	蝶戀花	卷絮風頭寒欲盡	0	1	0	3	0	4	
10	又	初撚霜紈生悵望	0	1	0	1	0	2	
11	又	庭院碧苔紅葉遍	2	4	1	6	0	13	4
12	又	喜鵲橋成催鳳駕	0	0	0	3	0	3	
13	又	碧草池塘春又晚	0	0	0	3	0	3	
14	又	碾玉釵頭雙鳳小	0	0	0	0	0	0	
15	又	醉別西樓醒不記	1	2	0	7	0	10	7
16	又	欲減羅衣寒未去	0	1	0	2	0	3	
17	又	千葉早梅誇百媚	0	0	0	1	0	1	

18	又	金窮刀頭芳意動	0	0	0	1	0	1	
19	又	笑豔秋蓮生綠浦	0	0	0	1	0	1	
20	又	碧落秋風吹玉樹	0	1	0	2	0	3	
21	又	碧玉高樓臨水住	0	1	0	4	0	5	
22	又	夢入江南煙水路	1	3	0	2	0	6	
23	又	黃菊開時傷聚散	0	1	0	1	0	2	
24	鷓鴣天	彩袖殷勤捧玉鍾	2	6	3	7	2	20	1
25	又	一醉醒來春又殘	0	0	0	2	0	2	
26	又	梅蕊新妝桂葉眉	0	0	0	1	0	1	
27	又	守得蓮開結伴遊	0	0	0	2	0	2	
28	又	鬥鴨池南夜不歸	0	0	0	1	0	1	
29	又	當日佳期鵲誤傳	0	0	0	1	0	1	
30	又	題破香箋小砑紅	0	0	0	1	0	1	
31	又	清穎尊前酒滿衣	0	0	0	1	0	1	
32	又	醉拍春衫惜舊香	0	1	0	1	0	2	
33	又	小令尊前見玉簫	0	1	0	3	0	4	
34	又	楚女腰肢越女腮	0	0	0	1	0	1	
35	又	十里樓臺倚翠微	0	0	0	2	0	2	
36	又	陌上濛濛殘絮飛	0	0	0	3	0	3	
37	又	曉日迎長歲歲同	0	0	0	1	0	1	
38	又	小玉樓中月上時	0	1	0	1	0	2	
39	又	手撚香箋憶小蓮	0	0	0	1	0	1	
40	又	九日悲秋不到心	0	0	0	1	0	1	
41	又	碧藕花開水殿涼	1	0	0	1	0	2	
42	又	綠橘梢頭幾點春	0	0	0	3	0	3	
43	生查子	金鞭美少年	2	6	2	7	1	18	2
44	又	輕勻兩臉花	0	0	0	0	0	0	
45	又	關山魂夢長	0	0	0	0	0	0	
46	又	墜雨已辭雲	0	0	0	1	0	1	
47	又	一分殘酒霞	1	0	0	0	0	1	
48	又	輕輕製舞衣	0	1	0	1	0	2	

49	又	紅塵陌上游	1	1	0	1	0	3	
50	又	長恨涉江遙	0	0	0	2	0	2	
51	又	遠山眉黛長	0	1	0	0	0	1	
52	又	落梅庭榭香	0	0	0	0	0	0	
53	又	狂花頃刻香	0	0	0	0	0	0	
54	又	官身幾日閑	0	1	0	0	0	1	
55	又	春從何處歸	0	0	0	1	0	1	
56	南鄉子	淥水帶青潮	2	3	0	2	0	7	10
57	又	小蕊受春風	0	0	0	1	0	1	
58	又	花落未須悲	0	1	0	2	0	3	
59	又	何處別時難	0	0	0	0	0	0	
60	又	畫鴨懶熏香	0	0	0	0	0	0	
61	又	眼約也應虛	0	0	0	0	0	0	
62	又	新月又如眉	0	1	0	3	0	4	
63	清平樂	留人不住	0	1	0	7	0	8	9
64	又	千花百草	0	1	0	1	0	2	
65	又	煙輕雨小	0	0	0	1	0	1	
66	又	可憐嬌小	0	0	0	0	0	0	
67	又	紅英落盡	0	1	0	1	0	2	
68	又	春雲綠處	0	0	0	3	0	3	
69	又	波紋碧皺	1	1	0	4	0	6	
70	又	西池煙草	0	0	0	2	0	2	
71	又	蕙心堪怨	0	0	0	0	0	0	
72	又	么弦寫意	0	1	0	4	0	5	
73	又	笙歌宛轉	0	0	0	0	0	0	
74	又	暫來還去	0	1	0	1	0	2	
75	又	雙紋彩袖	0	1	0	1	0	2	
76	又	寒催酒醒	0	0	0	1	0	1	
77	又	蓮開欲遍	0	1	0	2	0	3	
78	又	沈思暗記	0	1	0	0	0	1	
79	又	鶯來燕去	0	1	0	0	0	1	

80	又	心期休問	0	1	0	0	0	1	
81	木蘭花	秋千院落重簾暮	1	5	1	7	0	14	3
82	又	小顰若解愁春暮	0	0	0	1	0	1	
83	又	小蓮未解論心素	1	0	0	1	0	2	
84	又	風簾向曉寒成陣	0	2	0	2	0	4	
85	又	念奴初唱離亭宴	0	0	0	1	0	1	
86	又	玉真能唱朱簾靜	0	0	0	2	0	2	
87	又	阿茸十五腰肢好	0	0	0	1	0	1	
88	又	初心已恨花期晚	0	1	0	1	0	2	
89	減字木蘭花	長亭晚送	0	1	0	3	0	4	
90	又	留春不住	0	1	0	1	0	2	
91	又	長楊輦路	0	1	0	1	0	1	
92	泛清波摘遍	催花雨小	0	2	0	2	5	9	8
93	洞仙歌	春殘雨過	0	0	0	1	1	2	
94	菩薩蠻	來時楊柳東橋路	0	1	0	2	0	3	
95	又	個人輕似低飛燕	0	0	0	0	0	0	
96	又	鶯啼似作留春語	0	1	0	1	0	2	
97	又	春風未放花心吐	0	0	0	1	0	1	
98	又	嬌香淡染胭脂雪	0	1	0	1	0	2	
99	又	香蓮燭下勻丹雪	0	0	0	1	0	1	
100	又	哀箏一弄湘江曲	0	1	0	2	0	3	
101	又	江南未雪梅花白	0	1	0	2	0	3	
102	又	相逢欲話相思苦	0	1	0	0	0	1	
103	玉樓春	雕鞍好為鶯花住	0	1	0	1	0	2	
104	又	一尊相遇春風裏	0	0	0	0	0	0	
105	又	瓊酥酒面風吹醒	0	0	0	1	0	1	
106	又	清歌學得秦娥似	0	0	0	1	0	1	
107	又	旗亭西畔朝雲住	0	1	0	1	0	2	
108	又	離鸞照罷塵生鏡	0	0	0	3	0	3	
109	又	東風又作無情計	0	1	0	2	0	3	
110	又	斑騅路與陽臺近	0	0	0	1	0	1	

111	又	紅綃學舞腰肢軟	0	0	0	1	0	1	
112	又	當年信道情無價	0	1	0	1	0	2	
113	又	采蓮時候慵歌舞	0	1	0	3	0	4	
114	又	芳年正是香英嫩	0	0	0	0	0	0	
115	又	輕風拂柳冰初綻	0	0	0	2	0	2	
116	阮郎歸	粉痕閑印玉尖纖	1	1	0	2	0	4	
117	又	來時紅日弄窗紗	0	1	0	1	0	2	
118	又	舊香殘粉似當初	0	1	0	2	0	3	
119	又	天邊金掌露成霜	0	0	0	2	0	2	
120	又	晚妝長趁景陽鐘	0	0	0	1	0	1	
121	歸田樂	試把花期數	0	0	0	1	4	5	
122	浣溪沙	二月春花厭落梅	0	0	0	0	0	0	
123	又	臥鴨池頭小苑開	0	0	0	2	0	2	
124	又	二月和風到碧城	0	0	0	2	0	2	
125	又	白紵春衫楊柳鞭	0	0	0	1	0	1	
126	又	床上銀屏幾點山	0	0	0	2	0	2	
127	又	綠柳藏烏靜掩關	0	1	0	1	0	1	
128	又	家近旗亭酒易酤	0	1	0	3	0	4	
129	又	日日雙眉鬥畫長	0	1	0	0	0	1	
130	又	飛鵲台前暈翠蛾	0	0	0	0	0	0	
131	又	午醉西橋夕未醒	0	2	0	3	0	5	
132	又	一樣宮妝簇彩舟	0	0	0	0	0	0	
133	又	已拆秋千不奈閑	0	0	0	1	0	1	
134	又	閑弄箏弦懶繫裙	0	0	0				
135	又	團扇初隨碧簟收	0	0	0	3	0	3	
136	又	翠閣朱闌倚處危	0	0	0	3	0	3	
137	又	唱得紅梅字字香	0	0	0	1	0	1	
138	又	小杏春聲學浪仙	0	0	0	1	0	1	
139	又	銅虎分符領外台	0	0	0	1	0	1	
140	又	浦口蓮香夜不收	0	0	0	2	0	2	
141	又	莫問逢春能幾回	0	0	0	0	0	0	

142	又	樓上燈深欲閉門	0	0	0	2	0	2	
143	六么令	綠陰春盡	0	2	0	7	1	10	7
144	又	雪殘風信	0	1	0	6	0	7	10
145	又	日高春睡	0	1	0	1	0	2	
146	更漏子	檻花稀	0	1	0	2	0	3	
147	又	柳間眠	0	1	0	2	0	3	
148	又	柳絲長	0	1	0	4	0	5	
149	又	露華高	0	1	0	4	0	5	
150	又	出墻花	0	0	0	0	0	0	
151	又	欲論心	0	0	0	0	0	0	
152	河滿子	對鏡偷勻玉箸	0	0	0	1	0	1	
153	又	綠綺琴中心事	0	1	0	1	0	2	
154	于飛樂	曉日當簾	0	1	0	1	5	7	10
155	愁倚闌令	憑江閣	0	1	0	1	1	3	
156	又	花陰月	0	0	0	1	1	2	
157	又	春羅薄	0	0	0	0	0	0	
158	御街行	年光正似花梢露	0	1	0	2	1	3	
159	又	街南綠樹春饒絮	0	0	0	2	0	2	
160	浪淘沙	高閣對橫塘	0	0	0	1	0	1	
161	又	小綠間長紅	0	1	0	4	0	5	
162	又	麗曲醉思仙	0	0	0	1	0	1	
163	又	翠幕綺筵張	0	0	0	1	0	1	
164	醜奴兒	昭華鳳管知名久	0	0	0	0	0	0	
165	又	日高庭院楊花轉	0	0	0	0	0	0	
166	訴衷情	種花人自蕊宮來	0	0	0	0	0	0	
167	又	淨揩妝臉淺勻眉	0	0	0	0	0	0	
168	又	渚蓮霜曉墜殘紅	0	0	0	1	0	1	
169	又	憑觴靜憶去年秋	0	0	0	2	0	2	
170	又	小梅風韻最妖嬈	0	1	0	1	0	2	
171	又	長因蕙草記羅裙	0	3	0	2	0	5	
172	又	御紗新製石榴裙	0	0	0	0	0	0	

173	又	都人離恨滿歌筵	0	0	0	0	0	0	
174	破陣子	柳下笙歌庭院	0	0	0	4	0	4	
175	好女兒	綠遍西池	0	1	0	1	5	7	10
176	又	酌酒殷勤	0	1	0	1	0	2	
177	點絳唇	花信來時	0	4	0	3	0	7	10
178	又	明日征鞭	0	2	0	3	0	5	
179	又	碧水東流	0	0	0	0	0	0	
180	又	妝席相逢	0	0	0	4	0	4	
181	又	湖上西風	0	0	0	2	0	2	
182	兩同心	楚鄉春晚	0	3	1	2	6	12	5
183	少年游	綠勾闌畔	0	1	3	1	3	8	9
184	又	西溪丹杏	0	1	0	1	0	2	
185	又	離多最是	0	3	0	2	0	5	
186	又	西樓別後	0	1	0	2	2	5	
187	又	雕梁燕去	0	2	3	2	1	8	9
188	虞美人	閑敲玉鐙隋堤路	0	0	0	4	0	4	
189	又	飛花自有牽情處	0	0	0	1	0	1	
190	又	曲闌干外天如水	0	1	0	2	0	3	
191	又	疏梅月下歌金縷	0	1	0	1	0	2	
192	又	玉簫吹遍煙花路	0	0	0	2	0	2	
193	又	秋風不似春風好	0	0	0	1	0	1	
194	又	小梅枝上東君信	0	0	0	0	0	0	
195	又	濕紅箋紙回紋字	0	0	0	3	0	3	
196	又	一弦彈盡仙韶樂	0	0	0	1	0	1	
197	采桑子	秋千散後朦朧月	0	0	0	3	0	3	
198	又	花前獨占春風早	0	0	0	0	0	0	
199	又	蘆鞭墜遍楊花陌	0	1	0	0	0	1	
200	又	日高庭院楊花轉	0	1	0	0	0	1	
201	又	征人去日殷勤囑	0	1	0	0	0	1	
202	又	花時惱得瓊枝瘦	0	1	0	0	0	1	
203	又	春風不負年年信	0	0	0	0	0	0	

204	又	秋來更覺消魂苦	0	1	0	0	0	1	
205	又	誰將一點凄涼意	0	1	0	0	0	1	
206	又	宜春苑外樓堪倚	0	0	0	1	0	1	
207	又	白蓮池上當時月	0	0	0	1	0	1	
208	又	高吟爛醉淮西月	0	0	0	0	0	0	
209	又	前歡幾處笙歌地	0	1	0	3	0	4	
210	又	無端惱破桃源夢	0	0	0	1	0	1	
211	又	年年此夕東城見	0	1	0	1	0	2	
212	又	雙螺未學同心綰	0	1	0	0	0	1	
213	又	西樓月下當時見	0	0	0	1	0	1	
214	又	非花非霧前時見	0	0	0	0	0	0	
215	又	當時月下分飛處	0	0	0	0	0	0	
216	又	湘妃浦口蓮開盡	0	0	0	2	0	2	
217	又	別來長記西樓事	0	0	0	0	0	0	
218	又	紅窗碧玉新名舊	0	1	0	1	0	2	
219	又	昭華鳳管知名久	0	0	0	0	0	0	
220	又	金風玉露初涼夜	0	0	0	1	0	1	
221	又	心期昨夜尋思遍	0	0	0	0	0	0	
222	踏莎行	柳上煙歸	0	0	0	1	0	1	
223	又	宿雨收塵	0	0	0	2	0	2	
224	又	綠徑穿花	0	0	0	1	0	1	
225	又	雪盡寒輕	0	1	0	1	0	2	
226	滿庭芳	南苑吹花	1	1	0	3	3	8	9
227	留春令	畫屏天畔	0	2	0	2	3	7	10
228	又	采蓮舟上	0	0	0	1	0	1	
229	又	海棠風橫	0	0	0	1	0	1	
230	風入松	柳陰庭院杏梢牆	0	1	0	1	2	4	
231	又	心心念念憶相逢	0	0	0	1	0	1	
232	清商怨	庭花香信尚淺	0	1	0	4	3	8	9
233	秋蕊香	池苑清陰欲就	0	1	3	1	2	7	
234	又	歌徹郎君秋草	0	1	0	1	0	2	

235	思遠人	紅葉黃花秋意晚	0	2	0	3	5	10	7
236	碧牡丹	翠袖疏紈扇	0	1	0	5	5	11	6
237	長相思	長相思	0	0	0	1	1	2	
238	醉落魄	滿街斜月	0	1	0	1	1	3	
239	又	鸞孤月缺	0	0	0	1	0	1	
240	又	天教命薄	0	1	0	1	0	2	
241	又	休休莫莫	0	0	0	1	0	1	
242	望仙樓	小春花信日邊來	0	1	0	1	4	6	
243	鳳孤飛	一曲畫樓鐘動	0	1	0	1	4	6	
244	西江月	愁黛顰成月淺	0	1	0	1	0	2	
245	又	南苑垂鞭路冷	0	1	0	2	0	3	
246	武陵春	綠蕙紅蘭芳信歇	0	1	0	1	0	2	
247	又	九日黃花如有意	0	1	0	0	0	1	
248	又	煙柳長堤知幾曲	0	1	0	1	0	2	
249	解佩令	玉階秋感	0	1	3	1	5	10	7
250	行香子	晚綠寒紅	0	1	0	2	1	4	
251	慶春時	倚天樓殿	0	1	0	1	5	7	10
252	又	梅梢已有	0	1	0	1	0	2	
253	喜團圓	危樓靜鎖	0	1	0	1	8	10	7
254	憶悶令	取次臨鸞勻畫淺	0	1	0	1	6	8	9
255	梁州令	莫唱陽關曲	0	1	0	2	5	8	9
256	燕歸來	蓮葉雨	0	1	0	2	2	5	
257	胡搗練	小亭初報一枝梅	0	0	0	0	1	1	
258	撲蝴蝶	風梢雨葉	1	0	0	0	1	1	
259	醜奴兒	夜來酒醒清無夢	0	0	0	0	0	0	
260	謁金門	溪聲急	0	0	0	0	0	0	
總計（闋）			20	163	23	385	110	694	

備註：詞牌與首句依唐圭璋編纂，王仲聞參訂，孔凡禮補輯：《全宋詞》（北京：中華書局，2005 年 1 月）版本。

附錄二　歷代選本誤收晏幾道詞一覽表

序號	詞牌	首句	原作	宋編詞選 蘭畹曲會	明編詞選 類編草堂詩餘	天機餘錦	花草粹編	詞的	古今詩餘醉	詞學筌蹄	明編詞譜 文體明辯·詩餘	嘯餘譜·詩餘詞譜	清編詞選（通）御選歷代詩餘	填詞圖譜	詞律選聲集	清編詞譜 詩餘譜式	御定詞譜	詞律拾遺	詞繫	天籟軒詞譜	碎金詞譜	統計（次）	排名（次）
1	探春令	綠楊枝上曉鶯啼	無名氏。見《增修箋註妙選群英草堂詩餘》前集，卷下		✓	✓	✓	✓	✓		✓	✓		✓	✓	✓	✓		✓	✓	✓	15	1
2	探春令	簾旌微動	宋徽宗趙佶				✓																1	
3	如夢令	樓外殘陽紅滿	秦觀					✓		✓												4	2
4	滿江紅	七十人稀	蕭泰來				✓						✓									2	3
5	眞珠髻	重重山外	無名氏。見《梅苑》卷一				✓						✓					✓				4	2

晏幾道《小山詞》接受史

序號	詞牌	首句	作者													總計
				1	2	1	6	3	1	3	7	1	4	1	1	
6	醉桃源	南園春半踏青時	馮延巳	✓												1
7	錦纏道	燕子呢喃	無名氏。見《增修箋註妙選群英草堂詩餘》前集，卷上		✓											1
8	胡搗練	小春花信雪中水	《梅苑》			✓										1
9	胡搗練	夜來江上見寒梅	晏殊			✓										1
10	玉樓春	紅樓十二闌干側	王武子				✓									1
11	踏莎行	小徑紅稀	晏殊				✓									1
12	木蘭花	一年滴盡蓮花漏	毛滂					✓								1
13	菩薩蠻	南園滿地堆輕絮	溫庭筠							✓						1
14	阮溪沙	錦帳重重捲暮霞	秦觀							✓						1
15	阮溪沙	水滿池塘花滿枝	趙令畤							✓						1
16	點絳唇	春雨濛濛	無名氏。見《增修箋註妙選群英草堂詩餘》前集，卷下							✓						1
17	點絳唇	鶯踏花翻	無名氏。見《增修箋註妙選群英草堂詩餘》前集，卷下							✓						1
18	洞仙歌	江南臘盡	蘇軾								✓		✓			2
19	風入松	畫堂紅袖倚清酣	慶集。見《全金元詞》卷四								✓					3
總計（闋）				1	2	1	6	3	1	3	7	1	4	1	1	

備註：詞牌與首句句皆依原書版本。

【版本】

1. 〔宋〕孔夷：《蘭畹曲會》。見周泳先校編：《唐宋金元詞鉤沉》（上海：商務印書館，1937 年 7 月）。

2. 〔明〕不著撰人：《類編草堂詩餘》。見《景印文淵閣四庫全書》（台北：台灣商務印書館，民 72 年 6 月），冊 1489。

3. 〔明〕程敏政編：《天機餘錦》（明藍格鈔本）。

4. 〔明〕陳耀文編：《花草粹編》。見《景印文淵閣四庫全書》（台北：台灣商務印書館，民 72 年 6 月），冊 1490。

5. 〔明〕茅暎輯評：《詞的》（清萃閔堂鈔本）。見《四庫未收書輯刊》（北京：北京出版社，2000 年 1 月），捌輯，冊 30。

6. 〔明〕陸雲龍：《詞菁》（據復旦大學圖書館藏明崇禎崢霄館藏翠娛閣選評本影印）

7. 〔明〕潘游龍：《精選古今詩餘醉》（據明崇禎丁丑(10 年)海陽胡氏十竹齋刊本影印）

8. 〔明〕周瑛：《詞學筌蹄》（據上海圖書館藏清初抄本影印）。見《續修四庫全書》（上海：上海古籍出版社，2002 年 3 月），冊 1735。

9. 〔明〕徐師曾：《文體明辨》（北京大學圖書館藏明萬曆建陽游榕銅活字印本）。見《四庫全書存目叢書》，冊 312。

10. 〔明〕程明善：《嘯餘譜》（據明萬曆刻本影印）。見《續修四庫全書》（上海：上海古籍出版社，2002 年 3 月），冊 1736。

11. 〔清〕沈辰垣、王奕清等奉敕編：《御選歷代詩餘》。見《景印文淵閣四庫全書》（台北：台灣商務印書館，民 72 年 6 月），冊 1491～1493。

12. 〔清〕賴以邠：《填詞圖譜》（北京大學圖書館藏清康熙十八年刻詞學全本）。見《四庫全書存目叢書》（台南：莊嚴文化事業有限公司，1997 年 6 月），冊 426。

13. 〔清〕吳綺：《選聲集》（中國人民大學圖書館藏清大來堂刻本）。見《四庫全書存目叢書》（台南：莊嚴文化事業有限公司，1997 年 6 月），冊 424。

14. 〔清〕萬樹：《詞律》。見《景印文淵閣四庫全書》（台北：台灣商務印書館，民 72 年 6 月），冊 1496。

15. 〔清〕郭鞏：《詩餘譜式》（清康熙可亭刻本）。見《四庫未收書輯刊》（北京：北京出版社，2000 年 1 月），拾輯，冊 30。

16. 〔清〕王奕清等奉敕輯：《御定詞譜》。見《景印文淵閣四庫全書》（台

北：台灣商務印書館，民 72 年 6 月），冊 1495。

17. 〔清〕徐本立：《詞律拾遺》（據遼寧省圖書館藏清同治十二年刻本影印）。見《續修四庫全書》（上海：上海古籍出版社，2002 年 3 月），冊 1736。

18. 〔清〕秦巘：《詞繫》（北京：北京師範大學出版社，1996 年 9 月）。

19. 〔清〕葉申薌：《天籟軒詞譜》（清道光間刊本）。

20. 〔清〕謝元淮：《碎金詞譜》（據湖北省圖書館藏清道光刻朱墨套印本影印）。見《續修四庫全書》（上海：上海古籍出版社，2002 年 3 月），冊 1737。

附錄三　歷代選本收錄晏幾道詞總表（附詞集叢書）

類型 時代 詞牌／首句	宋編詞選 通代 草堂詩餘	宋編詞選 通代 唐宋諸賢絕妙詞選	宋編詞選 斷代 陽春白雪	宋編詞選 斷代 類編草堂詩餘	明編詞選 通代 天機餘錦	明編詞選 通代 詞林萬選	明編詞選 通代 百琲明珠	明編詞選 通代 花草粹編	明編詞選 通代 古今詞統	明編詞選 通代 詞的	明編詞選 通代 古今詩餘醉	明編詞譜 通代 詞學筌蹄	明編詞譜 通代 詩餘圖譜	明編詞譜 通代 嘯餘譜·詩餘譜	明編詞譜 通代 詞綜	清編詞選 通代 歷代詩餘	清編詞選 通代 古今詞選	清編詞選 通代 歷朝名人詞選	清編詞選 通代 蓼園詞選	清編詞選 通代 詞辨	清編詞選 通代 詞則·大雅集	清編詞選 通代 詞則·閑情集	清編詞選 斷代 藝蘅館詞選	清編詞選 斷代 宋四家詞選	清編詞選 斷代 宋六十一家詞選	清編詞譜 通代 填詞圖譜	清編詞譜 通代 填詞圖譜續集	清編詞譜 通代 詞律	清編詞譜 通代 詩餘譜式	清編詞譜 通代 御定詞譜	清編詞譜 通代 詞律拾遺	清編詞譜 通代 天籟軒詞譜	清編詞譜 通代 碎金詞譜	統計（次）	詞集叢書 通代 唐宋元明百家詞	詞集叢書 斷代 宋名家詞
1　臨江仙　鬥草階前初見																✓	✓	✓								✓								9	✓	✓
2　又　身外閒愁空滿																								✓	✓									3	✓	✓
3　又　淡水三年歡意																✓								✓	✓									3	✓	✓
4　又　淺淺餘寒春半																✓																		1	✓	✓
5　又　長愛碧闌干影																✓																		1	✓	✓
6　又　旖旎仙花解語																✓																		1	✓	✓
7　又　夢後樓臺高鎖				✓				✓								✓	✓	✓	✓					✓	✓								✓	13	✓	✓
8　又　東野亡來無麗句																							✓									✓	✓	5	✓	✓

序號	詞牌	首句	次數
9	蝶戀花	卷絮風頭寒欲盡	4
10	又	初撚霜紈生悵望	2
11	又	庭院碧苔紅葉遍	13
12	又	喜鵲橋成催鳳駕	3
13	又	碧草池塘春又晚	3
14	又	碾玉釵頭雙鳳小	0
15	又	醉別西樓醒不記	10
16	又	欲減羅衣寒未去	3
17	又	千葉早梅誇百媚	1
18	又	金剪刀頭芳意動	1
19	又	笑豔秋蓮生綠浦	1
20	又	碧落秋風吹玉樹	3
21	又	碧玉高樓臨水住	5
22	又	夢入江南煙水路	6
23	又	黃菊開時傷聚散	2
24	鷓鴣天	彩袖殷勤捧玉鍾	20
25	又	一醉醒來春又殘	2
26	又	梅蕊新妝桂葉眉	1
27	又	守得蓮開結伴遊	2
28	又	鬥鴨池南夜不歸	1
29	又	當日佳期鵲誤傳	1
30	又	題破香箋小砑紅	1
31	又	清潁尊前酒滿衣	1
32	又	醉拍春衫惜舊香	2
33	又	小令尊前見玉簫	4
34	又	楚女腰肢越女腮	1

編號	調名	詞首句	收錄次數
35	又	十里樓臺倚翠微	2
36	又	陌上濛濛殘絮飛	3
37	又	曉日迎長歲歲同	1
38	又	小令樓中月上時	2
39	又	手撚香箋憶小蓮	1
40	又	九日悲秋不到心	1
41	又	碧藕花開水殿涼	2
42	又	綠橘梢頭幾點春	3
43	生查子	金鞭美少年	18
44	又	輕勻兩臉花	0
45	又	關山魂夢長	0
46	又	墜雨已辭雲	1
47	又	一分殘酒霞	1
48	又	輕輕製舞衣	2
49	又	紅塵陌上游	3
50	又	長恨涉江遙	2
51	又	遠山眉黛長	1
52	又	落梅庭榭香	0
53	又	狂花頃刻香	0
54	又	官身幾日閒	1
55	又	春從何處歸	1
56	南鄉子	淥水帶青潮	7
57	又	小蕊受春風	1
58	又	花落未須悲	3
59	又	何處別時難	0
60	又	畫鴨懶熏香	0

	詞牌	首句	數量
61	又	眼約也應慳	0
62	又	新月又如眉	4
63	清平樂	留人不住	8
64	又	千花百草	2
65	又	煙輕雨小	1
66	又	可憐嬌小	0
67	又	紅英落盡	2
68	又	春雲綠處	3
69	又	波紋碧皺	6
70	又	西池煙草	2
71	又	蕙心堪怨	0
72	又	么弦寫意	5
73	又	笙歌宛轉	0
74	又	暫來還去	2
75	又	雙紋彩袖	2
76	又	寒催酒醒	1
77	又	蓮開欲遍	3
78	又	沈思暗記	1
79	又	鶯來燕去	1
80	又	心期休問	1
81	木蘭花	秋千院落重簾暮	14
82	又	小顰若解留春住	1
83	又	小蓮未解論心素	2
84	又	風簾向曉寒成陣	4
85	又	念奴初唱離亭宴	1
86	又	玉真能唱朱簾靜	2

	詞牌	詞句									數		
87	又	阿茸十五腰肢好	✓								1	✓	✓
88	又	初心已恨花期晚	✓								2	✓	✓
89	減字木蘭花	長亭晚送	✓	✓				✓			4	✓	✓
90	又	留春不住	✓								2	✓	✓
91	又	長橋轡路	✓								1	✓	✓
92	泛清波摘遍	催花雨小	✓✓					✓	✓	✓	9	✓	✓
93	洞仙歌	春殘雨過							✓		2	✓	✓
94	菩薩蠻	來時楊柳東橋路	✓								3	✓	✓
95	又	個人輕似低飛燕									0	✓	✓
96	又	鸞啼似作留春語	✓				✓				2	✓	✓
97	又	春風未放花心吐									1	✓	✓
98	又	嬌香淡染胭脂雪	✓								2	✓	✓
99	又	香蓮燭下勻丹雪						✓			1	✓	✓
100	又	哀箏一弄湘江曲						✓			3	✓	✓
101	又	江南未雪梅花白	✓								3	✓	✓
102	又	相逢欲訴相思苦	✓								1	✓	✓
103	玉樓春	雕鞍好為鶯花住									2	✓	✓
104	又	一尊相遇春風裡									0	✓	✓
105	又	瓊酥酒面風吹醒									1	✓	✓
106	又	清歌學得秦娥似					✓				1	✓	✓
107	又	旗亭西畔朝雲住									2	✓	✓
108	又	雕鞍照影罷龍生鏡						✓			3	✓	✓
109	又	東風又作無情計						✓			3	✓	✓
110	又	斑騅路與陽臺近									1	✓	✓

序號	詞調	首句	數
111	又	紅絹學舞腰肢軟	1
112	又	當年信道情無價	2
113	又	來逢時候備歌舞	4
114	又	芳年正是春英嫩	0
115	又	輕風拂柳冰初綻	2
116	阮郎歸	粉填閑印玉尖纖	4
117	又	來時紅日弄窗紗	2
118	又	舊香殘粉似當初	3
119	又	天邊金掌露成霜	2
120	又	晚妝長趁景陽鐘	1
121	歸田樂	試把花期數	5
122	浣溪沙	二月春花厭落梅	0
123	又	臥鴨池頭小沼開	2
124	又	二月和風到碧城	2
125	又	白紵春衫楊柳鞭	1
126	又	床上銀屏幾點山	2
127	又	綠柳藏烏靜掩關	1
128	又	家近旗亭酒易酤	4
129	又	日日雙眉鬥畫長	1
130	又	飛鵲台前量翠娥	0
131	又	午醉西橋夕未醒	5
132	又	一樣宮妝簇彩舟	0
133	又	已拆秋千不奈閑	1
134	又	閑弄箏絃懶繫裙	0
135	又	團扇初隨碧簟收	3
136	又	翠閣朱闌倚處危	3

編號	詞牌	首句						次數	
137	又	唱得紅梅字字香	✓					1	✓✓
138	又	小令春聲學浪仙	✓					1	✓✓
139	又	銅虎分符領外台	✓		✓			1	✓✓
140	又	浦口蓮香夜不收	✓					2	✓✓
141	又	莫同蓮春能幾回						0	✓✓
142	又	樓上燈深米欲閉門			✓	✓		2	✓✓
143	六么令	綠陰春盡	✓	✓	✓		✓	10	✓✓
144	又	雪殘風信	✓	✓	✓			7	✓✓
145	又	日高春睡	✓					2	✓✓
146	更漏子	檻花稀	✓	✓	✓			3	✓✓
147	又	柳間眼	✓					3	✓✓
148	又	柳絲長	✓	✓	✓			5	✓✓
149	又	露華高	✓		✓			5	✓✓
150	又	出牆花						0	✓✓
151	又	欲論心						0	✓✓
152	河滿子	對鏡偷勻玉筆	✓					1	✓✓
153	又	綠綺琴中心事	✓		✓			2	✓✓
154	于飛樂	曉日當簾	✓			✓	✓	7	✓✓✓
155	憨憨闌令	憑江閣					✓	3	✓✓
156	又	花陰月						2	✓✓
157	又	春羅薄	✓			✓		0	✓✓
158	御街行	年光正似花梢露			✓			3	✓✓
159	又	街南綠樹春饒絮			✓			2	✓✓
160	浪淘沙	高閣對橫塘	✓	✓	✓			1	✓✓
161	又	小綠間長紅						5	✓✓

晏幾道《小山詞》接受史

			數														
162	又	麗曲醉思仙	1							∨						
163	又	翠幕綺筵張	1							∨						
164	醜奴兒	昭華鳳管知名久	0													
165	又	日高庭院楊花轉	0													
166	訴衷情	種花人自忘憂未	0													
167	又	淨揩妝臉淺勻眉	0			∨										
168	又	渚蓮霜曉墜殘紅	1			∨				∨						
169	又	憑觴靜憶去年秋	2						∨	∨						
170	又	小梅風韻最妖嬈	2							∨				∨		
171	又	長因蕙草記羅裙	5			∨				∨				∨		∨
172	又	御紗新製石榴裙	0													
173	又	都人離恨滿歌筵	0	∨												
174	破陣子	柳下笙歌庭院	4			∨	∨			∨						
175	好女兒	綠遍西池	7	∨	∨	∨				∨		∨	∨			
176	又	酌酒殷勤	2			∨				∨			∨			
177	點絳唇	花信來時	7		∨	∨	∨	∨		∨			∨			
178	又	明日征鞍	5			∨	∨			∨						
179	又	碧水東流	0													
180	又	妝席相逢	4	∨		∨	∨			∨						
181	又	湖上西風	2			∨			∨	∨						
182	兩同心	楚鄉春晚	12	∨	∨	∨	∨	∨		∨	∨	∨	∨			
183	少年游	綠勾闌畔	8	∨	∨	∨	∨			∨	∨	∨	∨			
184	又	西溪丹杏	2		∨		∨			∨						
185	又	離多最是	5			∨			∨	∨			∨			∨
186	又	西樓別後	5	∨		∨			∨	∨			∨			∨
187	又	雕梁燕去	8	∨		∨	∨		∨	∨			∨			∨

編號	詞牌	首句	數量
188	虞美人	閒敲玉鐙隋堤路	4
189	又	飛花自有牽情處	1
190	又	曲闌干外天如水	3
191	又	疏梅月下歌金縷	2
192	又	玉簫吹遍煙花路	2
193	又	秋風不似春風好	1
194	又	小梅枝上東君信	0
195	又	濕紅箋紙回紋字	3
196	又	一弦彈盡仙韶樂	1
197	采桑子	秋千散後朦朧月	3
198	又	花前獨占春風早	0
199	又	蘆鞭墜遍楊花陌	1
200	又	日高庭院楊花轉	1
201	又	征人去日殷勤囑	1
202	又	花時惱得瓊枝瘦	1
203	又	春風不負年年信	0
204	又	秋水更更覺魂苦	1
205	又	誰將一點淒涼意	1
206	又	宜春苑外樓堪倚	1
207	又	白蓮池上當時月	1
208	又	高吟爛醉淮西月	0
209	又	前歡幾處笙歌地	4
210	又	無端惱破桃源夢	1
211	又	年年此夕東城見	2
212	又	雙蝶未孚同心緒	1
213	又	西樓月下當時見	1

			數
214	又	非花非霧前時見	0
215	又	當時月下分飛處	0
216	又	湘妃浦口蓮開盡	2
217	又	別來長記西樓事	0
218	又	紅窗碧玉新名舊	2
219	又	昭華鳳管知名久	0
220	又	金風玉露初涼夜	1
221	又	心期昨夜尋思遍	0
222	踏莎行	柳上煙歸	1
223	又	宿雨收塵	2
224	又	綠徑穿花	1
225	又	雪盡寒輕	2
226	滿庭芳	南苑吹花	8
227	留春令	畫屏天畔	7
228	又	采蓮舟上	1
229	又	海棠風橫	1
230	風入松	柳陰庭院杏梢牆	4
231	又	心心念念憶相逢	1
232	清商怨	庭花香信尚淺	8
233	秋蕊香	池苑清陰欲就	7
234	又	歌徹郎君秋草	2
235	思遠人	紅葉黃花秋意晚	10
236	碧牡丹	翠袖疏紈扇	11
237	長相思	長相思	2
238	醉落魄	滿街斜月	3
239	又	鸞孤月缺	1

編號	詞牌	首句														合計	
240	又	天教命薄					v				v					2	v
241	又	休休莫莫					v				v					1	v
242	望仙樓	小春花信日邊來			v		v				v		v			6	v v
243	鳳孤飛	一曲畫樓鐘動				v	v				v		v			6	v v
244	西江月	愁黛顰成月淺			v		v				v					2	v
245	又	南苑垂鞭路冷					v	v			v					3	v
246	武陵春	綠蕙紅蘭芳信歇					v				v					2	v
247	又	九日黃花如有意									v					1	v
248	又	煙柳長堤知幾曲					v				v					2	v
249	解佩令	玉階秋感			v v		v			v	v	v	v			10	v
250	行香子	晚綠寒紅		v			v				v	v	v			4	v
251	慶春時	倚天樓殿				v	v				v	v	v	v		7	v
252	又	梅梢已有					v				v					2	v
253	喜團圓	危樓靜鎖					v			v	v	v	v	v		10	v
254	憶悶令	取次臨鸞勻畫淺					v			v	v	v	v	v		8	v v
255	梁州令	莫唱陽關曲		v			v				v	v	v	v		8	v v
256	燕歸來	蓮葉雨					v				v		v			5	v
257	胡搗練	小亭初報一枝梅									v					1	v
258	撲蝴蝶	風梢雨葉	v											v		2	v
259	魍奴兒	夜來酒醒清無夢														0	
260	詞金門	溪聲怨														0	
		總計（闋）	4 1 2	4 4 4	8 2 0	1 2 0 4	2 5 3	5 3 1 2	3 6 7 7	6 3 4 1	1 3 8 0 7	1 2 3	2 4 7	1 7			2 2 5 5 6 5

備註：1、詞牌與首句依唐圭璋主編編纂，王仲聞參訂，孔凡禮補輯：《全宋詞》（北京：中華書局，2005年1月）版本。

【版本】

1. 〔宋〕何士信：《增修箋註妙選群英草堂詩餘》（據上海圖書館藏明洪武二十五年(1392)遵正書堂刻本影印）。見《續修四庫全書》（上海：上海古籍出版社，2002年3月），冊1728。

2. 〔宋〕黃昇：《花菴詞選‧唐宋以來諸賢絕妙詞選》。見《景印文淵閣四庫全書》（台北：台灣商務印書館，1983年6月），冊1489。

3. 〔宋〕趙聞禮：《陽春白雪》（據宛委別藏清抄本影印）。見《續修四庫全書》（上海：上海古籍出版社，2002年3月），冊1728。

4. 〔明〕不著撰人：《類編草堂詩餘》。見《景印文淵閣四庫全書》（台北：台灣商務印書館，1983年6月），冊1489。

5. 〔明〕程敏政編：《天機餘錦》（明藍格鈔本）。

6. 〔明〕楊慎：《詞林萬選》（北京師範大學圖書館藏清乾隆十七年曲溪洪振珂重印明末毛氏汲古閣刻詞苑英華本）。見《四庫全書存目叢書》（台南：莊嚴文化事業有限公司，1997年6月），冊422。

7. 〔明〕楊慎：《百琲明珠》。見《楊升庵叢書》（成都：天地出版社，2002年12月），冊6。

8. 〔明〕陳耀文編：《花草粹編》。見《景印文淵閣四庫全書》（台北：台灣商務印書館，1983年6月），冊1490。

9. 〔明〕卓人月、徐士俊輯：《古今詞統》（據上海圖書館藏明崇禎刻本影印）。見《續修四庫全書》（上海：上海古籍出版社，2002年3月），冊1728～1729。

10. 〔明〕茅暎輯評：《詞的》（清萃閱堂鈔本）。見《四庫未收書輯刊》（北京：北京出版社，2000年1月），捌輯，冊30。

11. 〔明〕陸雲龍：《詞菁》（據復旦大學圖書館藏明崇禎崢霄館藏翠娛閣選評本影印）

12. 〔明〕潘游龍：《精選古今詩餘醉》（據明崇禎丁丑（10年）海陽胡氏十竹齋刊本影印）

13. 〔明〕周瑛：《詞學筌蹄》（據上海圖書館藏清初抄本影印）。見《續修四庫全書》（上海：上海古籍出版社，2002年3月），冊1735。

14. 〔明〕張綖、謝天瑞：《詩餘圖譜》（據北京圖書館藏明萬曆二十七年謝天瑞刻本影印）。見《續修四庫全書》（上海：上海古籍出版社，2002年3月），冊1735。

15. 〔明〕徐師曾：《文體明辨》（北京大學圖書館藏明萬曆建陽游榕銅活字印本）。見《四庫全書存目叢書》，冊312。

16. 〔明〕程明善：《嘯餘譜》（據明萬曆刻本影印）。見《續修四庫全書》（上海：上海古籍出版社，2002 年 3 月），冊 1736。

17. 〔清〕朱彝尊編：《詞綜》。見《景印文淵閣四庫全書》（台北：台灣商務印書館，1983 年 6 月），冊 1493。

18. 〔清〕先著、程洪輯，劉崇德、徐文武點校：《詞潔》（保定：河北大學出版社，2007 年 9 月）。

19. 〔清〕沈辰垣、王奕清等奉敕編：《御選歷代詩餘》。見《景印文淵閣四庫全書》（台北：台灣商務印書館，1983 年 6 月），冊 1491～1493。

20. 〔清〕沈時棟輯，尤侗、朱彝尊參訂：《古今詞選》（台北：台灣東方書店，1956 年 5 月）。

21. 〔清〕夏秉衡：《歷朝名人詞選》。見《中華古籍叢刊》（台北：大西洋圖書公司，1968 年 5 月），冊 22。

22. 〔清〕黃蘇：《蓼園詞選》。見〔清〕黃蘇、周濟、譚獻選評，尹志騰校點：《清人選評詞集三種》（濟南：齊魯書社，1988 年 9 月）。

23. 〔清〕張惠言輯：《詞選》（據上海圖書館藏清道光十年宛鄰書屋刻本影印）。見《續修四庫全書》（上海：上海古籍出版社，2002 年 3 月），冊 1732。

24. 〔清〕周濟：《詞辨》（據中國科學院圖書館藏清光緒四年刻本影印）。見《續修四庫全書》（上海：上海古籍出版社，2002 年 3 月），冊 1732。

25. 〔清〕陳廷焯：《詞則》（上海：上海古籍出版社，1984 年 5 月）。

26. 梁令嫻：《藝蘅館詞選》（台北：台灣中華書局，1970 年 10 月）。

27. 〔清〕周濟：《宋四家詞選》（據清同治十二年潘祖蔭刻滂喜齋叢書本影印）。見《續修四庫全書》（上海：上海古籍出版社，2002 年 3 月），冊 1732。

28. 〔清〕馮煦：《宋六十一家詞選》（台北：文化圖書公司，1956 年 6 月）。

29. 〔清〕賴以邠：《填詞圖譜》（北京大學圖書館藏清康熙十八年刻詞學全書本）。見《四庫全書存目叢書》（台南：莊嚴文化事業有限公司，1997 年 6 月），冊 426。

30. 〔清〕賴以邠：《填詞圖譜續集》（北京大學圖書館藏清康熙十八年刻詞學全書本）。見《四庫全書存目叢書》（台南：莊嚴文化事業有限公司，1997 年 6 月），冊 426。

31. 〔清〕吳綺：《選聲集》（中國人民大學圖書館藏清大來堂刻本）。見

《四庫全書存目叢書》（台南：莊嚴文化事業有限公司，1997 年 6 月），冊 424。

32. 〔清〕萬樹：《詞律》。見《景印文淵閣四庫全書》（台北：台灣商務印書館，1983 年 6 月），冊 1496。

33. 〔清〕郭鞏：《詩餘譜式》（清康熙可亭刻本）。見《四庫未收書輯刊》（北京：北京出版社，2000 年 1 月），拾輯，冊 30。

34. 〔清〕王奕清等奉敕輯：《御定詞譜》。見《景印文淵閣四庫全書》（台北：台灣商務印書館，1983 年 6 月），冊 1495。

35. 〔清〕徐本立：《詞律拾遺》（據遼寧省圖書館藏清同治十二年刻本影印）。見《續修四庫全書》（上海：上海古籍出版社，2002 年 3 月），冊 1736。

36. 〔清〕秦巘：《詞繫》（北京：北京師範大學出版社，1996 年 9 月）。

37. 〔清〕葉申薌：《天籟軒詞譜》（清道光間刊本）。

38. 〔清〕謝元淮：《碎金詞譜》（據湖北省圖書館藏清道光刻朱墨套印本影印）。見《續修四庫全書》（上海：上海古籍出版社，2002 年 3 月），冊 1737。

附錄四　歷代創作取法晏幾道詞一覽表（誤收詞除外）

序號	取法技巧	朝代	作者	詞牌與首句	詞題或詞序	出　處	備　註
1	仿擬	宋	晁端禮	〈鷓鴣天〉（霜壓天街不動塵）	晏叔原近作〈鷓鴣天〉曲，歌詠太平，輒擬之為十篇。野人久去輦轂，不得目睹盛事，姑誦所聞萬一而已	《全宋詞》，冊1，頁563～565	
2	仿擬	宋	晁端禮	〈鷓鴣天〉（數騎飛塵入鳳城）		同上	
3	仿擬	宋	晁端禮	〈鷓鴣天〉（閬苑瑤臺路暗通）		同上	
4	仿擬	宋	晁端禮	〈鷓鴣天〉（洛水西來泛綠波）		同上	
5	仿擬	宋	晁端禮	〈鷓鴣天〉（璧水溶溶漾碧漪）		同上	
6	仿擬	宋	晁端禮	〈鷓鴣天〉（八彩眉開喜色新）		同上	
7	仿擬	宋	晁端禮	〈鷓鴣天〉（聖澤昭天下漏泉）		同上	
8	仿擬	宋	晁端禮	〈鷓鴣天〉（日日仙韶度曲新）		同上	
9	仿擬	宋	晁端禮	〈鷓鴣天〉（萬國梯航賀太平）		同上	
10	仿擬	宋	晁端禮	〈鷓鴣天〉（金碧舳艫斗極邊）		同上	

11	仿擬	宋	周紫芝	〈鷓鴣天〉(樓上縹桃一尊紅)	予少時酷喜小晏詞，故其所作，時有似其體製者，此三篇是也。晚年歌之，不甚如人意，聊載于此，爲長短句體之助云	《全宋詞》，冊2，頁1135
12	仿擬	宋	周紫芝	〈鷓鴣天〉(彩鷁雙飛雪浪翻)		《全宋詞》，冊2，頁1135
13	仿擬	宋	周紫芝	〈鷓鴣天〉(花褪殘紅綠滿枝)		《全宋詞》，冊2，頁1135～1136
14	仿擬	清	賀裳	〈生查子〉(郎不怨投梭)	戲效小晏體	《全清詞·順康卷》，冊4，頁2404
15	仿擬	清	鄒祗謨	〈生查子〉(影傍青鸞怯)	戲效小晏體	《全清詞·順康卷》，冊5，頁3035
16	仿擬	清	焦袁熹	〈長相思〉(長相思)	效小山體	《全清詞·順康卷》，冊18，頁10570
17	和韻	宋	陳允平	〈思佳客〉(壓鬢釵橫翠鳳頭)	用晏小山韻	《全宋詞》，冊5，頁3930
18	和韻	宋	陳允平	〈思佳客〉(一曲清歌酒一鍾)		同上
19	和韻	宋	陳允平	〈思佳客〉(錦幄沈沈寶篆殘)		同上
20	和韻	宋	陳允平	〈思佳客〉(玉轡青驄去不歸)		同上
21	和韻	宋	陳允平	〈思佳客〉(曾約雙瓊品鳳簫)		同上
22	和韻	明	王屋	〈鷓鴣天〉(見說新來小字工)	和小山韻	《全明詞》，冊4，頁1645
23	和韻	明	王屋	〈兩同心〉(儂唱蓮歌)	頃讀黃、柳作，既各和之。茲復和小晏作一闋，用俚語成篇，差爲小異，亦平調	《全明詞》，冊4，頁1668
24	和韻	明	彭孫貽	〈六么令〉(春心無鎖)	和小晏春情	《全明詞》，冊4，頁1718
25	和韻	明	沈謙	〈六么令〉(隔簾疏雨)	次晏叔原韻	《全明詞》，冊5，頁2647
26	和韻	清	王庭	〈御街行〉(東風陣陣吹飛絮)	郊步，用晏小山韻	《全清詞·順康卷》，冊1，頁287

27	和韻	清	王庭	〈生查子〉（嘗因愁嘆多）	老嘆，用晏小山韻	《全清詞・順康卷》，冊1，頁287	
28	和韻	清	王庭	〈生查子〉（去時云已多）	老嘆，用晏小山韻	《全清詞・順康卷》，冊1，頁287～288	
29	和韻	清	鄒祗謨	〈思遠人〉（雁字魚函渾未寄）	本意，和宋晏小山韻	《全清詞・順康卷》，冊5，頁2999	
30	和韻	清	丁澎	〈秋蕊香〉（小閣綠陰遮就）	當爐，和晏叔原韻	《全清詞・順康卷》，冊6，頁3161	
31	和韻	清	董元愷	〈思遠人〉（劈開雙鯉粧臺信）	得閨信，和晏小山韻	《全清詞・順康卷》，冊6，頁3256	
32	和韻	清	仲恆	〈玉樓春〉（寒鴉繞樹飛成陣）	小春，步晏叔原韻	《全清詞・順康卷》，冊8，頁4837	
33	和韻	清	錢芳標	〈泛清波摘遍〉（水洗香小）	帆影，用晏小山韻	《全清詞・順康卷》，冊13，頁7598	
34	和韻	清	陳玉璂	〈思遠人〉（綠池煙冷殘霞鎖）	和晏小山詞	《全清詞・順康卷》，冊13，頁7770	
35	和韻	清	董儒龍	〈六么令〉（菊花黃到）	秋閨，用晏叔原春情韻	《全清詞・順康卷》，冊15，頁8584	
36	和韻	清	張榮	〈六么令〉（一番春到）	和晏叔原春情韻	《全清詞・順康卷》，冊18，頁10269～10270	
37	和韻	清	朱經	〈少年遊〉（金飛玉走）	和叔原詞	《全清詞・順康卷》，冊19，頁10783	
38	和韻	清	盛禾	〈蝶戀花〉（照影清漪香隔浦）	用小山韻	《全清詞・順康卷》，冊19，頁10960	
39	和韻	清	王岱	〈鷓鴣天〉（何處重生舊玉簫）	題晏小山楊花謝橋圖，用原調原韻	《全清詞補編・順康卷》，冊1，頁220	
40	和韻	清	王鵬運	〈玉樓春〉（落花風緊紅成陣）	和小山韻	《清詞別集・半塘定稿》，冊12，頁6402	
41	和韻	清	王鵬運	〈玉樓春〉（開雲何止催春晚）		《清詞別集・半塘定稿》，冊12，頁6403	
42	和韻	清	王鵬運	〈玉樓春〉（不辭沉醉東風裡）	同上		

43	和韻	清	朱祖謀	〈玉樓春〉（目成已是斜陽暮）	分和小山韻同半塘伯崇	《清詞別集・彊村語業》，冊12，頁6598	
44	和韻	清	朱祖謀	〈玉樓春〉（觱聲鴉軋吳音似）		《清詞別集・彊村語業》，冊12，頁6599	
45	和韻	清	朱祖謀	〈玉樓春〉（少年不作消春計）		同上	
46	集句	宋	石孝友	〈浣溪沙〉（宿醉離愁慢髻鬟）	無	《全宋詞》，冊3，頁2638	集晏幾道〈浣溪沙〉（已拆秋千不奈閑）：「綠窗紅豆憶前歡」句。集晏幾道〈西江月〉（愁黛顰成月淺）：「綠江春水寄書難」句。
47	集句	清	董儒龍	〈醉花陰〉（細雨夢回雞塞遠）	集句	《全清詞・順康卷》，冊15，頁8561	集晏幾道〈生查子〉（金鞭美少年）：「無處說相思」句。

【版本】

1. 唐圭璋編纂，王仲聞參訂，孔凡禮補輯：《全宋詞》（北京：中華書局，2005年1月）。

2. 饒宗頤初纂，張璋總纂：《全明詞》（北京：中華書局，2004年1月）。

3. 南京大學中國語言文學系《全清詞》編纂研究室編：《全清詞・順康卷》（北京：中華書局，2002年5月）。

4. 張宏生主編：《全清詞・順康卷補編》，南京：南京大學出版社，2008年5月。

5. 楊家駱主編：《清詞別集百三十四種》（台北：鼎文書局，1956年6月）。